Zum Buch:

Vier Jahre nachdem sie ihren Bruder bei einem Lawinenunglück verloren hatte, beschließt Gwen, endlich mutig zu sein und in kleinen Schritten wieder zurück ins Leben zu finden. Und der Umzug ins Stargazey Cottage mit ihrer besten Freundin Ella, die sich nach ihrer zerbrochenen Ehe ebenfalls einen Neuanfang wünscht, scheint genau das richtige Mittel zu sein. Gemeinsam wollen die Freundinnen die engen Mauern ihres Cottages in das luxuriöse Refugium ihrer Träume verwandeln. Schon bald stellen sie fest, dass sie nicht die einzigen Neuankömmlinge in St. Aidan sind. Auch ihr gut aussehender Nachbar Ollie scheint im malerischen Cornwall inneren Frieden zu suchen. Doch schon bald müssen alle drei feststellen, dass sie ein ganzes Dorf brauchen, um den Mut zu finden, die Vergangenheit endlich hinter sich zu lassen.

Zur Autorin:

Jane Linfoot schreibt romantische Geschichten um lebenslustige Heldinnen mit liebenswerten Ecken und Kanten. Mit ihrer Familie und ihren Haustieren lebt sie in Derbyshire in einem kreativen Chaos. Sie liebt Herzen, Blumen, Happy Ends, alles, was alt ist, und fast alles, was aus Frankreich kommt. Wenn sie nicht gerade Facebook unsicher macht oder shoppt, geht sie spazieren oder arbeitet im Garten.

Jane Linfoot

Winterzauber in der kleinen Traumküche in Cornwall

Roman

Aus dem Englischen von
Christian Trautmann

HarperCollins

Die Originalausgabe erschien 2022 unter dem Titel
A Winter Warmer at the Little Cornish Kitchen bei
One More Chapter, an imprint of HarperCollins Publishers UK, London.

1. Auflage 2023
© by Jane Linfoot
Deutsche Erstausgabe
© 2023 für die deutschsprachige Ausgabe
by HarperCollins in der
Verlagsgruppe HarperCollins Deutschland GmbH, Hamburg
Umschlaggestaltung von bürosüd, München
Umschlagabbildungen von mauritius images / Graham Prentice
(2HPMJWC) und Shutterstock
Gesetzt aus der Stempel Garamond
von GGP Media GmbH, Pößneck
Druck und Bindung von GGP Media GmbH, Pößneck
Printed in Germany
ISBN 978-3-365-00413-5
www.harpercollins.de

*Vor fünf Jahren warteten wir in einer langen regnerischen Augustnacht auf dich.
Am Morgen deiner Geburt kam die Sonne heraus – und seitdem scheint sie ununterbrochen.*

Für Eric, mit Liebe xx

Um die Schönheit einer Schneeflocke zu würdigen,
ist es notwendig, in der Kälte zu stehen.
Anonym

SEPTEMBER

1. Kapitel

Stargazey Cottage, St. Aidan, Cornwall
Glasaugen und Trennwände
Mittwoch

»Das ist es also – Stargazey Cottage, St. Aidan!«

Wir haben es geschafft. Vor allem steht die überlebensgroße Stargazey-Fischpastete aus Ton, die Ella und mich vor vielen Jahren so fasziniert hat, noch fest auf den Eingangsstufen.

Ich beuge mich hinunter und berühre die Fischköpfe, die aus der Pastetenkruste herausschauen. Der Schauer, der mir dabei den Rücken hinunterläuft, ist derselbe wie früher, als wir übermütig den Hügel hinaufrannten, um uns vor diesen glasigen Fischaugen zu gruseln, beim letzten Mal, als wir zusammen hier waren. In dem Sommer, als ich sieben war. Ella war zwei Jahre älter und wie eine Gazelle, also war es klar, dass sie jedes Mal als Erste ankam.

Ellas Familie wohnte neben uns, und als Kinder in einem Highland-Dorf waren wir unzertrennlich. Meine Familie bestand nur aus meinem Dad, meinem Bruder und mir. Ich war so jung, als meine Mum starb, dass ich mich nicht mehr an sie erinnern kann. Ich kenne sie hauptsächlich als jemanden mit einem Gesicht wie meinem, das mich vom Fernseher anlächelte, wenn wir uns Familienvideos anschauten. Da hatte sie ein Kleinkind, das war ich, und Ned, der schon größer war.

Ellas Mum Merry half Dad oft, besonders mit den Mädchenangelegenheiten, mit denen er meistens nicht klarkam. Ich fuhr auch mit Ella und ihrer Mum und ihrem Dad in den Urlaub, nicht nur, weil es Ella und mir gefiel, sondern weil Dad dadurch eine Pause hatte. Als ich sieben war, kamen wir zum letzten Mal nach Cornwall. Danach verbrachten wir die Ferien in Suffolk oder Wales, und dann fand Merry Gefallen an Spanien und später an Griechenland.

Doch manche Dinge bleiben einem für immer im Gedächtnis. Der Fischkopf-Gruselschauer und die Pastete aus Ton vor dem Stargazey Cottage genauso wie das eine Mal, wo ich als Teenager auf Santorini vom Esel gefallen bin und meine Brüste aus dem Bikinioberteil ploppten.

Bei diesem Besuch in Cornwall, fünfundzwanzig Jahre nach dem ersten, haben Ella und ich ihr schickes Auto und meinen weniger schicken Smart-Van am Hafen stehen lassen und sind zu Fuß die kleine kopfsteingepflasterte Straße hinaufgegangen. Und diesmal waren wir nicht bloß für einen Urlaub hier. Als Cornwall-Fan wäre Ella gern zügig an den vertrauten, mit Geranien und Lobelien bepflanzten Blumenkästen vor den Fenstern vorbeigelaufen. Aber ich blieb vor jeder neu gestrichenen Cottage-Tür stehen und gab Laute der Begeisterung von mir, wenn ich zwischen den Häusern und dunklen Schindeldächern einen Blick auf das türkisfarbene Meer erhaschte. Wir atmeten tief die salzige Luft ein und waren uns still einig, dass wir eine großartige Entscheidung getroffen hatten.

Ellas Beine sind immer noch viel länger als meine, aber meine Lungenkapazität hat sich deutlich verbessert, weil ich den größten Teil meiner Zwanzigerjahre in den Alpen verbracht habe. Außerdem ist sie mittlerweile so oft hier gewesen, dass sie jeden Kopfstein kennt. Abgesehen davon war St. Aidan kein zufälliges Ziel; wir sind hier, weil dieses beliebte Dorf inmitten einer malerischen Idylle liegt. Am Ende siegte die Aufregung, und sie überholte mich auf den letzten hundert Metern, hinauf zur Kurve der schmalen Straße, wo das Cottage steht, das wir beziehen werden.

Als ich mich wieder aufrichte, ist sie immer noch außer Atem, während sie die Steinfassade mit den kleinen aufschiebbaren Sprossenfenstern zu beiden Seiten der Haustür betrachtet. Über dem Namensschild wuchert Clematis. »Es sieht noch exakt genauso aus wie im Januar, als ich hier war.« Es folgt ein Moment der Stille, in dem sie vermutlich an ihren letzten gemeinsamen Urlaub mit Taylor denkt, kurz bevor sie sich trennten. Dann nimmt sie sich zusammen, und ein Lächeln erscheint auf ihrem Gesicht. »Wir können uns glücklich schätzen, dass sie sich für uns als Mieterinnen entschieden haben, Gwen.«

»Es sollte wohl so sein.« Ich erwidere ihr Lächeln. Es ist das erste Mal seit Ewigkeiten, dass sie nicht düster dreinblickt. Ich weiß, ich bin normalerweise im Herbst im Ausland, aber sie hat mir in den vergangenen vier Jahren so sehr geholfen, nachdem ich meinen Bruder Ned verloren hatte. Wenn ich sie also dabei unterstützen kann, ihr neues Leben zu beginnen, dann tue ich das natürlich.

Tatsächlich steckt weniger der Zufall hinter dem Mietvertrag für das Cottage als vielmehr Ellas verbissene Entschlossenheit. In ein Dorf in Cornwall zu ziehen, war ewig Ellas Traum und der ihres Ex' Taylor gewesen.

Als beste Freunde, die seit der ersten Woche an der Uni zusammen waren, schienen sie ein Traumpaar zu sein. Sie machten schon Erwachsenensachen, als wir anderen noch herumstümperten. Ich meine, ich bin zweiunddreißig, und nachdem ich mehrere Jahre hindurch Chalet Host war, bin ich mir noch nicht ganz sicher, was ich machen will. Ella und Taylor hatten geheiratet, waren umhergezogen, hatten Häuser renoviert und waren schon so lange beruflich erfolgreich, dass Taylor eine neue Karriere startete. Sie hatten fast jedes Jahr Urlaub in Cornwall gemacht. Alles, was noch fehlte, waren Kinder und Handtücher mit dem Monogramm »Die Simpson-Ramsays«.

Aber dann verliebte Taylor sich in die Sportlehrerin an der Schule, an der er in seinem Probejahr unterrichtete, und für Ella brach eine Welt zusammen.

Ella ist Innenarchitektin, und während sie noch ihren Liebeskummer bewältigte, zog ihre in London ansässige Firma einen Vertrag mit einem Bauunternehmen für Luxusferienhäuser im Südwesten an Land. Das war die Gelegenheit, die sie herbeigesehnt hatte – ein Job, den sie ohne Weiteres machen konnte, für ein Unternehmen, in dem sie ohnehin schon arbeitete und der einen Umzug nach Cornwall erforderte. Da die Mieten in Cornwall exorbitant steigen, sah es für eine alleinstehende Person schlecht aus, aber sie gab nicht auf. Sie verbrachte mehr Zeit auf der St.-Aidan-Facebook-Seite als die Einwohner, sodass sie sich sofort auf die Anzeige für das Stargazey Cottage bewerben konnte, kaum war sie erschienen.

Kanzlei Trenowden, Trenowden and Trenowden
Harbourside, St. Aidan
Im Interesse eines angesehenen, aber abwesenden
Klienten bieten wir an zur Miete:
Stargazey Cottage, Whelk Row, St. Aidan
(ein wenig verwohnt, 3 Zimmer,
leicht renovierungsbedürftig)
Künftige Mieter sollten bereit sein, kleinere
Renovierungs- und Einrichtungsarbeiten
durchzuführen. Eine entsprechende Summe
für Arbeit und Material wurde hinterlegt. Für

den Beitrag des Mieters zur Verschönerung des Hauses wurde eine niedrigere als die ortsübliche Miete angesetzt.
Gut geeignet für kleine Wohngemeinschaft oder ein Paar. Handwerklich versierte Personen werden bevorzugt.
Bitte nur Dauermieter.
Bei erfolgreicher Fertigstellung der Arbeit kann bei Interesse des Mieters das Mietverhältnis zum gleichen Preis fortgesetzt werden.
Bitte bewerben Sie sich zunächst bei George Trenowden.

Apropos Glück haben! Wenn jemand infrage kam, dann ja wohl Ella. Sie ist nicht nur Innenarchitektin, sondern sie und Taylor haben gemeinsam so viele Häuser renoviert, dass sie das im Schlaf beherrscht. Sie war einfach die perfekte Wahl. Da sie auch das Cottage so gut kannte, hatte sie gegenüber Mitbewerbern einen deutlichen Vorteil.

Zwei Sekunden nachdem sie die Anzeige entdeckt hatte, rief Ella mich bei meinem befristeten Job an einer Sprachschule in der Nähe von Brighton an. Offiziell sollte ich die Haushaltsführung machen, aber im Grunde ging es darum, Kids zum Flughafen zu fahren und von dort abzuholen. Daher war ich gerade auf der M25 Richtung Heathrow unterwegs, als Ella mir vorschlug, wir sollten uns zusammentun und gemeinsam nach Cornwall ziehen. Ich bin flexibel, was meinen Wohnort betrifft; Hauptsache, es gibt dort keine Berge. Als ich an der Ankunftshalle des Flughafens eintraf, war ich zu hundert Prozent an Bord, und Ella legte sofort mit der Organisation los.

Sie feuerte die ersten Anrufe und E-Mails so schnell ab,

dass wir überzeugt waren, Stargazey Cottage *müsse* unser sein. Allerdings gab es bei einem derartig guten Angebot nicht bloß ein großes Interesse, sondern einen riesigen Ansturm.

Am Ende schickten wir Bewerbungsunterlagen und führten per Zoom eine Reihe von Vorstellungsgesprächen, die sich ein Komitee ansehen würde. Ich überließ Ella größtenteils das Reden in der Hoffnung, dass niemand bemerken würde, was für eine Anfängerin ich war. Wir dachten, Ellas Job vor Ort sei unser großer Joker, aber das genügte nicht. Also improvisierten und schwindelten wir, während wir rätselten, wonach genau die Anbieter suchten, damit wir der Konkurrenz voraus waren.

Wir erfuhren nie, was den Ausschlag für uns gab. Nach dem Vorstellungsgespräch waren wir vor Anspannung fertig mit den Nerven und wussten am Ende schon gar nicht mehr, was wir denen alles versprochen hatten. Doch als wir den unbefristeten Mietvertrag für »unser« Cottage in einem der schönsten Dörfer Cornwalls unterschrieben, war das alles Schnee von gestern.

Der Rest ist Geschichte, wie es so schön heißt. Ella ist bereit, ihren neuen Job anzutreten, und ich versuche wieder eine befristete Arbeit zu finden. Für mich, mit meiner inneren Unruhe, ist das hier weniger für die Ewigkeit gedacht als für Ella. Aber ich werde nicht weiterziehen, bevor das Cottage fertig ist und Ella sich eingelebt hat; bis dahin werde ich sie vorbereitet haben auf ihre neue Zukunft.

Ich erschauere erneut, als der Septemberwind durch die Straße fegt und durch mein T-Shirt dringt. Er fühlt sich deutlich kälter an als der endlose Sommer, den Ella mir an jenem Tag beschrieb, während Heathrows Terminal 3 in Sicht kam. Aber ich werde mich nicht beschweren.

Seit ich meinen Bruder bei einem Bergunfall verloren habe, ist mir klar, dass der Trick darin besteht, nur von den guten Dingen zu sprechen. In letzter Zeit hat Ella diese Taktik übernommen. Sehen wir den Tatsachen ins Auge – niemand will etwas über einen berühmten Verwandten hören, der bei einem Lawinenunglück verschüttet wurde. Oder von einem Ehemann, der einem das Herz brach, indem er fortan mit einer anderen zusammenlebte. Also sind wir glückliche Frauen, und wenn man uns ansieht, kommt niemand auf den Gedanken, dass wir kein perfektes Leben führen.

Ella kramt in ihrer Handtasche und holt den Schlüssel heraus, den wir gerade von George Trenowden in der Kanzlei am Hafen abgeholt haben, und grinst mich wieder an. »Selfie, um den Moment festzuhalten?«

Wir werfen unsere beinah identischen blonden Haare zurück, lehnen uns gegen die Tür und blicken strahlend auf mein Handy. »Geschafft!«

Danach schiebt sie den Schlüssel ins Schloss, doch die Tür geht auf, bevor sie den Schlüssel herumdreht. »Wie nett, dass man es für uns offen gelassen hat. Es ist die Sorte von Dorf, in dem niemand seine Haustür abschließt. Ehrlich, du wirst es hier lieben, Gwen. Komm rein, ich kann es nicht erwarten, es von innen zu sehen.«

Geht mir genauso. Das Haus zu mieten, ohne einen Blick hineingeworfen zu haben, war nicht ideal. Aber wegen der Kanzlei als Vermittler waren wir beruhigt. Und so wie es von außen aussieht, weiß ich einfach, dass wir es lieben werden. Es gibt Zeiten im Leben, da muss man etwas riskieren, denn wenn man es nicht tut, bereut man es ewig. Trotzdem kreuze ich nervös die Finger, während ich Ella, die mit wehenden glatten blonden Haaren vorangeht, in den Flur hinein folge.

»Okaaaay …« Ellas zögernder Ton ist beunruhigend.

Der Raum, in dem wir uns befinden, ist weitläufig und so hell, dass ich blinzeln muss. Ich nehme mal an, der Stapel Gipsplatten und die lose von der Decke hängenden Kabel sind eine Überraschung, die wir nicht erwartet haben.

Es sieht definitiv eher nach Baustelle statt nach dem leicht renovierungsbedürftigen Cottage aus, das uns angekündigt wurde. Allerdings springt einem der Pluspunkt direkt ins Auge. »Sieh dir nur die Aussicht an!« Das gigantische Panoramafenster hat noch das Klebeband vom Hersteller und bietet einen Blick auf das Meer in der Ferne. »Wenn man sich weit genug hinauslehnt, spürt man sicher beinah die Gischt der Wellen, die unten auf die Felsen krachen.« Wie immer übertreibe ich, aber was soll's. Wenn das Erdgeschoss schon so groß ist, überlege ich, dann haben wir bei drei identischen Stockwerken aber viel einzurichten. Nicht, dass ich mit Inneneinrichtung schon mal etwas zu tun gehabt hätte.

Ellas Augen leuchten, während sie sich umschaut. »Es ist erweitert worden, seit ich zuletzt hier war, aber daraus kann man ganz viel machen.« Sie geht durch die nächste Tür in einen großen Raum mit einem Doppelbett, das bereits bezogen ist. Auf einer Kiste liegt sogar ein Bücherstapel. »Erstaunlich, was Leute alles zurücklassen.«

Ich setze mich in einen Lehnstuhl in einer Ecke des Zimmers. »Das ist ja ein regelrechtes Willkommenspaket. Hier sind sogar Becher und Wasserkessel!« Ich schlinge die Arme um mich und wünschte, meine Strickjacke wäre hier und nicht im Auto auf dem Parkplatz, zusammen mit dem restlichen Gepäck.

Ella gehört zu den Menschen, die jede kleine Nuance registrieren, daher spricht sie mich gleich auf meine Gänsehaut an. »Ist dir kalt?« Sie ist außerdem eine Problemlöserin und hält nicht hinterm Berg mit Ratschlägen. Daher schüttelt sie einen ordentlich zusammengelegten Kapuzenpullover vom Stapel neben dem Bett aus. »Nimm einen von diesen, danach schauen wir uns den Rest des Hauses an. Bei manchen Unterkünften bekommt man Bademäntel dazu, im Stargazey Cottage ist es übergroße Oberbekleidung. Wahrscheinlich sind die noch übrig aus der Zeit, als es ein Ferienhaus war.«

Während ich mir den Pullover anziehe, atme ich den wundervollen Duft von Weichspüler ein. Sofort wird mir wärmer, und ich betrachte amüsiert das Logo vorne drauf, denn man muss diesen Blödsinn einfach mögen, den sie auf Kleidung drucken. »Team GB Sailing? Das ist ja genauso grandios unpassend für mich wie mein Pulli mit dem Aufdruck der Harvard University.« Zu Neds und Dads großer Enttäuschung war ich als Kind so ungelenk und verweichlicht, wie sie athletisch und tapfer waren. Abgesehen davon war ich nie auch nur in der Nähe von Amerika oder einer uniähnlichen Institution.

Ella lacht. »Wir sollten uns eigene Team-Sweatshirts zulegen, die wir hier im Ort tragen.«

Ich komme da nicht ganz mit. »Sorry?«

»*Star Sisters Styling* – so exklusiv, dass wir nicht mal auf Instagram sind. Möglicherweise habe ich das in unserer Bewerbung erwähnt.« Sie sieht viel weniger verlegen aus, als sie sollte.

Ich gebe ein Stöhnen von mir. »Hoffen wir mal, niemand findet heraus, dass ich mit Design nichts am Hut habe.«

Sie kneift ein Auge zu. »Du besitzt mehr Talent, als du glaubst, du hast es nur noch nicht entdeckt. Bis dahin sorge ich für die Kompetenz, wenn's recht ist.«

Ella war stets sehr gut darin, ihren Willen durchzusetzen, während ich nur staunend danebenstand. Rückblickend muss ich ihr gratulieren, denn das Cottage wird toll aussehen, wenn Merry zu Besuch kommt, was öfter der Fall sein könnte, sobald sie von ihrem Herbsturlaub in Spanien zurück ist.

Ella wirft sich rücklings auf das Bett und breitet die Arme aus. »Kein Stress. Wir sind jetzt hier und haben ein Superhaus. Dieses Bett ist ein Traum, alles andere wird sich finden.«

Wie aufs Stichwort ist aus dem Wohnzimmer ein Klappern zu hören. Selbst für Ella kommt das ein wenig überraschend. Wir tauschen einen verwirrten Blick, als ein Kerl im Türrahmen erscheint.

»Ladys. Guten Tag.«

Ich versuche es zu ignorieren, aber bei seiner tiefen Stimme bekomme ich erneut eine Gänsehaut.

Ella stützt sich auf die Ellbogen, doch zu meiner Überraschung melde ich mich als Erste zu Wort. »Zuerst mal: Wir sind Frauen, keine Ladys.« Eigentlich ist das Ellas Spruch, aus der Zeit, als sie noch viel auf Baustellen zu tun hatte. Wahrscheinlich war ich damit nur deshalb so schnell, weil das selbstverständliche Auftreten dieses Mannes mich aus der Fassung gebracht hat. Ich hasse es grundsätzlich, auf Typen zu reagieren, weil ich mich dadurch schwach und machtlos fühle. Ganz ehrlich: Ich reagiere überhaupt nicht auf Männer, denn als ich Ned verlor, ist alles in mir erfroren, und das ist bis heute so geblieben.

Unser erster Besucher ist eine Augenweide, was mir normalerweise auch egal ist. Seit dem Ende meiner letzten Beziehung bin ich besser allein zurechtgekommen. Ich habe natürlich schon gehört, dass Leute jemanden als »umwerfend gut aussehend« beschrieben, aber mir war nie ganz klar, was damit eigentlich gemeint ist. Wenn ich mir diesen Typen genauer ansehe, im Licht der Sonne hinter ihm, wirkt er auf mich wie eine Komposition aus all den Männern, für die ich je auf Fotos geschwärmt habe – nur dass diese *Vogue*-Models und Rockstars stets einen Haken hatten. Entweder war der Mund zu gerade oder die Wangenknochen nicht ausgeprägt. Bei diesem hier kann ich nichts entdecken, was ich ändern würde. Er ist dermaßen perfekt, dass mir tatsächlich ein bisschen flau wird.

Da ich in der Kundenberatung-Schrägstrich-Gästebetreuung arbeite, bin ich überraschende Situationen gewohnt. »Wir kommen nicht von hier und sind buchstäblich gerade in unser neues Zuhause geplatzt, also haben Sie ein wenig Nachsicht mit uns.« Falls er keine gute Erklärung dafür hat, warum er einfach hier in unser Willkommensszenario marschiert ist, könnte es echt peinlich für ihn werden. Ich bringe eine gewisse Härte in meinen Ton, weil ich nicht akzeptiere, dass irgendwer Ellas Ankunft stört. »Können wir Ihnen helfen?«

Ich mustere seine langen kräftigen Beine in der Jeans, die noch ausgewaschener ist als meine, außerdem die dunklen, leicht zerzausten Haare und die haselnussbraunen Augen, die herausfordernd funkeln.

Wenn Ella uns ein Willkommen-im-neuen-Zuhause-Stripprogramm bestellt hat, ist das selbst für ihre Verhältnisse übertrieben. Außerdem reicht der Service von Dial-a-Naked-Man-Islington sicher nicht bis nach Cornwall. Andererseits, wenn er uns eine von diesen Kuchenschachteln gebracht hat, zu denen sie mir ständig von der St.-Aidan-Facebookseite Links schickt, könnte ich schon mal Wasser aufsetzen.

Seine Hände sehen rau aus, und sie sind eindeutig leer, was meine Brownie-Träume zunichtemacht.

Außerdem ist er unhöflich genug, sich mit der Schulter an die Wand zu lehnen. »Was reden Sie da von Ihrem neuen Zuhause?«

Ich ignoriere sein arrogantes Auftreten und schmelze noch ein bisschen weiter dahin, ehe ich erschrocken zusammenzucke und endlich zur Vernunft komme. Wir leben im einundzwanzigsten Jahrhundert! Frauen schmachten Männer nicht mehr an oder sehen sie als Objekte. Dahinzuschmelzen ist verdammt uncool, also muss ich mich zusammenreißen. »Passen Sie bitte mit Ihren Metallknöpfen an der Wand auf! Die Gipsplatten sehen neu aus, und wir wollen da keine Dellen drin haben.«

Der Typ weicht von der Wand zurück. »Hat Ihr neues Haus einen Namen?«

Möglicherweise ist er Lieferant. Ich ärgere mich über das flaue Gefühl in meinem Magen, als er mich so plötzlich anfährt, aber einschüchtern lasse ich mich nicht. »Selbstverständlich. Stargazey Cottage.«

Die Furchen auf seiner Stirn verschwinden. »Ich komme auch nicht von hier und habe das Haus kaum gesehen, das ich hier besitze. Aber ich weiß genug, um mir zusammenreimen zu können, was passiert ist.«

Ella verdreht die Augen, denn das ist eines unserer gemeinsamen Lieblingshassthemen. Da wir als Kinder in einem schottischen Dorf gewohnt haben, konnten wir erleben, wie Leute von außerhalb ein Cottage nach dem anderen kauften, um Feriendomizile daraus zu machen und dann nur selten aufzukreuzen, sodass die Einheimischen ihre Existenzgrundlage verloren. Für Typen wie ihn habe ich nur Verachtung übrig, und ich scheue mich nicht, ihn damit zu konfrontieren.

Um ihm zu beweisen, wie gering seine Wirkung auf mich ist, spreche ich diesen Gedanken aus. »Permanent abwesende Hausbesitzer ruinieren ganze Gemeinden. Ich hoffe, das ist Ihnen klar.«

Er schüttelt den Kopf. »Das werde ich mir bestimmt merken. Aber klären wir zunächst doch mal, wo wir uns tatsächlich befinden.«

Ich bin mir meiner Sache so sicher, dass ich mir ein kleines ironisches Lächeln gestatte. »Mal abgesehen von der Tatsache, dass *Sie* sich in *unserem* zukünftigen Wohnzimmer befinden, wüsste ich nicht, inwieweit uns das weiterhelfen sollte.«

Er hüstelt. »Aus meiner Sicht besteht das Problem eher darin, dass *Sie* sich in *meinem* vorübergehenden Schlafzimmer befinden.« Er klingt schrecklich selbstsicher. »Nur um das klarzustellen, *dies ist nicht Stargazey Cottage.*«

Ella setzt sich unvermittelt auf. »Wie bitte?«

Kampflos werde ich Ellas Traum nicht aufgeben. »Wir besuchen diesen Ort seit über fünfundzwanzig Jahren, also glauben Sie mir, wir wissen genau, wo wir sind. Wir haben selbst aufgeschlossen.« Während Ella die Schlüssel hochhält, erinnere ich mich daran, dass wir das gar nicht getan haben, weil die Tür offen stand. Aber ich werde jetzt keine Schwäche zeigen. »Die Stargazey-Pastete auf den Eingangsstufen *könnte* ein Hinweis sein!«

Der Kerl verzieht das Gesicht. »Diese Verwechslung tut mir wirklich leid. Und es tut mir auch leid, dass ich Sie beide enttäuschen muss. Aber dies ist das *Stargazey House*. Und es gehört definitiv mir.« Er macht eine Pause, um seine Worte wirken zu lassen. »*Stargazey Cottage* ist das nächste Haus den Hügel hinauf.«

Ich mache den Mund auf, weil mein Magen sich anfühlt, als hätte er meinen Körper verlassen. Ich zwinge mich zu sprechen. »Sie behaupten also, dass wir momentan nicht *bei uns* auf dem Bett herumlungern, sondern *bei Ihnen*?«

Er nickt. »Eine Verwechslung, die leicht vorkommen kann. Hätte jedem von uns passieren können.«

Nein, hätte nicht, es ist absolut unser Murks. Und während Ella rasch über ihre Patzer hinwegkommt, verfolgen meine mich ewig. Ein derartig großer Schnitzer wird mich buchstäblich nachts wach liegen lassen, bis ich sterbe. »In dem Fall ziehen wir auf die andere Seite der Wand und lassen Sie Ihren Tag fortsetzen.« Ich weiß, er hat gesagt, dass er kaum hier ist, aber selbst wenn er der abwesendste aller Hausbesitzer wäre, werde ich bei dem Gedanken daran, dass er unser Nachbar ist, vor Scham im Boden versinken.

Ich kommandiere Ella selten herum, aber diesmal muss es sein. »Los, Ella, Zeit zu gehen.«

Sie ist viel größer als ich, aber als sie vom Bett aufsteht, schaffe ich es trotzdem, sie umzudrehen und aus diesem Raum, der so viel Potenzial hat und beinah unser Wohnzimmer geworden wäre, hinauszubugsieren. Selbst ihre überzeugendsten Argumente werden daran nichts ändern. Ich treibe sie bis zur Haustür und bin nur noch eine Nanosekunde davon entfernt, sie nach draußen zu schieben, als sie stehen bleibt und sich zu mir umdreht.

»Echt jetzt, lass es lieber«, zische ich. »Schließlich müssen wir jedes Mal an dieser Tür vorbei, wenn wir ins Dorf wollen.«

Sie nickt heftig und zischt zurück: »Ein Grund mehr, den Pullover zurückzugeben, bevor wir verschwinden.«

Ich stoße einen Seufzer aus und versinke wieder vor Scham im Boden, bevor ich mich zu dem Typen umdrehe. »Tja, da habe ich mir irrtümlicherweise nicht bloß Ihren Pullover ausgeborgt, sondern bin in der Eile auch noch drauf und dran, ihn zu stehlen.«

Er winkt ab. »Kein Problem, ich will ja nicht, dass Ihnen kalt wird. Bringen Sie ihn einfach irgendwann vorbei.«

Als könnte ich ihm jemals wieder unter die Augen treten. Da friere ich lieber. »Nee, ich gebe ihn besser gleich zurück.«

Ich ziehe ihn mir über den Kopf und halte ihm den Pullover anschließend hin, um es schnell hinter mich zu bringen. Doch statt ihn zu nehmen, starrt er mich an, als wollte er etwas sagen. Aber da kommt nichts aus seinem Mund.

Ella räuspert sich. »Gwen, dein T-Shirt. Du hast es zusammen mit dem Pullover …«

Ich schaue an mir hinunter und entdecke, dass ich in Jeans und BH bin und mein T-Shirt in dem Kapuzenpullover steckt, den ich in der Hand halte.

»Ich mach das.« Ella schnappt sich das Bündel und fängt an, mein T-Shirt zu befreien. Was in gewisser Hinsicht das Worst-Case-Szenario ist, weil ich dastehe wie die Teilnehmerin eines Schönheitswettbewerbs, mit schlackernden Schultern und wackelnden Möpsen und nacktem Torso, vor diesem umwerfend gut aussehenden Typen, als gäbe es kein Morgen.

Jeder peinliche Moment meines Lebens verblasst dagegen.

Hätte ich wenigstens meinen Sport-BH an – ich weiß, dass ich nicht sportlich bin, trotzdem besitze ich einen. Stattdessen, weil ich in letzter Minute noch waschen musste vor unserem Aufbruch, stehe ich hier in meinem durchsichtigen Ding aus Spitze, das wirklich nichts der Fantasie überlässt, vor Ewigkeiten mal gekauft, als ich so etwas wie ein Liebesleben hatte. Dies ist eine von diesen Gelegenheiten, bei denen alles nur immer schlimmer wird. Ich habe diesem Mann nicht nur meine Brüste gezeigt, denn wenn er nun glaubt, dass ich solche BHs üblicherweise trage, wird er auch denken, dass ich …

Es bleibt mir erspart, diesen Gedanken zu Ende zu denken, da Ella mir mein T-Shirt reicht. Dass meine frierenden Brustwarzen durch den T-Shirt-Stoff voll sichtbar sind, ist nichts im Vergleich zu dem, was vorher war.

Ich halte ihm den Kapuzenpullover hin. »Und nun gehen wir aber wirklich.«

Er lacht leise und streckt die Hand aus, doch statt den Pullover zu nehmen, ergreift er meine Finger. »Ollie Lancaster. Freut mich, Sie kennenzulernen. Gwen, nicht wahr?«

Nur dass überhaupt nichts gut daran ist, denn die seismischen Beben, die meinen Arm hinauf- und meinen Rücken hinunterlaufen, stellen das Erschauern beim Anblick der tönernen Fischpastete komplett in den Schatten. Und seine Hand ist groß genug, um meine ganz zu umfassen.

Ella springt mir bei. »Gweneira. Sie heißt Gweneira Starkey. Gwen nur, wenn man sie besser kennt. Ich bin übrigens Ella Simpson.«

Aus irgendeinem Grund hält Ollie nach wie vor meine Hand. Dann scheint es ihm aufzufallen, und er nimmt den Pullover, während er sich Ella zuwendet.

»Sagen Sie mal, Ollie, besuchen Sie Veranstaltungen im Dorf?« Typisch Ella. Warum sie das fragt, ist mir schleierhaft. Ollie ist meilenweit von dem Typ Mann entfernt, auf den sie steht. Abgesehen davon hat er doch gerade erst erwähnt, dass er fast nie hier ist. »Ich hab gehört, der Singles Club soll gut sein. Die veranstalten alles Mögliche, vom Cocktailabend bis zum Fallschirmspringen.«

Ich ergreife die Chance, das Thema zu vertiefen. »Ella ist *die* Ella Simpson, die den *Small Building Designer of the Year Award* gewonnen hat.« Und wo ich schon angefangen habe, kann ich auch gleich alles erzählen. »Den hat sie gewonnen für eine kleine, aber sehr innovative Umgestaltung einer öffentlichen Bedürfnisanstalt in Leighton Buzzard.« Das denke ich mir nicht aus; ihre beeindruckende, vornehme Innendekoration hat eine Toilette in ein superbes Zuhause verwandelt. Normalerweise kommt diese Story immer fabelhaft an, wenn ich sie vor Leuten erzähle. »Tatsächlich hat sie beim Empfang den Designer Kevin McCloud kennengelernt.«

Deshalb weiß ich auch, wer außer Taylor sonst noch Ellas Typ ist. Noch Tage danach war sie aufgeregt, wenn wir per FaceTime gequatscht haben. Hoffentlich bleibt diesem verboten attraktiven Mann ihr Bild im Kopf statt dem von mir im Spitzen-BH.

Als wir endlich an der Ton-Pastete vorbeikommen und auf dem Kopfsteinpflaster vor Stargazey House stehen, zeige ich mit dem Finger auf das Namensschild an der Wand. »Wenn Sie die Pflanze um das Schild herum weggeschnitten hätten, wäre dieses Fiasko nie passiert.«

Mr. Lancaster, der uns gefolgt ist, hebt spöttisch eine Braue. »Keineswegs, ich bin froh, dass Sie vorbeigekommen sind. Und wenn Sie auf kleine Designs spezialisiert sind, dürfte das Haus nebenan genau das Richtige für Sie sein.«

Wir haben keine Ahnung, was er damit meint. Aber nur ein paar Schritte weiter hügelaufwärts werden wir es erfahren.

2. Kapitel

Stargazey Cottage, St. Aidan, Cornwall
Kleine Fische und große Erwartungen
Mittwoch

»Keine Sorge, Ells, es ist okay, dass wir unseren Horizont begrenzen.« Wer hätte gedacht, dass ich diese Worte einmal aussprechen würde, aber als wir auf die Straße treten, tue ich es.

Von der nächsten Haustür, zu der wir kommen, blättert die Farbe ab. Daneben gibt es ein kleines Fenster, dann folgt ein kleines Stück Mauer, das sich an der Straßenkurve entlangwindet, und eine vertikale Linie markiert den abrupten Wechsel zu einem makellos weiß gestrichenen Teil, der aber schon zu einem anderen, schickeren Cottage gehört. Die winzige Vorderfront, auf die wir blicken, ist kaum breiter als unsere Schultern.

Ich reibe auf dem Namensschild herum, während Ella das Schloss findet. »Durchaus möglich, dass da *Stargazey Cottage* unter der Salzkruste steht.«

Ella hebt hoffnungsvoll die Brauen. »Immerhin passt dieses Mal der Schlüssel. Wollen wir ein weiteres Selfie machen?«

»Unbedingt.« Ich zupfe eine Farbflocke aus ihren Haaren, kämpfe gegen das Déjà-vu an und lächle breit in mein Handy. »Unser erstes gemeinsames Haus.« Diesmal haben wir mehr Gelegenheit, die Ereignisse zu reflektieren. Es ist der erste Mietvertrag, den ich je unterschrieben habe. Deshalb war ich ja auch froh, dass George, der Anwalt, ihn rasch mit mir durchging, bevor mich der Mut verlassen konnte. Ich war viel zu aufgeregt, um mitzubekommen, was er alles gesagt hat.

Verstehen Sie mich nicht falsch, ich liebe kleine gemütliche Häuser genauso wie Ella, aber als Innenarchitektin hat sie jeden Tag damit zu tun. Ich war in einigen wundervollen Häusern angestellt und habe sie zu einem behaglichen Zuhause für die Besitzer gemacht. Aber selbst ein Haus zu besitzen, war bisher nur ein flüchtiger Traum gewesen; ich dachte, das sei einfach nichts für mich. Außerdem war ich damit beschäftigt, Ned zu beschützen, was mir letztlich nicht gelungen ist.

Mit kritischer Miene dreht Ella den Türknopf und drückt die Tür auf. »Das hier muss das schmalste Haus der Welt sein.«

Ich bin froh, dass sie es zum Positiven wendet, denn ich gehöre nicht zu denen, die Komplexe kriegen, weil die Häuser der anderen größer sind. »Das sind doch tolle Neuigkeiten für denjenigen, der für die Innendekoration zuständig ist.« Da der Umzug so schnell ging und wir noch gar nichts gesehen haben, haben wir auch noch nicht endgültig entschieden, wer was macht.

Ich folge ihr in einen Raum, der in etwa die Größe einer abgenutzten Fußmatte hat, mit Wänden in genau dieser Farbe. Selbst als Amateur kann ich erkennen, dass, egal was wir hier anstellen, es nur besser werden kann. »Der Flur hat schon mal jede Menge Potenzial.«

Ella hüstelt. »Da von hier die Treppe nach oben führt, könnte es das Wohnzimmer sein. Gut, dass es noch zwei weitere Stockwerke gibt.«

Ich betrachte die Wände. »Kommt es dir auch schief vor?«

Ella steht mit dem Rücken zur Tür und breitet die Arme aus; ihre Finger streifen beinah die Seitenwände. Am anderen Ende des Raumes hat sie mehr Platz. »Es ist keilförmig.«

Ich grinse. »Klein ist schön. Überleg nur, was wir an Möbeln sparen, falls wir überhaupt welche hineinbekommen.« Solange Merry ihr dickstes Schmuckstück zu Hause lässt, wenn sie auf Besuch kommt, ist alles gut. Mit jedem Jahr, das Merry ohne Ellas Dad, ihren geliebten Hugh, verbringt, sind Merrys Perlen und Ohrringe größer geworden. Als hätte sie ihren Kummer in verrückten Schmuck gesteckt. Das sagen wir uns jedes Mal, wenn wir sie mit einer Kette um den Hals sehen, deren Perlen die Dimension von Tennisbällen haben.

Das hier ist bereits hart genug für Ella. Auch ohne dass das Nachbarhaus unsere Erwartungen über den Haufen geworfen hat, ärgere ich mich darüber, auf dem Weg den Hügel hinauf an der Bäckerei vorbeigestürmt zu sein. »Da wir Schokoladen-Eclairs vergessen haben, wie wäre es mit Musik?« Ich wedele mit meinem Smartphone.

Ella verdreht die Augen. »Wenn wir unsere gute alte Teenager-Playlist mitsingen, lass es wenigstens ›Pure Shores‹ sein.«

Das war der Lieblingssong, als wir Teenager waren und wir mit Haarbürsten als Ersatzmikrofon vor der Spiegelwand in ihrem Zimmer mitsangen. Dieser Song enthielt all unsere Hoffnungen auf wilde Schönheit (meine) und Freiheit und Möglichkeiten (Ellas), die uns die Zukunft bringen würde. Und in vielerlei Hinsicht wurden wir anfangs nicht enttäuscht; erst in letzter Zeit ging es bergab.

Während ich den alten geblümten Vorhang vom Fensterbrett nehme und mich gegen das Frösteln darin einwickle, grinst Ella. »Schicker Umhang, den du da hast.«

Ich lache. »Weniger kuschelig als der Kapuzenpullover

von nebenan, aber wenigstens bringt er mich nicht mit einem Jachtrennen in Verbindung.« Während wir uns zur Musik wiegen, fühlt sich das Haus schon mehr wie unseres an, nicht wie das von jemand anderem. Es ist wichtig, dass wir unsere Prioritäten richtig setzen. »Schauen wir uns mal kurz um, danach holen wir Kuchen.«

Zuerst aber drehe ich die Lautstärke höher, und obwohl wir nur begrenzt Platz haben, um mit den Armen zu wedeln, singen wir den Refrain mit, als wären wir wieder vierzehn. Wir sind auf dem Weg zur Treppe und halb durch ein spektakulär enthusiastisches »out of r-e-e-e-each«, als wir jemanden am Fenster bemerken, der an den Spinnweben vorbei hineinspäht und klopft.

Ich öffne tanzend die Tür, und draußen steht eine blonde Frau in Chinos und kariertem Hemd, die eine Schachtel in den Händen hält.

Sie legt den Kopf schief und lauscht, dann strahlt sie. »Nicht verraten ... Es ist ›All Saints‹!«

Grinsend drehe ich die Lautstärke herunter. »Wie lange ist es her, seit Sie das gehört haben?«

Die Frau verzieht das Gesicht. »Tatsächlich erst letzte Woche. In St. Aidan sind Retro-Discos schwer angesagt. Aber das werden Sie noch früh genug herausfinden.« Ihr Lächeln wird breiter. »Ich bin Nell, George Trenowdens Partnerin. Ich hoffe, es ist nicht aufdringlich, aber ich wollte Hallo sagen und Herzlich willkommen. Ich nehme an, Sie sind die Star Sisters?«

Ich stutze, als ich unsere Bezeichnung aus der Kindheit höre, die wir für unsere Bewerbung für das Haus hervorgekramt haben. »Freut mich, Sie kennenzulernen, Nell. Ich bin Gwen Starkey, und das ist Ella Simpson, Supernova der Designwelt. Jetzt wissen Sie, woher der Star-Teil stammt. Möchten Sie nicht hereinkommen?«

Während ich die Tür hinter Nell wieder schließe, sagt Ella: »Wir sind eher ehrenamtlich Schwestern als reale.«

Das ist ein typisches Beispiel für eine Ella-Aussage, aber ich unterstütze sie trotzdem. »Als Kinder taten wir so, und wir sind schon seit Ewigkeiten beste Freundinnen.« Ich stelle mich neben Ella und recke mich, damit ich größer bin. »Wenn man davon absieht, dass Ella einen Kopf größer ist als ich und viel dünner, sehen wir uns doch wirklich ziemlich ähnlich.«

Ella macht mit. »Wenn Gwen auf einem Stuhl steht und ich mir wilde Korkenzieherlocken mache wie ihre, kann man uns echt kaum auseinanderhalten.«

Nell lacht. »Euer Geheimnis ist bei mir sicher. Ich habe ein paar Freundinnen in St. Aidan, die sich auch ziemlich ähnlich sehen. Wir nennen uns die Meerjungfrauen.« Sie hält uns die Schachtel hin. »Einige von meinen Meerjungfrauenfreundinnen haben Kekse gebacken.«

Ich lese das Etikett und staune. »Eine Kuchenschachtel aus der kleinen Traumküche! Die habe ich bei Facebook gesehen, und mir lief das Wasser im Munde zusammen.«

Ella hält die Schachtel fest in Händen. »Ich kann die Schokolade riechen. Wer von den Bäckerinnen hat sie gebacken?«

Nell nickt. »Es sind Clemmies Brownies und Cressys Double Chocolate Chip Cookies.«

Ella grinst. »Ich kenne ihre Posts auf Insta.« Muss sie wohl, wenn sie jahrelang quasi indirekt hier gewohnt hat, bevor das Cottage aktuell wurde.

Nell scharrt mit dem Fuß auf dem Boden. »Was das Haus betrifft, das hat schon bessere Tage gesehen. Wir dachten, Kuchen hilft vielleicht ein bisschen.«

Ich will nicht, dass irgendwer denkt, wir seien enttäuscht. »Es ist ein bisschen klein, aber dadurch ist der

Aufwand gut zu bewältigen. Und dass es renovierungsbedürftig ist, gehört zum Deal.« Anders hätten wir es uns gar nicht leisten können.

Nell sieht uns wissend an. »Man merkt, dass ihr zwei euch mit Inneneinrichtung auskennt. Schon eine halbe Stunde, nachdem ihr den Schlüssel bekommen habt, wisst ihr, was zu tun ist.«

Star Sisters Design Duo war ein weiterer Scherz zwischen mir und Ella, der irgendwie in die Bewerbung hineingeraten ist. Wer hätte gedacht, dass es sich schon so bald rächen würde? »Ich bin mir nicht sicher, was Sie gehört haben – Ella ist die Innenarchitektin, ich bin höchstens die Auszubildende.«

Nell schürzt die Lippen. »Mein George schweigt normalerweise eisern über seine Klienten, aber wegen dieser Vermietung wurde er angewiesen, sich mit der Gemeinde zu beraten. Unser engster Kreis sah also eure Zoom-Anrufe.« Sie wackelt mit den Brauen. »Es gefiel uns, dass ihr unbedingt dabei sein wolltet.«

Es ist ein wenig beunruhigend, das von der anderen Seite zu hören.

Ella lächelt beruhigend. »Wir werden Sie nicht enttäuschen und alle Gemeindeaktivitäten mitmachen, neben der Renovierung und den Jobs.« Sie stupst mich an. »Nicht wahr, Gwen?«

Ich schrumpfe in meinem Umhang zusammen, denn die Feiertagsferienhausreinigung, auf die ich baue, ist noch nicht fix. Dass ich mich unter die Leute mischen muss, hatte ich definitiv nicht auf dem Schirm. Lieber würde ich an meinen freien Tagen mit einem Buch zu Hause bleiben oder einen einsamen Spaziergang unternehmen. Allerdings habe ich in meinem Job selten freie Tage. Aber ich muss etwas Authentisches sagen.

»Wir werden jede Menge renovieren und feiern. Yeah!« Dann wird mir klar, was ich gerade gesagt habe. »Auf den Partys im Dorf, denn hier passen ja nicht mehr als drei Leute rein.«

Nell gluckst. »Es ist das schmalste Haus in St. Aidan, weil man es in die Lücke zwischen den beiden Häusern links und rechts gequetscht hat. Deshalb ist es vorn auch schmaler als hinten.«

Ich schaue mich um. Das erklärt einiges. »Mehr als diesen Raum hier brauchen wir nicht. Wir werden es richtig schön gemütlich haben.«

Nell sieht uns skeptisch an. »Habt ihr die Küche mit dem Meerblick gesehen? Und den kleinen Schuppen im Garten? Und diese reizenden Dachschrägen oben?«

Ich will nicht, dass jemand weiß, dass wir zuerst im falschen Haus gelandet sind und noch gar keine Zeit hatten, uns hier gründlich umzusehen. »Wir haben tatsächlich noch nicht alles gesehen, weil wir ein wenig mit dem Nachbarn aus dem Stargazey House geplaudert haben.«

Nell macht große Augen. »Das ist ja ein Ding! Es ist hier unmöglich, unbemerkt zu bleiben, aber dieser Mann ist absolut unter dem St.-Aidan-Radar. Die Leute hier bekommen ihn kaum zu Gesicht, von einer Plauderei ganz zu schweigen.«

Ella ist nicht der Typ, der dahinschmilzt, aber sie wirkt ganz schön gerührt. »Er ist sehr nett.«

Ich will nicht negativ sein, aber auf welchem Planeten lebt sie? »Er war ziemlich widerstrebend, als du Aktivitäten erwähnt hast.« Da ich schon lange im Gastgewerbe arbeite, erkenne ich die Distanzierten ebenso schnell wie die Partyleute. Was auch immer auf diesem Kapuzenpullover gestanden hat, ich bezweifle, dass er ein Teamplayer ist.

Nell lacht. »Ein Grund mehr, dass wir froh sein können, euch zwei zu haben. Ich bin nämlich nicht nur mit Kuchen gekommen, sondern auch mit der Einladung zu den Veranstaltungen des Singles Clubs.«

Ich tausche einen Blick mit Ella. Wie auf den St.-Aidan-Kuchen-Porn hat sie mich auf jede hier stattfindende Veranstaltung aufmerksam gemacht. Der Singles Club gehörte zu denen, über die wir uns in die Haare geraten sind. Sie ist überzeugt davon, es sei das Richtige für mich, was totaler Quatsch ist, weil ich gern allein bin. Sie ist diejenige, die dringend über eine gescheiterte Beziehung hinwegkommen muss, nur will sie das nicht einsehen. Allerdings waren wir uns einig darin, dass es etwas für Merry wäre. Das heißt, solange sie nicht weiß, um was es sich handelt.

Ich nicke. »Single-Veranstaltungen klingen perfekt für Ellas verwitwete Mum; wir würden uns freuen, wenn sie jemanden kennenlernt, sobald sie zu Besuch kommt.« Falls ihr Trip auf die Balearen nicht zu lange dauert.

Wieder gluckst Nell. »Sorry für das Missverständnis! Die Veranstaltungen vom Singles Club sind für jeden in St. Aidan offen, egal, welchen Beziehungsstatus die Person hat. Die einzige Regel lautet: Je mehr, desto lustiger.« Sie hält einen Moment inne, dann fährt sie die großen Geschütze auf. »Wir zählen auf Sie beide! Deshalb sind Sie hier!«

»Fabelhaft!«, sagt Ella mit versteinerter Miene.

Ich sehe keinen Ausweg, ohne unserer Glaubwürdigkeit massiv zu schaden, aber es gibt auch keinen Grund zur Panik. Bis eine Veranstaltung ansteht, vielleicht in einigen Wochen oder erst Monaten, wird Ella etwas eingefallen sein, wie wir uns drücken können. »Darauf freuen wir uns schon.« Ich lege mich extra ins Zeug. »Was gibt's denn am Abend des Guy Fawkes Day?«

Diesmal lacht Nell schallend. »Im November? So lange müsst ihr nicht warten! Wir haben morgen den Breakfast Club, wenn ihr so scharf drauf seid. Ansonsten Freitag um acht. Die kleine Traumküche veranstaltet ein Barbecue mit Bier im Garten des Seaspray Cottage, am Strandpfad hinter dem Hafen.« Sie gibt mir einen Flyer, dann quetscht sie sich an mir vorbei zur Tür.

Ich passe auf, dass mir mein Lächeln nicht entgleitet. »Toll. Noch etwas, was wir wissen sollten?«

Nell schlägt sich mit der flachen Hand an die Stirn. »Der Kostümball! Wie konnte ich den vergessen?«

Mein Mut sinkt bis runter zu meinen Flip-Flops, aber ich lächle tapfer weiter. »Das wird ja immer besser!«

Nell ist schon auf halbem Weg zum Kopfsteinpflaster. »Und falls ihr mal Eier braucht, sagt mir einfach Bescheid. Von frei laufenden Hühnern, frisch von der Farm meiner Eltern. Wahrscheinlich kann ich euch sogar die Namen der Hennen sagen, die sie gelegt haben.«

Ella nimmt mir den Flyer aus der Hand und winkt damit Nell zu. »Klasse. Wir werden unserem Nachbarn ganz bestimmt auch von dem Barbecue erzählen.«

Ich drücke die Tür hinter Nell zu und wende mich an Ella. »Warum sollten wir ihm davon erzählen?«

Mal abgesehen von allem anderen hatte ich darauf gesetzt, ihm nie wieder über den Weg zu laufen, nachdem er mich in meiner Unterwäsche gesehen hat.

Ella sieht mich nur an. »Du hast es vielleicht vergessen, aber nachbarschaftliche Beziehungen sind in kleinen Ortschaften sehr wichtig.«

»Was ist dann mit den Nachbarn auf der anderen Seite? Da scheinst du es nicht so eilig zu haben, die einzuladen.« Jetzt habe ich sie. Bei anderen Leuten kann sie sich herauswinden, aber bei mir wird's schwieriger.

Sie wirft die Haare zurück. »Ehrlich, Gwen, man sieht aus einer Meile Entfernung, dass das ein Ferienhaus ist.«

Was Mr. Stargazey House betrifft, so hoffe ich, dass sie den Gedanken, ihn einzuladen, aufgibt. Ich kann Menschen ganz gut deuten, und er ist nicht der Typ für ein Grillfest im Dorf. Kommen noch Kostüme dazu, fliegt er wahrscheinlich eher zum Mond. Das Gute daran ist, dass ich mich um eine Sache weniger sorgen muss.

Als ich jetzt Ella angrinse, kommt es von Herzen. »Was machen wir als Erstes? Brownies essen oder diese Küche mit Meerblick finden?«

Sie hebt schon den Deckel der Schachtel, und ihr Grinsen ist breit wie die Bucht. »StarSisters-Multitasking-Lektion eins: Egal, was wir tun, Brownies können wir dazu immer essen.«

3. Kapitel

Stargazey Cottage, St. Aidan, Cornwall
Miniaturisten und Maskeraden
Donnerstag

Nell hatte recht. Das Cottage hat tatsächlich mehr zu bieten als befürchtet, aber ich vermute, dass nichts davon Ellas Erwartungen entspricht.

Der hintere Raum hat ein Waschbecken und nicht viel mehr, das Badezimmer besteht hauptsächlich aus der Eckbadewanne, und die drei Zimmer haben alle etwa die Größe eines Koffers – und zwar Handgepäck. Während wir die Autos entladen, versucht Ella optimistisch zu sein, indem sie anmerkt, wie gut die Holztüren noch aussehen. Mir wäre eine funktionierende Küche lieber als ein paar Holzbretter. Allerdings behalte ich das für mich, und zum Glück habe ich nur leichtes Gepäck dabei.

Was die Arbeit angeht, hat George uns zu verstehen gegeben, dass wir so viel oder so wenig machen können, wie wir wollen. Die einzige Regel besteht darin, dass wir Ideen und Kosten zuerst mit ihm klären müssen, damit er das Einverständnis seines Klienten einholen kann. Und jede Arbeit, die wir beginnen, muss bis zum Ende unserer Mietzeit abgeschlossen sein.

Wir hatten angenommen, das Geld des Vermieters wäre für schicke Tapeten und Haushaltsgeräte. Aber jetzt können wir sehen, dass es für die Grundausstattung ist. An dem Missverständnis sind wir selbst schuld. Hätten wir die Häuser nicht verwechselt, wären wir längst selbst darauf gekommen. Was soll's, wir sind entschlossen, das Beste aus der Situation zu machen.

Das Tollste am Cottage ist der Meerblick vom hinteren Teil, und den kann uns niemand nehmen. Die Hintertür in der Küche führt hinaus auf einen schiefen winzigen betonierten Platz, ebenfalls mit Blick aufs Meer. Nicht schlecht, solange man nicht an Höhenangst leidet. Wir entdecken sogar den Schuppen ein Stück den Hügel hinauf, den Nell erwähnt hat. Allerdings sind die Stufen, die dorthin führen, momentan zu überwuchert.

Der Mangel an Größe wird Ella mehr zu schaffen machen als mir. In meinen Zwanzigern habe ich bis zum Tod meines Bruders als Hausdame in einem Ski-Resort gearbeitet und bin daher geteilte Zimmer und beengte Verhältnisse gewohnt. Aber das Haus, das Ella und Taylor bei der Trennung verkauft haben, war ein fantastisches Apartment in Islington. Sie hatten es mit Herzblut wunderschön eingerichtet, und es verkörperte alles, wonach sich Ella während ihres Lebens als verheiratete Frau gesehnt hatte.

Bis wir hier etwas erreicht haben, wird es wie Camping sein, und das ist für Ella härter als für mich. Als wir Kinder waren, fuhr Dad mit Ned und mir in unserem uralten Camper zu den abgeschiedensten Orten, die er finden konnte. Ich bin es also gewohnt, unter primitiven Bedingungen zurechtzukommen. Ella ist ein paarmal mitgekommen, aber sie konnte sich nie daran gewöhnen, im Freien zu pinkeln, auf einem Lagerfeuer zu kochen oder unter den Sternen zu schlafen. Je mehr ich ihr mit meiner fröhlichsten Stimme versichere, dass es bald ganz nett aussehen wird, desto stiller wird Ella.

Selbst nachdem wir die Mikrowelle angeschlossen und unsere Luftmatratzen aufgeblasen haben und auf den

Sitzsäcken sitzen, um *Fish and Chips* zu essen, ist die Stimmung mies. Im kalten Licht des nächsten Morgens, als ich unsere Kaffeebecher auf dem Fußboden abwasche, weil die Plastikschüssel, die wir gekauft haben, zu groß für die Spüle ist, versuche ich Ella aufzuheitern.

»Eins nach dem anderen. Wir müssen entscheiden, was wir zu dieser Singles-Veranstaltung anziehen.«

Ella schaut zu, wie ich einen Becher auf das schiefe Abtropftablett stelle, und fängt ihn auf, als er abrutscht. »Wir brauchen einen Plan, in welcher Reihenfolge wir hier vorgehen, bevor ich Montag wieder zur Arbeit muss.«

Ella arbeitet noch für dasselbe Unternehmen, für das sie in London tätig war und das einen Vertrag für vier Ferienhäuser zwischen Devon und Cornwall hat. Ihr Job besteht darin, die Käufer bei der Gestaltung und Inneneinrichtung zu beraten, vom Einkauf bis zur endgültigen Übergabe. Da es sich um das Luxussegment des Marktes handelt, ist es wahrscheinlich ziemlich anstrengend, jedes Holzhaus in ein ganz individuelles Zuhause zu verwandeln, auch wenn Ella Übung darin hat. Die Arbeit muss von Grund auf gemacht werden, also wird sie besonders viel zu tun haben. Deshalb hat sie mir schon angeboten, meinen Anteil der Rechnungen zu übernehmen, weil ich den Großteil der Hausarbeit im Cottage werde erledigen müssen.

Wenn wir vorankommen wollen, sollten wir am besten gleich anfangen. »Ich hole den Kraftreiniger, und du schnappst dir deinen Notizblock. Während wir arbeiten, lassen wir uns Kostüm-Ideen einfallen.«

Zehn Minuten später bin ich auf den Knien und schrubbe das rissige Badezimmerlinoleum, während ich mir etwas für Ellas Kostüm überlege. »Wenn du als Innenarchitektin-Barbie gehst, könntest du so bleiben, wie du bist.« Keine von uns neigt zur Panik, aber da die Veranstaltung schon morgen ist, können wir nicht herumhängen.

Ella schaut von ihrem Notizblock auf und betrachtet das Ende ihres Pferdeschwanzes. »Dafür fühle ich mich nicht mädchenhaft genug.«

Da sie schon Batwoman und Dorothy von *Der Zauberer von Oz* abgelehnt hat, fällt mir noch eine letzte Figur ein. »Lara Croft!«

Sie stößt einen Schrei aus. »Mensch, Gwen, die ist knallhart und teilt aus. Das passt ja wohl momentan so was von überhaupt nicht zu mir.« Obwohl wir nicht darüber sprechen, weiß ich doch, wie sehr Ella im Stillen leidet. Man kann es nur manchmal leicht vergessen, weil sie der Welt eine ziemlich gute Fassade präsentiert.

Ich persönlich habe Kostümfeste stets gemieden, aber Ella war bestimmt schon auf vielen. »Als was gehst du denn sonst immer?« Kaum habe ich diese Frage gestellt, wird mir klar, dass es die falsche war.

Ihre Lippen zittern, und ihre Stimme klingt gar nicht mehr nach ihr. »Taylor und ich gehen immer als Surfer und tragen unsere Board-Shorts und UV-Shirts, und wir haben diese superteuren Surfbretter dabei, die wir gekauft haben, aber nie benutzen.« Ihr Stöhnen wird zu einem Jammern. »Nur dass das jetzt alles der Vergangenheit angehört. Wir werden nie wieder surfen.«

»Süße.« Es tut mir leid, sie traurig gemacht zu haben.

Sie sticht so fest mit ihrem Stift auf den Block, dass er wegfliegt. Während er klappernd in der übergroßen Eckbadewanne landet, setzt sie sich auf den Boden und reibt sich mit den Fäusten die Augen. »Geht schon.« Ihr Schluchzen sagt das Gegenteil. »Es ist einfach der Horror.«

Seit unserer Ankunft ist mir ständig klar, dass ich gar nicht hier wäre ohne die Trennung von Ella und Taylor.

In Frankreich wäre ich allerdings auch nicht, wo ich in meinen Zwanzigern gewesen bin, denn als Ned starb, zerbrach auch mein Leben. Es ist ein komplett anderes Szenario, aber zumindest habe ich eine Vorstellung davon, wie Ella sich fühlte, als alles, worauf sie baute, in sich zusammenfiel. Das Komische am Schmerz und Verlust ist, dass man nicht voraussagen kann, wie es einen trifft. Mir hat es geholfen, alles Französische zu meiden, was hart war, weil die Alpen mich sehr geprägt haben.

Meine Mum und mein Dad waren begeisterte Kletterer. Beide genossen einen weltweiten Ruf und lebten buchstäblich für den nächsten Berg. Als sie uns Kinder hatten, bestand ihr Kompromiss darin, eine Kletterschule in den Highlands zu betreiben, mit der sie regelmäßig Expeditionen unternahmen. Als Mum bei einem Unfall in den Alpen ums Leben kam, war ich noch zu jung, um mich erinnern zu können. Statt die Berge zu meiden, nahm Dad uns so oft wie möglich mit in die Alpen. Um die Verbindung mit Mum zu halten, sorgte er dafür, dass wir die Berge schon als Kinder liebten, damit wir auch verstanden, was sie motiviert hat.

Ned hatte das Klettergenie von Mum geerbt, aber mich zogen die Berge auch immer wieder an, obwohl ich weder Skifahren noch besonders gut klettern konnte.

Sobald Ned alt genug war, stieß er zu den Bergsteigern, die im Winter auf den französischen Skipisten arbeiteten, um im Sommer klettern zu können. Ich hatte mit Sport nicht viel am Hut, aber durch die Arbeit für die Chalet-Vermietung konnte ich an den Orten sein, die ich seit meiner Kindheit so sehr liebte. Bei der Erinnerung an diese Dinge fällt mir etwas ein, wie ich Ella von den Gedanken an Taylor ablenken kann.

»Du hast dein Fahrrad auf dem Wagendach und dein blau-weiß gestreiftes Oberteil. Wenn wir dir ein Barett besorgen, könntest du als bretonische Zwiebelverkäuferin gehen.«

Sie schnieft. »Es würde dir nichts ausmachen, dass es französisch ist?«

Ich verziehe das Gesicht. »Irgendwann muss ich mich ja mal meinen Dämonen stellen.« Seit wir Ned verloren haben, waren weder Dad noch ich in der Lage, in die französischen Alpen zurückzukehren. Auch nach vier Jahren kann ich keinen geschmolzenen Camembert oder Croissant sehen. Aber Ella als französische Zwiebelverkäuferin wäre ein kleines Opfer, wenn es ihr hilft. Und für mich könnte es ein kleiner Schritt auf dem sehr schmerzlichen Weg zurück in die Normalität sein, zumal ich auf die gar nicht mehr gehofft habe.

»Danke, Gwen.« Sie schnäuzt sich und steckt ihr Taschentuch in die Jeanstasche. »Wie steht's mit dir? Als was können wir dich kostümieren?«

Sofort bin ich wieder beim Thema. »Ich gehe als die Prinzessin in der Tüte.«

Ella schüttelt den Kopf. »Deshalb liebe ich dich so sehr. Du bist voller Überraschungen.«

»Ich werde mir einen Sack aus braunem Papier machen und mir Schmutz ins Gesicht reiben, damit ich verrußt aussehe. Dann noch eine Krone aus Kartonpappe. Ich habe schon alles geplant.«

»Aber wer ist das?«

Ich kann nicht glauben, dass Ella die Heldin meines absoluten Lieblingsbuches vergessen hat, das wir in der Grundschule ständig lasen. »Sie ist diese Prinzessin, die gegen den Drachen kämpft und den Prinzen rettet.«

Ella hebt die Brauen. »Richtig!«

»Sie ist mit einem Sack bekleidet, nachdem ihr Kleid ruiniert wurde, und als der undankbare Prinz, den sie heiraten will, sie wegen ihres Outfits kritisiert, geigt sie ihm die Meinung. Ich muss wieder so mutig werden wie sie.« Früher war ich stark, aber meine Kraft hat nach Neds Tod nachgelassen. Es war zu schwer, damit fertigzuwerden.

Ellas Brauen ziehen sich zusammen. »Das ist tatsächlich eine mutige Wahl.«

Mein ganzes Leben hindurch war ich, da ich ohne eine Mutter aufwuchs, eine Außenseiterin. Es machte mir nichts aus, für mich zählte nur, dass ich mir selbst treu blieb. Solange ich im Stillen wusste, wer ich bin, und meinen Kurs hielt, war es okay für mich, anders zu sein.

Ella versucht offenbar, mir zu helfen, denn sie fragt: »Ist ein Sack wirklich das, was du tragen willst, wenn du zum ersten Mal die Leute von St. Aidan kennenlernst?«

Mir fällt etwas anderes ein. »Ich habe mal ein Quiz auf Facebook gemacht, da ging es darum, wer dein Schutzpatron ist. Ich hatte das Seepferdchen, also könnte ich doch so gehen.«

Ella schaut verzweifelt zur Decke. »Wir können dich unmöglich bis morgen in ein Seepferdchen verwandeln.«

»Dann ist es also beschlossen. Komm, wir besorgen Papier und Klebstoff.«

»Bevor wir das tun …« Sie holt erneut ihr Taschentuch hervor. »Möglicherweise habe ich einen schrecklichen Fehler gemacht.«

Es ist eine emotionale Zeit für sie, daher wohl auch ihre Unentschlossenheit. »Wenn du lieber als Lara gehen möchtest, können wir sicher leicht eine schwarze Shorts auftreiben.«

Ihre Stimme wird laut. »Ich meinte nicht das Kostüm, sondern das Cottage!«

Ich spähe durch das winzige eckige Fester und auf das in der Ferne schimmernde Blau. »Die meisten Leute würden sonst was dafür geben, einen Meerblick vom Klo aus zu haben.«

Wieder beben ihre Lippen. »Mir wird langsam klar, wie sehr Taylor und ich unsere Kräfte bei Renovierungen gebündelt haben.«

»Wie bitte?«

Ella schnieft. »Ich verstand mich auf die Beschaffung und die Einrichtung der Räumlichkeiten, Taylor war der Black & Decker-Experte.«

Ich stöhne. »Ich weiß nicht mal genau, was Black & Decker überhaupt ist. Wenn wir in den Skihütten Probleme hatten, haben wir den Hausmeister angerufen.« Genau genommen stimmt das nicht ganz. Einmal improvisierte ich mit Superkleber und befestigte ein Regal, das heruntergefallen war. Aber nur, weil der Gast durchdrehte. Ich kann sehr gut Zeltpflöcke einschlagen, und Dad hat mir und Ned das Bergsteigen beigebracht. Aber Haken in eine Felswand zu schlagen ist Lichtjahre entfernt vom Aufhängen von Küchenregalen. Ned und Dad sind sogar am liebsten *ohne* Seil geklettert.

Ella sagt seufzend: »Wir waren ein tolles Team, wenn es ums Heimwerkern ging. Wie zwei perfekt sich ergänzende Puzzleteile.« Jetzt gibt sie ein lang gezogenes Stöhnen von sich und landet den entscheidenden Treffer. »Ich bin mir nicht sicher, ob ich das ohne ihn kann.«

Ich will nicht aufgeben, aber ich muss realistisch bleiben. »Als Renovierungspartnerin kann ich Taylor sicher nicht ersetzen.«

Außerdem denke ich daran, wie Ella, als ich nicht mehr zurechtkam, mir einen Job als Haushälterin in Mailand besorgt hat und dann hingeflogen ist, um nach mir zu sehen. Sie ist jetzt bloß so weinerlich, weil sie bisher verdrängt hat, dass sie von Taylor verlassen wurde. Allerdings sterbe ich innerlich bei dem Gedanken. dass wir das Cottage unter völlig falschen Voraussetzungen bekommen haben.

Ella schnäuzt sich in ihr Taschentuch. »Tut mir leid, dass ich mich hinreißen ließ und alle in die Irre geführt habe. Wir werden den Haustürschlüssel wohl zurückgeben müssen.«

Ich atme die salzige Luft ein, die durch die Ritzen im Fensterrahmen weht. Während ich auf das Stück Meer in der Ferne blicke und die Sonne herauskommt, die das Wasser zum Glitzern bringt, widerstrebt es mir ein klein wenig, wieder von hier wegzugehen.

»Wir könnten auch bleiben und es probieren.« Während die Worte von dem gesprungenen beigefarbenen Waschbecken widerhallen, bin ich ebenso überrascht wie Ella, sie zu hören.

Ella schüttelt den Kopf heftiger. »Wie denn?«

In meinem Job als Chalet Host musste ich pro Tag hundert verschiedene Probleme lösen, zehn Wintersaisons hindurch. Würde ich es wagen, diese Fähigkeiten zur Lösung der Probleme mit dem Stargazey Cottage einzusetzen? Die Gwen von vor einigen Jahren hätte sich sofort reingekniet.

Immerhin habe ich früher mit Dad und Ned Parasailing gemacht. So mutig war ich einst. Nicht von Natur aus, doch als sie mich ermunterten, versuchte ich es. Jetzt bin ich wie gelähmt und kann diese waghalsigen Sachen nicht mehr machen. Aber wenn ich den Mut aufgebracht habe, von einer Klippe zu springen und durch die Lüfte zu segeln, sollte es auch möglich sein, dass ich Ella bei der Renovierung dieses Cottages helfe.

Ich stelle mir vor, um wie viel besser ich mich fühlen würde, wenn ich das hinbekäme, und Ella würde es genauso gehen. Es täte ihr so gut festzustellen, dass sie Taylor nicht braucht. Ich muss den Sprung für uns beide wagen.

Ich hole tief Luft. »Wir sind die Star Sisters, wir kriegen das gemeinsam hin. Irgendwie schaffen wir das.«

Sie sieht mich an. »Glaubst du wirklich, dass wir das können?«

Ich gebe mir alle Mühe, ruhig und zuversichtlich zu klingen. »Wo wir schon hier sind, was haben wir zu verlieren?« Wenn wir versagen, können wir nach London zurückkehren und so tun, als wäre es nie passiert. Ich allein würde das niemals schaffen, aber es für Ella zu tun, macht die Sache irgendwie einfacher. Und wir werden es nie erfahren, wenn wir es nicht ausprobieren.

Ich hoffe nur, ich bringe genug Mut auf, damit es funktioniert. Denn falls nicht, stecken wir echt in Schwierigkeiten.

4. Kapitel

Auf dem Weg zum Seaspray Cottage, St. Aidan
In die Tüte pusten
Freitagabend

»Bist du dir wirklich sicher, Gwen? Wenn der Wind noch stärker weht, landen wir im Wasser!«

Ella geht vier Schritte vor mir und schiebt ihr mit Zwiebeln beladenes Fahrrad an den pinkfarbenen und weißen Cottages am Hafen vorbei.

Während ich die Küchenwände gewischt und meine Papiertüte gebastelt habe, hat sie sehr schnell und sehr sauber sämtliche Defekte am Cottage aufgelistet. Aus der Dusche kommt nur ein Rinnsal, dennoch ist es ihr gelungen, sich die Nägel perfekt rot zu lackieren, und ihr langer Umhang glänzt in der Abendsonne. Trotz ihres androgynen Kostüms sieht sie mit Lippenstift und dem engen gestreiften, ihre Brüste betonenden Top umwerfend aus. Sie geht ohne irgendwelche Absichten aus, aber wenn sie heute Abend nicht jemandes Aufmerksamkeit erregt, esse ich meine Krone auf.

Nein, doch nicht, denn meine Krone ist das erste Opfer des Abends. Es war der reinste Triumph aus Klebstoff und Goldfolie, und sie war mit Klammern an meinen Haaren fixiert, als wir aufbrachen. Aber mein Kleid im Wind festzuhalten forderte meine ganze Aufmerksamkeit. Ich habe keine Ahnung, wohin die Krone verschwunden ist, aber als wir vor Crusty Cob's Fenster stehen blieben, war sie nicht mehr auf meinem Kopf.

»Ich komme klar, Ells. Ich versuche nur, nicht mit meinem Kleid an irgendwelchen Außenspiegeln hängen zu bleiben.« Angesichts meiner mit Ruß bedeckten Haut würde man kaum meinen, dass ich ebenfalls unter der Tröpfeldusche gestanden habe.

Wir kommen an Ellas elegantem blauen Wagen vorbei und an meinem Arbeitspferd von einem Van, der früher Ned gehört hat. Als wir das andere Ende des Parkplatzes erreichen, bleibt sie stehen und seufzt. »Ist nicht mehr weit jetzt. Seaspray Cottage liegt praktisch am Strand, mit Balkonen vorne und einem von einer Mauer umgebenen Garten hinten.« Obwohl wir abgemacht hatten, nach den gestrigen Erkenntnissen fröhliche Gesichter zu machen, streikt Ella. Ich habe alles versucht, von glasiertem Kuchen bis zu Karamell-Shortbread, aber sie hat den ganzen Tag kaum ein Wort gesagt.

Während wir den Dünenpfad entlang auf das Haus zugehen, kräuseln sich die Wellen am Strand. Durch das Meeresrauschen und das Rascheln meines braunen Papiers hören wir Stimmen von der Party. Wir folgen dem Geräusch um das Gebäude herum und durch eine offene Pforte hinein in einen hinter einer Mauer gelegenen Garten mit Lichterketten, die im Wind hin und her schwingen. Als wir über den Rasen gehen, tritt eine Gestalt, die ich als Nell erkenne, aus dem Schatten der Apfelbäume.

»Hey, ihr habt es geschafft!« Sie trägt einen Pork-Pie-Hut, aus dem Stroh ragt, dazu eine Jacke mit einem Seil um die Taille; unter dem Arm hält sie ein lebendiges Huhn. Ansonsten sieht sie aus wie vor zwei Tagen. »Kommt und trinkt etwas. Die Roaring-Waves-Brauerei sponsert den heutigen Abend, also stammen alle Biere von hier und haben spezielle Namen.«

Wir gehen an Cowboys vorbei sowie an der gefühlt gesamten Besetzung der *West Side Story* und gelangen zum Getränkestand.

Ella nimmt sich die erstbeste Flasche, während ich zunächst die Namen lese. »Wipe-out, Goofy Foot, Hump Back. Wie aufregend.« Bis ich mich für Kick Flip entschieden habe, hat Ella schon unsere Tickets bezahlt und die restlichen Bier-Gutscheine in ihrem Portemonnaie verstaut.

Nell ruft eine Frau mit gewellten kastanienbraunen Haaren und einem Baby auf dem Arm. »Clemmie, komm und lerne Ella und Gwen kennen.«

Die blassblau karierte Bluse der Frau ist gekräuselt und bauschig. Ich betrachte ihre weißen Socken und die glitzernden rubinroten Pumps und raune Ella zu: »Gut, dass wir uns nicht für Dorothy entschieden haben.« Dann wende ich mich lächelnd an die Frau. »Schicke Schuhe.«

Sie strahlt. »Die sind toll, oder? Fehlt nur eine gelbe Backsteinstraße. Ihr habt wahrscheinlich schon gehört, dass ich Clemmie von der kleinen Traumküche bin, die hier ansässig ist. Und ihr müsst die Star Sisters aus dem Stargazey sein! Wie reizend, dass ihr endlich hier seid.«

Ich hüstele und stelle lieber gleich klar: »Wir sind die mit dem winzigen Stargazey *Cottage*, nicht dem viel größeren Stargazey *House*.«

Ihre Augen leuchten. »Die kleinen Häuser sind die besten. Ich habe hier in einer klitzekleinen Wohnung im obersten Stockwerk angefangen, aber jetzt sind wir nach unten gezogen. In diesem Sommer war viel los; wir haben Nachmittagstees veranstaltet und Picknicks und Hochzeiten gefeiert, überall im County.«

Nell lächelt das Kind an, das dieselben braunen gewellten Haare und meergrünen Augen wie ihre Mum hat. »Und alles mit einem Neugeborenen. Das ist übrigens Clems Baby Bud, Kurzform von Buddleia.«

Clemmie lächelt. »Allein hätte ich das nicht geschafft. Nell hat mir sehr geholfen, auch Sophie und Plum, die drüben beim Grill sind.«

Ella hält in der Menge Ausschau. »Ist Cressy Cupcake heute Abend hier? Ich habe eine ihrer Gebäckkartons und ein Rezeptbuch bei ihr gekauft, als ich letzten Sommer in St. Aidan war.«

Clemmie lacht. »St. Aidans Internetberühmtheit hat versprochen, später vorbeizukommen. Sie und Ross bieten jetzt Seminare inklusive Unterkunft auf ihrer Farm High Hopes Hill an, aber sie backt auch noch für uns.«

Nell fügt hinzu: »Wenn ihr etwas über die Aufzucht seltener Rassen wissen wollt, müsst ihr euch da anmelden.«

Eine Frau in einem mit Farbe bekleckerten Overall taucht auf, den Rauch vom Grill hinter dem Getränkestand wegwedelnd. »Hat mich jemand gerufen?« Sie wirft ihren dunklen Pferdeschwanz zurück. »Ich bin Plum und verkleidet als ich selbst! Ich bin von der Deck Gallery, hügelaufwärts bei Crusty Cobs Bäckerei.« Ihr Lächeln wird breiter. »Ich kenne eure Bewerbung, deshalb weiß ich, wer ihr seid. Es ist toll, euch persönlich kennenzulernen.«

Eine blonde Frau folgt ihr nach, mit Hüftschwung in einem schimmernden türkisfarbenen Fischschwanzrock. Ich stupse Ella an und sage: »Siehst du, ich hätte doch als Seepferdchen kommen können.«

Die Frau grinst. »Tatsächlich bin ich eine Meerjungfrau.« Sie streckt die Hand aus. »Ich bin Sophie. Ich bin die Einzige in einem Fischschwanz heute Abend, aber wir haben alle ein solches Kostüm zu Hause!«

Nell sieht uns strahlend an. »Das sind die Besties, die ich neulich erwähnt habe. Wir Meerjungfrauen haben George geholfen, die Mieter für das Cottage auszusuchen.«

Eine halbe Flasche Kick Flip, und ich bin schon ruhiger, aber diese kleine Bemerkung lässt mich stutzen. Ich sage lieber nichts mehr. Wenn wir dank denen hier sind, dürfen sie nichts von unseren momentanen Selbstzweifeln hinsichtlich der Renovierung erfahren.

Sophie legt mir den Arm um die Schulter. »Seht euch zwei an! Wir wussten, dass ihr die richtige Wahl seid!«

Plum mustert uns neugierig. »Habt ihr euch schon eingewöhnt?«

Ella trinkt aus einer Flasche, auf deren Etikett »Ankle Slapper« steht, und verschluckt sich prompt, als sie die Frage hört. Dann erholt sie sich aber rasch wieder. »Fabelhaft. Danke, dass ihr uns ausgewählt habt.«

Ich schaue lächelnd in die Runde, als Ausgleich für Ellas wenig begeisterten Ton. »Wir haben es nicht eilig, mit der Arbeit zu beginnen. Wir werden warten, bis das Cottage zu uns spricht.« Das sollte uns die Zeit verschaffen, die wir brauchen, um uns mit dem Problem vertraut zu machen. Vielleicht werde ich einen Do-it-yourself-Kurs besuchen.

Sophie nickt zustimmend. »Wir machen es genauso mit der Schlossruine, die wir vor Jahren gekauft haben; wir überlegen und sparen.«

Plum lächelt ebenfalls. »Sehr klug. Ich kann diese Leute nicht verstehen, die alles aus Häusern herausreißen, obwohl sie kaum eine Nacht in ihnen verbracht haben.«

Ich schäme mich dafür, dass wir Leute getäuscht haben, die uns so unterstützen.

Nell räuspert sich. »Heute Abend sind alle Stargazey-Bewohner da!« Sie stupst mich an und sieht über meine Schulter. »Das ist doch euer Nachbar, der da kommt, oder?«

Erschrocken drehe ich mich um und sehe ihn über den

Rasen schlendern. Ich kann es nicht fassen, dass ich mich so geirrt habe!

Ich will etwas zu Nell sagen, aber Ella kommt mir zuvor. »Ollie, wie reizend, Sie wiederzusehen. Schön, dass Sie es geschafft haben.« Ich bin froh, dass sie offenbar zum Leben erwacht ist, allerdings bin ich nach wie vor nicht davon überzeugt, dass er ihr Typ ist.

Nell sagt: »Nehmen Sie sich ein Bier, Ollie, und dann kommen Sie und lernen Sie alle kennen.«

Während alle erneut ihren Namen aufsagen, erfahren wir zusätzlich, dass Nell Buchhalterin ist und Sophie vier Kinder hat, einen Ehemann namens Nate und eine multinationale Kosmetikfirma.

Sie legt ihre Hand auf meinen Arm. »Ich werde dir ein paar Sophie-May-Hautreiniger-Proben geben, bevor ihr geht. Du kannst mir dann erzählen, wie sie bei deinem Ruß im Gesicht gewirkt haben.«

Ich zucke innerlich zusammen, als ich sehe, dass Ollie genau das Sweatshirt trägt, das ich getragen habe. Ich muss diese Unterhaltung an mich ziehen, bevor er aller Welt erzählen kann, wie ich im BH vor ihm stand. »Gutes Kostüm, Ollie. Tolle Idee, als Mitglied des britischen Segelteams.« Unbekümmert füge ich hinzu: »Kommt der Rest der Truppe später?«

Er trinkt einen Schluck von seinem Glassy Wave. »Die absolvieren ein Trainingswochenende in Abersoch und entschuldigen sich.«

Das ist eine clevere, authentisch klingende Antwort für jemanden, der sich das glatt ausgedacht hat.

Ollie betrachtet meine Arme. »Das muss eine sehr beeindruckende Kosmetik-Auswahl von Ihnen sein, Sophie, wenn sie Drachenrauch entfernt.« Er kneift die Augen zusammen. »Das soll es doch sein, oder?«

Ellas Lächeln ist breit und echt. »Sie ist definitiv als Prinzessin in der Tüte hier, nicht bloß als gewöhnlicher Sack. Nicht schlecht erkannt.«

Plum meldet sich zu Wort. »Gute Wahl, sie war auch in meiner Kindheit unsere Heldin.«

Ich sehe Ollie überrascht an. »Die Krone war der Clou, bis ich sie verloren habe.«

Prompt holt Ollie etwas golden Glänzendes hinter seinem Rücken hervor. »Deshalb bin ich hier! Ich war oben in meinem Haus und sah, wie sie weggeweht wurde, als Sie vorbeigingen. Ich bin ihr nachgejagt und Ihnen gefolgt.«

Ella schnurrt praktisch. »Das ist ja so lieb von Ihnen.« Sie stößt mich in die Rippen. »Nicht wahr, Gwen? Nun nimm sie schon!«

»Danke, Ollie.« Ich bin nicht undankbar, aber wenn ich die Fahne für starke Frauen hochhalte, ist es irgendwie ironisch, dass ich von einem Mann gerettet werde. Während ich die Haarklammern wieder feststecke, ärgere ich mich darüber, dass er wegen *meiner* Nachlässigkeit hier ist. Denn er löst bei mir dieses flaue Gefühl im Magen aus. »Sorry, dass ich Ihren Abend ruiniert habe. Aber Sie können ja wieder gehen, nachdem Sie mir die Krone gebracht haben«, erkläre ich hoheitsvoll; er sieht aus, als wollte er schnellstens wieder verschwinden.

Nell hebt die Hand. »Moment! Niemand darf gehen, ehe er nicht die Hot Dogs probiert hat. Die Würstchen sind handgemacht aus St. Austell; heute Abend gibt es Apfel mit Cider, Stilton-Käse und Lauch, außerdem zerstoßenen schwarzen Pfeffer mit Salbei.«

Ich murmele einen Fluch vor mich hin, dass meine schöne Verabschiedung nicht funktioniert hat.

Clemmie wendet sich an uns. »Nells Eltern züchten Schweine. Sie ist ein Champion der Schweinefleischküche.«

Nell bugsiert uns schon zum Grill. »Der einzige Grund, sich zu weigern, wäre, dass sich jemand vegan ernährt. Aber wir haben auch vegane Würstchen, also kommt niemand davon.«

Meine einzige Hoffnung, Ollie jetzt noch loszuwerden, wäre eine Gluten-Unverträglichkeit bei ihm, sodass er die Hot-Dog-Brötchen nicht essen kann. Aber bei meinem Pech haben die das hier auch längst berücksichtigt.

5. Kapitel

Im Garten des Seaspray Cottage, St. Aidan
Wellenkämme und Geschichte wiederholt sich
Immer noch Freitagabend

Trotz des schlechten Starts in den Abend sieht es plötzlich unerwartet gut aus. Die hausgemachten Würstchen kommen gut an, und in der Schlange auf der Terrasse werden wir zahlreichen Leuten vorgestellt.

Ich muss gestehen, dass ich außerhalb meiner Arbeit kein Partytyp bin. Viele Menschen auf einem Haufen sind mir ein Gräuel. Am liebsten sind mir Zusammenkünfte von höchstens zwei Leuten inklusive mir. Aber wenn ich die Dorfbewohner schon kennenlernen muss, dann am liebsten mit einem kurzen Hallo und einem Lächeln, ehe sie sich wieder umdrehen, um ihr Essen zu holen. Auf diese Weise laufe ich wenigstens nicht Gefahr, irgendetwas Unpassendes zu sagen oder, noch schlimmer, dass die Unterhaltung ins Stocken gerät, weil mein Gehirn unter dem Druck abschaltet.

Eine weitere gute Entschuldigung, um mich aus der Menge zu entfernen, ist, dass ich mein Kleid vor den Flammen schützen muss. Sobald wir also Servietten und einen Teller voller Hot Dogs haben, nehme ich noch zwei Biere und bugsiere Ella zu einem der freien blassgrünen Metalltische hinter den Apfelbäumen. Im Schatten der Gartenmauer ist es so ruhig, als wären wir die einzigen Menschen hier. Ich fühle mich ein wenig schuldig, weil ich Ella die

Chance nehme, Leute kennenzulernen. Aber nachdem das sprichwörtliche Eis zur Gesellschaft St. Aidans gebrochen ist, werden für sie bestimmt noch viele solcher Abende folgen. Während das Meer, von der Seite des Hauses zu sehen, dunkler wird, hoffe ich, dass wir nach dem Essen unbemerkt verschwinden können.

Ella geht noch einmal zur Terrasse, um Ketchup zu holen, und ich beobachte die flirtenden Neckereien der *West Side Story*-Gruppe.

Ich weiß – dass ich meinen Bruder verloren habe, ist etwas anderes als ein Beziehungs-Aus. Trotzdem kann einem in beiden Fällen der Schmerz den Verstand rauben. Emotional distanziert, wie ich inzwischen bin, muss ich beim Anblick der scherzenden, lachenden, unbekümmerten Paare daran denken, welchen Schmerz sie sich gegenseitig zufügen, wenn es irgendwann nicht mehr funktioniert. Es ist, als wäre ich supersensibilisiert; jedes Atom in meinem Körper schreit auf, und mein Überlebensinstinkt warnt mich schrill vor der potenziellen Gefahr.

Wenn du ein Zugunglück vermeiden willst, steig gar nicht erst in den Zug, Gwen.

Ich starre gebannt, als Ollies Profil hinter einer schwarzen Lederjacke zu sehen ist, und es dauert, bis ich mich von dem Anblick wieder losreißen kann.

Ich habe keine Ahnung, wie mein Dad damit fertiggeworden ist, meine Mum zu verlieren und dann auch noch Ned. Er ist ein sehr bodenständiger Mann, aber er ist neuerdings wortkarg geworden. Redet von Entscheidungen, nicht von Motivation. Wenn wir telefonieren, kommt der Trost aus der Stille, nicht aus der Unterhaltung. Genau wie ich, ist er unstet und unruhig. Untröstlich. Momentan hält er sich in Neuseeland auf, wo er einem Freund hilft, der seltene Moose in Höhenlagen dokumentiert.

»Ich habe gerade gesehen, wie du Ollie beobachtet hast.« Ella setzt sich schwungvoll und stellt eine Quetschflasche Senf auf den Tisch.

Wer, ich? »Glaube ich eher nicht.«

Sie lacht leise. »Weißt du, wodurch du dich am meisten verrätst, wenn jemand dir gefällt?« Sie wartet nicht auf meine Antwort. »Würde er dir ein Dickpic schicken, würdest du es dir ansehen.«

»Ella!«, protestiere ich empört.

Ihre Augen leuchten. »Würdest du, oder? Es steht dir ins Gesicht geschrieben. Du würdest es definitiv.«

Das ist der Nachteil, wenn man mit jemandem Zeit verbringt, der einen besser kennt als man sich selbst. Ich tauche ab, um die Servietten aufzuheben, die von einer Windbö weggeweht wurden. Während ich meine Gänsehaut auf den Armen reibe und wieder hochkomme, sackt mein Magen erneut durch.

»Ollie!« Wie auch immer er uns gefunden hat, ich muss ihn schleunigst wieder dahin zurückschicken, wo er hergekommen ist. »Diese Ecke hier ist Singles vorbehalten. Falls Sie auf der Suche nach tiefgründigen Gesprächen sind, hat es keinen Sinn, es hier bei uns zu versuchen.«

Nach einer Stunde ernster Miene grinst Ella plötzlich wieder. »Hören Sie nicht auf sie. Gwen ist viel bereiter für eine Beziehung, als sie zugibt.«

Ich werfe ihr einen finsteren Blick zu und gebe ihr einen Tritt unter dem Tisch, während ich zurück auf meinen Platz gleite. Doch statt Ellas Knöchel zu treffen, landet mein Turnschuh am Tischbein, sodass die Biere gefährlich wackeln.

Ollie beugt sich herunter und hält die Flaschen fest. »Solo und das auch bleiben wollend passt mir sehr gut.«

Ich habe sehr wohl vernommen, dass Ella mich als frei geoutet hat und er ihr prompt eine Absage erteilt hat. Er ist die letzte Person, die ich je in Betracht ziehen würde, auch wenn er sehr schöne Handgelenke hat, wie ich dank seiner jetzt hochgeschobenen Ärmel erkennen kann. Allerdings gibt es höflichere Methoden einer Zurückweisung.

Er wendet sich an mich. »Ich habe bemerkt, dass Sie frösteln. Möchten Sie sich meinen Pullover leihen?« Seine Mundwinkel zucken. »Schließlich wissen wir ja bereits, dass er passt.«

Ich mag an der Grenze zur Unterkühlung sein, aber das mache ich nicht noch mal. Trotzig lüge ich: »Ich habe einen Großteil meines Lebens in Höhenlagen verbracht und spüre die Kälte gar nicht.« Seit Neds Tod versuche ich, die Berge nicht einmal zu erwähnen, und ich hätte es auch jetzt nicht getan, wäre ich nicht so aufgebracht.

Ella lächelt ihn weiter an. »Danke dafür. Wollen Sie nicht ein Bier mit uns trinken, wenn Sie schon hier sind? Wir haben sie gleich an der Bar aufgemacht.« Selbst für Ellas Verhältnisse ist das extrem nachbarschaftsfreundlich, und ehe wir uns versehen, hat er sich einen grünen Metallklappstuhl herangezogen und trinkt begeistert blasses Ale.

Ella lässt nicht locker. »Nehmen Sie es Gwen nicht übel, sie war schon immer stur und sehr unabhängig. Das kommt daher, dass sie mit lauter älteren Kids aufgewachsen ist – sie springt lieber ins Meer, bevor sie zugibt, dass sie Hilfe braucht.«

Ella hat das ganz gut zusammengefasst, ohne dabei herabwürdigend zu sein. Und Ned erwähnt sie auch nicht. Es ist auch besser so, dass sie das klargestellt hat, dann lassen mich die Leute in Zukunft in Ruhe.

Ollie seufzt. »Ich habe Schwestern. Deshalb habe ich gelernt, meinen Kapuzenpullover anzubieten, selbst wenn das Angebot abgelehnt wird, und mich nicht wie ein Ronald zu benehmen.« Das ist wieder eine Anspielung auf mein Kostüm, und er kennt sogar den Namen des Prinzen aus dem Buch, der ein ziemlicher Armleuchter ist.

Entspräche ich meiner Kostümfigur, würde ich jetzt erwähnen, dass ich einen Bruder hatte, der gestorben ist, weshalb ich nicht in der Lage bin zu sagen, was ich empfinde. Könnte ich das, würde ich sein Angebot, mir den Pullover zu leihen, höflich ablehnen. Stattdessen übernehme ich Ellas Spruch: »Fabelhaft, dann wissen wir wenigstens alle, wo wir stehen.«

Ella legt sich mächtig ins Zeug. »Großartig, dass Sie nun die Gelegenheit hatten, alle kennenzulernen, Ollie. Die gesellschaftlichen Veranstaltungen in St. Aidan sind eine der großen Attraktionen.«

Er verzieht das Gesicht. »Ich bin nicht in St. Aidan, um Spaß zu haben, sondern weil ich hier sein muss.«

»Na ja, unseretwegen müssen Sie nicht bleiben.« Ich würde mich viel wohler fühlen, wenn er ginge.

Jetzt sieht Ella mich finster an, ehe sie Ollie wieder ihr Lächeln schenkt. »Renovierungen können ganz schön anstrengend sein, besonders in einem Haus, das so groß ist wie Stargazey House.« Sie sagt das mit ein wenig zu viel Gefühl.

Ich sollte den Mund halten, aber aus irgendeinem Grund gelingt mir das nicht. »Wie gut, dass Sie fast fertig sind, Ollie. Dann müssen Sie St. Aidan nicht mehr lange ertragen.« Ich bin weder Hausexpertin oder Mitglied des Cornwall-Fanclubs wie Ella, aber angesichts des Hauses, das er besitzt, könnte er sich glücklich schätzen. Hätten *wir* dieses Haus, wären wir bestimmt nicht so mürrisch und undankbar. Ich meine ja nur.

Ich will ihm das gerade sagen, doch da duckt Clemmie sich unter einem der Äste hindurch. Als sie an den Tisch tritt, streckt Bud ihre kleine Hand nach meiner Krone aus.

In meinem Arbeitsleben habe ich auf einige Babys aufgepasst, und dieses hier erinnert mich daran, wie sehr ich sie mochte. Solange man sie nach einigen Stunden wieder an ihre Eltern zurückgeben kann, ist es toll mit ihnen. Eine Konversation mit einem nicht sprechenden menschlichen Wesen ist viel interessanter als mit einer Spaßbremse wie Ollie. Und noch besser wird es, als sie mein Lächeln erwidert.

Clemmie schaut zu, wie ich Buds klebrige Finger aus meinen Haaren befreie. »Wir besorgen dir eine Krone, wenn du älter bist, Bud.«

Ich rümpfe die Nase. »Schon komisch, wie manche auf alles stehen, was pink ist oder glitzert.« Bei mir war es so, und im Grunde hat sich daran nichts geändert, obwohl Dad mich wie einen zweiten Ned erzogen hat. Zum Glück bekam ich Ellas abgelegte Kleidungsstücke und das ganze pinkfarbene Zeug, mit dem Merry sie überhäufte; Ella trug die Sachen selten, weil sie mehr ein Regenbogenmädchen war.

Clemmie schaut Bud an, die ihre Ärmchen nach mir ausstreckt. »Sieht aus, als hättest du hier eine Freundin fürs Leben gewonnen, Gwen.«

Es ist eine instinktive Reaktion. Ich hebe die Hände, und einen Moment später landet das Gewicht des Babys auf meinem Schoß. »Es ist nicht sonderlich bequem, auf mir zu sitzen, Bud, weil mein Kleid knittert.« Aber Bud kümmert das nicht, daher nehme ich die Krone von meinem Kopf, und Bud fängt an, damit zu spielen.

Clemmie lacht. »Solange sie still ist, erzähle ich euch mal alles über den Breakfast Club.«

»Klasse«, sagen Ella und ich gleichzeitig, aber ich weiß schon, dass das nichts für uns ist. Ella muss so früh zur Arbeit, dass sie kaum ins Bett zu gehen braucht.

Clemmie sagt: »Es ist ein weiterer Singles Club, in dem jeder mitmachen kann. Die Leute kommen dreimal pro Woche morgens vor der Arbeit vorbei.« Sie wendet sich an Ollie. »Ich will niemanden stereotypisieren, aber die Männer kommen hauptsächlich wegen des Gebäcks. An den Donnerstagen machen wir auch Pfannkuchen.«

Bei dem Gedanken daran läuft mir das Wasser im Mund zusammen, trotzdem muss ich ablehnen. Wenn ich nicht arbeite, bin ich morgens lieber allein. Und Ollies Miene nach zu urteilen, lockt ihn das Gebäck auch nicht sonderlich. Nicht, dass ich voreingenommen wäre, aber ich bin mit diesen sportlichen Leuten durch, die von Protein-Shakes leben und Kalorien meiden.

Clemmie sagt zu mir: »Du bist herzlich eingeladen, um das Internet zu nutzen, bis es bei euch eingerichtet ist.«

Das habe ich übersehen. Es wird weitere Wochen dauern, bis wir eine vernünftige Verbindung haben. »Das wäre großartig. Bis jetzt kamen wir mit unseren Handys zurecht, aber manchmal müssen wir bis auf den Dachboden gehen, um Textnachrichten zu empfangen.«

Clemmies Augen leuchten. »Dank meines Partners Charlie, der ein Computerfreak ist, haben wir das schnellste Breitband im ganzen Umkreis. Deshalb arbeiten viele Leute während des Frühstücks.« Sie grinst. »Wenn du mit deiner Krone kommst und dafür sorgst, dass Bud still ist wie jetzt, erhältst du auch noch gratis Kaffee.«

Wir sind alle so mit Lachen beschäftigt, dass es, als ich Buds Hand nach den Bierflaschen greifen sehe, schon zu spät ist. Ein Schlag genügt, und alle Flaschen wanken, dann ergießt sich ein Fluss aus Bier auf uns.

»Bud!« Clemmie springt nach vorn, um sie zu nehmen, aber Bud klammert sich mit ihren kleinen Fäusten an meiner Brust fest. Clemmie hebt sie hoch, und es gibt ein Ratschen. Als sie zurücktritt, hat Bud einen Streifen meines Papierkleides abgerissen.

Ella springt ebenfalls auf und breitet zu beiden Seiten die Arme um mich aus. »Der Vorteil bei Papierkleidung ist, dass man sie leicht wieder flicken kann! Eine Rolle Paketklebeband, und du bist so gut wie neu!«

Ich schaue an mir hinunter, um den Schaden einzuschätzen. »Das ist wirklich kein Problem. Im Gegensatz zur Prinzessin im Buch trage ich Shorts und T-Shirt darunter.«

Das ist eine große Übertreibung, denn bei dem T-Shirt handelt es sich um ein dünnes Spitzenunterhemd, das aus einem nur Primark bekannten Grund durchsichtig ist, nachdem es mit Bier getränkt wurde.

Ollie tritt auf mich zu, er hat den Pullover bereits ausgezogen und hält ihn mir am Finger baumelnd hin. »Ändern Sie Ihre Meinung, was den Kapuzenpulli betrifft?«

Ich wäge ab, was peinlicher ist – das Angebot anzunehmen oder durch die Kälte den ganzen Weg den Hügel hinauf mit entblößten Brüsten zurückzulegen. Aber bevor ich eine Entscheidung treffen kann, drückt er mir das Sweatshirt in die Hand.

»Keine Widerrede. Nehmen Sie ihn. Ich gehe ohnehin jetzt.«

Im Stillen jubele ich und recke die Faust,

»Geben Sie ihn mir einfach irgendwann zurück. Sie wissen ja, wo Sie mich finden.« Er schlendert über den Rasen davon. »Danke für den tollen Abend, alle zusammen.« Das ist wohl ironisch gemeint.

Während ich den Pullover anziehe und seinen Duft einatme, werde ich benommen. Dann schiebe ich die Arme in die Ärmel, mein Kopf taucht wieder auf und ich spüre die Wärme. Lächelnd sehe ich Ella und Clemmie an.

»Ausgezeichnet! Zum ersten Mal an diesem Abend ist mir warm. Wollen wir noch etwas trinken?«

Clemmie nickt. »Bald gibt es Pudding.«

Ella und ich staunen. »Es gibt noch Nachtisch?«

Sie lacht. »Nichts Aufwendiges. Nur ein paar Meringues und Eisbomben.«

Sie hat keine Ahnung, wie wunderbar das für zwei Frauen klingt, die nur eine Mikrowelle haben. Ich weiß, dass ich für zwangloses Geplauder nicht zu gebrauchen bin, aber wenn Eis und Baiser dabei sind, ist es das Risiko wert.

Ich werde Ollie wiedersehen müssen, wenn ich ihm den Pullover zurückgebe. Und was den bleibenden Wert erster Eindrücke betrifft, war dieser Abend eine Katastrophe. Doch jetzt lausche ich nur noch dem Wellenrauschen am Strand und freue mich auf den bevorstehenden Zuckerschock.

Clemmie lacht. »Das wird noch mehr Leuten die Gelegenheit geben, mit dir zu plaudern. Seit sich herumgesprochen hat, dass ihr Design-Duo-Workshops für die Einheimischen veranstalten wollt, brennen sie darauf, euch kennenzulernen.«

»Design-Duo *was*?«, rufe ich verblüfft, und prompt tritt Ella mir auf den Fuß.

»Unser spontaner Vorschlag, als die Zoom-Schaltung mit George dauernd stockte, weißt du noch?« Ihr Lächeln verrät nicht, wie hart sie meine Zehen in den Rasen drückt. »Wir hatten doch gehofft, dass das Workshop-Angebot unsere Chancen auf den Mietvertrag für das Cottage erhöht.«

Clemmies Augen glänzen. »Begrenzte Teilnehmerzahl, mit Branchengeheimnissen und heißen Tipps! Wer würde davon nicht profitieren wollen?« Dann zwinkert sie. »Die

Star Sisters waren der Konkurrenz meilenweit voraus. Kein anderer Bewerber kam da auch nur annähernd mit.«

Es ist schwer zu glauben, was ich da höre, aber ich lasse mir absolut nichts anmerken. »Workshops machen wir am liebsten, stimmt's, Ella?«

Erinnert mich daran, niemals zu glauben, es könnte nicht noch schlimmer werden. Denn jetzt können mich nicht mal die Eisbomben retten.

6. Kapitel

Die kleine Traumküche, Seaspray Cottage,
St. Aidan, Cornwall
Medaillen, Farbtabellen und brenzlige Situationen
Früher Donnerstagmorgen, sechs Tage später

Ich soll helfen, einen Workshop zu gestalten? Manche Dinge im Leben sind so verstörend, dass man sie am besten verdrängt und gar nicht mehr an sie denkt. Ich hoffe verzweifelt, dass dies das letzte absurde Versprechen ist, von dem wir überrumpelt werden. Allerdings hat es keinen Sinn, wenn ich Ella danach frage. Vermutlich haben wir so viele gemacht, dass wir uns unmöglich an alle erinnern können.

Nachdem wir diese Herausforderung erst einmal beiseitegelegt hatten, verging die Woche wie im Flug, indem ich alles Mögliche unternahm, um Ollie den geborgten Pullover nicht zurückgeben zu müssen. Dass ich ihm einmal meine Brüste gezeigt habe, darüber hätten wir ja noch hinwegkommen können. Aber zweimal ist unverzeihlich.

Aber es ist nicht nur der Mann, dem ich nicht begegnen möchte. Mir ist es außerdem unangenehm, dass ich ein Kribbeln im Bauch verspüre, sobald ich irgendwo in seiner Nähe bin. Ich fühle mich schrecklich schwach, weil er mir Herzklopfen verursacht. Es liegt nicht nur daran, dass er der mürrischste Kerl ist, den wir in St. Aidan getroffen haben. Da ich mit Beziehungen nichts am Hut habe, sollte ich ihn nicht einmal ansehen. Und wenn ich meinen Blick nicht von ihm abwenden kann, bin ich von mir selbst angewidert. Darüber hinaus gibt es jedes Mal etwas Neues, womit ich nicht einverstanden bin, sobald er nur den Mund aufmacht. Wenigstens relativiert es sein unverschämt gutes Aussehen. Solange ich eine Gartenlänge Abstand zu ihm halte und in die andere Richtung schaue, werde ich wohl klarkommen.

Ella hatte am Montag ihren ersten Arbeitstag und ist in irgendeine abgelegene Ecke von North Devon gefahren, um ihre Magie bei einem Baustellen-Meeting zu entfalten. Seitdem hat sie tagsüber gearbeitet, während ich jeden Zentimeter des Cottages schrubbte. Nicht, dass es dreckig wäre, ich will nur, dass es nach uns duftet. Als ich endlich den Mut fand, den Kapuzenpulli zurückzugeben, stellte ich fest, dass er wie eine Brauerei riecht. Das bedeutete einen Ausflug zum Waschsalon am Hafen. Aber als der Pullover gewaschen, getrocknet und ordentlich zusammengefaltet war, hatten wir schon Mittwoch, und ich schob es erneut auf.

In freien Momenten, als ich zum Beispiel mit dem Rücken an den warmen Trockner im Waschsalon gelehnt saß und die bunten Boote im Hafen beobachtete, versuchte ich meine Hausrenovierungsfähigkeiten zu verbessern. Im Anfängerkurs *Holzarbeiten* hier dauert es ein ganzes Jahr, um einen Stuhl bauen zu können. Ein Wochenendkurs für Hausbesitzer kostet ein Vermögen, und am Ende hätte ich bloß einen Spachtel. Deshalb sehe ich mir stattdessen YouTube-Videos an, nur dass ich da auf Buffering-Probleme stoße. Genau deshalb gehe ich am Donnerstagmorgen zu Clemmie zum Frühstück – und wegen des WLAN. Und da ich es nicht mehr länger aufschieben kann, will ich auf dem Weg dorthin den Kapuzenpullover zurückgeben.

Als ich an die Tür des Stargazey House klopfe, starren mich die Fischaugen in der Tonpastete auf den Eingangsstufen vorwurfsvoll an. Nachdem ich viermal geklopft habe, komme ich zu dem Schluss, dass Ollie nicht daheim ist, also gehe ich zurück auf das Kopfsteinpflaster und am Hafen vorbei. Dadurch bekomme ich keine Gelegenheit, nervös zu werden, als ich die Terrasse überquere und mich dem Schild nähere, auf dem »Die kleine Traumküche« steht. Durch die Fenster kann ich Clemmie sehen, die Tische abwischt und eine Schürze um das geblümte Kleid gebunden hat.

Sie lächelt bei meinem Eintreten. »Gwen, du hast es geschafft!«

Ich steige über einen großen haarigen Hund und registriere verblüfft die vielen Regenbogenfarben – apfelgrüne Regale vor pinkfarbenen Wänden, ein dunkelblauer Tresen, dazu ein langes magentafarbenes Samtsofa mit bunten Patchworkkissen. Es gibt niedrige Tische mit Sesseln, deren Bezüge blau und grün kariert sind oder rot und pink gestreift, während die Stühle an den höheren Tischen in Blau, Pink und Gelb gestrichen sind. Auf beiden Seiten gibt es Fenster mit Blick auf den glänzenden nassen Sand und das türkisblau schimmernde Wasser.

Begeistert rufe ich: »Was für ein Raum – das ist ja toll!«

Sie sieht erfreut aus. »Es ist besonders schön, das von einem Profi wie dir zu hören.«

Nach Oscar-reifen Zoom-Performances ist es wenig überraschend, dass man mir Talente zuschreibt, die ich gar nicht habe. Ich will allerdings lieber ehrlich sein und erwidere daher: »Ella ist diejenige mit den Designerqualifikationen. Ich mache das eher aus dem Bauch heraus.«

»Mir ist jedes von Herzen kommende Kompliment recht!« Clemmies Lächeln wird noch breiter. »Der kleine-

Traumküchen-Stil und die Rezepte gehen zurück auf meine verstorbene Großmutter; die Inspiration kam aus ihrer Wohnung oben.«

»Fantastisch.« Ich würde gern vom Thema Design wegkommen. »Ich mag deinen Hund auch, er ist sehr wohlerzogen.«

Sie schaut hinunter auf den zu ihren Füßen liegenden, leise schnarchenden Hund. »Das ist Diesel, der ist erledigt, weil Charlie schon mit ihm in der Bucht war.«

Ich rümpfe die Nase. »Ich kann Diesel gut verstehen. Bin auch kein Morgenmensch.« Ella, Dad und Ned waren stets im Morgengrauen schon bereit zum Aufbruch und schleppten mich mit. In den Skihütten Frühstück zuzubereiten bedeutete ebenfalls zeitiges Aufstehen. Wenn ich mir selbst überlassen bin, gehe ich es gern langsamer an. Wenn ich nicht unbedingt diese Videos anschauen müsste, wäre ich nie um halb acht hierhergekommen.

Ich brauche eine Weile, bis ich außer dem Duft von warmem Gebäck die Gäste bemerke, die in Ecken sitzen und ihren Kaffee aus nicht zusammenpassendem Porzellan trinken. Dieser Ort hier ist so gemütlich und vertreibt die Morgenkühle. Nach einer Woche in einem der schlichtesten Cottages in St. Aidan fühlt es sich himmlisch an.

Bud ist auch da und strampelt in einem blau gestrichenen Hochstuhl am Tresen, in der einen Hand ein Kartonbuch, während sie sich mit der anderen Hand Pfannkuchenstücke in den Mund stopft.

Clemmie stellt ihr Tablett ab und schiebt mir eine Speisekarte über den Tresen zu. »Möchtest du mir und Bud hier drüben Gesellschaft leisten? Was kann ich dir bringen?«

Die Gebäckstapel lassen mir bereits das Wasser im Munde zusammenlaufen, als ich mich auf einen Hocker setze. Von meinem Platz aus habe ich einen Blick aufs Meer und kann mich gleichzeitig im Raum umsehen. Die Karte lesend, stoße ich auf etwas, das ich unbedingt haben will. »Pfannkuchen mit Beeren und Vanillecreme.« Ich überfliege das Getränkeangebot, da ich mir meine Koffeindosis für später aufsparen will. »Dazu einen extra großen Erdbeermilchshake, bitte.«

Bud und ich beobachten Clemmie dabei, wie sie den Pfannkuchenstapel baut, Ahornsirup darüberträufelt und Früchte dazugibt. Als sie den Teller vor mich hinstellt, streckt Bud die Hand aus und greift mit ihren kleinen Fingern danach.

Ich lege meinen Löffel hin. »Wenn du etwas abhaben möchtest, müssen wir zuerst Mum fragen.«

Clemmie lacht. »Du kannst nicht immer die Sachen der Gäste essen, Bud.« Sie wischt sich die Hände an einem Küchenhandtuch ab. »Als sie kleiner war, blieb sie mit Charlie oben, aber in jüngster Zeit liebt sie die Gesellschaft hier unten.«

Ich lege Bud ein paar Beeren auf ihr Tablett, und sie macht sich darüber her. »Erdbeeren sind auch mein Lieblingsobst.« Ich muss lachen, während ich den Pfannkuchen esse. »Eine für dich, eine für mich, okay?«

Ich vergesse nicht, weshalb ich hier bin, deshalb klappe ich neben dem Teller meinen Laptop auf, stöpsele ein Ohrteil ein und tippe den WLAN-Schlüssel, der auf der Speisekarte steht. Kurz darauf sehe ich mir ein Video von jemandem an, der ein Loch in eine Hauswand schlägt und eine Terrassentür einbaut.

Ich lache über Buds neugierig gerunzelte Stirn und drehe den Bildschirm so, dass sie sehen kann. »Möchtest du auch schauen?« Ich hatte gehofft zu verstehen, was auf uns zukommt. Aber die Szenen von Abriss und

Wiederaufbau sind derartig beängstigend, dass ich davon Magenschmerzen bekomme. Daher tippe ich »malen und tapezieren für Anfänger« ein und wende mich an Bud. »Eine Frau mit einem Farbroller – das ist schon eher unser Level.«

Ich konzentriere mich so sehr auf die Anleitung, wie man Farbe aus der Dose in eine Schale gibt, dass ich alles andere ausblende. Als wir zu dem Teil kommen, in dem die Farbe auf die Wand aufgetragen wird, erscheint mir alles so kniffelig, dass ich zu kauen vergesse. Fasziniert verfolge ich, wie die Frau auf dem Bildschirm mit Zickzack-Bewegungen über die Wand fährt, wobei ihre Latzhose sowie ihr Pferdeschwanz sauber bleiben. Dann vernehme ich ein Hüsteln neben mir und merke, dass Clemmie mir über die Schulter sieht.

Ich schlucke den Rest Pfannkuchen in meinem Mund herunter und probiere es mit einer Ausrede. »›Wände streichen mit Schaumstoffrollern‹. Ich dachte, das könnte Bud gefallen.« Als ich herkam, um mir die Videos anzusehen, habe ich ganz vergessen, wie leicht ich mich als Anfängerin outen könnte, obwohl ich doch angeblich Renovierungsprofi bin.

Clemmie nickt. »Volltreffer! Ich bin nicht neugierig, sondern habe mich nur gefragt, was sie sich so gebannt ansieht.« Sie schaut noch einige Minuten mit uns, dann nimmt sie meinen leeren Teller mit. »Kann ich dir sonst noch etwas bringen?«

Ich sauge mit dem Strohhalm das letzte bisschen von dem Milkshake ein und wünschte, ich wäre noch nicht fertig mit dem Essen. »Vielleicht bestelle ich das Gleiche noch mal.« Grinsend füge ich hinzu: »Die Videos scheinen ja gut anzukommen.« Außerdem teile ich mir das Essen mit Bud.

Clemmie setzt ihr strahlendstes Lächeln auf. »Kommt sofort.«

Das hier werde ich wohl nicht bei jedem Besuch machen, aber bei diesem ersten Mal darf ich mich ruhig verwöhnen. Und damit habe ich diesen einmaligen Ausflug gleich zu einer täglichen Routine gemacht. Na ja, nachdem ich eine Woche lang den Hügel rauf und runter gelaufen bin und nach all dem Tapetenabreißen gestern habe ich mir eine extra Kalorienzufuhr verdient. Schließlich bin ich mit Dads Portionen groß geworden. Ich gehöre nicht zu den Frauen, die im Essen nur herumstochern; ich mache mich darüber her und futtere alles auf.

Eine halbe Stunde später, gegen Ende von Runde zwei, haben Bud und ich uns sämtliche Farbroller-Videos angesehen, die ich finden konnte. Clemmie setzt sich neben mich, legt den Ellbogen auf den Tresen und stützt das Kinn auf die Hand. »Und?«

Ich nehme an, sie will eine Reaktion von mir. »Das war das köstlichste Frühstück seit ewig, wenn nicht aller Zeiten. Und danke an Bud, dass sie eine so großartige Mitguckerin war.« Ich weiß jetzt eine ganze Menge mehr über Farben und Roller als zuvor. Obwohl, alles in allem habe ich beschlossen, dass ich diese Arbeiten lieber von einem Profi erledigen lasse. Keine guten Neuigkeiten für das Cottage, aber wenigstens das weiß ich jetzt.

Clemmies Lächeln wird breiter. »Danke für das Kompliment, aber darauf wollte ich gar nicht hinaus. Ich habe mich nämlich gefragt, ob du Interesse an bezahlten Stunden bei diesen frühmorgendlichen Zusammenkünften hast.«

Das kommt so unerwartet, dass es mir zunächst die Sprache verschlägt. Es ist außerdem verwirrend, denn im Gegensatz zu Ella habe ich weder massenhaft Bargeld zur

Verfügung noch ein Einkommen. Also sollte ich jede Arbeit annehmen, die mir angeboten wird. Ich habe nur deshalb stets Arbeit in einem Café vermieden, weil mir die Vorstellung zuwider ist, während der Arbeit von Fremden angesehen zu werden.

Das kann ich für mich behalten und dennoch die Wahrheit sagen. »Ich hatte eher auf eine Reinigungstätigkeit gehofft.«

Clemmie neigt den Kopf. »Dainty Dusters haben den Markt in St. Aidan fest im Griff. Du könntest es bei denen versuchen.« Sie lächelt immer noch. »Wenn nicht – die Arbeit hier besteht daraus, die Tische abzuräumen, die Spülmaschine einzuräumen und sich um Bud zu kümmern. Ich brauche wirklich jemanden, der mit anfasst.« Sie beobachtet meine Reaktion. »Ich könnte noch kostenlosen Kuchen oben drauflegen.«

Selbst dieses letzte Angebot kann mich nicht überzeugen. »Dagegen hätte ich nichts einzuwenden, aber das Cottage muss Priorität haben, deshalb will ich nicht zu viele Verpflichtungen eingehen.« Ich habe ein Diplom als Erzieherin, aber alles andere ist *viel* zu beängstigend.

Clemmie lächelt. »Falls du es doch mal probieren willst, melde dich einfach bei mir.« Die Tür geht auf, und sie dreht sich um. »Zwei Stargazey-Bewohner zum Preis von einem! Ollie! Nehmen Sie sich die Speisekarte und suchen sich einen Platz.«

Nach zwei Portionen Pfannkuchen ist es nicht ideal, dass mein Magen sich dreht wie eine Windmühle. Ich schlucke den Schreck hinunter und greife in meine Umhängetasche. »Da Sie schon mal hier sind, kann ich Ihnen das zurückgeben.« Zwei Sekunden später befindet der Kapuzenpullover sich wieder in seinen Händen, und ich muss nie wieder mit ihm reden.

Er wirkt zufrieden, lächelt jedoch nicht. »Danke. Er ist schon alt, aber ich würde ihn trotzdem ungern verlieren.«

Ich schaue auf das Logo und dann wieder in sein Gesicht, als es mir dämmert. »Wow, das ist gar kein Fake! Sie sind wirklich im britischen Seglerteam!«

Er verzieht das Gesicht. »Das ist schon ein paar Jahre her.«

Diesen harten, besessenen Ausdruck habe ich in Neds Augen gesehen. Dieser unbändige Wunsch nach Erfolg. Besser sein wollen als alle anderen, um jeden Preis.

Ich muss eigentlich nicht fragen, trotzdem tue ich es. »Ich nehme an, Sie haben olympische Medaillen?« Das blieb uns wenigstens erspart; Klettern wurde erst nach Neds Tod olympische Disziplin.

Ollie runzelt die Stirn. »Vielleicht habe ich eine oder zwei. Es war eine unbedeutende Klasse, da fiel es nicht schwer, der Beste zu sein.« Er beobachtet meine Reaktion. »Nicht annähernd so viele wie Laura Trott. Immerhin blieben wir zehn Jahre lang Weltmeister.«

Ich wusste es! Das erklärt sein enormes Selbstbewusstsein, wo auch immer er auftaucht. Das Wissen, zu den Besten der Welt zu gehören, muss etwas in den Köpfen dieser Leute auslösen. Ich kam an Ned heran, aber für alle anderen blieb er unzugänglich. Das war Teil seines Schutzschildes und gehörte zum Geheimnis seines Erfolges.

Ich seufze. »Herzlichen Glückwunsch. Sind Sie noch dabei?«

Seine Wangenmuskeln zucken kaum merklich. »Ich bin Sportbotschafter, deshalb geben die mir immer noch einen Wagen. Und in meinem Wohnort, weiter die Küste hinauf, betreibe ich eine Unternehmensberatung für Rennjacht-Design.«

»Wie nett.« Ich denke an den Geländewagen auf dem Hafenparkplatz, der so groß ist, dass er zwei Plätze braucht. Ollie würde ohnehin nie einer von uns sein, aber diese Information hat ihn noch mal in eine ganz andere Liga katapultiert.

Er nimmt den Hocker neben mir. »Einen großen schwarzen Kaffee, bitte, Clemmie. Ist der Platz noch frei?«

Er ist mir so nah, dass ich die Poren in seiner Haut erkennen kann, und das Problem besteht nicht nur darin, dass ich mich elend fühle. Mein Herz hämmert so heftig, dass ich möglicherweise einen Herzinfarkt erleide, wenn ich hierbleibe. Durch meine Adern strömt definitiv zu viel Adrenalin.

Dann komme ich wieder zu mir. »Ich gehe Clemmie mal zur Hand.« Das ist das Letzte, was ich eigentlich will, aber die Alternative ist viel schlimmer. Ich wende mich an Clemmie. »Falls das okay ist?« Wenn ich hier so dicht neben Ollie sitzen bleibe, sterbe ich entweder oder verwandle mich durch die Kälte seiner Seele in Stein.

»Absolut.« Clemmies Brauen schießen in die Höhe, aber ihre Stimme ist fest: »Ich bereite Ollie den Kaffee zu, und du könntest die Tische abräumen, ja?«

Ollie stutzt. »Aber Sie haben Ihren Milkshake kaum angerührt, Gwen.«

Ich lächle ihn an und nehme mir ein Tablett hinter dem Tresen. »Na, der wird ja wohl kaum kalt werden, oder?« Dann erinnere ich mich, dass er hier Gast ist und ich Angestellte, deshalb probiere ich es noch mal. »Danke, aber ich werde ihn später trinken.«

Als Teenager hatte ich einen Job im örtlichen Hotel. Ich wollte lieber Zimmermädchen sein statt Kellnerin, weil ich dann weniger mit Leuten reden musste. Mit achtzehn arbeitete ich in den Ski-Resorts und konnte dort sein, wo ich sein wollte. Ich hing mit Ned und seinen Freunden herum, was mir half, meine Scheu zu überwinden.

Als Chalet Host habe ich gekocht und morgens und abends Tausende Mahlzeiten serviert, und aufzuräumen gehörte ebenfalls zum Job. Das Gute war vor allem, dass ich jede Woche nur eine Gruppe neu kennenlernen musste, und die Leute waren meistens zu sehr damit beschäftigt, sich zu amüsieren, um mich groß zu bemerken. Das war weitaus weniger beängstigend, als in einer Bar oder einem Restaurant zu arbeiten und jeden Abend mit vielen Leuten Konversation machen zu müssen.

Mein Herz klopft wegen meiner Nähe zu Ollie, aber als ich all die Gesichter im Raum sehe, beschleunigt sich das Tempo noch. Für einen Moment, als Clemmie mir ein Küchenhandtuch gibt, dreht sich der ganze Raum, und ich habe das Gefühl, gleich zur Tür stürmen zu müssen. Aber wenn ich jetzt aufgebe, werden mich alle als leicht verrückt abstempeln, und ich kann Ella unmöglich so kurz nach unserer Ankunft im Stich lassen. Also schließe ich fest die Augen und atme tief durch.

Der einzige Unterschied zu dem, was ich sonst tue, sind die Fremden. In den Chalets kümmerten wir uns die ganze Saison um dasselbe Haus, daher konnte ich stets lächeln und mich zu Hause fühlen, während ich arbeitete. Zum Frühstück waren die Gäste vom Vorabend häufig noch so verkatert, dass es war, als würde ich Zombies Porridge servieren. Und abends waren sie nach einem Tag auf der Piste geschafft oder damit beschäftigt, sich gegenseitig Geschichten zu erzählen.

Ich muss mich hier und jetzt nur zwingen, das zu tun, was ich früher täglich getan habe. Ich sage mir, dass dies bloß das Übliche ist, und mache einen Schritt nach dem anderen. Während ich mich langsam vortaste, Tische abräume und abwische, bewege ich mich anfangs wie ein Roboter. Aber als ich mit allen Tischen fertig bin, gelingt es mir viel besser, das nervöse Rauschen in meinen Ohren auszublenden.

Die Sache ist die, dass ich seit Neds Tod lauter verschiedene Sachen an unterschiedlichen Orten ausprobiert habe, um nicht mehr an mein früheres Leben erinnert zu werden. Dies hier ähnelt unangenehm all dem, wovon ich Abstand gewinnen wollte.

Anderthalb Stunden später stolpere ich um den letzten Tisch und begebe mich in die Sicherheit der Küche. Ich bin stolz darauf, dass ich mich überwunden habe. Als der vorletzte Gast geht, kommt es mir vor, als wäre ich schon mein Leben lang hier. Dabei ist es erst zehn Uhr. Immerhin habe ich kein Tablett fallen lassen oder irgendetwas auf jemandem verschüttet. Außerdem bietet es einen gewissen Trost, dass ich das nie wieder machen muss.

Nachdem ich die Spülmaschine eingeräumt habe und zurückgehe, sitzt, wer hätte es gedacht, Ollie als letzter Gast noch da. Ich habe ihn Clemmie überlassen, aber ich vermute, er ist höchstens bei seinem zweiten Kaffee, was ein bisschen peinlich ist, denn er hat kaum von seinem Laptop aufgesehen. Er muss die Breitbandverbindung regelrecht zum Glühen bringen.

Clemmie hebt Bud aus dem Hochstuhl am Tresen. »Gute Arbeit, Gwen. Heute Morgen war echt was los.«

Ich weiß, dass sie bloß nett sein will. »Das liegt nur an deinen köstlichen Pfannkuchen.«

Ollie hüstelt, was ich an seiner Stelle nicht getan hätte, weil er uns damit daran erinnert, dass er schon länger geblieben ist, als höflich gewesen wäre.

Ich kann mir einen Kommentar nicht verkneifen. »Sie sind noch hier?«

Er schaut eine Nanosekunde lang von seinem Bildschirm auf. »Ausnahmegenehmigung vom Management. Die Bauarbeiter haben einen Sack Mörtel auf meinen Router fallen lassen und damit meine Internetverbindung gekappt. Ich bin fast fertig.« Er starrt weiter auf seinen Laptop. »Sie sind für Ihren Milkshake gar nicht mehr zurückgekommen.«

Clemmie stellt vor mich ein Glas auf den Tresen. »Ich habe dir einen frischen zubereitet.«

»Das war aber nicht nötig.« Ich habe das schreckliche Gefühl, genau wieder dort zu sein, wo ich angefangen habe.

Ollie zieht den Hocker zwischen uns heraus. »Na bitte, dann wäre das ja geklärt.«

Clemmie sieht Bud an, die auf dem Tresen sitzt und die Beine baumeln lässt. »Du kannst es nicht erwarten, dass Gwen sich noch mal ›Heimwerken für Anfänger‹ mit dir ansieht, stimmt's? Aber sie hat auch noch ein paar andere Dinge zu tun.«

Ollie runzelt die Stirn, ohne aufzusehen. »Wer lernt denn heimwerken?«

Clemmie und ich tauschen einen Blick, aber ich nutze die Chance. »Ach, wir haben uns die Videos angesehen, weil sie ganz lustig sind, nicht wegen der Anleitung.«

Ich fühle Beklemmung bei der Vorstellung, bleiben und meinen Milkshake trinken zu müssen. Weitere zehn Minuten Konversation, mit der ich die Wahrheit vertusche, halte ich nicht aus. Ich schaue mich auf der Suche nach einem Ausweg um, ohne Clemmie gegenüber unhöflich zu sein. Die Antwort finde ich im Regal und blicke demonstrativ auf mein Handy. »Kann ich den mitnehmen?«

Clemmie lächelt. »Kein Problem. Tut mir leid, wenn du meinetwegen spät dran bist.«

Ich halte Bud auf dem Tresen fest, während Clemmie zum Regal geht und einen großen Pappbecher herausnimmt. Es gibt ganz offensichtlich keinen Grund dafür, dass ich den Blick von Ollies stoppeliger Wange nicht abwenden kann. Ich sollte mich lieber voll auf das zappelige Baby konzentrieren. Prompt passe ich nicht richtig auf, und ein ganz kurzer Moment reicht Bud, um mein Glas mit einem Schwung ihres Armes umzukippen.

Es ist, als würde ich es in Zeitlupe sehen. Die dicke pinkfarbene Flüssigkeit schwappt heraus, während das Glas sich neigt, und fliegt wie ein dicker Batzen Ektoplasma durch die Luft. Unglücklicherweise bin ich das erste feste Objekt auf seinem Weg. Es klatscht gegen meine Vorderseite, und dann ist mein Sweatshirt bedeckt, aus meinen Haaren tropft Milkshake, und auf dem Boden bildet sich eine Milchpfütze.

Ollie hüstelt erneut. »Guter Wurf, Bud.« Dann sieht er mich an. »Es hat die Laptops verfehlt, nichts anderes zählt.«

Ich rufe Clemmie zu: »Bud ist nichts passiert, aber kannst du Lappen holen?«

Ollie wischt den Tresen mit Servietten ab. »Anscheinend ist es mein Schicksal, den Kapuzenpullover *nicht* wiederzubekommen.«

Clemmie taucht wieder auf und tauscht Bud gegen Lappen zum Aufwischen. »Tut mir echt leid.«

Vor Verlegenheit wäre ich am liebsten im Boden versunken. »Es ist ja nicht deine Schuld. Ich sollte helfen, und jetzt sieh dir diese Sauerei an, die ich veranstaltet habe!« Meine Aufmerksamkeit war komplett an der falschen Stelle. Was unterstreicht, dass ich trotz meiner alten Qualifikation als Kinderbetreuerin nicht in der Lage bin, auf Bud aufzupassen. »Ich werde mein Oberteil ausziehen und so viel wie möglich vom Milkshake auffangen.« Diesmal achte ich darauf, nicht mehr Kleidung auszuziehen, als ich beabsichtigt habe.

Ich lasse mein nasses Sweatshirt auf den Tresen fallen und nehme mir ein weiteres Tuch zum Aufwischen.

Ollie wischt immer noch. »Tja, und es scheint außerdem mein Schicksal zu sein, Sie erneut in Unterwäsche zu sehen, Gwen. Ich schaue übrigens nicht hin.«

Ich verdrehe die Augen. »Das ist ein bauchfreies Oberteil, Ollie.«

Er zuckt mit den Schultern. »Da gibt's einen Unterschied?« Wenn er wirklich so viele Schwestern hat, von denen er neulich abends erzählte, sollte er sich doch wenigstens ein bisschen auskennen. Es zeigt außerdem, dass gewonnene Medaillen lediglich auf eine hohe Fertigkeit auf einem speziellen Gebiet hindeuten. Ein Spezialist kann ein Superstar mit enormem Ego sein und trotzdem den Unterschied zwischen einem BH und einem Top nicht erkennen. Klar, ich werde schön auf Abstand bleiben müssen, aber es gibt keinen Grund für mich, von diesem Mann eingeschüchtert zu sein.

Ich kratze das Gröbste vom Milkshake von meinen Händen und aus meinen Haaren, dann werfe ich Lappen auf den Boden, um ihn zu wischen. Nach diesem Vorfall kann ich nicht mehr herkommen, worüber ich auch ein bisschen erleichtert bin.

Ollie hält mir den Kapuzenpullover hin. »Schön, Sie wieder im Team zu haben.« Er wartet, bis ich meine Arme abgetrocknet und den Pullover von ihm genommen habe. »Wenn Sie hier arbeiten wollen, werde ich Sie zweifellos viel häufiger sehen.«

Hätte ich gezögert – und das habe ich definitiv nicht –, wäre das die Entscheidung gewesen. Ich wende mich an

Clemmie. »Was den Job angeht, danke für das Angebot, aber ich werde beim Reinigen bleiben, wenn ich kann.«

Clemmie lächelt bedauernd. »Du weißt ja, wo du uns findest, falls du deine Meinung doch noch änderst.«

Ich ziehe die Kapuze des Pullovers über den Kopf und verstaue meinen Laptop. »Ich bringe Ihnen den Pullover sobald wie möglich zurück, Ollie.« Vielleicht verschicke ich ihn diesmal per Post.

Damit ist zumindest eines geklärt – selbst wenn Clemmies Job der letzte in St. Aidan wäre, würde ich ihn nicht wollen. Ich lege einen Schein auf den Tresen für mein Frühstück, was mich daran erinnert, wie schnell mein Geld zur Neige geht. Ich kann nur hoffen, dass sich bald eine Alternative zu diesem Job ergibt.

7. Kapitel

Auf dem Weg zum Seaspray Cottage, St. Aidan
Gin-Buden und peinliche Fragen
Früher Sonntagmorgen

Als ich klein war, rannten Ned und Ella immer voraus und ich hinterher. Das war keine Absicht, sie hatten einfach längere Beine und die besseren Ideen, weil sie älter waren als ich. Während Ella von schierer Begeisterung getrieben war, war Ned zielstrebig und ehrgeizig. Er kletterte zwanghaft, an jeder Oberfläche, an der er irgendwie Halt finden konnte. Schon damals hegte niemand Zweifel daran, dass er für Höheres bestimmt war. Man brachte ihnen bei, geduldig mit mir zu sein, also drehten sie sich meistens nach mir um und warteten, bis ich sie eingeholt hatte, bevor sie wieder losrasten.

An diesem Sonntagmorgen, zehn Tage später, erinnere ich mich daran, weil Ella am Strand vorausläuft. Nur dass ich diesmal gar keine Lust habe, sie einzuholen.

Als Ella beim Barbecue öffentlich vor den meisten Bewohnern St. Aidans meine sture Seite bekannt gegeben hat, sagte sie die Wahrheit – wenn ich auf stur schalte, dann kann mich nichts mehr umstimmen. Allerdings kommt das nicht sehr oft vor. Die meiste Zeit bin ich durchaus nachgiebig und zu überzeugen, denn ich habe gelernt, mich auf diese Weise anzupassen.

Ella hatte in ihren ersten beiden Wochen auf den neuen Baustellen dermaßen viel zu tun, dass wir uns kaum gesehen haben. Wenn doch, fragte ich sie, was wir mit dem Cottage machen. Aber sobald sie mich dann rührend erschrocken ansah, wechselte ich rasch das Thema. Ich hatte gehofft, es an diesem Wochenende erneut ansprechen zu können, aber Freitagabend kam sie mit einem Stapel Klientenakten nach Hause. Gestern hat sie gearbeitet, und ich habe die Fenster des Cottages geputzt, denn das stand als Nächstes auf der Liste. Ella war erst zufrieden, nachdem ich sämtliche Scheiben innen und außen dreimal geputzt hatte. Was die Zukunft des Cottages betrifft, war ich jedoch genauso schlau wie vorher.

Das unterstreicht wohl einen weiteren Unterschied zwischen uns. Ich gehe die Dinge gern an und erledige sie, während sie sich auf die Details konzentriert und Perfektion verlangt. Hoffen wir mal, dass das eine siegreiche Kombination ist und kein Desaster wird.

Für gewöhnlich ergänzen wir uns gut, denn ich passe mich gerne an. Wenn Ella für uns beide die Entscheidungen trifft, vergeuden wir keine Energie mit Streit oder Diskussionen. Sie besitzt mehr Ehrgeiz als ich, deshalb ist es für mich von Vorteil, angetrieben zu werden. Meistens ist es für mich vollkommen in Ordnung, das zu tun, was jemand anderes will, und zu wissen, dass ich im Zweifelsfall den Mut aufbringe, mich zu widersetzen.

Nach dem Frühstück sind wir also gleich an den Strand gegangen, als Ersatz für Ellas Joggingrunde im Park. Sie und Taylor haben an den Wochenenden stets gemeinsam einen Fünfkilometerlauf absolviert. Neuerliche Weinerlichkeit umgehen wir nur, indem wir in eine kleine Gasse abbiegen, die so steil ist, dass wir auf dem Hintern landen. Immerhin vergisst sie dadurch, dass Taylor jetzt um Highbury Fields joggt und den Po einer anderen betrachtet statt ihren.

Als wir auf den festeren Teil des Strandes kommen, hat Ella ihre Motivation wiedergefunden. Sie rennt rückwärts in ihren Lycra-Leggings, und der Wind fährt ihr in den hohen Pferdeschwanz, während sie mir erklärt, was als Nächstes passiert. »Wir umrunden Comet Cove und Cockle Shell Castle, Gwen. Ich werde Sprints machen und dann zu dir zurückkommen.« Mit ihrer superleichten Trainingshose und dem gelben T-Shirt mit der Aufschrift »Running Woman« sieht sie passend gekleidet aus.

»Gut.« Ich habe mich breitschlagen lassen und mir ihr »Beach-Run-St. Aidan-2015«-T-Shirt geborgt, um ihr Image nicht zu ruinieren. »Ist das dort, wo die Destillerie steht? Wir könnten ein Gin-Tasting machen, wenn wir schon dort sind.«

Ella schüttelt im Laufen den Kopf. »Heute haben wir keine Zeit für Gin. Zur nächsten Verkostung gehen wir aber.«

Als Erwachsene ziehe ich die Grenze beim Joggen am Strand. Ich kann meilenweit wandern, aber es muss in einer Geschwindigkeit sein, die es mir gestattet, mich umzuschauen. Und idealerweise gehe ich allein. Dass Ella lossprintet und in der Ferne verschwindet, um irgendwann zu mir zurückzukommen, ist mir also ganz recht. Tatsächlich ist es fast wieder, wie einen Hund zu haben. Ned und ich hatten in unserer Kindheit einen namens Spangle. Der rannte durch die Bergtäler, aber nie zu weit weg von uns. Nachts war er der ideale Bettwärmer und schmiegte sich in meine Kniekehlen.

Jedes Mal, wenn Ella zurückkommt, fällt ihr etwas Neues ein.

»Wir können uns so glücklich schätzen über dieses wunderbare Wetter, Gwen. Hast du Sonnencreme dabei?«

Sie sollte wissen, dass ich keine habe. Im Gegensatz zu ihr brauche ich nicht ständig Faktor 50. »Ich habe meine

Baseballkappe. Und im Café setzen wir uns unter einen Sonnenschirm.« Die Sonne scheint vom kobaltblauen Himmel, wenn sie hinter weißen Schäfchenwolken hervorschaut. Aber seit wir hier sind, hat es noch keinen Tag gegeben, den ich als heißen Tag bezeichnet hätte. »Als du sagtest, St. Aidan hätte genauso viele Sonnentage wie Marseille, hast du vergessen zu erwähnen, dass auch das ganze Jahr über ein Hurrikan bläst.«

Ella hält inne. »Tatsächlich habe ich gesagt, Cornwall sei die beste Wahl, wenn man in England ist und dem Winter ausweichen möchte. Dazu stehe ich auch. Es ist jedenfalls ganz anders als Du-weißt-schon-wo.«

Sie wendet sich ab, und schon sehe ich wieder nur ihren Rücken, der sich schnell entfernt.

Wir wissen beide, dass sie mit der warmen karibischen Luft, die der Golfstrom nach Cornwall bringt, ganz schön übertrieben hat. Aber was diesen letzten Punkt betrifft, hat sie recht. Während ich auf die Wellen schaue, die sich auf der ansonsten glatten Oberfläche kräuseln, und an die Gischt auf den Klippen an diesem Ort namens Oyster Point denke, erinnert mich hier nichts mehr an die Alpen. Und das war mein Hauptanliegen.

Obwohl ich nie der Strandtyp war, habe ich meine einsamen Wanderungen am Wasser genossen. Ich bleibe stehen und hebe eine weitere Herzmuschel auf, denn egal, wie viele ich sammle, immer ist da noch eine, die mich anfleht, mitgenommen zu werden. Es ist erstaunlich, wie eine schlichte Reihe von Muscheln auf dem Badezimmerfensterbrett im Cottage vom fleckigen beigefarbenen Waschbecken ablenkt und den Raum sofort heimeliger wirken lässt.

»Hat sich eigentlich eine der Reinigungsfirmen bei dir gemeldet, Gwen?«

Wie ist Ella so schnell zurückgekommen? Sie steht vor mir, die Hände an den Hüften, einen Fuß nach hinten gestellt, das Knie gebeugt, und macht ihre Dehnübungen, während sie ungeduldig auf meine Antwort wartet.

Ich versuche mich zu konzentrieren. »Zwei haben angerufen und gesagt, sie setzen mich auf ihre Reserveliste, aber ich soll mir keine großen Hoffnungen machen.«

»Verdammt.« Sie zieht ihre Leggings hoch und rennt erneut los.

In den vergangenen zwei Wochen war ich auf Jobsuche. Nachdem ich erfahren hatte, dass St. Aidans Dainty Dusters mehr Angestellte hatten, als sie benötigten, rief ich jede andere Reinigungsfirma und Ferienhausvermietung im Umkreis von dreißig Meilen an. Die Antwort war immer die gleiche – wenn ich Cottages reinigen wollte, musste ich mich im Frühjahr bewerben, nicht im Herbst.

Als Ella diesmal zurückkommt, dreht sie sich im Laufen um. »Weißt du, dass Ollie von nebenan seit zwei Wochen nicht mehr in seinem Cottage war?« Sie reibt sich die Nase. »Übrigens taucht gleich das Schloss auf.«

Ich sehe nur ein paar Erker hinter den Baumwipfeln in der Ferne aufragen. Als ich Ella wiedertreffe, kommen die Rasenflächen vor den Türmen in Sicht.

»Es ist genau eine Woche und drei Tage her, seit unser Nachbar weggefahren ist.« Die Bauleute waren da, aber von ihm war nichts zu sehen gewesen, was bedeutet, dass sein frisch gewaschener Kapuzenpullover praktisch Wurzeln auf dem Schlafzimmerfußboden geschlagen hat. Wenn Ollie nicht bald zurückkommt, muss der Pullover erneut in die Wäsche.

Ella schürzt die Lippen. »Du hast den Job bei Clemmie abgelehnt, weil du ihm nicht begegnen willst.«

Ich zucke mit den Schultern. »Es war nicht nur das. Ich schäme mich immer noch für das Chaos, das ich angerichtet habe. Ich werde wohl nie wieder einen Milkshake genießen können.« Mein anderer Traumjob wäre, Bücher in der Bibliothek in die Regale einzusortieren; aber als ich im Gemeindebüro anrief, hieß es, dass sie Stellen abbauen und niemanden einstellen. Und keines der Hotels, bei denen ich es probiert habe, braucht Hauspersonal.

Ella zieht die Luft durch die Nase ein. »Falls er nicht mehr auftaucht, kannst du es dir ja noch mal überlegen. Wenn es mit den Reinigungsfirmen nichts wird, kannst du immer noch Frühstück servieren. Das kriegst du im Schlaf hin.«

»Vermutlich.« Auch ohne Ollie ist es mein Albtraumjob. Aber ich muss meinen Unterhalt bestreiten, und wenn es nichts anderes gibt, werde ich ihn annehmen müssen.

Sie klatscht in die Hände. »Dann ist es beschlossene Sache! Wir schauen gleich nach dem Strandlauf bei Clemmie vorbei.«

So schnell hatte ich das nicht vorgehabt. »Wollten wir nicht in diese Bretterbude zum Eisessen?«

Sie zieht ein Gesicht. »Du meinst die Surf Shack. Warten wir, bis Clemmie dich eingestellt hat, dann haben wir mehr zu feiern.«

Als wir uns einem gemalten Schild am Rand des Strandes nähern, erinnert mich das rotgoldene Gin-Label daran, wie gern ich das Stückchen Eis in einem Gin Tonic immer mochte. »Da ist die Destillerie. Ich habe meine Karte dabei und kann uns schnell eine Flasche besorgen.«

Ella gibt einen entsetzten Laut von sich. »Wir können jetzt nicht anhalten, das würde meine Intervalle ruinieren! Und was hätte es für einen Sinn, wenn ich erst jogge und mir dann Gin gönne?« Sie wirft den Pferdeschwanz zurück und schaut auf ihre Fitnessuhr. »Hier kehren wir um.«

Als ich mich automatisch umdrehe und ihr zurück den Strand entlang folge, muss ich mir unweigerlich etwas eingestehen. Sie war immer stolz auf ihre starke Persönlichkeit und dass die Männer bei der Arbeit sie eine »Naturgewalt« nennen. Aber wenn sie sich mit aller Macht durchzusetzen versucht, ist die Grenze zwischen überzeugend und dominant doch sehr schmal. Es ist möglich, dass Taylors fraglose Hingabe an ihre Bedürfnisse dazu geführt hat, dass sie es einfach gewohnt ist, ihren Willen zu bekommen.

Ich liebe Ella, wir sind füreinander da und scheuen die Wahrheit nicht. Als ihre älteste Freundin ist es demnach an mir, das zur Sprache zu bringen, ehe es völlig außer Kontrolle gerät. Ich hoffe nur, es ist nicht zu spät!

Ich bevorzuge ein ruhiges Leben, aber etwas sagt mir, dass ich mich gegen sie behaupten muss, weil sonst alles nur schlimmer wird. So unnatürlich und schwer es für mich ist, ich werde ihr die Stirn wohl häufiger bieten müssen. Ja, ich werde mich mit ihr anlegen müssen, damit sie merkt, was los ist. Aber nicht, wenn es um so etwas Unbedeutendes geht wie Eis oder Gin.

Doch zunächst mal wäre ich schön blöd, sie glauben zu lassen, ich würde meine Muskeln aufwärmen. Als sie wieder auf mich zukommt, rufe ich: »Nächster Stopp Seaspray Cottage?«

Sie hebt den Daumen. »Richtig!«

8. Kapitel

Draußen vor The Surf Shack
Eisbecher und verzweifelte Maßnahmen
Später am Sonntag

»Eis essen in der Sonne, während die Wellen praktisch um unsere Füße plätschern. Näher ans Meer kommt man nicht.« Ella lehnt sich auf ihrem glänzenden Metallstuhl an einem der roh gezimmerten Holztische auf der Terrasse des Surf Shack zurück. Da die Flut kommt, wird das Strandstück vor uns schmaler und schmaler, und jede neue Welle läuft weiter den Strand hinauf.

Da muss ich ihr zustimmen. »Noch ein bisschen näher, und wir säßen im Wasser. Es sei denn natürlich, wir befänden uns auf dem Pier.«

Ella zieht hörbar die Luft durch die Nase ein. »Das zählt ja wohl nicht.« Sie leckt ausgiebig an ihrem Eis in der Waffel. Offenbar zählt Chocolate Chip aus dunkler Schokolade und Pfefferminze auch nicht als Eis, da die beiden Sorten auf Bohnen beziehungsweise Blättern basieren. Weshalb eine doppelte Portion nach dem Joggen okay ist, Gin hingegen nicht. Aber was soll's. Bisher ist es uns immerhin gelungen, nicht darüber zu sprechen, dass dies eines der Lieblingslokale von ihr und Taylor gewesen ist.

Man merkt, dass ich weniger Übung im Eisessen habe als sie. Ich inhaliere mein Erdbeer-Sahne-Vanille-weiße-Schokolade-Eis und bekomme prompt Gehirnfrost. Ich bin jedenfalls froh, dass sie über diesem köstlichen Eis zumindest vorübergehend ihre Beziehung vergessen hat. Kein Mann auf dieser Erde wäre es wert, seinetwegen dieses Café aufzugeben, egal, was er getan hat.

Was Ellas Angewohnheit betrifft, mich herumzukommandieren, habe ich mal mitgezählt. Seit wir bei der Destillerie umgedreht sind, hat Ella mich vierundfünfzigmal überstimmt. Danach habe ich aufgehört zu zählen. Möglicherweise ist das Problem größer, als ich geglaubt habe. Komischerweise hat sie sich am Ende selbst überstimmt, weil sie entschied, dass wir zuerst hier vorbeischauen statt bei Clemmie. Während ich also beobachte, wie die Strandbesucher vor den herannahenden Wellen zurückspringen, bin ich alles andere als entspannt und nehme meinen Mut zusammen für das, was gleich kommen wird – Clemmie anbetteln, mir den Job zu geben, an dem ich zuvor nicht interessiert war. Ich starre so sehr in Richtung Seaspray Cottage, dass ich die kleine Menschenmenge vor den Eingangsstufen erst wahrnehme, als ich ihre Rufe höre.

»Hey, das sind ja unsere Star-Designer. Wie geht es euch, Gwen und Ella?«

Ich entdecke Clemmies rote Haare und ihr im Wind wehendes Kleid, Nell in Shorts, die Bud auf den Rücken geschnallt trägt, außerdem Sophie, die von blonden Kindern umringt ist, die alle Eimer, Spaten und Fischernetze dabeihaben. Die Szene wirkt wie aus der Seasalt-Werbung.

Ich esse den Rest der süßen Waffel. »Wir waren auf ein Eis am Strand.« Während Clemmie Buds Sonnenhut geraderückt, bereite ich mich innerlich vor. Ich will mir die Chance nicht entgehen lassen. Andererseits möchte ich sie auch nicht in ihrer Freizeit behelligen.

Nell lacht. »Gut, dass ihr nur Eiswaffeln hattet statt Eisbecher! Dann habt ihr nämlich noch Platz, um mit uns Kuchen zu essen.«

Clemmie meldet sich zu Wort. »Wir sind gerade unterwegs zum Seaspray Cottage, um neue Rezepte auszuprobieren. Wollt ihr nicht mitkommen, dann könnt ihr euch gleichzeitig die Wohnung ansehen?«

Ich seufze erleichtert, weil sie uns einlädt, aber dann fällt mir ein, dass sie erwähnt hat, die Wohnung sei winzig. »Ja, gern, falls da Platz für uns alle ist.«

Sophie nickt. »Clemmie kann nie genug Leute zum Verkosten haben. Stimmt, es ist klein dort, aber wir haben schon mehr Leute hineingequetscht.«

Ella schaut demonstrativ auf ihre Fitnessuhr, sicher wegen des Kalorienverbrauchs und nicht wegen der Uhrzeit. Aber ich nehme an, sie hat nichts dagegen, weil ich auf diese Weise mein wichtiges Gespräch mit Clemmie führen kann. »Wenn du die hundert Meter von hier nach da rennst, Ells, verbrauchst du die Kalorien im Voraus.«

Nell gluckst. »Es sind vier Treppen bis nach oben, das sollte genügen.«

Kurze Zeit später sind wir unten am Strand und gehen alle gemeinsam Richtung Seaspray Cottage.

Sophie läuft neben Ella und mir. »Clemmie und Charlie haben Wohnungen im selben Stockwerk. Sie haben sich auf dem gemeinsamen Balkon kennengelernt.«

Clemmie hört das. »Ihr könnt sie euch gleich ansehen. Meine ist ein winziges Patchwork alter bunter Sachen, während Charlies riesig, weiß und luxuriös ist. Wir wechseln zwischen den beiden hin und her.«

Nell lacht, und wir erreichen die Mauer. Sie öffnet die Gartenpforte und lässt Diesel, den Hund, zuerst hindurch. »Wenn man sich deren Wohnungen ansieht, käme man nie auf die Idee, dass die beiden sich verstehen. Gegensätze ziehen sich an, wie es heißt.«

Clemmie lacht, als wir über den Rasen gehen. »Zuerst sind wir aneinandergeraten. Doch als er aufhörte, unausstehlich zu sein, und mir das Backen beibrachte, fand ich ihn echt sexy.«

Ella stößt mich mit dem Ellbogen an. »Ich schätze mal, manche Typen nebenan sind den Ärger tatsächlich wert.«

Ich will ihr gerade erklären, dass ich ihr Ollie gern überlasse, aber angesichts dessen, was wir mittlerweile wissen, wir besser auf Abstand bleiben sollten, da betreten wir bereits das Haus. Der Flur riecht nach Bohnerwachs und Thymian. Wir gehen gleich eine gewundene dunkle Holztreppe hinauf. Nachdem wir vier Stockwerke hinter uns gebracht haben, sind wir alle außer Atem.

Ella und ich folgen den anderen über den Treppenabsatz, wobei Diesel gegen unsere Beine stößt. Das große Fenster bietet eine Aussicht auf die Bucht, und Clemmie öffnet eine Tür auf der rechten Seite. Wir mögen vielleicht ein wenig außer Atem sein, doch als wir durch den loftartigen Raum von etwa der Größe eines Fußballfeldes gehen, hat Ella noch genug Luft in den Lungen, um ein langes begeistertes Stöhnen von sich zu geben.

»Oh, ja, jetzt sehe ich, was du mit ›luxuriös‹ meintest. Der Raum ist optimal genutzt.« Sie hat einen ganz verträumten Ausdruck in den Augen, und sie hat bereits das Wohnzimmer und den Rest dahinter durchquert. Sie lässt die Hände über die Arbeitsfläche neben der Essecke gleiten und erschauert leicht. »Würde ich neben einem Single mit einer Kochinsel wie dieser wohnen, würde ich sofort bei ihm einziehen, ob er mich nun will oder nicht.«

Ich verdrehe die Augen. »Ihr müsst es Ella nachsehen, sie arbeitet jeden Tag an Luxusprojekten«, wende ich mich lächelnd an Clemmie und Sophie. »Es ist eine wunderschöne Wohnung. Aber einige von uns sind ein bisschen bodenständiger.«

Clemmie lacht. »Ihr zwei klingt wie Charlie und ich. Kommt mit auf meine Seite, dann werdet ihr sehen. Falls du unschlüssig bist, Ella – dort ist der Kuchen, und Nell hat schon Teewasser aufgesetzt.«

Alle gehen wieder hinaus und folgen Clemmie und Diesel durch den Flur, doch Ella bleibt noch. Ich schaue hoch zu der hohen schrägen Decke, während ich ihr die Tür zum Treppenabsatz aufhalte. Als sie schließlich über den grauen Wollteppich zu mir kommt, bleibt sie für einen letzten Blick kurz stehen.

»So etwas Schickes kriegen wir nicht hin, aber leere weiße Räume würden im Cottage gut passen.«

Ich bin verblüfft. »Ich dachte, wir sind noch nicht bereit, darüber zu sprechen.«

Sie blickt skeptisch. »Du hast recht. Bis jetzt hatte ich keine Idee, was wir tun könnten, aber nun, da ich das hier sehe, kristallisiert es sich plötzlich heraus.« Ihre Miene entspannt sich zu einem Lächeln. »Auf diese Weise entsteht das beste Design – wenn man glaubt, es wird nie etwas, fällt einem die Antwort wie aus heiterem Himmel ein.«

Jetzt bin ich an der Reihe, ein skeptisches Gesicht zu machen, denn nichts von dem, was ich hier sehe, scheint in unser Cottage zu passen. »Es ist aber irgendwie sehr … klinisch.«

»Vertrau mir, du wirst begeistert sein, wenn es fertig ist.« Ella drückt meine Hand. »Das ist die andere Sache, die mir gerade klar geworden ist. Mein Job nimmt mich deutlich mehr in Anspruch, als ich erwartet habe. Wir werden die Zeiten für die Umbauarbeiten so knapp wie möglich halten müssen.«

Ich will fragen, was sie damit meint, aber da ruft jemand vom Treppenabsatz: »Tee ist fertig!«

Während ich Ella eilig an der Aussicht auf die Bucht und zu der Tür auf der anderen Seite des Treppenabsatzes lotse, kann ich kaum glauben, was sie gerade gesagt hat. Doch dann vergesse ich es komplett, denn hinter den vielen Kindern entdecke ich ein fuchsiarotes Samtsofa vor einer an Pfauenblau erinnernden Wand. Beim Anblick der leuchtenden Seidenkissen kann ich nur noch daran denken, wie schön das ist.

Ich schaue mich um. »Das ist wie die kleine Traumküche unten, nur kleiner und facettenreicher.«

Clemmie lächelt. »Dies ist das Original. Unten wurde es im gleichen Stil eingerichtet, aber unter praktischen Gesichtspunkten.«

Ich fahre mit der Hand über einen Regenbogen nicht zusammenpassender Tapeten und würde alles am liebsten umarmen, so inspirierend finde ich es. »Es ist schrullig, aber gemütlich und interessant und einladend.« In gewisser Weise trifft das auch auf diese Frauen zu. Sie strahlen eine so warme Herzlichkeit aus, dass ich das Gefühl habe, sie schon ewig zu kennen.

Wenn man von dem Durcheinander aus Sesseln und Tischchen absieht, ist es wahrscheinlich nicht viel größer als das Cottage. Doch der Trick besteht darin, dass ich wegen der vielen bunten Farben und spannenden Dinge gar nicht an die Größe denke. Ich spähe aus den Balkonfenstern, die den Raum mit Licht fluten. Jenseits des Balkons ist gleich das Meer.

Ich wende mich an Ella, um zu sehen, ob es ihr auch gefällt. »Ist das nicht wundervoll?«

»Sagenhaft.« So, wie sie blinzelt und sich zurückzieht, hat sie von der Wohnung vermutlich gar nichts richtig wahrgenommen. »Ziemlich eklektisch. Ich bin froh, dass ich beide Seiten gesehen habe.« Dann schaut sie erneut auf die Bucht hinaus.

Nell erscheint an der Tür in der Ecke. »Hier ist Tee, jetzt können wir uns über den Kuchen hermachen.«

Wir alle folgen Clemmie in eine kleinere Küche, wo der Tisch mit der pink gepunkteten Tischdecke ergänzt wird durch dieselben bunten Holzstühle wie unten. Die Regale auf der apfelgrünen Kommode sind voll mit kunterbuntem Geschirr und Kochbüchern, und die Fenster bieten auch hier eine Aussicht auf die Bucht. Mir läuft das Wasser im Mund zusammen, als ich mich zwischen Ella und Bud in ihrem Hochstuhl quetsche. Nell stellt eine Platte mit Kuchenstücken auf den Tisch.

Clemmie verteilt geblümte Teller und räuspert sich. »Okay, heute haben wir drei verschiedene Sorten Brownies – Blaubeer, Red Velvet und Marsriegel.« Sie sieht Bud an. »Es gibt auch deine Lieblingskarottensticks.«

Sophie verteilt Teebecher. »Jeder Tag ist gut für eine Verkostung in der kleinen Traumküche, aber sonntags gefällt es uns am besten.«

Nell beißt von ihrem ersten Stück ab. »Es ist eine Frage des Stolzes, dass nichts Neues an die Öffentlichkeit kommt, bevor wir es abgesegnet haben.«

Irgendwo ist eine Tür zu hören, dann erscheint Plum neben der Kommode und richtet sich die Träger ihrer mit Farbe bekleckerten Latzhose. »Hallo, alle zusammen. Ich konnte mich in der Galerie loseisen.« Sie lächelt mir und Ella zu, während wir in riesige Kuchenstücke beißen. »Wir müssen bloß prüfen, ob sie köstlich sind.«

Sophie zeigt mit einem Marsriegelbrownie auf uns. »Und während wir das tun, könnt ihr uns berichten, wie es mit dem Stargazey vorangeht.«

Lächelnd erinnere ich mich an den gestrigen Tag. »Ich freue mich, sagen zu können, dass die Fenster jetzt funkeln.« Soweit das trübe Glas es erlaubt.

Ella schaut ebenfalls triumphierend drein. »Außerdem haben wir einen Arbeitsplan. Wir nehmen als Farbe durchweg Farrow & Ball No. 2002.« Sie ignoriert die enttäuschte Stille. »White Tie. Das ist ein auf Gelb basierender neutraler Farbton.«

Plum blickt skeptisch. »Weil …?«

Ella kneift die Augen zusammen. »Weil es schnell geht und schlicht ist. Ein rascher Anstrich in der Küche und im Badezimmer, und den Rest belassen wir, wenn möglich, wie er ist. In meiner Branche nennen wir das Minimalismus.«

Ich bin dermaßen geschockt, als ich es jetzt laut höre, dass ich meinen zweiten Bissen Red-Velvet-Brownie ganz herunterschlucke und überhaupt nichts schmecke. Als hätten wir für das Stargazey Cottage so etwas Langweiliges vor, nachdem wir Clemmies Haus gesehen haben. Ich kann das so nicht stehen lassen, daher räuspere ich mich. »Es sei denn …« Ich warte, bis Ella mich richtig ansieht. Ich hatte nicht vorgehabt, derartig schnell eine Konfrontation mit ihr herbeizuführen, aber sie lässt mir einfach keine andere Wahl. »Es sei denn, uns fällt etwas Besseres ein.«

»Was?« Ella macht ein verdutztes Gesicht.

Ich improvisiere und denke an die YouTube-Clips, auf der verzweifelten Suche nach Inspiration. Alles ist besser als diese Langeweile. »In meiner Vision, mal so geradeheraus, schlagen wir erst mal ein ordentliches Loch in die Küchenwand und setzen massive Türen ein, die zur Terrasse mit Blick auf das Meer hinausführen.«

Ella sieht mich skeptisch an. »Aber wir haben keine Terrasse!«

»Dann eben diese Betonfläche.« Plötzlich fühle ich mich in die Defensive gedrängt, als müsste ich mein Revier verteidigen. Außerdem blicke ich auf Clemmies Balkon und überlege, dass ein vernünftiges Geländer unseren gefährlichen Außenbereich nutzbar machen würde. Ich erwähne ungern die Berge, aber nach so vielen Jahren, die ich in Chalets verbracht habe, weiß ich, wie toll ein Balkon sein kann.

Sophies und Plums Augen leuchten. »Das wäre toll.«

Ich ignoriere den harten Tritt von Ella gegen mein Schienbein. »Und die Eckbadewanne muss auch raus. Ich will unbedingt, dass eine von uns beiden in einem Bett aufwacht und die Aussicht von diesem Badezimmerfenster genießen kann, statt nur aus der Dusche.« Ich denke gerade laut nach. »Das bedeutet einen Durchbruch zum zweiten Schlafzimmer, um ein großes Zimmer daraus zu machen. Das Badezimmer verlegen wir in das Zimmer auf der anderen Seite des Cottages.«

Wenn ich »groß« sage, ist das relativ, aber was soll's. Die begeisterten Ausrufe der anderen spornen mich an.

»Und das kleine Fenster auf dem Dachboden würde ich auch gern in eine Tür verwandeln, ebenfalls mit einem Geländer davor und einem Blumenkasten. Ich wollte nämlich schon immer mein eigenes Zimmer mit Balkon haben.« Während Ellas Obsession in weißer Leere besteht, ist meine wohl *man kann nie genug Balkone haben*. »Vor den anderen Fenstern werden wir auch Blumenkästen haben.«

Ella rollt mit den Augen. »Meine Version hat also Blumenkästen. *Und* einen Kühlschrank mit Eiswürfelmaschine.« Ihrer störrischen Miene nach zu urteilen, fährt sie schweres Geschütz auf. »Durch meinen Plan zur Bescheidenheit könnten wir es uns leisten, an der gesamten

Straßenseite einen vertikalen Garten anzulegen, zur Reduzierung unseres CO_2-Fußabdrucks.«

Ich grinse, denn das ist nun wirklich übertrieben. Typisch Ella eben. »Das ist wundervoll umweltfreundlich, aber wenn ich diejenige bin, die den Garten wässern muss, sollten wir klein anfangen. Mit der Bepflanzung der Mauer können wir beginnen, wenn ich gelernt habe, die Pflanzen in den Blumenkästen am Leben zu erhalten.« Ich muss unbedingt dafür sorgen, dass wir Einigkeit demonstrieren, daher wende ich mich strahlend an die anderen. »Ich habe von uns beiden mehr Zeit im Cottage verbracht. Deshalb hatte ich schon mehr Gelegenheit zur Eingewöhnung.« Ich hoffe, irgendwer versteht diese Erklärung, denn ich bin mir selbst nicht sicher, ob ich sie verstehe. »Gern würde ich die eine oder andere Wand weiß streichen, aber ich will definitiv auch andere Farben.«

Da Dad sich mehr für Felswände interessierte als für Inneneinrichtung, bekam ich nie die Chance, mein Zimmer daheim zu streichen. Und später war ich immer nur unterwegs. Mir ist schon klar, dass ich nicht vorhabe, auf Dauer hierzubleiben, aber wenn ich in den letzten Tagen aufwachte und das Licht der Dämmerung an der schrägen Decke auf dem Dachboden sah, wo ich in den vergangenen Tagen geschlafen habe, stellte ich es mir gern in Pink vor. Kein zu dunkler Farbton, nichts in Altrosa. Einfach eine Farbe, die das Morgenrot noch intensiver macht.

»Und natürlich eine frei stehende Badewanne.« Ich habe wirklich keine Ahnung, wo das nun wieder herkommt, abgesehen davon, dass die in den Schlafzimmern der Chalets wundervoll aussahen.

Sophie sieht mich mit zusammengekniffenen Augen an. »Es ist klasse, dass ihr zwei verschiedene Herangehensweisen in Betracht zieht.« Ein Lächeln breitet sich auf ihrem

Gesicht aus. »Zwei Designerinnen, die miteinander im Wettbewerb stehen, machen die Sache noch viel interessanter!«

Plum sieht aus, als würde sie gleich platzen. »Das ist die perfekte Gelegenheit, euch noch mehr Leuten aus dem Singles Club vorzustellen, damit sie euch besser kennenlernen können. Lasst uns eine Umfrage auf Facebook starten, dann können sich alle an der Diskussion beteiligen.«

Nell lacht. »Sagt uns, was die Star Sisters eurer Meinung nach mit dem Stargazey Cottage tun sollen! Jeder hier will immer an allem beteiligt sein, also ist das eine großartige Methode, um die Neugier des Dorfes zu stillen! Schickt uns Ideen, und wir setzen sie um!«

Mein Mut sinkt. Ich hoffe, dass ich nicht unbeabsichtigt etwas in Gang gesetzt habe, das ich nicht kontrollieren kann. Es war schon schlimm genug, die Leute glauben zu lassen, ich hätte Talente, die ich gar nicht besitze. Jetzt kommt es mir so vor, als hätte ich alles noch viel schlimmer gemacht, und es gibt kein Zurück mehr.

Clemmie sieht mich lächelnd an. »Keine Sorge. Ihr zwei werdet das letzte Wort haben. Das ist nur ein bisschen Spaß, um euch bekannter zu machen. Die Leute beschäftigen sich gern damit, ihr Zuhause einzurichten, und auf diese Weise können sie aus der Distanz mitmachen.«

Ella schaut von ihrer Fitnessuhr auf. »Ausgezeichnet. Genau darauf haben wir gehofft.« Womit sie das genaue Gegenteil meint. »Großartige Kuchen übrigens. Die waren es wert, mein Kalorien-Budget zu überziehen.«

Ich lächle sie entschuldigend an. Als ich mit dem Thema anfing, habe ich wirklich nicht damit gerechnet, dass es diesen Verlauf nimmt. »Wir können den ganzen Weg nach Hause joggen.« Ich habe alle meine drei Stücke Kuchen gegessen. »Der Kuchen war köstlich, aber der Marsriegelbrownie war zum Niederknien.« Die anderen habe ich vor Aufregung über die Situation praktisch eingeatmet. Ich fand sie wirklich lecker, nur kann ich mich nicht mehr richtig daran erinnern, wie sie geschmeckt haben.

Ich bin dermaßen geschockt, wie schnell alles außer Kontrolle geraten ist, dass ich anfange, den Tisch abzuräumen, weil ich mich sonst nachlässig fühle. Ich bin schon an der Spüle, ehe mir einfällt, dass ich mich nicht zu Hause befinde.

Clemmie taucht neben mir auf und stellt weitere Teller auf die Ablage. »Du hast das ohne nachzudenken gemacht.«

Ich hoffe, ich habe die anderen dadurch nicht zur Eile angetrieben. »Sorry, falls ihr noch nicht fertig wart. Gib mir einen Tisch mit leer gegessenen Tellern, und ich kann nicht anders, als mit dem Abräumen anzufangen.«

Sie mustert mich. »Bist du dir sicher, dass du mir morgen nicht ein bisschen im Café helfen willst?«

Ich kann nicht glauben, dass ich nicht betteln muss. »Und wenn ich wieder Milkshake verschütte? Oder Bier? Oder Pfannkuchenteig?« Allein der Gedanke daran löst Panik bei mir aus. »Ich werde dermaßen nervös bei so vielen Gästen, die ich nicht kenne. Ehrlich, da kann alles passieren.«

Sie legt ihre Hände auf meine. »Du wirst dich schnell zurechtfinden. Bis dahin hältst du dich in der Küche auf oder redest mit mir und Bud.«

Ella ruft vom Tisch: »Gwen ist die Königin des Frühstücks!«

Clemmies Lächeln wird breiter. »Klingt ja immer besser! Wollen wir sagen, morgen um sieben? Und dann schauen wir mal?«

Ich bringe mit krächzender Stimme ein »Großartig« heraus. Dies ist nicht der geeignete Zeitpunkt, um zu erklären, dass massenhaft Frühstück zuzubereiten zu nah an dem Leben dran ist, das ich zu vergessen versuche. Ich weiß nicht, ob ich damit klarkomme. Dummerweise hyperventiliere ich vor Panik, weshalb ich nichts weiter dazu sagen kann. Aber nach den anderen Entwicklungen an diesem Nachmittag ist ein Job, den ich hasse und grandios vermasseln werde, wahrscheinlich mein kleinstes Problem.

9. Kapitel

Auf dem Heimweg
In der Klemme und Aha-Erlebnisse
Sonntagnachmittag

»Was ist da drin passiert? Seit wann hattest du Pläne für das Cottage?«

Immerhin wartet Ella, bis wir am Hafen vorbeikommen, bevor sie ihre Fragen abfeuert. Deshalb hatte ich ein paar Minuten, um darüber nachzudenken. Aber ehe ich antworte, muss ich das andere Problem ansprechen.

Ich hole tief Luft. »Da ist noch etwas, über das ich zuerst mit dir reden muss.«

Sie schnaubt. »Kann das nicht warten? Meins ist sicher wichtiger.«

Was nur zeigt, wie dringend wir *mein* Gespräch brauchen. »Weißt du, dass du manchmal dazu neigst, übertrieben rechthaberisch zu sein?«

»Na ja …«

Ich lasse sie nicht weiter zu Wort kommen. »Vorhin zum Beispiel …«

Ihre Augen weiten sich, und sie hebt die Stimme. »Tue ich es schon wieder? Ich bin manchmal wie eine Dampfwalze. Warum hast du mir nichts gesagt?«

Ich habe das Gefühl, dass ich schon vor langer Zeit etwas hätte sagen müssen. »Sorry, es ist mir nur gerade wieder aufgefallen.«

»Verdammt.« Sie schlägt sich auf den Schenkel und

schließt die Augen. »Es wird schlimmer, sobald ich mich unsicher fühle. Ich überkompensiere.«

Ich umarme sie, weil wir beide wissen, wie sehr es sie getroffen hat, dass sie von Taylor verlassen wurde. »Es war nicht leicht für dich.«

Sie schüttelt den Kopf. »Es ist nicht nur das. Wenn ich auf diesen Baustellen bin, muss ich laut und durchsetzungsstark sein, sonst nimmt mich keiner ernst. Ich muss Leuten ins Wort fallen oder über den Mund fahren. Anderswo wäre das grob unhöflich, aber als einzige Frau unter lauter Männern auf der Baustelle ist das meine einzige Überlebenschance. Deshalb fällt es mir schwer, im Privaten umzuschalten.«

Ich kann das nachvollziehen und möchte ihr den Rücken stärken. »Du stehst dort, wo du jetzt bist, weil du dich durchsetzen kannst. Nur hab ein wenig Nachsicht mit uns anderen, die nicht mit dir auf der Baustelle arbeiten.«

Sie wirkt noch besorgter. »Wirst du es mir sagen, wenn ich es wieder mache?«

»Ganz sicher, das werde ich.«

Wir bleiben für eine kurze Verschnaufpause vor dem Ladenfenster von Crusty Cobs stehen, wo uns das Wasser im Mund zusammenläuft. Ella stößt mir ihren Ellbogen in die Rippen. »Verrätst du mir, was da im Seaspray Cottage los war?«

Das wird ihre Flexibilität gleich auf die Probe stellen. »Ich fühlte mich in Clemmies winziger Wohnung sofort wohl, deshalb kam es mir irgendwie total unfair vor, dass du von diesem Design ganz in Weiß und schlicht und so angefangen hast. Wir müssen Stargazey Cottage eine Chance geben.« Es ist schon eigenartig, dass das gleiche Gebäude bei mir und Ella völlig unterschiedliche

Reaktionen ausgelöst hat. »Ich verstehe nicht, wie du dich in klinischem Weiß wohlfühlen kannst. Zusammengewürfelt und gemütlich, da fühle ich mich sicher und glücklich.« Da ich in unserem Highland-Cottage ein winziges Schlafzimmer unterm Dach hatte, kenne ich nichts anderes. Allerdings kam ich dadurch später in den alpinen Resorts problemlos mit den Schlafkammern für die Angestellten klar.

Ella zieht ein Gesicht. »Schuld daran sind deine Ferien früher im Camper von der Größe einer Sardinenbüchse.« Sie stößt ein Seufzen aus. »Ich kann doch nichts dafür, dass es in meiner Kindheit mehr Luxus gab. Erinnerst du dich, dass mein Vater vornehme Hotels mochte?« Er arbeitete auf einer Bohrinsel vor Aberdeen, und wenn er nicht offshore hart schuftete, konnte er sich das Beste vom Besten leisten. Ella rollt mit den Augen. »Tut mir leid, Gwen. Mein Job ist enorm wichtig, und meine ganze Zukunft hier hängt davon ab, dass ich erfolgreich darin bin. Wenn ich zu viel Zeit in das Cottage investiere, kommt am Ende alles zu kurz. Ich schaffe meinen Job nur, wenn ich die Arbeit im Cottage auf ein Minimum reduziere.«

Ich gebe nicht kampflos auf. »Das Cottage nach hinten zu öffnen, könnte die Wende im Stargazey bringen. Diese Idee ist mir spontan eingefallen, aber es könnte die Lösung sein.« In meinem Kopf sehe ich bereits die Terrassentüren und dahinter Stühle und einen Tisch, außerdem Gläser mit Gin. Es ist so echt, dass ich den Tonic sprudeln und das Eis leise klirren höre, das in der Abendsonne schmilzt. »Es würde die Weite des Ozeans ins Haus holen, sodass sie ganz uns gehört. Für dich können wir eine Spiegelwand im Schlafzimmer anbringen, wie du sie als Kind hattest.« Ich bin mir ziemlich sicher, dass sie deshalb von Charlies

Wohnung begeistert war, genau wie von der Vorliebe ihres Dads für Fünf-Sterne-Luxus.

Ella läuft voraus, die Kopfsteinpflasterstraße hinauf. »Selbst wenn das Budget dafür reichen würde *und* wir Handwerker finden würden, fehlt mir die Zeit, um das alles zu organisieren.«

Ich schüttele den Kopf. »Dann muss ich es eben allein machen.«

Ihre Kinnlade klappt herunter. »Du?«

Beschwichtigend erkläre ich: »Natürlich nicht ohne deine Hilfe. Aber ich bin hier und habe Zeit. Damit wäre das wohl geklärt.« Ich habe nicht die leiseste Ahnung, wie ich das schaffen soll und warum. Aber da ist eine leise Stimme in meinem Kopf, die mir sagt, dass Stargazey eine Chance zu glänzen verdient hat. Und wenn ich das schaffen kann, bevor mich das Fernweh wieder packt und ich aufbreche, mache ich es.

Ella mustert mich kritisch. »Bist du dir sicher, dass du weißt, was du dir auflädst?«

Während wir den Hügel hinaufwanken und endlich am Stargazey House vorbeikommen, wende ich mich bewusst von der Tür unseres Nachbarn ab. Außerdem will ich Ella beweisen, dass sie mit ihrer Vermutung unrecht hat. »Ich komme schon klar.« Oder: Was ich nicht weiß, macht mich nicht heiß.

Sie hebt die Brauen. »Du wirst die Kalkulationen eines Ingenieurs brauchen und eine Baugenehmigung, bevor du überhaupt anfangen kannst.«

Ich hole tief Luft und lasse mich nicht beirren. »Deshalb ist es gut, dass du da bist und mir beistehst.«

Sie öffnet unsere Haustür, und wir sehen beide die Realität drinnen. Wir lassen die Tür hinter uns zufallen, gehen durch unser Cottage und spähen durch die zerkratzten

Fensterscheiben in der Küche auf die rissige Betonfläche, die hügelabwärts führt. Das Einzige, was auch nur annähernd okay aussieht, ist das Meer in der Ferne.

Ich stöhne. »Das alles hier ist so weit von dem Bild in meinem Kopf entfernt, das ich bei Clemmie vor Augen hatte.«

Sie nickt und drückt meine Hand. »Das Wichtigste ist, dass du deine Vision hattest, so wie ich meine. Das wird dir bei der Umsetzung helfen.«

Ich will auch etwas Nettes zu ihr sagen. »Wenn du wirklich deine bepflanzte Mauer haben möchtest ...«

Sie sieht mich an, als hätte ich den Verstand verloren. »Um Himmels willen, nein, wir werden uns die *und* eine frei stehende Badewanne niemals leisten können. Wo du doch auch noch Wände durchbrechen willst.«

»Das ist noch nicht sicher«, erwidere ich. »Erst mal abwarten, was die Umfrage auf Facebook ergibt.«

Sie nimmt mich in den Arm. »Diese Wände verschwinden, das garantiere ich dir. Und gut gemacht, das mit dem Job bei Clemmie. Du hattest echt Power heute, und es war schön, das wieder zu erleben.«

Sie hat recht. Ich kann mich gar nicht mehr erinnern, wann ich zuletzt so energiegeladen war. Dabei bin ich mir gar nicht mal sicher, ob mein Anfall von Begeisterung angebracht war. Aber nachdem ich so lange in Apathie und Verzweiflung versunken war, muss ja alles Positive eine Verbesserung darstellen.

Ich betrachte die Schachtel, die Clemmie mir mitgegeben hat. »In der kleinen Traumküche zu arbeiten, wird uns viel Kuchen einbringen.«

Ella verdreht die Augen. »Solange Früchte mit drin sind, wird meine Fitnessuhr ein Auge zudrücken.«

»Du lügst deine Fitbit an?« Das ist eine überflüssige Frage, denn ich kenne die Antwort. Natürlich schummelt sie. Ganz typisch Ella. Den Strand rauf und runter rennen und demonstrativ mit der Fitnessuhr wedeln und dann anschließend ihr eigenes Körpergewicht in Brownies und Eis essen.

Sie räuspert sich. »Themenwechsel. Ist dir aufgefallen, dass nebenan Licht brennt?«

Prompt macht sich ein flaues Gefühl in meinem Magen bemerkbar. »Wahrscheinlich die Handwerker.«

Ella sieht mich an. »Wenn *du* es schaffst, *deine* Handwerker am Sonntagnachmittag zum Arbeiten zu bewegen, bist du eine bessere Organisatorin als ich.« Das lässt sie erst mal wirken. »Nein, es muss wohl jemand anderes sein.«

Als wären ein schrecklicher neuer Job und Löcher in den Wänden nicht schon genug, worüber ich mir Sorgen machen muss. Diese zusätzliche Komplikation kann ich nun wirklich nicht gebrauchen.

10. Kapitel

In der kleinen Traumküche
Omeletts und zerbrochene Eier
Donnerstag, vier Tage später

Sonntagnacht hatte ich kaum geschlafen, aber letztlich hätte ich mir gar keine Gedanken machen müssen. Als ich Montagmorgen um fünf vor sieben durch den Garten ging und die kleine Traumküche betrat, war Bud längst hellwach. Sie klopfte mit ihrem Löffel auf das Hochstuhltablett, deshalb setzte ich mich zu ihr hinter den Tresen, spielte und schaute mir mit ihr gemeinsam Bücher an. Als die frühmorgendlichen Gäste auf dem Weg zur Arbeit vorbeikamen, bediente Clemmie sie, und ich half ihr bei der Zubereitung der Getränke.

Sie hatte solche Frühstücke schon seit Jahren gemacht, vor Buds Geburt, daher war sie es gewohnt, ihren Laden allein zu führen. Meine Aufgabe bestand hauptsächlich darin, mich um Bud zu kümmern, wenn das Kind nörgelig wurde, während Clemmie mit allem anderen zu tun hatte.

Auf dem Weg zu den Tischen blieb jeder stehen, um Bud zu begrüßen, und die meisten stellten sich dabei mir vor, während sie mit der Kleinen plauderten. Ich muss sagen, es fiel mir leichter, die Leute in Buds Beisein kennenzulernen, als wenn ich mit ihnen allein gewesen wäre. Da weniger Stress herrschte, konnte ich einigen Gesichtern noch Namen zuordnen, weil ich ihnen auf dem Kostümfest begegnet war.

Als alle gegangen waren, übernahm ich das Aufräumen und putzte die Küche. Wie ich Clemmie schon gesagt hatte, war es verglichen mit dem Trubel zur Frühstückszeit in den Chalets ziemlich ruhig. Gegen Ende kam Nell vorbei, mit selbst geräuchertem Speck und Eiern von der Farm ihrer Eltern, und als Dankeschön für den Morgen bereitete ich für uns drei Eiersandwiches zu. Anschließend wollte ich mit einer Kuchenschachtel voller leckerer Sachen, die Clemmie mir in die Hand gedrückt hatte, aufbrechen.

Während der ganzen dreieinhalb Stunden hatte ich ein Auge darauf, wer hereinkam. Zwischendurch musste ich allerdings auf ein Baby aufpassen, das Rice Krispies, griechischen Joghurt und Pfirsichstückchen frühstückte. Auf fliegende Wurfgeschosse zu achten, hatte daher Priorität vor der Überwachung der Eingangstür.

Dabei hätte ich mir die Sorge sparen können. Tatsächlich bin ich an allen drei Vormittagen in dieser Woche die einzige Stargazey-Bewohnerin gewesen. Daher kam ich allmählich zu der Überzeugung, dass am Sonntagnachmittag wirklich nur Handwerker nebenan gewesen waren.

Jetzt, am Ende der Donnerstagsschicht, während ich für unsere Sandwiches Speck und Eier brate, frage ich mich, weshalb ich regelrecht schreckhaft gewesen bin. Vor der Pfanne stehend, atme ich den Duft ein und schaue lächelnd zu Nell, die mit Bud auf dem Arm im Türrahmen steht. »Ich habe früher ziemlich leckere Speckstreifen gebraten, Nell, aber deine übertreffen alles.«

Clemmie ist dabei, die Spülmaschine auszuräumen, und stapelt Teller auf die Arbeitsfläche. »Wir haben deine Bacon Cobs sehr genossen, Gwen. Ich frage mich, ob du nächste Woche nicht welche für die Gäste zubereiten möchtest? Wir lassen sie im Voraus bestellen, damit es dir nicht zu viel wird.«

Mir wird flau, und ich bringe zunächst kein Wort heraus. Und als ich dann doch etwas sage, habe ich sofort das Gefühl, ich sollte es lieber nicht tun. »Seit mein Bruder in den Bergen ums Leben kam, konnte ich nicht mehr richtig in der Gastronomie arbeiten. Frühstück für viele Leute zuzubereiten, würde mich zu sehr in die Zeit zurückversetzen. Ich weiß nicht, ob ich das schaffe.«

Die anderen sehen mich mitfühlend an, aber ich bremse mich sofort und jammere: »Ich sollte nicht über Neds Tod sprechen, denn sobald ich es tue, sind die anderen verlegen und wissen nicht, wie sie damit umgehen sollen. Dann wechseln sie die Straßenseite, wenn sie mich sehen, oder sie vergessen es und machen eine unsensible Bemerkung und schämen sich dafür, was mir dann wiederum unangenehm ist.« Nachdem ich einmal angefangen habe, kann ich nicht mehr aufhören. »Auch wenn ich mich hier nicht zu blöd angestellt habe, wird es mit euch nun genau dasselbe sein.«

Die Tränen laufen mir übers Gesicht und sind Beweis dafür, dass es wirklich eine schlechte Idee war. »Ich hätte nicht herkommen sollen. Es tut mir leid. Vier Jahre ist es her, aber ich trauere immer noch. Niemand sollte das mitansehen müssen.«

Clemmie tritt zu mir, nimmt mich in die Arme und klopft mir auf den Rücken. »Das ist okay. Wir kennen Trauer und was sie mit einem macht. Wir verstehen dich.«

Nell ist jetzt auch an meiner Seite und drückt meinen Arm. »Niemand verurteilt dich. Wir sind alle hier, um dir zu helfen, damit du dich besser fühlst.«

Clemmie lässt mich los und schiebt mir einen Stuhl vom Tisch hin. »Die Verlobte meines Partners Charlie ist gestorben, daher verstehe ich, dass es lange dauern kann, bis man wieder zu leben lernt. Aber gib nie die Hoffnung auf – du wirst es schaffen.«

Nell stellt eine Taschentuchbox auf den Tisch und setzt sich ebenfalls. »Als Charlie nach Fayes Tod am Boden zerstört war, half es ihm über das Schlimmste hinweg, dass er seiner Schwester Cressy das Backen beibrachte.«

Clemmie pflichtet ihr bei. »Jahre später brachte er mir die gleichen Rezepte bei. Und das half ihm letztlich, darüber hinwegzukommen und eine neue Beziehung eingehen zu können. Kochen und Backen kann sehr heilsam sein – die einfachen Schritte, die Konzentration auf die Rezepte.«

Nell sagt: »Und natürlich hinterher das Essen zu genießen.«

Ich wische mir eine Träne unter den Wimpern weg. »Ich bin offenbar nicht sehr gut darin, die Trauer zu bewältigen. Als Ned starb, arbeitete ich als Chalet Host. Wenn Ned in der Nähe war, schaute er jeden Tag vorbei und erkundigte sich nach übrig gebliebenem Essen; er hatte ständig Hunger. Es gibt immer noch so viele Dinge, die ich nicht ertrage, weil ich befürchte, es könnte mir das Herz brechen. Für Fremde zu kochen, gehört zu diesen Dingen.«

Nachdem ich es ausgesprochen habe, verspüre ich eher Erleichterung als Schmerz. Abgesehen davon gibt es verschiedene Stufen des Schmerzes. Hier habe ich gerade vor allem geweint, weil ich von mir selbst frustriert war, dass ich nicht mit dem Verlust fertig werde.

Nell verschränkt die Arme. »Niemand will, dass du mehr machst, als du bereit bist zu tun. Aber vielleicht findest du heraus, dass es dir hilft, wenn du jetzt nach und nach Dinge probierst.« Sie stupst mich an. »Und das sage ich nicht nur, weil deine Specksandwiches so lecker sind. Aber es wäre doch schade, wenn andere Leute die nicht genießen könnten.«

»Mag sein.« Halb lache ich, halb weine ich, weil Nell von ihrem Speck so begeistert ist.

Clemmie drückt meine Finger. »Alle sind da für dich; wir werden dir helfen, so gut wir können. St. Aidan hat eine sehr heilsame Wirkung.«

Nell nickt zustimmend. »Das Meer und das Dorf helfen vielen Menschen, die hier ihre Zeit verbringen, sich besser zu fühlen. Aber du darfst nur das tun, wobei du dich wohlfühlst.«

Ich schaue mal, ob ich redend da durchkomme. »Es ist keine große Sache. Vielleicht ein paar Sandwiches mehr, als ich für euch zubereitet habe.«

Nell lächelt mich an. »Wir könnten die Zahl für den Anfang auf vier limitieren. Und wenn dir danach ist, machst du mehr.«

Clemmie versucht ebenfalls, mich zu ermutigen. »Du machst sie viel besser als ich, weshalb ich lieber bei der Zubereitung von süßen Sachen bleibe. Wenn du aber merkst, dass du es nicht kannst, verspreche ich dir, für dich einzuspringen.«

Clemmie ist so rücksichtsvoll und achtet darauf, dass nichts außerhalb meiner Komfortzone liegt.

»Okay. Fangen wir mit vier an. Ich probiere es, und dann sehen wir weiter.«

Nells Augen leuchten. »Großartig, ich werde das auf der Facebook-Seite des Singles Clubs posten. ›Gwens Bacon Cobs‹ klingt doch schon gut! Besser vorbestellen, denn die Menge ist limitiert.«

Erneut zieht sich mein Magen zusammen. »Müsst ihr mich namentlich erwähnen?«

Clemmie legt mir den Arm um die Schultern. »Jeder weiß, dass ich Gebäck und Pudding zubereite, höchstens mal Gurkensandwiches und Würstchen im Teigmantel für meinen Nachmittagstee. Aber wenn du nicht willst, lassen wir es.«

Nell lacht und tätschelt meine Hand. »Es wäre schon ganz gut, wenn wir die Leute im Dorf nicht in dem Glauben lassen, Clemmie habe ihren Geschmackssinn verloren, weil sie wieder schwanger ist. Das würde im Ort schneller die Runde machen, als du ›Schwangerschaftstestergebnis‹ sagen kannst.«

Ich bin geschockt. »Würde das wirklich passieren?«

Nell legt den Kopf schief. »Die Leute in St. Aidan wissen, was du denkst, noch ehe du es gedacht hast. Vor allem aber plaudern sie immer gleich herum, was sie zu wissen *glauben*.«

Clemmie lächelt nachsichtig. »Stets mit den besten Absichten. Sie tun es nur aus Fürsorglichkeit.«

»Na, wenn es für einen guten Zweck ist, dann benutzt ruhig meinen Namen.« Gleichzeitig ist das ein weiterer sanfter Weckruf für mich; Ella und ich müssen unser Geheimnis noch besser hüten als ohnehin schon, angesichts der Neugier der Dorfbewohner. Aber Frühstück in der kleinen Traumküche zuzubereiten, ist schon ein großer Schritt vorwärts. Wenn ich das kann, werde ich mehr als zufrieden sein.

11. Kapitel

Im Garten des Stargazey Cottage
Muscheln und eine Himmelsleiter
Später am gleichen Tag

Eine halbe Stunde später habe ich mein erstes Wochengehalt sicher in meiner Jeanstasche verstaut, und als ich mich auf die Suche nach einem Laden namens Hardware Haven mache, habe ich praktisch alles über meinen Namen im sprichwörtlichen Frühstückslicht vergessen.

Da ich bei Dad aufgewachsen bin, gebe ich mein Geld stets für nützliche Dinge aus. Gartenwerkzeug für das Cottage zu kaufen, scheint mir eine gute Art zu sein, um meine erste Arbeitswoche in St. Aidan zu feiern, auch wenn es letztlich nur ein paar Stunden waren. Zeit in Gartenarbeit zu investieren, ist auch sinnvoll, nachdem unsere Pläne für das Cottage Gestalt angenommen haben.

Nach Ellas anfänglichem Widerstreben haben wir beschlossen, an die Öffentlichkeit zu gehen und herauszufinden, was sie von unseren unterschiedlichen Ideen halten. Ella und ich stellten online unsere Gedanken zum Durchbruch in der hinteren Wand ein, ich machte Fotos von der Vorderseite des Cottages und dem vom Badezimmerfenster eingerahmten Meer. Bis Dienstag hatten bereits etliche Leute auf der Homepage des Singles Clubs abgestimmt, um ihren Beitrag zur Was-sollen-wir-mit-dem-Stargazey-Cottage-machen-Umfrage beizusteuern. Einsendeschluss ist eigentlich erst dieses Wochenende. Als ich außerdem ein Porträt der Star Sisters bei Facebook und Insta veröffentliche, sind wir tatsächlich offiziell.

Mir ist klar, dass es noch jede Menge Hindernisse zu überwinden gibt, bevor die Arbeit in dem Haus wirklich beginnt, aber ich spüre schon ganz neue Energie durch die Gartenarbeit. Den zugewucherten Hügel an der Rückseite des Hauses freizuschneiden wird die Außenarbeiten erleichtern.

Ich finde Hardware Haven in einer kleinen Nebenstraße oberhalb der Reinigung Iron Maiden und dem Pub Hungry Shark. Dort gibt es hundert verschiedene Besen, Eimer, Schaufeln und Vogelhäuschen, die vorn auf dem Gehsteig aufgestapelt sind. Als ich das neonbeleuchtete Ladeninnere betrete, riecht es hier genauso torfig wie in dem Eisenwarenladen, in den Dad mich und Ned früher mitnahm, um unsere Öllampendochte zu kaufen. In diesem hier gibt es alle nur denkbaren Haushaltswaren, von der Schere über Seife bis zu Schraubenziehern, Kürbissamen und Wellensittichkäfigen. Außerdem gibt es einen erstaunlichen Schrank voller Geschirr, Schildern und Schmuck, alle mit der Aufschrift »Ein Geschenk aus St. Aidan«.

Als ich mich nach Gartenscheren erkundige, nennt die Frau in dem grün karierten Nylon-Overall mich »meine Hübsche«, auf eine Weise, die mir das Gefühl gibt, tatsächlich eine zu sein. Dann verschwindet sie nach hinten und bringt mir fünf verschiedene, dazu noch Heckenscheren. Nachdem ich meine Auswahl getroffen habe, erkundigt sie sich, ob ich auch Rasentrimmer brauche, und als ich ihr schildere, dass ich erst mal eine Klippe freischneiden muss, lachen wir beide. Letztlich überredet sie mich, ein Souvenir aus ihrer Sammlung zu kaufen, also bringe ich einen Miniaturleuchtturm mit heim, mit einem Diamanten als Licht und mit der Aufschrift »St. Aidan on the Rocks« am Sockel.

Als ich auf die Fläche mit den zerbrochenen Steinplatten hinaustrete und den Fuß der Treppe finde, die den Hügel hinter dem Cottage hinaufführt, werde ich von einer vom Meer herüberwehenden Bö beinah weggepustet. Von hier aus ist von dem berühmten Schuppen, von dem alle reden, nur das Dach zu sehen. Und zwar weit über mir, hinter scheinbar undurchdringlichem Gestrüpp.

Als ich mit der Schere loslege, mich mit dem T-Shirt verfange und mir einen Ratscher am Finger zuziehe, werde ich schmerzhaft daran erinnert, dass Brombeersträucher Dornen haben. Ich rase erneut zum Hardware Haven und komme mit zwei Paar dicken Gartenhandschuhen zurück. Außerdem habe ich mich zum Kauf eines Tellers mit einem Bild der St. Aidan Bay und der Aufschrift »Wish you were here« in schnörkeliger Goldschrift überreden lassen. Allerdings stehen die Chancen besser, dass ich den Ärmelkanal durchschwimme, als Ella zum Tragen der Gartenhandschuhe zu bewegen. Janice im grünen Overall scheint jedoch zu wissen, wer hier alles wohnt, weshalb sie mir unbedingt zwei Paar Handschuhe statt einem mitgeben wollte. Dann raunte sie mir noch zu, dass sie online für meine Idee gestimmt habe, nicht für Ellas, und da konnte ich einfach nicht mehr Nein sagen.

Als jemand, der ständig umherzieht, kann ich locker die Namen der Wildpflanzen aufzählen. Mein Wissen über Gartenarbeit sowie Gartenpflanzen hält sich hingegen ziemlich in Grenzen. Doch als ich wieder draußen hinter dem Cottage bin, fange ich an der untersten Steinstufe an, die Pflanzenstiele zu schneiden und den Schnitt an der Seite zu stapeln. Zuerst tut mir die Hand weh, aber mit jeder weiteren Stufe, die ich freischneide, gelange ich ein paar Zentimeter den Hügel hinauf.

Nach zehn Stufen gehe ich in die Küche, um etwas von Clemmies Kuchen zu holen. Die Steintreppe draußen ist so steil, als würde man eine Felsenleiter hinaufsteigen, doch als ich oben sitze und mein Stück Zitronenkuchen esse, spornt mich der Blick auf das blassblaue, schimmernde Meer in der Ferne an. Ich verspreche mir eine Tasse Tee, sobald ich zwanzig weitere Stufen geschafft habe.

Als ich auf der dreißigsten Stufe sitze, schaue ich vom Eintunken meiner Karamellkuchenbelohnung auf und stelle fest, dass ich von hier aus direkt auf die Terrasse des Nachbarhauses blicken kann. Da sich die Stufen um den Hügel winden, bekomme ich einen Blick aus der Vogelperspektive auf den hinteren Bereich des Cottages. Von draußen ist es noch größer, als wir uns es bei unserem Kurzaufenthalt drinnen vorgestellt haben. Ich halte nach einer Bewegung im Haus Ausschau, kann aber lediglich das Herstellerklebeband auf den Fenstern sehen. Also widme ich mich wieder meinem Tee.

Irgendwann im Lauf des Nachmittags vergesse ich, die Stufen zu zählen, denn die Sonne ist herausgekommen. Sie scheint mir warm auf den Rücken, und ich ziehe mein Sweatshirt aus. Jetzt will ich unbedingt ganz bis nach oben kommen. Während ich die Stufen hinauf und hinunter springe und die Zweigstapel vergrößere, blende ich aus, wie sehr mich das an den Bergpfad erinnert, den wir als Kinder rauf und runter liefen, wenn wir in der kleinen Schäferhütte eines Freundes von Dad wohnten.

Und auf einmal schneide ich die letzten Brombeerranken und Schlingpflanzen, zusammen mit einem Büschel Holunderzweigen, und betrete eine unebene Steinplattform, über die man zu dem alten Holzschuppen gelangt. Ich hoffe, die Plattform hält mein Gewicht aus.

Ich ziehe einen Arm voll Knospenstränge von der verwitterten Vorderseite des Schuppens weg und rede dabei mit mir selbst. »Ein kleines Fenster ... der Schuppen ist nicht viel kleiner als das Cottage.« Der Türknopf lässt sich drehen. »Eine weitere Eingangstür in St. Aidan, die unverschlossen ist.«

Ich drücke die Tür auf und finde drinnen einen rohen Holztisch, der an der Wand steht. Der Holzstuhl mit Lehnen ist auf eine Weise zurückgeschoben, dass es aussieht, als käme gleich jemand zurück. Drinnen ist es warm, und Staubpartikel tanzen in den hereinfallenden Lichtstrahlen. Hinter dem Stuhl sehe ich einen Ofen mit einem Abzugsrohr, das durch das Wellblechdach führt.

Ich setze mich auf die Stuhllehne und habe einen perfekten Blick auf die Bucht. Aber als ich durch die offene Tür schaue und das schwindelerregende Gefälle des Hügels sehe, sinkt mein Mut rapide.

Ich stöhne. »Wie kann es hier denn so sehr den Bergen gleichen?«

Wie konnte ich etwas so Unbedeutendes wie Bacon-Sandwiches als Problem empfinden, wenn plötzlich alles, dem ich aus dem Weg gehen wollte, hier oberhalb des Gartens auf mich wartet? Prompt sehe ich Ned vor mir, und der Schmerz ist wieder da. Ich halte mir die Ohren zu und krümme mich, damit das wieder verschwindet.

Ich verdränge das, halte es unter Verschluss. Nichts hier sollte mich an Ned erinnern. Das ist die einzige Möglichkeit, wie ich mit der Trauer umgehen kann. Mit dem Kummer, der mich immer wieder überkommt, sobald ich mir bewusst mache, dass Ned fort ist. Dass er nie mehr da sein wird und mir beim Klettern an einer Felswand, an der ich nicht sein will, Mut zuspricht. Oder mir die schrecklich verbrannten Würstchen mit viel zu viel Senf gibt, weil er nicht verstehen kann, dass jemand die anders mag. Oder mir Bilder von einem Hund in Chicago schickt, der überall in der Stadt auf Feuerhydranten sitzt. Oder mich dazu bringt, heiße Schokolade aus einer leeren Bohnendose zu trinken. Er wird mich nie wieder in seinen Selfie-Videos auf Instagram anschreien, auf halbem Weg zu einem Himalaya-Gipfel. Ned, der in allem erstaunlich war, der stets da war, der nie stillstand und mich nie im Stich ließ. Ned, um den ich mir meine ganzen Zwanziger hindurch Sorgen machte. Wenn er mich das nächste Mal mitten in der Nacht anruft, um zu hören, ob ich okay bin, wird es nur ein Traum sein.

Ich atme tief durch die Nase ein und durch den Mund wieder aus, während ich langsam zähle. Eins, zwei, drei, vier, fünf.

Entspannungs-Workshops für sehr kleine Gruppen waren früher mein zweites Standbein in den Sommern. Damals war ich so ruhig und stark, dass ich das auch anderen Menschen vermitteln konnte. Wer hätte gedacht, dass ich eines Tages diejenige sein würde, die verzweifelt im Stillen zählt, nur um atmen zu können?

Es gibt einen Grund dafür, dass die Leute zählen lernen. Diese Technik hat bei mir stets funktioniert, obwohl es sich anfangs unmöglich anfühlt. Es klingt verrückt, aber das Wichtigste bei einer Panikattacke ist – nicht in Panik zu geraten.

Einige Minuten später löst sich die Verkrampfung, und meine Atmung normalisiert sich genug, dass ich versuchen kann aufzustehen. Sobald meine Beine sich stark genug anfühlen, gehe ich nach draußen und hoffe, in der Sonne und der salzigen Seeluft schneller wieder zu mir zu kommen.

Ich schwanke vor der Hütte und zerre weiter an den klebrigen Ranken, als mich ein plötzlicher Ruf in der Nähe zusammenzucken lässt.

»Gwen!«

Es ist eine Männerstimme irgendwo in der Nähe meiner Füße, und so unerwartet, dass ich zur Seite springe wie ein verschrecktes Pony. Dummerweise befinde ich mich so nah am Rand der Plattform, dass ich versuchen muss, Halt zu finden. Aber statt auf Stein zu treffen, ist mein Turnschuh in der Luft, wo es steil bergab geht.

Während ich wild mit den Armen rudere und mich zu retten versuche, stoße ich einen Schrei aus. Die Schwerkraft bewirkt, dass mein Körper sich nach hinten und allmählich in die Horizontale biegt. Ich bin über den Rand hinaus und sehe den Himmel wie in Zeitlupe, doch dann spüre ich einen Ruck, einen Schmerz in den Schultern, und ich falle nicht mehr rückwärts.

Stattdessen stolpere ich vorwärts gegen eine harte Brust unter einem sehr weichen T-Shirt. Aus schierem Überlebensinstinkt schlinge ich die Arme um den Oberkörper vor mir, und meine Nägel graben sich in den Rücken der Person. Ich klammere mich fest wie an einer neben der Titanic treibenden Planke und werde ebenfalls festgehalten. Ich sage Person, doch als mein rasendes Herz sich beruhigt, stelle ich eindeutig fest, dass es sich um einen Mann handelt. Er räuspert sich, und es kommt mir bekannt vor. Ich sollte ihn mit Dank überhäufen, aber mein instinktiver Selbstschutz verhindert das.

»Ollie! Was zur Hölle machen Sie hier?«

Er klingt perplex. »Ich halte Sie davon ab, den Hang hinunterzustürzen. Wissen Sie denn nicht, dass Sie sich von der Kante fernhalten müssen?«

Ich war vollkommen sicher, bis er mich erschreckt

hat! »Und wissen *Sie* nicht, dass man sich auf schmalen Vorsprüngen nicht an andere Leute heranschleicht?« Ich schnaube verächtlich und atme dabei seinen Duft ein, was mir sofort in Erinnerung ruft, weshalb ich ihn loslassen muss. Distanz herstellen, damit mein Blut in den Adern nicht sprudelt. »Danke, dass Sie mich aufgefangen haben. Wenn ich jetzt vorbei dürfte, käme ich allein zurecht.«

Ich schiebe ihn auf Armeslänge von mir, doch bei dem Versuch, auf die andere Seite zu gelangen, ohne erneut den Hügel hinunterzufallen, streift meine Hüfte den Reißverschluss seiner Jeans, und meine Brüste berühren seine Arme. Ich mache einen Sprung zur Schuppentür, dann erst bin ich weit genug weg von ihm.

»Tja, schön Sie wiederzusehen …« Ist es nicht. »Was kann ich für Sie tun?«

Er zuckt mit den Schultern. »Ich habe Sie vom Fenster aus gesehen und wollte zum Plaudern raufkommen.«

Mein Puls rast noch immer. »Ich wusste nicht mal, dass ein Pfad von Ihnen hier heraufführt.«

»Es gibt auch keinen. Ich musste einen Überhang hinaufklettern. Aber irgendwer hat großartige Arbeit bei der Freilegung der Treppe auf Ihrer Seite geleistet.« Er hakt seine Daumen in die Jeanstaschen und strahlt enormes Selbstbewusstsein aus. Als gehöre ihm hier alles, obwohl es doch definitiv unsere Seite ist. Er lehnt sich mit der Schulter gegen den Schuppen und sieht alarmierend zufrieden aus. Leider auch abstoßend sexy. »Ich habe gehört, Sie haben auch große Pläne für das Cottage.«

Ich verdränge rasch meinen letzten Gedanken und konzentriere mich auf den Rest. »Haben Sie die Stargazey-Cottage-Umfrage bei Facebook gesehen?« Ich verziehe das Gesicht. Wenn er darauf gestoßen ist, hat er wahrscheinlich meine Frühstückswerbung gesehen, und das wäre ganz schlecht.

Er scharrt mit dem Fuß. »Nicht direkt. Aber es ist gut, dass Sie das hier gefunden haben.« Er deutet mit dem Kopf auf den Schuppen. »Das wird für jemanden ein tolles Homeoffice werden.«

Ich verdrehe die Augen. »Haben Sie gesehen, wie es drinnen aussieht?« Ich will mich nicht erneut daran erinnern, wie sehr es einer Alpenhütte ähnelt, deshalb denke ich lieber daran, dass der Schuppen heruntergekommen ist. »Bestimmt nicht für mich, und ich kann mir auch nicht vorstellen, dass Ella diese steile Treppe ständig hinaufsteigt.«

Er winkt ab. »Ich bin mir sicher, sobald Schneewittchen mit dem Besen loslegt, wird sie hier oben ebensolche Wunder vollbringen wie unten im Cottage.« Er hält kurz inne, dann fährt er fort: »Es sind übrigens gute Ideen. Schön zu sehen, dass das Cottage sich in den Händen von jemandem mit dieser großartigen Mischung aus Vision und Einfühlungsvermögen befindet.«

Ich komme aus dem Staunen nicht mehr heraus. »Schneewittchen?«

Er stutzt. »Ist sie nicht diejenige, die den ganzen Tag zu Hause bleibt und putzt? Ich habe noch nicht erlebt, dass Ihre Freundin mal die Ärmel hochkrempelt, das ist alles.« Er blinzelt und probiert es erneut. »Die kleine Hütte für sehr kleine Leute passte auch gut zu der Assoziation. Ich habe Sie gerade aus der Hütte kommen sehen.«

Ich ärgere mich, dass ich Emotionen zugelassen habe, die ich sicher verdrängt glaubte. Zu den schrecklichen Dingen beim Tod eines geliebten Menschen zählt die Unvorhersehbarkeit der Trauer. Sie überkommt einen nie, wenn man sich gerade stark und belastbar fühlt, sondern wenn man am wenigsten bereit dafür ist. Gerade wenn man glaubt, Fortschritte zu machen, taucht sie wie aus dem Nichts auf und haut einen um. Sie zeigt einem, dass es niemals besser werden und für alle Zeiten so sein wird. Erst Bacon-Sandwiches, und jetzt das. Das war bisher nicht einer der besseren Tage.

Atmen zu können fühlt sich wie ein Luxus an. »Ich habe den Lehnstuhl ausprobiert und bin länger als beabsichtigt geblieben.«

Er lacht. »Immerhin haben Sie nicht Goldlöckchen gespielt und sind eingebrochen.«

Ich stöhne innerlich. »Was soll das mit den Märchenanspielungen? Und bevor Sie fragen – ich habe weder Bären gesehen noch Porridge.« Selbst für einen Kinderbuchfan wie mich ist das ein bisschen viel.

Er wirft mir einen Blick von der Seite zu. »Na ja, Sie müssen zugeben, dass es sich hier oben schon ziemlich wie in *Hänsel und Gretel* anfühlt.«

Ehe ich mich bremsen kann, erwidere ich: »Die haben sich im Wald verlaufen, und hier ist nicht mal ein Baum in Sicht.«

Er rümpft die Nase und betrachtet den Schuppen. »Dieser dreieckige Giebel und die Dachtraufen könnten aber glatt aus *Rotkäppchen* stammen.«

Ich schüttele den Kopf. »Da ihr Dad ein Holzfäller war, muss die Geschichte wohl auch in einem Wald gespielt haben.«

Ollie gibt einen spöttischen Laut von sich. »Holzfäller sind kanadisch. Ihr Dad war ein Waldarbeiter.«

Ich bin nicht hier, um über Kettensägen und Äxte zu fachsimpeln, deshalb versuche ich das Thema zu beenden. »Wie dem auch sei. Ich habe genug gesehen. Hätte ich gewusst, was hier oben ist, hätte ich wohl keine Gartenschere gekauft. Ich werde sicher nicht noch einmal hier heraufkommen.«

Er wirft mir einen weiteren ungläubigen Seitenblick zu. »Ich mag die Stimmung hier oben. Ich finde es schöner als unten am Haus.«

Ich könnte bei jedem zweiten seiner Sätze die Augen verdrehen, wenn nicht sogar bei jedem. Eine weitere unglaubliche hingeworfene Bemerkung von einem Typen, der alles hat. Diesmal halte ich mich nicht zurück. »Es ist ein Schuppen. Wie kann der besser sein als Ihr Anwesen mit der riesigen Glasbox hinten?«

Er schüttelt den Kopf. »Anwesen ist ja wohl übertrieben. Es ist einfach mein persönliches Empfinden, das ist alles.«

Ich kann das nicht unwidersprochen lassen. »Von jemandem, der den Handwerkern sagt, was sie alles machen sollen, und der einen Haufen Geld dafür ausgibt, ist das schwer zu glauben.«

Er gibt einen tiefen Seufzer von sich, aber dann hellt seine Miene sich wieder auf. »Der Schuppen hat einen Ofen. Natürlich ist er besser.«

Ich gebe nicht nach. »Wie können Sie das wissen, wenn Sie noch gar nicht drin waren?«

Er dreht den Kopf. »Das aus dem Dach ragende Ofenrohr könnte ein Hinweis sein.«

Er ist also ein Angeber und weiß nicht zu schätzen, was er hat. Ich schaue auf mein Handy, um zu erfahren, wie spät es ist. »Wenn das alles ist, mache ich mich lieber wieder auf den Weg nach unten.«

Eine Falte entsteht zwischen seinen Brauen. »Sagen Sie jetzt bloß nicht, dass Sie eilig verschwinden, weil Sie ihr Tee kochen wollen.«

Vermutlich wird Ella – sie hat nämlich einen Namen –

zu spät heimkehren, um mit mir zu Abend zu essen, aber das sage ich ihm nicht. »Und wenn?«

»Ich stelle mir nur ungern vor, dass Sie sich zur Sklavin machen, das ist alles.«

Es hätte keinen Sinn zu erklären, dass Ella den Gaskocher immer noch nicht anzünden kann, um Wasser zu kochen. Oder dass sie das Fast-Food-Restaurant in Falmouth oft genug besucht, um mit dem Drive-Thru-Mitarbeiter per Du zu sein. Oder dass sie sich für mein Kochen mehr als revanchiert, indem sie die Rechnungen übernimmt. Trotzdem könnte er aufhören, sich einzumischen. »*Nicht* im Cottage nebenan zu wohnen, gibt Ihnen nicht das Recht, sich ein Urteil über unsere häuslichen Vereinbarungen zu erlauben.«

»Okay, verstanden. Noch schnell eine Frage, solange ich hier bin – hätten Sie beide Interesse, bei der Einrichtung Ihres Nachbarhauses zu helfen?«

Würde ich nicht an den Schuppen gelehnt dastehen, hätte mich diese Frage wohl umgehauen. Glücklicherweise stehe ich weiterhin fest auf den Beinen. »Tatsächlich hat Ella bei der Arbeit so viel um die Ohren, dass sie fast kaum zu Hause ist.«

Es folgt ein weiterer langsamer Seitenblick zu mir. »Bleibt nur die andere Hälfte des Star-Sisters-Duos, oder?«

Warum glauben die Leute ständig, das Talent sei zwischen uns gleichmäßig verteilt statt nur bei einem von uns? Auf den Job bei Clemmie kann ich auch nicht mehr verweisen. »Ich werde selbst genug zu tun haben.« Ich will den Tag nicht vor dem Abend loben, denn da sind noch etliche Dinge, die ich in den Griff bekommen muss.

»Das ist also ein klares Nein?«

Es hat keinen Sinn, ihm etwas vorzumachen. »Ja, definitiv.« Ich könnte es selbst dann nicht, wenn ich nicht schon so viel zu tun hätte und die entsprechenden Fähigkeiten besäße. Ich will gerade den Fuß auf die oberste Stufe stellen, da …

»Eine letzte Frage …«

Ich halte inne und blicke auf seine Brust. Prompt muss ich daran denken, wie es sich angefühlt hat, als er seine Arme um mich schloss. Und wie lange es her ist, dass ein männliches Wesen mich umarmt hat. Eine richtige, echte Umarmung.

Ich schaue auf und registriere seine Bartstoppeln. Die Lachfältchen in seinen Augenwinkeln, die mich jedes Mal mehr verzaubern, wenn sie erscheinen. Aber als ich in seine braunen Augen blicke, wird mir erneut klar, dass es gefährlich wäre, mich auf irgendwelche Verwicklungen einzulassen. Mir wird meine momentane Situation wieder sehr bewusst.

Ich bin auf der Hut. Sobald ich Ollie ansehe, verspüre ich nicht nur ein flaues Gefühl im Magen, sondern aktiviere instinktiv meinen Selbstschutz. Jetzt, wo ich weiß, wie tief verzweifelt der Mensch sein kann, werde ich mich dem nie wieder freiwillig aussetzen.

Selbst wenn Ollies Charakter zu seinem tollen Aussehen passt – wenn er nicht hartherzig und getrieben wäre, mit anderen Worten, wenn er jemand anderes wäre und, was sehr unwahrscheinlich ist, interessiert wäre –, müsste ich hart bleiben.

»Haben Sie eine Katze?«

Ollies Stimme holt mich aus meinen Gedanken zurück in die Realität. Es klingt nach einer Fangfrage. »Lustige Frage. Aber ich muss wieder verneinen. Sorry, dass ich so enttäuschend bin.« Dann fällt mir etwas ein. »Aber ich habe Ihr Kapuzenshirt. Ich werde es Ihnen gleich unten vorbeibringen.«

Sein Lächeln wirkt müder, als es für jemanden, der vom Glück gesegnet und von sich selbst überzeugt ist, sein sollte. »Die Tür steht Ihnen jederzeit offen, wie Sie ja wissen. Legen Sie ihn einfach ins Haus.«

Ich zwinge mich zu einem breiten Lächeln. »Mach ich.«

Dann laufe ich schnell die Stufen hinunter und bleibe erst in unserer Küche wieder stehen.

Ich muss für mich allein leben, anders geht es nicht. Das Single-Dasein ist ein kleiner Preis, wenn es bedeutet, dass mir solcher Schmerz erspart bleibt, wie ich ihn durch Neds Tod erfahren habe. Noch eines ist sicher – das war das letzte Mal, dass ich mich bis ganz nach oben in den Garten von Stargazey Cottage gewagt habe.

Jetzt muss ich nur noch herausfinden, wo ich einen Ingenieur herbekomme. Und jemanden, der gut Löcher in Wände schlagen kann. Und dann muss ich mir überlegen, wie ich bis Montag überlebe, nachdem ich Clemmies Kuchen an diesem Nachmittag aufgefuttert habe.

OKTOBER

12. Kapitel

In der Deck Gallery
Süßes oder Saures?
Sonntag

»Es macht mir nichts aus zu verlieren – ich denke nur an den Aufwand!«

Wir befinden uns in der Deck Gallery, und in den letzten zehn Minuten hat Ella über große, frei stehende Landhäuser und einzigartige Locations geredet. Dann lenkte Nell die Unterhaltung unerwartet zum Erdrutschsieg bei der Facebook-Umfrage.

Es ist Sonntag, zehn Tage später, was bedeutet, dass wir bereits unsere Kalorien verbrennende Joggingrunde hinter uns haben und nun zu einer komplett gegensätzlichen Tätigkeit übergegangen sind – einer Wochenend-Verköstigung von Clemmies Herbstrezepten. Bei Ellas ordentlich geflochtenen Zöpfen und ihrer Blässe käme man nicht darauf, dass sie die vergangenen neunzig Minuten den Strand rauf und runter gerannt ist. Sie will sich gar nicht beklagen, nur ist sie den zweiten Platz einfach nicht gewohnt.

Ich muss das Gejammer erklären. »Ella ist vorher noch nie Zweite gewesen.« Ich wende mich an sie. »Du hast diese wunderbaren Skizzen gemacht, um meine Ideen vorzustellen, also gehörst du ebenfalls zum Siegerteam.«

Ella lächelt mir entschuldigend zu. »Tut mir leid, Gwen. Ich weiß, dass deine Pläne für das Cottage sein Potenzial maximieren, und es ist fabelhaft, dass das Dorf es auch so gesehen hat.« Sie drückt meine Hand. »Ich bin dir sehr dankbar, dass du die Herausforderung angenommen hast.«

Wir sind um den runden Tisch bei Plum versammelt, weil ihre Assistentin frei hat und sie nichts verpassen wollte. Während sich draußen dicke graue Wolken ballen, sitzen wir bei offenen Glastüren am Ende der hellen, weitläufigen Galerie. Nach Ellas überraschend anmutig ertragender Niederlage ist es schön, Clemmie mit einem Stapel Kuchenschachteln eintreffen zu sehen, gefolgt von Sophies drei Töchtern, die an alle Teller und Kuchengabeln verteilen.

Sophie zieht den Deckel von einer Schachtel ab. »Was ist hier drin, Clemmie?«

Clemmie beugt sich vor, um hineinzuschauen. »Spooky Cupcakes – dunkle Schokoladenbiskuits mit weißen Geistern aus Marshmallowglasur. In der anderen Schachtel sind Spinnweb-Brownies.«

Ella leckt sich die Lippen. »Geister wiegen ja nichts, deshalb nehme ich mal zwei von denen, bitte.« Sie zwinkert mir zu. »Kuchen sind schließlich der Grund, weshalb wir joggen.«

Clemmie reicht die zweite Schachtel herum. »Bedient euch. Mal sehen, wie ihr die findet.«

Kaum zu glauben, aber wir sind hier als Dankeschön für die vielen Bacon-Cobs, die wir in der vergangenen Woche verkauft haben. Am Montag war ich noch unsicher, als ich nur vier gemacht habe, doch am Dienstag schon hatte ich den Bogen raus und bereitete ein paar zusätzliche zu. Am Donnerstag verkauften wir so viele, dass uns der Speck ausging. Sicher, es sind bloß Sandwiches, aber für mich war das ein echter Durchbruch. Und nachdem ich bei einem Lunch für Mammis und Schwangere eingesprungen bin und bei einem Geburtstagstee für eine Gruppe von Leuten vom Pflegeheim mitgeholfen habe, fühle ich mich schon wohler bei den Meerjungfrauen.

Ich ziehe die geblümte Schachtel zu mir rüber und beiße in einen Brownie. »Mmm, das orange Cream-Cheese-Spinnennetz ist klasse.«

Sophies Sohn Marcus schiebt sich einen ganzen Geist in den Mund, während die anderen Kinder kreischend herumrennen und dem Echo lauschen. Alle anderen futtern und nicken anerkennend.

Nell wedelt mit ihrem Geist in Ellas und meine Richtung. »Irgendwelche Neuigkeiten vom Cottage?«

Nachdem Ella die Kanzlei kontaktiert hat, um zu fragen, wie umfangreich unsere Arbeiten sein dürfen, hat Nells Partner George einen Ingenieur vorbeigeschickt. Ich weiß, ich habe gesagt, ich gehe nie wieder bis ganz nach oben in den Garten, aber ich bin trotzdem noch einmal hinaufgeklettert, um die Fenster zu putzen. Ansonsten muss ich beschämt gestehen, dass wir noch nicht viel weitergekommen sind.

»Wir haben noch viel vor uns«, beantworte ich ihre Frage ehrlich. »Bis jetzt haben wir noch nicht einmal mit der Suche nach Handwerkern begonnen.«

Ella meldet sich mit einem Seufzer zu Wort: »Ich fürchte, das ist meine Schuld, nicht Gwens. Ich warte noch darauf, dass mein Arbeitspensum sich verringert, aber es scheint stattdessen immer größer zu werden.«

Da hat sie mein vollstes Mitgefühl; bei Kunden, die für eine Küchenspüle mehr ausgeben als Fußballer für einen Verlobungsring, ist der Druck entsprechend groß. Andererseits – wenn wir keine Handwerker haben, wird es keine Löcher in den Wänden geben. Ich will nicht negativ oder gemein sein, aber ich hoffe aufrichtig, dass die Verzögerungen keine langfristige Taktik sind, damit wir weniger Arbeiten am Cottage durchführen lassen können.

Nell wirft mir einen Blick von der Seite zu. »Es gibt eine einfache Möglichkeit, Handwerker zu finden! Wir holen auf der Singles-Seite online Empfehlungen ein.«

Plum nickt. »Dann könnt ihr eure Wahl treffen.«

Sophie faltet ihre Gebäckschachtel zusammen und seufzt. »Ihr könnt von Glück sagen, dass ihr Kapital habt.«

Das ist ein weiterer heikler Punkt, auf den ich nicht eingehen werde. Wir werden erst dann wissen, wie weit unser Geld reicht, wenn wir Preise eingeholt haben. Ella hat mich schon vorgewarnt, dass es das Stadium ist, in dem viele Projekte gekürzt werden.

Ich lächle Ella an. »Danke, Nell, dann muss Ella sich um eine Sache weniger kümmern. Ich schicke dir ein Foto, das du zusammen mit dem Aufruf posten kannst.«

Clemmie lacht. »Wie gut, dass viele Leute deine Bacon-Cobs noch köstlicher finden, als sie auf den Bildern aussehen.«

Plum stützt das Kinn auf die Hand. »Kennst du noch andere Frühstücksspezialitäten?«

Ella wirft mir einen Blick zu. »Gwen hat noch jede Menge Tricks auf Lager. Es wird Zeit, dass sie die mal wieder auspackt.«

Ich muss ihnen irgendetwas anbieten. »Mein eigener Müsli-Mix mit Joghurt und Honig sieht ziemlich fotogen aus.« Ned hatte es immer zu eilig für ein Müsli, deshalb stellt es für mich keine schmerzliche Erinnerung dar.

Ellas Brauen gehen in die Höhe. »Vergiss deine Eggs Benedict nicht.« Seit Ella gehört hat, dass ich Bacon-Sandwiches mache, glaubt sie, ich könne alles zubereiten. Was nicht der Fall ist.

Sophie lächelt. »Die Version mit geräuchertem Lachs mag ich am liebsten.«

Ich entspanne mich ein wenig. »Geräucherter Lachs und Rührei auf getoastetem Bagel. Sehr beliebt.« Und leichter zuzubereiten, denn Ned hasste Fisch, außer paniertem.

Nells Augen glänzen. »Was immer du auf die Speisekarte setzen willst, Gwen. Was für ein Glück, dass du hierhergekommen bist.« Sie wendet sich an Clemmie. »Wir wollten den Breakfast Club schon seit Ewigkeiten erweitern, stimmt's? Wenn das so weitergeht, werden wir ihn von Montag bis Freitag veranstalten müssen!«

Ella tritt mich hart unter dem Tisch. »Gwen wäre begeistert, oder?«

In gewisser Hinsicht hat sie recht. Wenn ich mir etwas in den Kopf gesetzt habe und mich nicht davor drücke, gibt es nichts, was ich nicht hinbekomme. Aber die Frauen sind alle so nett zu mir, dass ich ihnen nichts vormachen darf.

Also nehme ich die Schande in Kauf und erkläre: »Ich weiß nicht, wie lange ich hier sein werde, wenn das Cottage erst mal fertig ist.« Der Mietvertrag läuft über sechs Monate, mit der Option auf eine Verlängerung. Alle anderen scheinen hier fest verwurzelt zu sein. Ich sehe ihre erschrockenen Gesichter und füge daher schnell hinzu: »Es kommt mir jedenfalls ziemlich lange vor, wenn ich sage, ich bleibe für immer.«

Clemmie guckt erst verblüfft, dann grinst sie verschwörerisch. »Noch jemand mit Fernweh? Das kann ich gut nachvollziehen.«

Ellas Gesicht nimmt einen vorsichtig diplomatischen Ausdruck an. »Gwen ist mitgekommen, um mir bei der Instandsetzung des Cottages zu helfen. Alles Weitere hängt von ihren Verpflichtungen andernorts ab.«

Sophie lächelt wissend. »Das klingt sehr nach Clemmie früher. Sie wollte so schnell aus Cornwall weg wie möglich. Und nun seht, wie es ihr ergangen ist!«

Ich bin froh, dass sie es leichtnehmen. Manch einer wäre wütend geworden, weil wir beide das Cottage bekommen haben, aber nur eine von uns bleiben will.

Plum legt ihre Hand auf meinen Arm. »Wir versuchen nicht, deine Ambitionen zu unterlaufen oder deine Pläne zu durchkreuzen, Gwen. Aber St. Aidan weckt in den Menschen oft den Wunsch zu bleiben, das ist alles.«

Nell gluckst. »Aber wir verstehen es vollkommen. Wunderbare Cottages in den Hügeln und endlose Strände sind nicht für jeden etwas.«

Für mich definitiv nicht. Mein Problem ist, dass mir absolut kein Ort einfällt, an dem ich mich noch wohlfühlen würde.

Clemmie schiebt Bud Frischkäseklumpen in den Mund. »Wir freuen uns einfach, dich hier bei uns zu haben, solange du da bist.«

Nell springt ihr bei. »Schauen wir doch einfach von Woche zu Woche, dann ist der Druck weg.«

Sophie sagt: »In dem Fall muss geräucherter Lachs und Rührei als Erstes auf die Frühstückskarte. Solltest du demnächst verschwinden, habe ich mir das zumindest nicht entgehen lassen.«

Ella grinst mich an. »Es steht dir frei, jederzeit zu gehen. Das müsste dir doch entgegenkommen, Gwen.« Sie schüttelt den Kopf. »Du hast übrigens dein Porridge noch gar nicht erwähnt. Und was ist mit deinem Avocadomus mit Pinienkernen auf Sauerteigbrot?«

Manchmal frage ich mich, auf wessen Seite sie eigentlich steht. Wenn ich mir überlege, dass es mal eine Zeit gab, in der mein größtes Problem darin bestand, Bacon-Cobs zuzubereiten. Schon komisch, wie sich die Dinge entwickeln können – plötzlich mache ich Sachen, die ich nie vorhatte zu machen. Wer weiß, was als Nächstes passieren wird, um mich aus meiner Komfortzone zu holen. Gut ist jedenfalls, dass wir ein weiteres Treffen mit den anderen hinter uns gebracht haben, ohne dass irgendwer die Workshops erwähnt hat, für die wir uns freiwillig gemeldet haben. Das verbuche ich als Gewinn.

Clemmie winkt mir mit einem Cupcake zu. »Ich weiß, wir haben versprochen, dich nicht festzunageln.« Sie macht ein zerknirschtes Gesicht. »Aber da ihr mittlerweile solche Stars hier seid, sag bitte, dass du noch hier sein wirst, um bei der Halloween-Deko mitzumachen!«

Geschockt bringe ich zunächst kein Wort heraus. Aber bevor ich erklären kann, dass sie die Bedeutung von Inneneinrichtung falsch gedeutet haben, meldet Ella sich zu Wort.

»Partys lieben wir Star Sisters am meisten«, lügt sie dreist. »Gwen geht nirgendwohin, sie bleibt!«

Was immer ich über das Gewinnen gesagt habe, vergesst es. Zum Glück weckt nichts an Halloween bei mir traurige Erinnerungen.

Nell wedelt mit den Händen. »Nicht nur für das Seaspray Cottage. Der Singles Club veranstaltet einen Gruselabend im Cockle Shell Castle. Da wirst du dich auch gut amüsieren, Gwen!«

Ich gebe ein Stöhnen von mir, während ich an meinen Fingern abzähle. »Aber das ist in weniger als zwei Wochen!«

Ella zwinkert mir zu. »So viel länger musst du dann ja auch nicht bleiben.«

Nell schnaubt. »Zu kurzfristig? In St. Aidan geht es Schlag auf Schlag!«

Clemmie ergreift über den Tisch hinweg meine Hand und drückt sie. »Keine Sorge, Gwen. Es wird Gin geben!«

Ella nickt und wackelt mit den Brauen. »Wir lassen uns von Ollie helfen. Mit seinen starken Armen kann er die schweren Kürbisse schleppen.«

Mir reicht es jetzt. Am liebsten würde ich mich unterm Tisch verkriechen und nicht wieder hervorkommen.

13. Kapitel

In der kleinen Traumküche
Auf der Suche nach Mr. Right
Freitag, fünf Tage später

»Tolles Frühstück, danke, Gwen.«

Das sagt Ollie, der auf seinem Hocker am Tresen der kleinen Traumküche sitzt, den aufgeklappten Laptop vor sich, mit einer Hand Diesels Kopf kraulend, mit der anderen Buds multi-sensorische Rassel schüttelnd. Wer behauptet, Männer beherrschen kein Multitasking?

Die Sonnenuhr an der Wand zeigt, dass es fast zwölf ist, deshalb frage ich: »Meinen Sie Frühstück oder Brunch?«

Er zieht ein Gesicht. »Eigentlich beides. Als ich ankam, hatte ich Porridge und später zwei Bacon-und-Tomaten-Cobs, damit ich bis zur Teestunde versorgt bin.«

Da er mittlerweile seit fast vier Stunden hier ist, war ich froh, viel in der Küche zu tun zu haben und ihm auf diese Weise aus dem Weg gehen zu können.

Er beugt sich über seine Tastatur, wendet sich dann aber wieder an mich, als ich seinen leeren Teller abräume. »Schön zu sehen, wie jemand sich richtig ins Zeug legt.«

Ich stelle seinen Teller auf mein Tablett und schüttele den Kopf, während Clemmie mir in die Küche folgt. »Kann er eigentlich noch herablassender sein?«

Sie versucht vergeblich, sich ihr Lächeln zu verkneifen. »Wahrscheinlich hat ihm das Essen wirklich geschmeckt.« Ihr Lächeln wird breiter. »Er liebt die neuen

Varianten genauso wie alle anderen auch.« Sie umarmt mich. »Wir sind stolz auf dich wegen all der Dinge, die du ausprobierst!«

Nell ist für ihre übliche frühe Mittagspause in der Küche erschienen und hält jetzt mit der Gabel voll Rührei auf halbem Weg zum Mund inne. »Er war in dieser Woche jeden Tag hier. Wenn er so weitermacht, erhält er noch das Fan-Abzeichen.«

Nachdem wir festgestellt haben, wie begeistert alle von der erweiterten Karte waren, brauchte es lediglich ein paar Tastaturanschläge, um den Breakfast Club auf Dienstag und Freitag zu erweitern. Und obwohl ziemlich viel zu tun ist, wenn ich hier bin, ist es nicht wie in den Chalets, wo nach dem Frühstück gleich das Putzen kam, das Backen des Kuchens für den Nachmittag und die Vorbereitung für das Vier-Gänge-Menü am Abend. Im Vergleich dazu fühlt es sich hier immer noch wie Urlaub an. Allerdings versuche ich, nicht zu häufig an die Vergangenheit zu denken und Vergleiche zu ziehen. Möglicherweise werde ich mich anders fühlen, sobald die Arbeit im Cottage begonnen hat.

Ich staple die Becher in das Regal hinter dem Tresen, und Clemmie bringt mir ein weiteres Tablett voll. »Schon Glück bei der Suche nach Handwerkern gehabt?«

Ich verdrehe die Augen. »Wir haben jede Menge Empfehlungen, aber wir sind immer noch nicht ganz am Ziel.«

Clemmie lacht. »Die richtige Person zu finden, die Löcher in euer Haus schlägt, gleicht sehr der Suche nach Mr. Right. Es gibt ihn wirklich, aber er taucht nicht immer genau dann auf, wenn man es gern hätte.«

Ollie ist ganz auf seinen Bildschirm konzentriert, doch seine Augen weiten sich kurz, deshalb würde ich sagen, dass er das gehört hat.

»Die Suche nach Mr. Right ist nichts für mich, vielen Dank auch!« Ich lache laut, um meinen Worten Nachdruck zu verleihen.

Clemmie zwinkert mir zu. »Du bist wie ich früher.« Liebevoll schaut sie Bud an. »Aber ich würde das, was ich jetzt habe, um nichts auf der Welt eintauschen wollen!«

Ich lache immer noch. »Ella hat sich die Handwerker ebenfalls angesehen. Sie ist sehr wählerisch, vergiss das nicht.«

Ich habe jeden angerufen, der Nells gepostete Handwerkersuche kommentiert hat, und die meisten standen ziemlich schnell vor der Tür. Die ganze Woche über haben wir zugesehen, wie sie ums Cottage gingen und leise Pfiffe ausstießen. Einige meinten, die Arbeit sei leicht zu erledigen, und gaben sogar Angebote ab. Doch als wir die Zahlen sahen, kamen mir die Tränen, allerdings nicht vor Begeisterung.

Meinem Durchbruch in der Wand für eine Tür so nahezukommen, nur um dann zu erleben, wie es doch nichts wird, bedeutete einige Tage lang eine Achterbahn der Gefühle. Aber auch ohne diese exorbitanten Summen fand Ella Gründe, alle Angebote abzulehnen.

Clemmie sieht mich von der Seite an, während sie den Tresen abwischt. »Niemand wurde also euren Ansprüchen gerecht?«

»Nein.« Ich stelle Teller in das nächste Regal. »Die gute Neuigkeit ist, dass alle mit unserer Heizung und den elektrischen Leitungen zufrieden waren. Die Rohre sind gut verlegt, sodass wir problemlos Durchbrüche machen können, wo wir es uns vorgestellt haben.« Ich halte kurz inne, um auch ja nichts zu vergessen. »Bis dahin müssen wir sämtliche Tapeten von den Wänden und Decken abreißen. Das werde ich wohl übernehmen.« Ich sage das in einem

Ton, als wüsste ich Bescheid – was nicht der Fall ist. Ich weiß bloß, dass es sehr viel Arbeit bedeutet.

Clemmies Lächeln erlischt. »Ich hatte gehofft, du hättest nächste Woche ein paar zusätzliche Vormittage Zeit für uns. Aber ich sollte dich nicht mit Arbeit eindecken, wo du doch im Cottage vorankommen willst.«

Ich muss realistisch bleiben. »Bezahlte Stunden bei dir haben Priorität.« Ich seufze. »Das Tapetenabreißen muss ich irgendwie dazwischenquetschen.« Da wären auch noch die Halloweenvorbereitungen, aber die lasse ich mal außen vor.

Clemmie wirkt ein wenig besorgt. »Ella erwähnte deine verborgenen Talente – kannst du Abendessen zubereiten?«

»Abendessen?« Ich versuche nicht gleich in Panik zu geraten. Ich mache das Frühstück, obwohl ich glaubte, es nicht zu können. Vielleicht versuche ich es einfach. »Ich habe ein paar Dinner-Menüs ausprobiert.« Ich habe es so lange gemacht, dass ich sie problemlos hinbekommen sollte. Wenn ich die richtigen Menüs auswähle. Aber nicht nur die Auswahl ist limitiert, ich muss auch aufpassen, dass sie nicht zu viel erwartet. »Es ist keine Gourmet-Küche. Leckeres Essen zwar, aber nichts Aufwendiges – Shepherd's Pie und Hühnchen mit Bratkartoffeln.« Letztere eher nicht, weil Ned die jedes Mal zu naschen versuchte, wenn er die Gelegenheit dazu bekam.

»Klingt genau nach dem, was ich brauche.« Ein Lächeln breitet sich wieder auf ihrem Gesicht aus. »Das ist die Lösung! Du kannst eine Arbeitsparty im Cottage veranstalten. Lade Leute ein, die dir einen Tag lang beim Abreißen der Tapeten helfen, und belohne sie mit einem Abendessen und Wein.«

Ich kann kaum glauben, was ich da höre. »Aber wer würde denn einer solchen Einladung folgen?«

Nell ruft aus der Küche: »Wir machen das ständig für den Singles Club! Normalerweise zahlen die Leute für dieses Privileg.«

Clemmie lacht. »Die kleine Traumküche hat mit Sorbet-Partys in der Wohnung oben angefangen, um rasch Geld für die Renovierung zusammenzubekommen.«

»Im Ernst?«

»Eine Menge Leute wollen an den Wochenenden unbedingt etwas unternehmen. Die Leute kennen die Stars vom Stargazey Cottage. Die werden euch die Bude einrennen.«

Ella erzählt gerne, dass ich, wenn ich mal wieder in Tagträume versunken bin, was im Lauf der Jahre zugegebenermaßen häufiger vorkam, einfach nicht mehr zuhöre. Diese Worte allerdings nehme ich laut und klar auf und ergreife die Chance. »Das könnte doch auch als einer der Star-Sisters-Workshops funktionieren, die wir versprochen haben.«

Nell reckt die Faust. »Gute Idee, Gwen! Die hatte ich schon ganz vergessen.«

Sofort ärgere ich mich, sie daran erinnert zu haben, aber was soll's. Ich denke an die YouTube-Clips. »Bringt eure eigenen Eimer, Schwamm und Spachtel mit! Abends gibt's Spaghetti Bolognese, ein Glas Rotwein und Käsekuchen.«

Nell nickt. »Arbeitet im Stargazey mit den Stars!« Sie schaut auf ihr Handy. »Der nächste Samstag ist frei. Und gleich danach starten wir mit den Vorbereitungen für Halloween.«

»Absolut! An wie viele Leute hast du gedacht?«

Nell und Clemmie sehen sich an.

Clemmie sagt: »Fünfzehn?«

So viele?

Nell nickt bestätigend. »Unsere Veranstaltungen sind stets am besten, wenn sie gut besucht sind.«

So viele Leute, die stehen wahrscheinlich bis auf die Straße. Aber was weiß ich schon? Ich überlege, wo der Haken ist, dann fällt es mir ein. »Findet den Fehler! Stargazey Cottage hat gar keine Küche.« Ich fluche im Stillen. »Damit hätte sich das dann wohl erledigt. Ohne ein Abendessen funktioniert die ganze Sache nicht.«

Clemmie strahlt. »Nicht so schnell! Du könntest diese Küche benutzen und das Abendessen anschließend den Hügel hinauftragen. Oder alle könnten zum Essen hierherkommen.«

»Oder ...« Auf der anderen Seite des Tresens ist ein Hüsteln zu vernehmen. Die folgende plötzliche Stille wird nur durchbrochen vom Glöckchenläuten an Buds Elch.

Ich drehe mich zu Ollie um und spreche aus, was wir alle denken. »Was hat das denn mit *Ihnen* zu tun?« Er mag ja olympische Medaillen gewonnen haben, aber niemand hat ihn um seine Meinung zu unserer Tapetenabreißparty gebeten.

Er zuckt verschämt mit den Schultern. »Ich konnte nicht verhindern, Ihnen zuzuhören. Also, Sie können gerne auch meine Küche benutzen.«

Clemmie lässt die Faust auf den Tresen sausen. »Super Idee! Und auch so praktisch.«

Das ist die schlimmste Idee auf der Welt, und ich hänge drin. »War Ihre Küche nicht noch in Kartons verpackt, als wir sie zuletzt gesehen haben?« Während ich den Horror noch einmal durchlebe, in dieser Küche im BH gestanden zu haben, würde ich am liebsten im Boden versinken.

Ollie sieht mich an. »Das war die Hauptküche. Es gibt aber noch eine voll funktionsfähige Arbeitsküche, die bestens geeignet ist. Die dürfen Sie gerne benutzen.«

Wenn unsere Wochen in St. Aidan eine Achterbahn sind, dann befinden wir uns gerade an dem Punkt, an dem die

Wagen in die Tiefe rauschen und dann aus den Geleisen geschleudert werden.

Wie gut, dass mir gleich etwas einfällt. »Aber Sie werden diese Küche benutzen, um Ihr eigenes Essen am Samstagabend zuzubereiten. Für uns beide ist da sicher kein Platz.«

Ich schwöre, er sieht mich von oben herab an. »Kein Problem. Wenn ich beim Tapetenabkratzen mitmache, kochen Sie ja für mich.«

Den ganzen Tag mit Ollie in dem kleinen Cottage, das ist, als würde ich acht Stunden mit ihm in einem Aufzug feststecken. Würde ich etwa freiwillig mit ihm in einen Kleiderschrank steigen und die Tür zumachen? *Nein, auf gar keinen Fall.* Ich suche verzweifelt nach einem Ausweg. »Tut mir leid, aber bei dem bisschen Platz reicht es nicht auch noch für Anfänger.«

Seine überlegene Miene verändert sich nur leicht, als er eine Braue hebt. »Wer sagt denn, dass ich Anfänger bin?«

Wie bitte? »Da Sie derartig viel Zeit auf See verbracht haben, können Sie unmöglich Zeit zum Renovieren von Häusern gehabt haben.« Ich bewege mich auf ziemlich sicherem Terrain. Wenn er ein Weltklassesegler ist, kann er ganz sicher keine Zeit für andere Dinge gehabt haben.

Seine Augen funkeln auf die gleiche Weise wie bei unserer ersten Begegnung. »Als Teenager habe ich in den Ferien meinem Onkel beim Streichen und Renovieren geholfen. Mit dem Geld habe ich mir mein erstes Boot gekauft.«

Ich bin völlig perplex. »Wie außerordentlich fabelhaft, Ihre Lebensgeschichte zu hören, aber überqualifiziert ist noch schlechter als überhaupt nichts zu können. Sie werden dem Selbstbewusstsein der anderen schaden. Ihre Teilnahme kommt also absolut nicht infrage!« Vor lauter

Panik hebe ich die Stimme. Wenn er mich in Aktion sieht, wird er wissen, dass ich alles nur vorgaukle.

Nell hat die Hände vors Gesicht gelegt und scheint ein Lachen zu unterdrücken, doch dann räuspert sie sich. »Unsere Single-Veranstaltungen sind vollkommen frei von jeglicher Diskriminierung. Sie sind also herzlich eingeladen, Ollie. Und danke für das Angebot, die Küche zu nutzen. Das klingt nach einer sehr praktischen Lösung.« Sie wendet sich an mich. »Schick mir ein oder zwei Fotos. Wenn Ella frei hat und einverstanden ist, posten wir die Veranstaltung auf der Facebookseite.«

Ich hatte gedacht, dass mein Mut nicht noch tiefer sinken kann, aber nach diesen Worten passiert es doch. »Schwämme und Eimer sind nicht so Ellas Ding.« Wenn sie bei allem anderen derartig pingelig ist wie bei meinem Fensterputzen, wird sie die anderen kirre machen. »Möglicherweise muss sie den Tag mit Shopping in Falmouth verbringen.« Das wäre für uns alle besser.

Ich blicke von Nell zu Clemmie und dann zu Ollie. Prompt antworten alle drei im Chor: »Nein! Diesmal wird Ella sich nicht drücken!«

Ich eile zu Bud, um mich zu vergewissern, dass die Lautstärke dieser Erwiderung sie nicht verstört hat. »Schön. Botschaft angekommen. Ich werde es ihr sagen.« Bud strampelt unbeeindruckt mit den Beinchen und kaut weiter an Ollies Team-GB-Kapuzenshirt, das sie sich von der Arbeitsfläche herangezogen hat.

Ollie schaut erwartungsvoll in die Runde. »Hat jemand schon Halloween erwähnt?«

Ich sehe ihn perplex an. »Und was hat das mit allem anderen zu tun?«

Es kommt selten genug vor, dass jemand mit einem solchen Selbstbewusstsein verblüfft dreinschaut. »Falls ihr

Hilfe beim Aushöhlen der Kürbisse braucht, lasst es mich wissen.«

Wenn er der letzte Mensch auf einer einsamen Insel wäre und ich ein Kürbisrettungsboot aushöhlen müsste, um von dort zu fliehen, würde ich ihn nicht um Hilfe bitten. »Ich habe bloß hundertfünfzig bestellt. Das schaffen wir locker alleine, vielen Dank.«

Clemmie lacht. »Aber es wird lustiger, je mehr Leute wir sind. Wir melden uns.«

Als wäre alles nicht schon schlimm genug! Dabei haben wir noch ein paar qualvolle Tage vor uns, ehe wir zu den Kürbissen kommen.

14. Kapitel

Im Garten des Stargazey Cottage
Sackgassen und steinige Straßen
Montagnachmittag, drei Tage später

Kürbisse? Es hatte keinen Sinn zu widersprechen, die Halloween-Dekoration musste gemacht werden. Alles mit meinen Lieblingslaternen zu schmücken, kam mir vor, wie maximale Wirkung bei minimalem Aufwand zu erzielen. Zum Glück habe ich Erfahrung mit Händlern, weil ich für die Chalets einkaufen musste. Halloween wäre also geklärt.

Für die Arbeitsparty am nächsten Wochenende haben sich zwölf Leute eingetragen, was insgesamt achtzehn ergibt, wenn wir Ella, Nell und die Gang mitzählen. Für mich ist es ein bisschen wie zu der Zeit, als ich im Skigebiet anfing; ich war extrem nervös, wollte jedoch unbedingt dort sein und nahm mich entsprechend zusammen. Mit der Zubereitung des Abendessens ist es dasselbe – es bringt so viele Vorteile mit sich, wenn wir die Tapeten endlich von den Wänden bekommen, daher werde ich mich einfach zusammenreißen.

Ich habe das Menü zusammengestellt, den Einkauf organisiert und eine Liste von Sachen erstellt, die wir von Clemmie borgen müssen. Alles Übrige – die Verhandlungen mit nebenan – schiebe ich auf, so lange ich kann.

Da ich alles andere anscheinend gut im Griff habe, nehme ich mir nach der Vormittagsschicht bei Clemmie an diesem Tag einen Tee und setze mich vor die Hintertür unseres Cottages in die Sonne. Es ist das erste Mal, dass ich seit dem Aufstehen sitze, aber schon wenige Minuten später steige ich, ohne groß nachzudenken, die Stufen zu dem kleinen Schuppen hoch.

Mein erster Besuch dort oben war derartig aufwühlend, dass ich mir vornahm, nie mehr dort hinaufzugehen. Aber dann stieg ich ein weiteres Mal hoch, um die Fenster zu putzen, damit sie nicht so einen traurigen Eindruck machen, wenn ich sie von meinem kleinen Dachbodenzimmer aus sehe. Nur wenige Tage später war ich wieder oben und fegte Laub zusammen. Es war nie eine bewusste Entscheidung, aber in der vergangenen Woche hat es mich irgendwie hinaufgezogen. Und da ich mir jedes Mal eine Aufgabe vornahm, auf die ich mich konzentrierte, konnte ich es auch einigermaßen aushalten. Jeder dieser Tage kam mir vor wie ein weiterer kleiner Schritt auf meiner Reise.

Oben beim Schuppen ist es völlig anders als im Cottage, und nicht nur weil er leer ist. Alles ist klarer – die Luft, das Licht, die Schreie der Möwen, die im Wind segeln.

Meine heutige Aufgabe besteht darin, einen kleinen Teil einer der Wände im Innern des Schuppens zu putzen. Während ich die Maserung der horizontalen Bretter schrubbe, kommen sie mir warm, normal und beruhigend vor. Als ich mich eine halbe Stunde später an den Türrahmen lehne, um hinauszusehen, bin ich so entspannt wie lange nicht mehr. Das ist so selten, dass ich es nicht berufen will, indem ich es wahrnehme oder zu lange bleibe, deshalb ziehe ich die Tür hinter mir zu und mache mich an den Abstieg.

Okay, möglicherweise schaue ich ein bisschen zu sehr auf die Nachbarterrasse statt auf meine Schritte. Halte Ausschau nach einem Lebenszeichen hinter den Fenstern, kann aber nichts erkennen. Dann fällt mir etwas Weißes auf der Terrasse ins Auge – ein Vogel, der dort herumhüpft. Ich bleibe stehen und beobachte ihn, aber er fliegt nicht weg. Vielleicht ist er gegen eine der Fensterscheiben geflogen und jetzt benommen.

Dass ich irgendwem zu Hilfe eile, zieht sich wie ein roter Faden durch mein Leben. Halb tote Mäuse, von der Katze angeschleppt, Welpen im Internet, die Operationen benötigen, Kinder im Supermarkt, die ihre Mum verloren haben. In anderen Situationen bin ich vielleicht nicht die selbstbewussteste Person, aber wenn jemand gerettet werden muss, bin ich die Richtige. Besonders wenn es um verletzte Vögel geht. Ich muss nachsehen, ob er verletzt ist. Eine Sekunde später bin ich die Stufen hinunter und klettere auf dem Weg zur Nachbarterrasse durch den felsigen Garten.

Wenn man mich jetzt sähe, wie ich auf dem Hintern vorwärtsrutsche, würde man kaum vermuten, dass ich aus einer Familie von Bergsteigern komme. Das war schon immer mein Problem. Sobald es um Felsen geht, besitze ich wenig natürliche Begabung, während die anderen jede Menge davon hatten. Ich krieche auf den Überhang zu, um zu erkunden, ob es eine Alternative zu einem Sprung hinunter gibt. Aber dann übernimmt die Schwerkraft, ich schlittere über die Kante und lande mit einem Aufprall unten im Kies.

Ich kann mir die Schlagzeile vorstellen: *Frau will Möwe retten und stürzt von Klippe*. Ich rappele mich hoch und ärgere mich über meine Blödheit.

Aber was sagt man dazu? Jetzt, wo ich hier auf der Terrasse stehe, ist der Vogel verschwunden. Schlimmer ist jedoch, dass kein Weg von der Terrasse wegführt.

Jenseits des Geländers geht es steil abwärts, hinter mir befindet sich die Mauer von Stargazey House. Ich spähe an meinem Spiegelbild vorbei durch die hohen Fenster, aber da drinnen brennt kein Licht. Offenbar ist niemand zu Hause. Der einzige Weg zurück zu unserer Klippe von einem Garten führt über den Felsvorsprung, von dem ich gerade heruntergefallen bin.

Es wird peinlich, Ella anzurufen und ihr zu erklären, dass ich auf der Terrasse des Nachbarhauses festsitze. Ich will mein Handy aus der Jeanstasche ziehen und fluche – ich habe es auf der Fensterbank neben dem Wasserkessel liegen lassen.

Der Felsen, von dem ich gerutscht bin, ragt unerreichbar über mir auf, weshalb ich mir frustriert die Fäuste an den Kopf schlage. Plötzlich höre ich oben ein Klicken. Eines der kleinen Fenster unter der Dachtraufe wird geöffnet, und jemand steckt den Kopf heraus.

»Gwen? Was machen Sie da unten?«

»Ollie!« Das musste ja sein. Dass ich hier einen Vogel zu retten versuchte, würde sich albern anhören, deshalb improvisiere ich. »Ich bin vorbeigekommen, um mir die Küche anzusehen.« Zwar ist es das Letzte, was ich will, aber ein anderer Grund für meine Anwesenheit fällt mir nicht ein. »Natürlich nur, wenn Sie Zeit haben.«

»Einen Moment, ich bin gleich bei Ihnen.«

Einige Minuten später geht die Glastür auf, und ich blicke auf meine schmutzigen Knie. Also muss ich mir noch mehr einfallen lassen.

»Ich wäre ja vorne herumgekommen, aber ich war vom Schuppen auf dem Weg nach unten.« Hoffentlich merkt er nicht, dass ich mir das alles nur ausdenke. »Da ich sonst nichts vorhatte, wollte ich halt mal vorbeischauen.«

Ollie tritt auf den Kies hinaus und blickt hinauf zu unserem Garten. »Zum Glück war ich hier, denn es ist ziemlich mühsam, von hier aus zurück in Ihren Garten zu gelangen, selbst für mich. Wir befinden uns hier eine Ebene tiefer, weil wir einen Keller haben.« Er wirft mir einen Blick zu. »Aber wenn Sie so gut klettern, wie Sie kochen, dürfte es Sie nicht abschrecken.«

Ich zucke auf eine Art mit den Schultern, die weder Zustimmung noch Widerspruch signalisiert. Selbst wenn ich einen halben Meter größer wäre, hätte ich keine Chance, den Felsvorsprung zu erklimmen, weil meine Muskeln einfach nicht auf diese Weise funktionieren. »Wenn die Küche im Erdgeschoss liegt, ist es wohl sinnvoller, vorn hinauszugehen.« Ich stelle das ganz beiläufig fest, um mir nicht anmerken zu lassen, dass das meine einzige Option ist. Dort bin ich auch hinausgegangen, als ich versehentlich mein T-Shirt ausgezogen habe. Wie peinlich mir das immer noch ist! Aber wenn ich hier kochen soll, muss ich irgendwie darüber hinwegkommen.

Er führt mich in einen hellen hallenden Flur, der bis zum Dach hinaufreicht, dann eine Treppe hoch und in den Raum, in dem wir uns am ersten Tag aufgehalten haben. Er geht durch eine weitere Tür und macht eine Geste mit der Hand. »Dies ist die Arbeitsküche. Die edlere Version werde ich demnächst einbauen.«

Ich starre auf die Regalwand mit den vier Backöfen auf Augenhöhe und die sechs Kochplatten. Während Ollie umhergeht, Schranktüren öffnet und wieder schließt, sehe ich Kühlschränke, Tiefkühler und Waschmaschinen.

»Sehr beeindruckend. Wer immer das ausgewählt hat, wusste, was er tat.« Es ist eine Küche für Köche, und da ich solche Küchen an meinen exklusiveren Arbeitsplätzen gesehen habe, weiß ich, dass sie ein Vermögen gekostet hat.

Ollie kneift die Augen zusammen. »Nichts von allem hier drin stammt von mir. Ich beende lediglich die Arbeit, die ein Freund begonnen hat.«

Ich sehe mich bewundernd um. »Einer mit sehr gutem Geschmack.«

Ollie legt den Kopf schief und seufzt. »Und der jede Gelegenheit bis zum Limit ausreizte.«

»Gute Eigenschaft.« Ich wünschte, ich könnte mehr so sein.

Er sieht nachdenklich aus. »Es ist nicht ...«

Und er macht es schon wieder. »Reden Sie es nicht schlecht! Es sieht viel besser aus als alles, was wir nebenan haben werden.« Ich zwinge mich, die Backöfen aufzumachen, obwohl ich längst weiß, dass sie mehr Platz bieten, als ich je brauchen werde. Ich schaue auch in den Kühlschrank, fahre mit dem Finger über eine saubere weiße Spüle und bereite meine Flucht vor. »Das wär's im Grunde, also danke. Ich werde Samstag früh hier sein, über die Uhrzeit einigen wir uns noch.« Wenn ich mich jetzt aus dem Staub mache, muss ich vor dem Wochenende nicht wiederkommen.

Ollie bleibt in meiner Nähe, während wir zurück ins Wohnzimmer gehen. »Bevor Sie aufbrechen ...«

Er bleibt so unvermittelt stehen, dass ich gegen seinen Rücken pralle. »Sorry, aber ich muss wirklich dringend los.«

Er wirft mir einen weiteren Blick zu. »Hatten Sie nicht erwähnt, dass Sie den Nachmittag freihaben?«

Seine Blicke und gegen ihn zu prallen, das sind alles Sachen, auf die ich verzichten kann. Die Wahrheit lautet: wenn ich ihm so nah bin, kann alles passieren. Ich bin hin- und hergerissen zwischen dem Wunsch, so schnell und so weit wie möglich wegzurennen und dem ebenso unkontrollierbaren Verlangen, mir die Kleidung vom Leib zu reißen und mich auf ihn zu stürzen. Was ich jedoch selbstverständlich niemals tun werde. Es ist eher im übertragenen

Sinn eine Beschreibung für meine Aufgewühltheit, sobald ich in seiner Nähe bin. Genau deshalb will ich auf keinen Fall an diesen peinlichen Moment in diesem Flur erinnert werden.

Ich ärgere mich, dass er mich auf dem Weg nach draußen abgefangen hat. »Können wir uns beeilen?«

»Da ist jemand, den Sie kennenlernen sollten.« Dann ruft er nach oben: »Jago!«

Kurz darauf erscheint ein riesiger blonder Wikingertyp, der mir bekannt vorkommt. »Sagen Sie nichts! Sie sind der Freund mit dem guten Geschmack. Freut mich, Sie kennenzulernen. Ich wollte gerade gehen.« Wäre Ella als Mann geboren worden, sähe sie wohl so aus.

Er zuckt zusammen. »Ganz so ist es nicht. Ich bin Jago, der Handwerker.«

Ollie mustert mich. »Sie suchen doch einen, oder?« Er sieht zu Jago und wieder zu mir. »Gwen, Jago, Jago, Gwen.«

Jago hält mir die Hand hin. »Freut mich, Sie kennenzulernen. Ich war auf der anderen Seite des Gartens beim Kostümfestgrillabend. Waren Sie nicht mit der schönen Zwiebelverkäuferin da?«

Während seine Hand sich um meine schließt, muss ich nicht nur wegen seines kornischen Akzents lächeln. »Das war meine Mitbewohnerin Ella.« Obwohl ich am Ende nur noch mit einem halben Kleid dastand, ist sie diejenige, die ihm im Gedächtnis geblieben ist, womit ich überhaupt kein Problem habe. »Wir wohnen nebenan.«

Er nickt begeistert. »Ich hab sie vorbeigehen sehen.«

Es war schon immer dasselbe mit Ella. Sie hat eine sehr weibliche Figur, Hüfte-Taille-Brüste, bei deren Anblick die Männer weiche Knie bekommen. In Bars reißen die Männer sich darum, mit ihr ins Gespräch zu kommen.

Für jede andere wäre es auf einer Baustelle von Nachteil, schaute man ihr zuerst auf die Brüste, doch selbst dort schafft Ella es, das zu ihrem Vorteil zu nutzen.

Ollie räuspert sich. »Wenn Sie jemanden für Ihre Renovierungsarbeiten suchen, ist Jago der beste in St. Aidan.«

Da ich alle anderen Optionen schon ausprobiert habe, sollte ich Ollie für diese weitere Möglichkeit wohl dankbar sein. Allerdings resigniere ich angesichts des polierten Bodens und der Deckenstrahler. »Sehr unspektakuläre Handwerker haben uns schon obszön teure Angebote gemacht. Sie werden wohl für uns gar nicht erst infrage kommen.«

Er grinst. »Nicht zwangsläufig. Die anderen haben Ihnen vielleicht Preise für Zugezogene gemacht statt für Einheimische.«

Ich staune. »Es gibt zwei Preiskategorien? Das ist ja schrecklich!«

Er lacht und verzieht das Gesicht. »Das ist ein gut gehütetes Geheimnis. Leute, die hier leben, zahlen weniger. Finde ich nur fair. Sie und Ollie gehören dazu.«

Ausgerechnet Ollie. Der sich jetzt das Kinn mit dem Daumen reibt und meint: »Jago wird ausgezeichnete Arbeit zum halben Preis machen.«

Der einzige Haken ist, dass Ollie es vermittelt hat.

Jago kneift die Augen zusammen. »Mit zusätzlichen zehn Prozent Preisnachlass wegen Ella.«

Verblüfft erwidere ich: »Preisnachlass zu gewähren, weil Sie auf jemanden stehen, ist absolut ungehörig.«

Jago verdreht die Augen. »Ella ist aus der Branche. Dass sie weiß, was sie will, wird unseren Job zehn Prozent leichter machen, deshalb der Discount.«

»Stimmt.« Ein weiterer Moment, in dem ich mir wünsche, der Boden würde sich unter mir auftun und mich verschlingen. Ich werde ihm mal nicht auf die Nase binden, dass Ella kaum da sein und er es stattdessen mit mir zu tun haben wird. Der Kundin, die von nichts eine Ahnung hat.

Selbst wenn Jago heftig bestreiten würde, in Ella verknallt zu sein, gibt es Momente, da weiß man es einfach; Gefühle füreinander entstehen eben und lassen sich nicht kontrollieren. Damit stellt die Natur sicher, dass wir Menschen nicht aussterben. Taylor mag auf der Strecke geblieben sein, aber Ella wird nicht lange auf jemanden warten müssen, der seinen Platz einnehmen will.

Ollie blickt skeptisch. »Lassen Sie ihn wenigstens einen Blick drauf werfen?«

Was immer ich über gegenseitige Anziehung gesagt habe – dass ich erschauere, wenn ich Ollies Adamsapfel hüpfen sehe, ist etwas völlig anderes.

Jagos Lächeln wird noch breiter. »Dann ist es beschlossene Sache. Wann soll ich vorbeikommen?«

Besser wohl, wenn Ella dann nicht zu Hause ist. Und wenn es wirklich einen Preisnachlass für die Einheimischen gibt, können wir uns die Renovierung vielleicht tatsächlich leisten. Ich muss mich rasch darum kümmern, bevor Ella ihn verjagt, wie sie das bisher mit jedem Handwerker getan hat. Mir wäre es lieber, ich würde Ollie nicht zu Dank verpflichtet sein. Aber Jago könnte meine letzte Chance sein, also muss ich es Stargazey Cottage zuliebe mit ihm versuchen.

Ollies Brauen schießen in die Höhe. »Warum nicht jetzt gleich? Ich komme mit und sehe mir auch alles an.«

Das ist die schlechteste Idee, die ich in dieser Woche gehört habe. »Es ist absolut nicht nötig, dass Sie dafür Ihre Zeit opfern, Ollie.«

Er schüttelt den Kopf. »Kein Problem. Da bekomme ich die Gelegenheit, den Job am Samstag einzuschätzen.

Vielleicht habe ich auch noch den ein oder anderen Vorschlag.«

Vorschlag? Wie arrogant ist das denn?

Jago räuspert sich. »Geht es um die Renovierungsparty am Samstag? Dafür habe ich mich auch gemeldet.«

Ich bin perplex. »Falls Sie Ella mit Ihren handwerklichen Fähigkeiten beeindrucken wollen, sollten Sie bedenken, dass es Samstag nur darum geht, Tapeten abzureißen.«

Jago lacht. »Ich komme doch nicht wegen der Arbeit oder wegen Ella, sondern weil es Schoko-Käsekuchen gibt.«

Dazu gibt es nichts weiter zu sagen.

Ich habe den Nachmittag im freien Fall begonnen, und nun endet er mit der Aussicht auf einen Handwerker, der zu einem vergünstigten Preis arbeitet. Plötzlich sieht alles doch nicht mehr so düster aus, zumindest für das Cottage.

Aber dass ausgerechnet Ollie mich heute mal wieder gerettet hat – wenn auch unwissentlich –, nachdem ich in seinem Garten gelandet bin, ist mir unangenehm. Ich nehme mir vor, in Zukunft nicht mehr in Situationen zu geraten, aus denen er mir heraushelfen muss. Und was die Reaktionen meines Körpers betrifft, sobald Ollie in meiner Nähe ist, werde ich Freitagnacht am besten in der Gefriertruhe schlafen, wenn ich am Samstag in seiner Gegenwart cool bleiben will. Aber wenn es nötig ist, werde ich es tun.

Wie heißt es doch so treffend? *Jedes Unglück hat auch sein Gutes.* Dass alle am Samstag zum Helfen kommen, ist gut. Das Unglück ist, dass Ollie dabei sein wird. Es hängt allein von mir ab, dass die Renovierungsparty gelingt, und ich darf nicht zulassen, dass irgendetwas dem Erfolg im Wege steht.

15. Kapitel

*Die Renovierungsparty im Stargazey Cottage
Schaumbäder und himmlische Ambitionen
Samstagnachmittag, fünf Tage später*

»Wir können uns Jago unmöglich leisten. Ist dir das klar?«

Unser Arbeitet-mit-den-Stars-im-Stargazey-Nachmittag läuft seit einer Stunde, und Ella zischt mir diese Worte draußen auf der Straße zu. Den Preisnachlass habe ich nicht erwähnt, weil ich mir nicht sicher war, ob Jago das ernst meinte. Wenn ja, wird die Überraschung umso besser.

Ich kann nicht widerstehen, sie zu necken. »Der wäre ein echter Gewinn. Diese tollen starken Unterarme würden im Nu Löcher in die Wände klopfen.« Als ich ihn vorhin auf der Treppe traf, meinte er, er habe jetzt auch genauere Preisangebote. Ich bin sehr gespannt. Offenbar hat er Ella auch irgendetwas gesagt, denn warum sonst sollte sie mich zur Tür hinausschieben, um dringend mit mir zu sprechen?

Sie drückt ihr Klemmbrett fester an die Brust. »Egal, wie heiß er aussieht, Gwen, du solltest ihn nicht als Objekt betrachten.«

Ich grinse. »Er gefällt dir also?«

Sie zieht eine Grimasse. »Ich sehe, dass er attraktiv ist. Das Problem ist nur, dass ich im Kopf noch verheiratet bin.«

Ihr endgültiges Scheidungsurteil kam im August, aber ich weiß, was sie meint. Nur hatte ich gehofft, dass Jagos verwegenes Aussehen und seine lockere Art ihr darüber hinweghelfen würden. Dass seine sinnlichen Blicke bei seiner Ankunft hier sie daran erinnern würden, dass Sex, um darüber hinwegzukommen, eine tatsächliche Aktivität ist und nicht bloß Songthema.

Sie klopft mit dem Stift gegen ihre Zähne. »Ich muss wieder hineingehen und den Leuten zeigen, was wo gemacht werden soll.« Sie schaut auf ihr Handy. »Bleibt es bei Tee und Keksen um drei?«

Bevor ich antworten kann, zerrt sie ihren Gürtel zurecht, zieht den Overall über ihren Brüsten straff und verschwindet im Cottage. Wenn der arme Jago sie so sieht, wird er in Gedanken weder beim Tapetenabreißen noch bei einem Angebot für uns sein.

Wir hatten beschlossen, dass der Arbeitsbeginn um eins uns ein ausreichend großes Zeitfenster beschert, ohne auch noch für Lunch sorgen zu müssen. Zum Glück leben Ella und ich bescheiden, deshalb brauchen wir nicht lange, um unsere Sachen in die Mitte der Zimmer zu räumen und alles mit Planen abzudecken.

Als ich vor Sonnenaufgang nach nebenan schlich, entging mir die Ironie nicht, dass ich auf einmal den Schlüssel zum Stargazey House habe. Ich wollte um sieben mit der Arbeit in der Küche beginnen, um Ollie aus dem Weg zu gehen und einen Vorsprung zu haben, falls ich anderweitig gebraucht werde. Aber als ich viel früher aufwachte, beschloss ich, schon mal Kartoffeln zu schälen und die Böden für die Käsekuchen zu backen, statt grübelnd im Bett zu liegen. Und kaum hatte ich losgelegt, fühlte ich mich gleich besser.

Als Nell und George am Vormittag mit dem Wein eintrafen, waren meine Shepherd's Pie alle fertig. Und als Jago kam, in seinem Pick-up, der voll beladen war mit Festzelttischen und Klappstühlen aus Plums Galerie, stellte ich gerade den letzten Käsekuchen in den Kühlschrank, während die M&M-Kekse auf dem Abkühlgestell dampften.

Nachdem Jago die Tische abgeladen hatte, war sehr schnell klar, dass sie nicht ins Haus passen würden. Er rief Ollie, ich rief Nell, und ein halbes Dutzend hastig verputzter Kekse später war das Abendessen in Ollies zukünftiges Esszimmer verlegt.

Der Bodenbelag ist noch nicht erneuert, also können wir da nichts beschädigen, und die Lampen an der Decke sehen trendig aus und nicht behelfsmäßig. Neben der Küche, in der ich koche, gibt es eine Garderobe. Alles bestens also.

Jago hatte Tische und Stühle aufgebaut und verschwand mit Trittleitern nach nebenan, schneller, als ich *Wangengrübchen* und *Sixpack* sagen konnte.

Auf diese Weise vermeiden wir nasse Tapetenreste im Apfelpunsch, den ich auch noch schnell gemacht habe, als Ersatz für die Vorspeise, wie ich Ella erklärte, als ich die Kochschürze gegen die pinkfarbene Latzhose eintauschte, die ich im Cats Protection Shop gekauft habe. Okay, der Punsch war nicht geplant, aber ich will auch nicht bloß das Minimum auffahren. Es liegt mir in den Genen, dafür zu sorgen, dass es den Leuten gut geht, und ich will, dass alle Spaß bei der Sache haben.

Während die Helfer nach und nach eintrudelten, stand Ella an der Tür und begrüßte sie, um sie anschließend in die Küche zu führen. Ich füllte die Eimer mit Seifenwasser und bot ihnen spontan ein Bier und ein Sandwich an, weil ich die Leute nicht ohne einen Willkommenssnack ans Tapetenabreißen schicken wollte. Allerdings führte das zu einer gewissen Verzögerung, die hoffentlich Ellas minutiösen Zeitplan nicht durcheinanderbringen würde. Die

Musik aus dem Minilautsprecher auf dem Treppenabsatz pulsierte durch das ganze Haus und sorgte für die perfekte entspannte Stimmung.

Der große Vorteil einer Küche ohne Küchenelemente ist mehr Platz. Als Des und Miranda und Josie, Pete, Arthur, Madison und Morgan vom Breakfast Club kamen, merkte ich, dass ich die meisten der heutigen Gäste schon kannte. Nell hat recht, was Geselligkeit betrifft; wenn man sein veganes Gurken-Käse-Brötchen isst und dabei den Ellbogen von jemandem im Ohr hat, braucht man keinen Eisbrecher mehr. Dank Madison, die in ihrer glänzenden Lycra-Gymnastikhose und Trikot aufkreuzte und alle aufforderte, ihren Bodycombat-Tricks zuzusehen, brauchte ich mir auch keine Sorgen mehr über mangelnden Gesprächsstoff zu machen.

Für Befangenheit war wirklich kein Platz, als ich Müllbeutel verteilte und alle zurück zu Ella schickte, deren präzise Kalkulationstabelle eher zu einer Wohnanlage passte als zu einem Cottage von der Größe einer Streichholzschachtel. Die Küche leerte sich, da jeder seinen zugewiesenen Platz in den oberen Räumen einnahm. Plum brachte weitere Trittleitern, und nachdem ich einmal durchs ganze Haus gegangen war, um zu sehen, ob jeder wusste, was er zu tun hatte, gesellte ich mich zu Clemmie und Sophie im Zimmer neben der Küche.

Ich schaute mir an, was sie mit ihren Eimern und Schwämmen taten, und machte es einfach nach. »Ich hoffe, es ist okay zu fragen, aber wo sind die Kinder?« Immerhin haben sie fünf an der Zahl.

Sophie lächelte, während sie mit dem Spachtel unter der Tapete die Wand hinauffuhr. »Nate und Charlie passen auf sie auf. Den heutigen Tag konnten wir uns doch nicht entgehen lassen! Da wir Meerjungfrauen bei der Auswahl der

Mieterinnen so erfolgreich waren, fühlen wir uns irgendwie dazugehörig.«

Clemmie zog ein Stück feuchtes Papier von ihrem Spachtel. »Wir alle haben Sophie dabei geholfen, in ihrem Zehn-Zimmer-Schloss die Tapeten abzureißen. Das hier ist weit weniger gewaltig.« Sie gab mir ihren tropfenden Schwamm. »Benutze den, um die Tapete einzuweichen. Bei Sophie kam viel Tapete im ganzen Stück herunter, aber die haben hier mehr Kleister verwendet, deshalb geht sie schwieriger ab.«

Als Nell mit ein paar Eimern herunterkam, sprang ich auf. »Soll ich die für dich auffüllen?«

Nell lachte. »Mach du nur hier weiter. Die sind für den ersten Stock, aber angesichts des winzigen Badezimmers oben hätte es den ganzen Tag gedauert, sie dort aufzufüllen.« Sie sah sich um. »Wo ist Ella?«

Ich lächelte. »Die hat sich unter die Leute gemischt und unterhält sich mit ihnen über Design.« Ich war froh, hier unten mit den Könnerinnen arbeiten zu können, um möglichst viel zu lernen.

Nell kam näher und senkte die Stimme. »Auf ein Wort zu Madison.«

»Mir gefällt ihr Choppy Bob«, erklärte ich. »Jetzt sieht sie Julianne Hough aus *Dancing with the Stars* total ähnlich.« Ich seufzte. »Und sie hat den Körper einer professionellen Tänzerin.«

Nell verdrehte die Augen. »Muss sie ja wohl, so viel Zeit wie sie im Fitnesscenter verbringt. Aber sei gewarnt, vor ihr ist kein Mann sicher, und den entzückenden Jago kannte sie noch gar nicht.«

Ich hüstelte. »Ellas Baustellenregel: Männer aufgrund ihrer physischen Vorzüge zu schätzen, ist nicht gestattet. Wollte ich nur gesagt haben.«

Nell brach in schallendes Gelächter aus. »Ich schätze auch eher Jagos innere Werte. Aber jeder neue und attraktive Mann kann leicht Maddies Beute werden.«

Erschrocken fragte ich: »So schlimm?«

Clemmie zuckte zusammen. »Nell versucht jeden zu akzeptieren.«

Nell kam noch näher. »Madison ist ein begeistertes langjähriges Mitglied. Aber wenn Ella ihn sich schnappen will, müssen wir uns dringend über die Sitzordnung Gedanken machen.« Damit wandte sie sich ab und verschwand in der Küche.

Clemmie rollte ein feuchtes Papierbündel vom Boden auf und warf es in den Müllbeutel. »Nell liebt es, Leute bei Singles-Veranstaltungen zu verkuppeln, deshalb sind ihre Antennen für potenzielle Paare hochempfindlich. Allerdings haben wir inzwischen alle bemerkt, wie Jago Ella ansieht. Wenn du nachher in der Küche zu tun hast, kümmern wir uns mal darum.«

Und dann polterte Ella klappernd die Treppe herunter, und ehe ich michs versah, stand ich draußen auf der Straße, wo sie mir ihre Bedenken wegen Jagos Kosten ins Ohr zischte.

Bis zur Teestunde schaffe ich bloß, eine kleine Fläche der Wohnzimmerwand freizukratzen – ich achte genau darauf, nicht den Putz mit abzukratzen, so wie ich es im YouTube-Video gelernt hatte. Dafür brauche ich so lange, dass ich mir zum ersten Mal wünsche, das Cottage wäre kleiner, nicht größer. Ollie ist noch nicht da – hoffentlich kommt er erst nach dem Dinner! Ich arbeite nämlich nur so langsam, weil ich die ganze Zeit die Tür im Auge behalten muss, damit er mich nicht überraschen kann.

Um drei quetschen wir uns alle zum Tee ins Wohnzimmer, und glücklicherweise fragen mich alle nach dem

Keksrezept statt nach Design-Tipps. Auf diese Weise vergeht eine weitere Stunde, ohne dass meine Tarnung auffliegt. Ich bin gerade auf dem Weg, um Becher in eine der Spülmaschinen nebenan einzuräumen, als Ollie hereinkommt.

Nur zu gern entbinde ich ihn jeglicher Verpflichtung. »Da Sie keinen Eimer haben, sehen wir Sie wohl erst zum Abendessen.«

Er hilft uns wirklich sehr mit seiner Küche, aber wenn er mich so ansieht wie jetzt, wünschte ich, er würde es nicht tun. »Jago hat meinen Eimer mitgebracht. Ich bin dabei, schließlich will ich sehen, wie es Ella erwischt.«

Ich seufze. »Sie hat alle Hände voll zu tun damit, Anweisungen zu geben und sich unter die Leute zu mischen.«

Ollie rollt mit den Augen. »Darauf wette ich.«

Nell taucht hinter uns auf. »Wenn wir diese Renovierungspartys wiederholen wollen, wäre es nicht schlecht, wenn sie auch Tapeten abreißt.«

Sophie lehnt am Türrahmen zur Küche. »Erfolgreiche Vorgesetzte haben nie Probleme damit, sich die Hände schmutzig zu machen. Ich bin die eifrigste Teekocherin bei Sophie May Cosmetics!«

Clemmies Kopf taucht neben Sophie auf. »Wir wollen doch, dass sie auch ein bisschen Spaß hat, oder, Gwen?«

Jetzt gibt es kein Zurück mehr. Während ich mich an dem Stapel Müllsäcke am Fuß der Treppe vorbeiquetsche und hinaufgehe, sehe ich, wie gut die von der alten Tapete befreiten Wände aussehen.

Schließlich gelange ich in Ellas Zimmer, wo sie auf einer Trittleiter sitzt, noch immer mit dem Klemmbrett bewaffnet.

»Besteht die Chance, dass wir ein paar Actionfotos für die Stargazey-Seite machen können?« frage ich sie.

Lächelnd erwidert sie: »Klasse, ich ziehe mir nur rasch die Lippen nach, dann komme ich nach unten.«

»Ich werde saubere Eimer mit Wasser holen.«

Ich stehe noch am Spülbecken und lasse das Wasser laufen, als Ella eintrifft. Sie nimmt sich die Spülmittelflasche, betrachtet sie prüfend und gibt eine große Menge davon in jeden Eimer. Dann zieht sie zum ersten Mal, seit wir das Cottage bezogen haben, die Gummihandschuhe an und rührt mit einem Schwamm in einem der Eimer. »Schaum wird gut aussehen auf den Fotos.« Sie geht die zwei Schritte ins Wohnzimmer, einen Eimer in jeder Hand. »Das haben wir rasch erledigt. Hast du dein Handy?«

Plum meldet sich zu Wort, als wir uns vor einer Wand postieren, an der noch Tapete übrig ist. »Soll ich fotografieren, damit ihr beide drauf seid?«

»Bitte.« Ich gebe ihr mein Smartphone und Ella einen Spachtel. »Zuerst weichst du die Tapete mit dem Schwamm ein, dann kratzt du sie vorsichtig ab.«

Ich entdecke Jago, der am Treppengeländer lehnt und Ella beobachtet. »Das erklärt sie uns schon den ganzen Tag.« Er lacht. »Schön, dich endlich in Aktion zu erleben, Ella.«

Sie verzieht keine Miene, sondern zischt mir zu: »Wenn ich mir hier einen Nagel abbreche, werde ich sauer. Die müssen Montagmorgen beim Meeting mit der Chefetage perfekt sein.«

Ich muss grinsen. »Das sind Acrylnägel. Ich dachte, die sind unzerstörbar.«

Sie hebt die Tapete an, zieht daran, und ein großes Stück löst sich. Dann dreht sie sich zu den Zuschauern auf der Treppe um. »Anfängerglück?«

Clemmie gibt einen jammernden Laut von sich. »Das ist das größte Stück, das bisher irgendwer hier abbekommen hat.« Sie hält ihr die Mülltüte hin. »Versuch es gleich noch mal.«

Ella löst ein weiteres riesiges Stück Tapete und wendet sich an Jago. »Da können Sie noch was lernen, was, Mister Cheeky?« Sie legt mir den Arm um die Schultern. »Noch ein paar Fotos, Gwen, dann musst du los und die Backöfen vorheizen.«

Ollie schüttelt den Kopf. »Woher wissen Sie das?«

Sie reißt das nächste große Tapetenstück ab. »Ich habe heute so oft auf meinen Zeitplan geschaut, dass ich ihn auswendig kann.« Sie nimmt ihren Schwamm und sieht mich an. »Ehrlich, Gwen, ab jetzt komme ich allein klar.«

Jago grinst. »Soll ich nicht helfen, Miss Simpson? Oder soll ich bloß mit Ihrem Klemmbrett hier stehen und die Arbeit überprüfen?«

Ella wirft die Haare zurück. »Es gibt einen Grund dafür, dass heute alles präzise wie ein Uhrwerk gelaufen ist.«

»Welchen? Sie und Ihr Klemmbrett?«, neckt Jago sie.

Sie reißt ein weiteres Stück Tapete ab und stopft es in die Mülltüte. »Tatsächlich liegt es an Gwen. Aber wenn Sie vorhaben, Löcher in unsere Wände zu hauen, werden Sie sich an meine Zeitpläne und Tabellen gewöhnen müssen.« Ihre Miene verrät, dass er bei ihr einen Nerv getroffen hat. »Was sagen Sie nun?«

Mein Mut sinkt, während ich sie beobachte. Wir haben solche Fortschritte gemacht mit dem Haus, weil so viele Hände in den vergangenen Stunden mit angepackt haben, und jetzt ist unsere letzte Hoffnung, uns beim Umbau zu helfen, drauf und dran, Ellas pampige Seite kennenzulernen. Und dann wird er die Flucht ergreifen.

Doch statt wegzurennen, beugt Jago sich vor, nimmt eine Handvoll Schaum und geht damit zu Ella. Er streckt die Hand auf der Höhe ihres Gesichts aus, den Schaum auf der Handfläche, und pustet. Und lacht. »Ich würde sagen, die Innenarchitektin hat ein bisschen zu viel Spülmittel genommen.«

Ellas Augen funkeln, und sie wischt den Schaum mit entschlossener Miene von ihrer Nase. »Und ich würde sagen, dass ein gewisser Handwerker ziemlichen Blödsinn von sich gibt.« Dann nimmt sie selbst eine Handvoll Schaum und pustet den Klacks zu ihm. Da sie jedoch nur knapp sein Kinn triff, nimmt sie einen Schwamm voll und klatscht ihm den auf den Kopf.

Jago lacht, während ihm die Tropfen von der Nase rollen. »Das war unter der Gürtellinie.« Er gibt ihr einen Schwamm voll zurück. »Aber ich kann ebenso gut austeilen wie einstecken.«

Sie wischt sich das Wasser aus den nassen Haaren. »Nicht sehr einfallsreich.« Sie nimmt den vollgesogenen Schwamm und drückt ihn gegen Jagos T-Shirt-Brust.

Er hebt die Hände. »Okay, genug! Waffenstillstand! Sie haben gewonnen!«

»Dafür ist es zu spät!«, ruft Madison, die aus der Küche mit einem neuen Eimer hereingestürmt kommt und dabei eine Bewegung direkt aus ihrem Bodycombat-Kurs vollführt. In ihrem roten und schwarzen Lycraanzug ähnelt sie tatsächlich Superwoman. »Ihr wolltet eine Schaumschlacht, und die bekommt ihr jetzt!«

Ich schaue mich um und entdecke Nell. »Ist das normal?«

Nell lacht. »Veranstaltungen des Singles Clubs können gelegentlich aus dem Ruder laufen. Aber keine Sorge, es ist ja nur Schaum, und die sind alle ziemlich gut im Aufräumen und Saubermachen.«

Madison ruft: »Na, kommt schon, Ladys, worauf warten wir?«

Als die erste Handvoll Schaum durch das Cottage fliegt, gleich gefolgt von einer zweiten und noch einer weiteren, stehe ich nur staunend da. Fünf Sekunden später ist die Luft praktisch voller Schaum. Jemand schubst mich an der Hüfte zur Seite.

Im nächsten Moment stehe ich draußen auf dem Kopfsteinpflaster neben Ollie.

Ich sehe ihn kritisch an. »Was sollte das jetzt?«

Er schüttelt den Kopf. »Ich konnte nicht da drin bleiben. Frauen gegen Männer – die hätten mich skalpiert.« Er schnieft. »Ich werde Ihnen bei der Zubereitung des Abendessens helfen.«

»Was ist mit der Stargazey-Solidarität? Sollte ich Ella nicht beistehen?«

Ollie sieht mich an, während er seine Haustür öffnet. »Drei Worte – Backofen, Marmeladengläser, Apfelpunsch. Wie dem auch sei, etwas sagt mir, dass Ella ihre Schaumschlacht bis zum letzten Bläschen genießen wird.«

Ich stutze. »Wie meinen Sie das?«

Er wirft mir einen dieser schrecklichen Blicke von der Seite zu, bei denen ich weiche Knie bekomme. »Ihnen wird doch wohl nicht entgangen sein, wie sie Jago ansieht?«

»Wie bitte?«

Ollie winkt ab. »Sein Schicksal ist besiegelt.« Er hebt zwei Finger und macht eine Art Pistolengeräusch. »Und ich bezweifle, dass ihn das stört.«

Ich verdrehe die Augen. »Das meinen Sie nicht ernst.«

»Warten wir mal ab, wer von uns beiden recht hat.« Er holt tief Luft. »Und was immer Sie in diese M&M-Kekse getan haben, seien Sie nächstes Mal vorsichtiger. Die Leute in St. Aidan geraten schnell in Partylaune.«

»Da nehmen Sie sich aus?«

»Definitiv.« Er seufzt. »Ich habe es Ihnen doch schon erklärt. Ich bin hier, um einen Job zu erledigen, nicht, um mich zu amüsieren.«

Wie kann man nur so wichtigtuerisch klingen? »Arbeit und Spaß schließen sich nicht notwendigerweise aus. Es ist möglich, beides zu haben.«

Er seufzt wieder. »Nicht für mich, fürchte ich.«

Ich kann nicht glauben, dass er so trübsinnig ist. Nicht dass ich erwarte, je wieder Spaß in meinem Leben zu haben. Aber ich habe mich mit einem Leben ohne abgefunden.

Ich kann außerdem nicht glauben, dass der härteste Teil des Tages erst noch vor mir liegt. Oder dass ich von drinnen die übermütigen Schreie höre, während ich hier draußen bei der Spaßpolizei stehe.

Dann geht die Haustür auf, und Clemmie tritt auf die Straße hinaus. »Hey, drinnen geht die Post ab.« Sie lächelt mich an und zieht die Tür hinter sich zu. »Ich bin gekommen, um dir zu helfen.«

Ollie zuckt mit den Schultern. »Wir kommen zurecht. Vielleicht willst du wieder zurück zur Party?«

Clemmie stellt sich auf meine Seite. »Gwen und Ella sind die Stargazey Sisters, aber Gwen und ich sind Die-kleine-Traumküche-Sisters. Wenn sie für zwanzig Leute kochen muss, bin ich für sie da.«

Und dann nimmt sie mich auf eine Weise in den Arm, die mir das Herz wärmt.

16. Kapitel

Stargazey Cottage
Kräuter in Blumentöpfen und verzweifelte Maßnahmen
Später am Samstag

Nicht nur Clemmie wollte helfen. Einige Minuten später tauchte auch Plum auf, und bei drei Frauen, die zwischen der Küche und dem Tisch hin und her eilten, blieb Ollie außen vor, was für meine Konzentration großartig war.

Während sich der Himmel hinter den riesigen Fenstern verdunkelte, beschäftigte Ollie sich damit, die Beleuchtung drinnen anzupassen. Nachdem er die Lampen höher gehängt hat und sein Werk begutachtet, die Daumen in den Gürtel gehakt, sieht er mich vorbeilaufen. »Ich habe hier noch nie zu Abend gegessen; wird das Licht ausreichen?«

Ich bleibe stehen und überlege, wie ich den Tisch noch einladender gestalten kann. »Hätten wir Kerzen auf dem Tisch oder zumindest auf der Höhe des Tisches, würde der ganze Raum lebendiger wirken.«

Ollie hebt die Brauen. »Sie haben recht! Es ist dermaßen offensichtlich, dass Ihnen diese Inneneinrichtungssachen so leichtfallen wie atmen.« Er schnuppert. »Und Ihre Kochkünste duften auch toll.«

Ich strahle, um mir nicht anmerken zu lassen, dass alles nur vorgespielt ist. »Ihre Zufriedenheit liegt uns am Herzen.« Ich zögere, dann beschließe ich, es zu riskieren. »Sie haben nicht zufällig Windlichter hier irgendwo herumliegen?«

Er klopft seine Taschen ab. »Sorry, heute habe ich anscheinend keine bei mir.«

Plum eilt herbei. »Wenn du Teelichterlaternen meinst, kann ich dir welche aus der Galerie leihen.« Sie wendet sich an Ollie. »Helfen Sie mir beim Tragen? Es ist nur zwei Minuten die Straße runter.«

»Klasse.« Ich schiebe ein hastig improvisiertes Tischset zurecht, das ich aus *The Cornish Gazette* ausgeschnitten habe, die unter der Spüle lag. Ich hoffe, es sieht authentisch »bio« aus statt nur schlicht nach altem Müll. »Während ihr unterwegs seid, bringen wir die leeren Marmeladengläser für die Getränke rein und füllen die Krüge mit Punsch. Sobald die Gäste für den Punsch kommen, trage ich die vegetarischen Gerichte auf.«

Clemmie umarmt mich ein weiteres Mal. »Unsere kleine Gwen. Nur noch fünfzehn Minuten, bis du das Essen für zwanzig Leute servierst. Wie kannst du da so cool bleiben?«

Ich zucke lächelnd mit den Schultern. »Die harte Arbeit war ja schon vorher. Solange genügend Backöfen vorhanden sind, Platz im Kühlschrank und Eiskübel, ist der Rest einfach.« Ich lache. »Tatsächlich habe ich mehr Helferinnen und Helfer, als ich gewohnt bin. Und ohne die vielen Sachen, die ich von dir leihen konnte, hätte ich das nicht fertigbekommen. Von Ollies Küche ganz zu schweigen.« Die Rezepte, die ich verwendet habe, sind alles neue Variationen. Obwohl ich sie seit vier Jahren nicht mehr ausprobiert habe, ist die alte Routine noch abgespeichert.

Plum grinst. »Trotzdem machst du das hier ziemlich gut.«

Ich verziehe das Gesicht. »Es ist definitiv eine einmalige Sache. Ich kann mir nicht vorstellen, dass selbst gekochte Vier-Gänge-Menüs sich in St. Aidan durchsetzen.

Du etwa?« Da der Nachmittag mit einer Schaumschlacht endete, wird es wohl auch keine weiteren Arbeitspartys mehr geben.

»Sag niemals nie, Gwen! St. Aidan ist immer für Überraschungen gut, wenn jemand lange genug bleibt.« Plum stupst Ollie an, damit er zur Tür geht. »Wir sind in fünf Minuten wieder da. Ich sage eben Bescheid, dass es langsam Zeit wird.«

Eines ist sicher. Selbst wenn ich ein Jahr bleibe, wird das nicht lange genug sein, um mich mit irgendwas zu überraschen. Ich stelle Zinkeimerchen mit dem in Servietten gerollten Besteck auf, dann mache ich mich auf den Weg, um den Cider zu holen.

17. Kapitel

Stargazey House
Höhen und Tiefen
Noch später am Samstag

Als ich mit den vollen Punschkrügen zum Tisch zurückkehre, zünden Ollie und Plum gerade die letzten Windlichter an. Kurz darauf ist ein zaghaftes Klopfen an der Tür zu hören, ein kurzer Aufschrei, dann das Getrampel von Füßen auf dem Eichenfußboden im Flur, und auf einmal sind alle da. Nur dass die Menge jetzt, wo sie alle Platz haben, mir noch viel größer vorkommt.

Hätte ich die Musik auswählen können, hätte ich ein paar Meat-Loaf-ähnliche Rocksongs ausgesucht, zur Einstimmung auf den Abend, gefolgt von sanfteren Sachen wie Coldplay und Adele. Ollie ist offenbar mehr für Jazzigeres und Bluesigeres, aber als die ersten Punschgläser zur Hälfte geleert sind, herrscht bereits ein solches Stimmengewirr, dass die Playlist nicht mehr wichtig ist.

Danach war es, als hätte jemand die Vorspultaste gedrückt. Eine Weile standen die Leute mit ihren Marmeladetrinkgläsern beisammen und tranken, während Ollie auf die fernen Lichter in der Bucht zeigte. Ella hielt eine kurze Willkommensansprache und wedelte mit ihrem Marmeladenglas, und als sie sich an die Mitte des Tisches setzte, rissen sich die Männer um einen Platz neben ihr. Nell drängelte sich dazwischen, überließ dann ihren Platz aber großzügig Jago, nachdem sich die Unruhe gelegt hatte.

Als ich mit meinem zweiten Tablett schon auf Tellern portioniertem Shepherd's Pie hereinkam, registrierte ich erleichtert, dass Madison am anderen Ende des Tisches war, weit weg von Jago. Dann erkannte ich, dass sie auf dem Schoß irgendeines armen Mannes saß. Als ich begriff, dass es Ollies Kopf war, der sich in ihrer Armbeuge befand, hätte ich beinah mein Tablett fallen lassen. In zehn Jahren im Ski-Zirkus war ich nie so nah dran gewesen, etwas fallen zu lassen. Es zeigt also nur, wie sehr ich aus der Übung bin.

Ollie musste sich irgendwie aus dem Schwitzkasten befreit haben, denn als ich die Gemüseschüsseln nachfüllte, suchte er im Kühlschrank nach trockenem Weißwein.

Bis das Dessert verspeist war, hielt Ella noch drei weitere spontane Reden. Als ich an ihrem Platz vorbeikomme und Schoko-Pfefferminztäfelchen und Tee verteile, springt sie auf, ergreift meine Hand und hält sie hoch, wobei sie allen Anwesenden verkündet, wie großartig ich mich um alle kümmere, ganz besonders um sie.

Eine Stunde später ziehen die Gäste auf Nells Drängen weiter zu einer Karaoke-Nacht im Hungry Shark. Ollie und Jago klappen Tische und Stühle zusammen, während Clemmie und Plum mir dabei helfen, die Gläser und Teller wieder in Kartons zu verpacken. Als die beiden sich ebenfalls den Hügel hinunter auf den Weg machen, bleiben Ella und ich mit dem Blick auf die Bucht zurück, bereit, nach Hause zu gehen.

Jago kommt zu uns. »Die Leute haben gute Arbeit geleistet. Wir können nebenan loslegen.«

Ella zieht den Gürtel ihres Overalls fest und sieht Jago strahlend an. »Sobald wir uns für einen Handwerker entschieden haben, geht es mit voller Kraft los.« Sie ignoriert locker die Tatsache, dass wir bisher nicht einmal ein Angebot vorliegen haben, das wir uns leisten könnten, aber was soll's.

Jago zieht einen Umschlag aus der Innentasche seiner Jeansjacke. »Ich hoffe, das hilft Ihnen weiter.«

Er hält den Umschlag uns beiden hin, doch ehe ich reagieren kann, hat Ella ihn sich geschnappt.

Jago schüttelt den Kopf. »Es war ein langer Tag. Sie müssen es sich nicht jetzt ansehen.«

Ella hat den Umschlag schon aufgerissen. »Da es unwahrscheinlich ist, dass sich dieses Angebot innerhalb unseres Budgets bewegt, werden wir Ihnen wohl eine rasche Antwort geben können.«

Jago lacht. »Und ich hoffe doch sehr, es wird ein Ja!«

Ich muss darüber grinsen, wie Jago ihre Worte pariert. Was ihre Einschätzung betrifft, deckt sie sich allerdings ziemlich genau mit meinen Befürchtungen. Bisher gab es für alle Angebote nur ein Nein.

Mit skeptischer Miene überfliegt sie die Seiten, dann sieht sie Jago an. »Das verstehe ich nicht. Es ist gerade mal die Hälfte der Summe der anderen Angebote.«

Jago lacht erneut. »Manche Jobs sind attraktiver als andere. Das schlägt sich im Preis nieder.«

Ich bin schockiert, aber auch froh, dass der Preisnachlass für Einheimische wahr und nicht bloß Fiktion ist. Allerdings muss ich das Ella erklären, denn Jago bewegt sich mit seiner zweideutigen Bemerkung auf sehr dünnem Eis. Wie niedrig der Preis auch sein mag und wie gut seine Arbeit, wenn er weiter so flirtend lacht, wird Ella ihm einen Korb geben.

Ich räuspere mich und stelle mich darauf ein, für das zu kämpfen, was richtig ist. »Wir bekommen dieses gute Angebot, weil wir Einheimische sind, Ells.« Ich fühle mich echt wie eine Betrügerin, wenn ich das sage, wo ich doch genau weiß, dass ich nicht bleiben werde. »Auf jeden Fall können wir es uns leisten.«

Ella blickt kopfschüttelnd wieder auf die Papiere. »Tut mir leid, Gwen. Ich weiß, wie sehr du dir das wünschst.« Es folgt eine lange Pause. »Selbst bei Jagos großartigem Preis ist es immer noch viel mehr, als George uns zugestanden hat.«

Ich bin entschlossen, nicht aufzugeben, und hebe meine Stimme. »Wir können in anderen Bereichen sparen!« Da das mit den Mauerdurchbrüchen meine Idee war, habe ich mir jede Menge Episoden von *Love it or list it* angesehen und weiß Bescheid. »Wir kommen auch ohne Küchenschränke zurecht! Ich werde Secondhand-Möbel kaufen!«

Ella verzieht das Gesicht. »Möbel gehören gar nicht dazu.« Seufzend fährt sie fort: »Es ist sehr arbeitsintensiv. Es läuft darauf hinaus, dass wir uns bei Jagos Angebot das Material sowie etwa ein Viertel der Arbeitskosten leisten können.«

Jago stößt geräuschvoll den Atem aus. »Ich habe es schon so niedrig wie möglich angesetzt. Für mich springt da gar nichts bei raus. Weil ich wirklich wollte, dass Sie sich die Sache leisten können.«

Ella zuckt mit den Schultern. »Es tut mir leid, wenn ich Ihre Zeit verschwendet habe, Jago, aber so, wie die Dinge stehen, werden wir die Arbeit nicht fortsetzen können. Und auf bestimmte Dinge zu verzichten, würde alle Bemühungen nutzlos machen. Entweder wir machen alles oder gar nichts. So sieht es aus.«

Ich gebe einen frustrierten Laut von mir. »Wir sind also wieder bei ›alles wird weiß‹.«

Ella wirft mir einen finsteren Blick zu. »Dein Zimmer können wir sicher auch pink streichen. Und eine neue Dusche sowie ein Küchenspülbecken sind ebenfalls drin. Glaub mir, ich hätte es mir auch anders gewünscht.«

Ollie meldet sich zu Wort: »Na ja, jedenfalls habt ihr alle Tapeten runterbekommen. Eine Sorge weniger.«

Plötzlich wird Ella vernünftig. »Für kleinere Arbeiten melden wir uns aber bei Ihnen, Jago.«

Jago sieht so niedergeschlagen und enttäuscht aus, wie ich mich fühle. »Sie wissen ja, wo Sie mich finden«, sage ich tapfer. »Gleich nebenan.«

Es hat keinen Sinn, das in die Länge zu ziehen, daher füge ich hinzu: »Und dorthin ziehen wir uns jetzt zurück. Danke Ihnen beiden für die Hilfe heute. Tut mir leid, dass aus dem Rest wohl nichts wird.«

Ein supergünstiges Angebot von einem Handwerker, der den Job unbedingt will, und wir können es uns trotzdem nicht leisten. Möglicherweise muss ich akzeptieren, dass meine Vision für Stargazey bloß ein Traum war. Eines ist jedenfalls sicher – wenn kein Wunder geschieht, wird nichts daraus.

Wir treten auf die Straße hinaus und gehen die paar Schritte bis zu unserer Tür, wo ich seufzend stehen bleibe.

Ella hört es und nimmt mich in den Arm. »Sei nicht zu enttäuscht. Du hast so viele Komplimente für deine Kochkünste bekommen. Du hattest einen tollen Tag.«

Ich nehme den Dank nicht für mich allein. »Du doch auch! Die Leute haben dir sehr interessiert zugehört. Was hast du ihnen denn eigentlich erzählt?«

Sie rümpft die Nase. »Ich hab über Design und Inneneinrichtung gesprochen und Vorschläge gemacht, wie man stylish bleibt bei gleichzeitiger Reduzierung von CO_2.« Sie drückt mich fester. »Du warst klasse heute. Es tut mir leid, dass es hier mit dem Cottage nicht so klappt, wie du es dir vorgestellt hast.«

Ich verziehe das Gesicht. »Ist okay. Ich hab's wenigstens versucht.« Ich stoße erneut ein Seufzen aus. »Na los, bestellen wir die Farbe.«

18. Kapitel

Die kleine Traumküche, Seaspray Cottage
Gemüse und einsame Inseln
Freitag

»Ich habe mich mit den Kürbissen möglicherweise übernommen ...«

Es ist Lunchtime in der kleinen Traumküche am Freitag nach der Renovierungsparty, als sich mein angeknackstes Selbstbewusstsein doch noch bemerkbar macht.

Nell beißt gerade in ihren dritten Bacon Cob und zeigt mit einer Hand zum Fenster. »Dein Windlichter-Overkill ist brillant. Das ist der bestgeschmückte Halloweengarten, den Clemmie je hatte.«

Prompt erscheint Clemmie. »Charlie und ich zünden die Windlichter jeden Abend an, und es sieht fantastisch aus. Die Kids werden begeistert sein, wenn sie ihre Party feiern; das bleibt auch bis Bonfire Night.« Sie stutzt. »Gibt es ein Problem?«

Ich schiebe ihr mein Handy über den Tresen, um ihr das sehr orange Foto zu zeigen, das gerade auf Instagram über Cockle Shell Castle aufgetaucht ist, mit der Bildunterschrift: *Vorbereitungen für den Grusel-Cocktailabend laufen gut! Lasst die Gruselgänsehaut beGINnen!! Hier kommen die Kürbisse!*

Clemmie macht große Augen. »Wie viele sind es?«

Die Mauer aus Kürbissen wirkt zehnmal so groß, wie ich erwartet habe. »Wir hatten dreißig hier, also sind noch hundertundzwanzig im Schloss.« Ich habe selbst nur zwei für das Seaspray ausgehöhlt. Sobald die Breakfast-Club-Leute den Stapel auf der Terrasse gesehen haben, waren wir im Nu fertig.

Nell nickt. »Wenn wir draußen am Schloss auch dekorieren, werden sie alle verbraucht. Und hinterher sammelt mein Dad sie ein, um die Schweine damit zu füttern. Freude für alle!«

Halloween-Dekorationen waren das Letzte, womit ich etwas zu tun haben wollte. Aber seit der Renovierungsparty bin ich ganz froh über alles, was mich von den Rückschlägen bezüglich des Cottages ablenkt. Am Dienstag ging ich zur Comet Cove, wo ich Ivy und Bill kennenlernte. Sie führten mich durch das angeblich kleinste Schloss der Welt, und wir besprachen, wo wir die Windlichter für die beste Wirkung aufstellen. Die werden toll aussehen vor den Steinmauern des Schlosses und auf den Simsen der monumentalen Kamine. In die Eingangshalle vor der Treppe hängen wir Skelette, außerdem stellen wir Windlichter auf jede Fensterbank, dazu noch Kerzen in Gläsern. Beim Anblick dieses Fotos von dem Kürbishaufen flattern mir zum ersten Mal ein bisschen die Nerven.

Clemmie wischt Bud Avocado von den Armen. »Wann wolltest du die Kürbisse aushöhlen?«

»Morgen früh.« Wie hatte ich annehmen können, dass das klappt? Aber nachdem ich Ollie am vergangenen Wochenende so oft gesehen habe, wollte ich nichts erzählen, damit er nicht schon wieder dabei ist.

Nell nickt erneut. »Und wer hilft?«

Jetzt, wo es zur Sprache kommt, klingt es verrückt. »Ella und ich machen es zusammen, vorausgesetzt sie hat nicht zu viel bei der Arbeit zu tun.«

Nell sagt stets, wie es ist. »Dann bist du also allein.«

»Ach, das geht schnell. Ich liebe das. Aber hundertzwanzig Stück ...«, füge ich ein bisschen kleinlaut hinzu. »Was, wenn mir die Zeit davonrennt und ich es nicht schaffe?«

Nell reibt sich die Hände. »Überlass das mir! Wenn es je einen Job für den Singles Club gab, dann den!«

Gegen meinen Willen stöhne ich laut. »Ich hasse es, dass ständig Männer dabei sein müssen, wenn ihr mir zu Hilfe kommt!« Ich sage das ganz allgemein, obwohl natürlich nur ein ganz bestimmter Mann gemeint ist.

Clemmie bindet lachend ihre Haare zu einem Pferdeschwanz zusammen. »Gutes Argument, Gwen.« Sie sieht Nell an. »Wie wäre es denn, wenn wir einen Frauenvormittag daraus machen?«

Nell kichert. »Ich leite den Hexenzirkel und rufe alle guten Hexen zusammen. Also abgemacht.« Sie wendet sich an mich. »Dir ist schon klar, dass Ollie schwer enttäuscht sein wird, nicht dabei sein zu dürfen?«

Ich sehe sie verblüfft an. »Warum denn das?«

Nell wirft mir einen vielsagenden Blick zu. »Nur so ein Gefühl, mehr nicht.«

Ich werde mir kein schlechtes Gewissen einreden lassen. »Wenn er Windlichter basteln will, gibt es genug Kürbisse beim Gemüsehändler.«

Clemmie lacht. »Das hat mit Kürbissen nichts zu tun. Erinnerst du dich, was ich dir über Nell und ihre Antennen für potenzielle Paare erzählt habe?«

Ich brauche einen Moment, bis der ganze Horror einsickert, und dann erwidere ich mit einem Aufschrei: »Potenzielles Paar? Ollie und ich? Absolut nicht! Und wenn er der letzte Mann auf einer einsamen Insel wäre, würde ich ... Ich würde auf dem Rücken einer Schildkröte davonschwimmen.« Ich bin nicht die beste Schwimmerin.

Clemmie muss wieder lachen. »Hübsches Bild, Gwen. Das werde ich mir merken.«

Ich suche nach weiteren Argumenten. »Außerdem ist Ollie nicht zum Vergnügen hier. Das hat er immer deutlich gemacht.«

Nell gluckst. »Madisons Angebot, mit ihr Spaß zu haben, hat er neulich jedenfalls nicht angenommen. Der hat sich in Rekordzeit aus ihren Klauen befreit.«

Ich werde ganz bestimmt nicht zugeben, dass ich froh bin, das zu hören. Und um das Thema jetzt mal endgültig zu wechseln, komme ich auf den anderen Grund zu sprechen, weshalb ich meine Geistercocktails auch ohne Ollie genießen werde. »Wir haben unsere Halloween-Kostüme fertig, bleiben also nur noch die Kürbisse für morgen.« Gin *und* Kostüme! Das sind ja wohl zwei Stufen zu viel auf der Spaßskala für St. Aidans spaßbefreitesten Typen. »Aber danke für die Unterstützung, ich weiß das wirklich zu schätzen.«

Nell hebt den Daumen. »Das ist das Mindeste, was wir tun können. Wollen wir uns um acht am Schloss treffen?«

Hundertzwanzig Kürbiswindlichter – was kann da schiefgehen? Auf jeden Fall ist es gut zu wissen, dass ich Hilfe habe und damit nicht allein bin.

19. Kapitel

Spooky Singles Gin Night im Cockle Shell Castle
Ein ruhiger Abend zu Hause
Samstag

Es gibt Zeiten, da ist Frauenpower gefragt. Dank Ella, Nell und den Frauen von heute Morgen, die wiedergekommen sind, um die vierhundert Teelichter in den Kürbissen anzuzünden, leuchten die Partyräume buchstäblich. Und als das Schloss an diesem Abend mit geisterhaften Feiernden gefüllt ist, bin ich sehr zufrieden.

Ich hätte kaum mehr Komplimente für meine in der Eingangshalle baumelnden Skelette oder die Windlichter bekommen können. Der Soundtrack ist genauso klasse wie die Drinks – wer tanzt nicht gern zu »There's a Ghost in my House«, während er Black Cat Martinis und Gin-Slushies schlürft, die einem das Gehirn vereisen?

Unser Kostüm haben wir auch mit minimalem Aufwand hergestellt. Ich bin im kleinen schwarzen (T-Shirt-)Kleid, dazu trage ich eine pinkfarbene Perücke für zwei Pfund fünfzig, die beweist, dass Hardware Haven wirklich für jeden Haushalt etwas im Angebot hat. Ich habe mir auch noch einen Happy-Holidays-in-St.-Aidan-Minischoner mit echten Stoffsegeln gekauft. Aber so, wie meine Sammlung wächst, hätte ich den ohnehin irgendwann haben wollen.

Ella hat eine grün funkelnde Perücke auf, die super aussieht zu ihrem sexy Smoking und ihrem geisterweißen

Tod-Make-up. Wir hatten eine lebhafte Diskussion darüber, ob ihr Lippenstift schwarz oder pflaumenblau sein sollte, aber am Ende entschied sie sich für ihr charakteristisches Rot, und es passte natürlich gut.

Der Anzug gehörte Taylor; sie hat ihn behalten, um ihn zu zerschneiden, brach dieses Vorhaben jedoch ab, als sie das Armani-Label sah. Wie sie jetzt den Cocktail aus Gin, Wermut und grünem Absinth namens *Nachruf* in sich hineinkippt, als gäbe es kein Morgen, wird sie diesen Spaß bereuen. Oder den Mann. Oder beides. Auf jeden Fall ist es ein enormer Schritt, dass sie die Sachen trägt, ohne dass Tränen fließen.

Alles läuft dermaßen gut, dass irgendwo ein Haken sein muss, und es gibt ihn tatsächlich. Entgegen meiner Prognose befindet meine Nemesis sich hier, ebenfalls im Smoking, dank Nell und Plum mit Edward-Cullen-von-*Twilight*-Make-up. Er hilft beim Ausschenken von *Vampire Blood* und *Witches' Hearts* am Cocktailtisch Nummer zwei.

Bitte fragt mich nicht, was da passiert ist. Ollie, der Partyhasser – nicht nur verkleidet, sondern auch vergnügt, als wäre er schon sein ganzes Leben im St. Aidans Singles Club.

Den Rest gibt mir sein Vampirgebiss. Das lässt mich auf eine Weise erschauern, die ich nicht mal erklären kann. Es gibt keine Worte. Punkt.

Hinzu kommt, dass ich heute möglicherweise zu viel um die Ohren hatte, um ans Essen zu denken, und als ich den superleckeren Gin Tonic mit einem darin schwimmenden Augapfel schlürfe, bekomme ich weiche Knie, aber nicht auf die angenehme Art. Auf der anderen Seite des Raumes, im flackernden Schein der tausend Kerzen, kippt Ella einen grell orangefarbenen *Hangman's Noose,* umringt von Verehrern vom vergangenen Wochenende, die an ihren

Lippen hängen. Ella gehört zu der Sorte Frauen, die auf einer Party aufblühen, und sie sieht sehr munter aus. Da Jago auch dabei ist, kann ich mir nicht vorstellen, dass sie innerhalb der nächsten vier Stunden aufbrechen will.

Was die anderen angeht, sehen Nell und George toll aus in ihren Kürbiskostümen; Clemmie und Charlie sind hier als Mr. und Mrs. Spooky-Smith, während Sophie und Plum fantastische Meereshexenkostüme tragen, die Plum gemacht hat.

Ich kann nicht glauben, dass ich seit Wochen über Gin geredet habe. Und nun, da ich ihn endlich trinke, kann ich es nicht erwarten, den Hügel hinauf zu unserem Cottage zu kommen und mich mit meiner Einschlafmusik-Playlist ins Bett zu legen.

Kaum habe ich daran gedacht, will mein müder Körper nur noch nach Hause. Ich bin mir ziemlich sicher, dass mich der frische Wind, der vom Meer her weht, ausreichend wach machen wird, um den Spaziergang durch die Natur zu genießen.

Also bahne ich mir einen Weg zu Ella, stecke ihr meine Cocktail-Gutscheine in den Smoking, streiche ihre leuchtend grünen Locken zur Seite und schreie ihr ins Ohr: »Ich mache noch einen Spaziergang am Strand. Wir sehen uns dann im Cottage.«

Es ist nicht das erste Mal, dass ich eine Party fluchtartig verlasse, und sie kennt mich zu gut, um mich zum Bleiben überreden zu wollen. Stattdessen schreit sie: »Soll ich dir ein Taxi rufen?«

Ich schüttele den Kopf.

Dann schreit sie: »Kommst du klar?«

Ich hebe beide Daumen.

Ein weiterer Schrei in mein Ohr. »Schreib mir eine Nachricht, sobald du zu Hause bist.«

Ich nicke und verschwinde unauffällig durch die monumentale Schlosstür. Ich bin schon halb über den Rasen Richtung Bucht, als ich eine Stimme hinter mir höre.

»Warten Sie, Gwen! Wenn Sie schon aufbrechen, gehe ich mit Ihnen zurück.«

Ich drehe mich um, und mir sackt das Herz bis hinunter zu meinen klobigen schwarzen Boots. Immerhin bin ich nüchtern genug für eine rasche Erwiderung. »Edward, du trägst zu deinem Smoking auch noch ein Cape! Wie smart!« Wäre Ella mir nachgelaufen, hätte ich mich genauso geärgert. Hinzu kommt Ollies ganze Einstellung. »Ich bin eine starke, unabhängige Frau und kann sehr gut allein nach Hause gehen.«

Er hat mich inzwischen eingeholt und geht neben mir. »Wie bitte?«

Wenn er den Wink nicht versteht, muss ich eben noch direkter werden. »Meine Mum war eine erstklassige Bergsteigerin, und ich habe sowohl ihre Hartnäckigkeit als auch ihre Charakterstärke geerbt. Die ließ sich auch nichts bieten, soweit ich weiß.« Ich habe keine Ahnung, warum ich jetzt damit anfange.

Der Mond kommt hinter einer Wolke hervor und betont seine markanten Wangenknochen. »Klettert sie noch?«

Ich atme geräuschvoll durch die Nase. »Nein, sie starb, als ich noch klein war. Ich erinnere mich gar nicht mehr richtig an sie. Aber manchmal tut es gut, ihren Namen zu sagen und mich daran zu erinnern, wie viel ich vielleicht von ihr geerbt habe.«

»Tut mir leid, Gwen. Ich hatte keine Ahnung.«

Ich zucke mit den Schultern. »Woher auch? Was ich aber damit zum Ausdruck bringen wollte: Ich brauche weder Sie noch sonst jemanden, der mich rettet.«

Der Anflug eines Lächelns huscht über sein Gesicht. »Das habe ich auch nie angenommen.« Er geht neben mir. »Ich bin derjenige, der Gesellschaft gebrauchen könnte. Ist es okay, wenn ich Sie begleite?«

Mit seinen Worten hat er mich komplett überrumpelt. »Warum nicht? Gwen ist die Kurzform von Gweneira. Das war der Schneewittchen am nächsten kommende Name, den meine Mum finden konnte. Dass ich ohne sie aufgewachsen bin, mag der Grund dafür sein, weshalb ich mich zwanghaft um andere kümmere.«

Das galt auch für Ned. Als wir Kinder waren, passte er auf mich auf, aber als ich zum Arbeiten in die Alpen zog, wollte ich nicht nur einen Job an einem landschaftlich eindrucksvollen Ort. Ich war mittlerweile alt genug, um mich auch um ihn zu kümmern, und fühlte mich besser, wenn ich hin und wieder ein Auge auf ihn haben und ihn mit Kuchen versorgen konnte. Je mehr Zeit wir zusammen verbrachten, desto weniger reichte es mir, seine Keksdose aufzufüllen. Irgendwann hatte ich das Gefühl, er wäre nur in Sicherheit, solange er in meiner Nähe war. Ehe es mir richtig bewusst wurde, hatte ich es mir zur Lebensaufgabe gemacht, auf ihn achtzugeben.

Für jeden anderen wären seine Bergrouten viel zu gefährlich gewesen, aber er war praktisch mit diesen Aufstiegen groß geworden. Er kannte seine Fähigkeiten und konnte die Risiken sehr gut einschätzen. Je mehr sein Ehrgeiz wuchs, desto mehr glaubte ich, meine Nähe würde ihn daran erinnern, dass er nicht unfehlbar war. Ich glaubte, solange ich am Fuß des Berges warte, würde er stets zurückkommen.

Um meine Karriere oder mein Privatleben machte ich mir weniger Gedanken. In diesem Muster waren wir gefangen – Ned brach auf in die Berge, ich kümmerte mich um die Chalets und die Gäste. Hauptsächlich aber wachte ich über Neds Seele als eine Art Talisman, der dafür sorgte, dass er wieder heimkehrte.

Bis er es eines Tages nicht mehr tat.

Und vier Jahre später sind wir hier. Schauen den Wolken zu, die am Mond vorbeiziehen.

Manchmal ist man so sehr mit seinen eigenen Problemen beschäftigt, dass man die der anderen überhaupt nicht bemerkt. Ollies überraschende Offenheit macht mir ein schlechtes Gewissen, weil ich voreilige Schlüsse gezogen habe.

Er lacht leise. »Manchmal ist es gut, wenn sich jemand um einen kümmert. Vielleicht war Schneewittchen doch kein so schlechter Name für Sie?« Er betrachtet mich eingehend, während wir die Dünen überqueren und nach rechts abbiegen, um über den weichen Sand auf die Lichter St. Aidans zuzugehen. »Tolles Make-up, übrigens. Ihr Gesicht sieht tatsächlich aus wie zerschnitten und wieder zusammengenäht.«

Für den ersten Versuch war ich ganz zufrieden mit dem Ergebnis. »Es ist ironisch gemeint.«

Er hebt eine Braue. »Gilt das nicht für alles, was Sie tun?«

Ein paar Schritte lang denke ich darüber nach. »Mein Shepherd's Pie zum Dinner war es nicht.«

Er zieht ein Gesicht. »Das war vegan. Ich würde sagen, ein vegetarischer Pie ohne Schaf ist schon ziemlich ironisch, wenn man Schäfer wäre.«

Was zum Geier ... »Haben Sie eigentlich auf alles eine schlagfertige Antwort?«

»Ironie ist Ihr Ding. Ich suche gern nach der Wahrheit.«

Seine pedantische Art kann er sich gern sonst wohin stecken, aber was soll's. »Es kann nicht schaden, ein bisschen lockerer zu werden.«

Er schüttelt den Kopf. »Glauben Sie mir, an meiner Stelle wäre Ihnen auch nicht nach Scherzen zumute.«

Die Wellen branden leise an den Strand, und das Mondlicht über der Bucht erzeugt ein silbriges Licht. »Ach, hätte ich gewusst, dass wir Geigen brauchen, hätte ich doch ein Streichquartett organisiert.« Ich vergesse immer, dass er das Gewicht all dieser Siegermedaillen um den Hals trägt, plus die Hingabe, die für deren Gewinn nötig war. Kein Wunder, dass er keinen Spaß kennt.

Er zieht an der Fliege, die offen um seinen Nacken hängt. »Nell war diejenige, die auf dem Anzug bestand, der Ihnen vielleicht entgangen ist. Aber mich zu verkleiden, bedeutet für mich tatsächlich, lockerer zu sein. Ich habe sogar Vampirzähne eingesetzt.«

»Stimmt, das haben Sie.« Ich vermeide es entschlossen, ihn in seinem Aufzug zu betrachten, und kneife die Augen zu. Einen Moment später stößt mein Fuß gegen etwas Festes, und als ich die Augen aufreiße, hängt mein Fuß an einem Ast fest, und ich stürze vorwärts.

Zwei starke Hände packen meine Schultern. Als ich mein Gleichgewicht einigermaßen wiedergefunden habe, hält Ollie mich auf Armeslänge von sich.

Für eine Sekunde bleibt die Welt stehen. In dem schwachen Licht wirken seine Züge noch markanter. Seine Lippen sind leicht geöffnet, sodass ich seine verdammten Zähne sehen kann. Als die Welt wieder anfängt sich zu drehen, halte ich erwartungsvoll die Luft an. Dann wird sein Griff lockerer, und ich stehe wieder ohne seine Hilfe.

»Langsam, Schneewittchen! Fast wären Sie gefallen.«

Ich muss das klarstellen. »Ich bin weder betrunken noch sonst wie zugedröhnt oder weggetreten.«

Da ist ein spöttischer Unterton in seiner Stimme. »Jeder kann in der Dunkelheit über ein Stück Treibholz stolpern.«

Wir gehen schweigend weiter. Nach etwa hundert Metern am Strand sagt er: »Wenn Ihnen kalt ist, kann ich Ihnen mein Cape leihen.«

»Mir ist auch nicht kalt!« Da ich fünfzehn Pfund bei eBay für eine schlichte schwarze Strumpfhose mit, wie Ella meint, in billiger weißer Dispersionsfarbe aufgedruckten Oberschenkelknochen bezahlt habe, habe ich nicht vor, die mit einem Cape von der Größe eines Zeltes zu bedecken. Schon gar nicht, weil diese weißen Linien trotz ihrer schlechten Qualität meine kurzen Beine ein ganzes Stück länger wirken lassen. Nicht, dass ich will, dass Ollie es bemerkt. »Wir sind ohnehin gleich da.« Sind wir nicht einmal annähernd, aber weil ich diesen Spaziergang rasch hinter mich bringen will, muss ich mir den Schweiß von der Stirn wischen.

Ollie hüstelt. »Ich brauche immer noch Hilfe im Stargazey House.«

Das ist eine ziemlich willkürliche Bemerkung, selbst für ihn. »Das haben wir doch schon geklärt.«

Er sieht mich so lange von der Seite an, dass er von Glück sagen kann, nicht auch zu stolpern. »Ich weiß aber immer noch, dass Sie die beste Person für den Job sind.«

Ich gebe das Stöhnen von mir, das diese Aussage verdient. Beim letzten Mal habe ich mich geweigert, weil ich die Fähigkeit nicht habe. Diesmal zählt mein Erschauern wegen der Vampirzähne mit. Selbst wenn ich genug wüsste, um Ratschläge hinsichtlich der Möbel und Farben zu geben, könnte ich mich wohl kaum konzentrieren, wenn sich in mir alles dermaßen dreht, dass ich mich übergeben möchte. »Sofern sich nichts groß geändert hat, lautet die Antwort nach wie vor Nein.«

Er schiebt die Hände in die Taschen und klingt noch selbstsicherer als sonst. »Mein neuer bahnbrechender Vorschlag könnte Sie tatsächlich dazu bewegen, noch einmal darüber nachzudenken.«

Derartiger Bürojargon raubt mir den Lebenswillen. »Ich bezweifle ernsthaft, dass irgendetwas das könnte.«

Er hebt die Brauen. »Wie wäre es mit einem Arbeitstausch? Ich könnte Ihnen Jago für das Cottage leihen, und im Gegenzug könnten Sie mir nebenan helfen.«

Ich bleibe völlig verblüfft stehen. Es muss einen Haken bei der Sache geben. Ich starre ihn durchdringend an. »Was würde er bei uns erledigen?«

Seine Miene ist nicht zu deuten. »Alles.«

Das kann er nicht ernst meinen. »Jago hätte in unserem Cottage viel mehr zu tun als ich mit dem Aufpeppen Ihrer Bude.«

Er legt den Kopf schief. »Was heißt ›aufpeppen‹ noch gleich?«

Das sagt Ella zu ihren schicksten Kunden. »Es bedeutet, etwas lebendiger oder aufregender zu machen. Schmucker und edler.« Mit anderen Worten, das Haus veredeln.

Er nickt. »Okay. Meine Seite ist größer, als Sie sich vorstellen. Und ich bin es dem Haus schuldig, es richtig hinzubekommen.«

Für jemanden, der gerade noch über ein Stück Holz gestolpert ist, traut er mir da eine ganze Menge zu. Das könnte eine Nummer zu groß sein, und ich will ihn nicht übers Ohr hauen. »Ich werde mit Ella darüber sprechen.«

Er gibt ein Seufzen von sich. »Denken Sie wenigstens darüber nach. Jago könnte in zwei Wochen bei Ihnen anfangen.«

Es klingt verdammt verlockend. Doch selbst mit Ellas Hilfe wäre ich drüben bei ihm ziemlich aufgeschmissen, wenn ich den Vorschlag akzeptiere.

Aber er lässt nicht locker. »Es besteht keine Eile. Ich bin bereit, auf das Beste zu warten.«

Ich sterbe vor Gewissensbissen. Wenn er nur die halbe Wahrheit kennen würde, würde er mir dieses Angebot nicht machen.

Bevor wir weitergehen, streckt er die Hand aus und beugt sich nach vorn.

»Wenn man weiß, wohin man blicken muss, kann man von hier die Terrasse und die Rückseite des Hauses sehen.« Er legt mir den Arm um die Schultern, damit ich genau das Haus sehe, auf das er zeigt. Dabei streift seine Wange meine, und sein Duft macht mich so benommen, dass ich mich beinah nicht mehr konzentrieren kann. Aber es muss natürlich stimmen – wenn wir vom Cottage aus die Bucht sehen können, muss sein Haus von hier aus zu sehen sein.

Als ich endlich das entdecke, was er mir zeigen will, muss ich lächeln. »Sie haben Kürbiswindlichter überall auf der Terrasse?«

»Ich habe Ihnen doch gesagt, dass sie mir gefallen.«

Ich kneife die Augen ein wenig zusammen, um besser sehen zu können. »Unser Cottage liegt im Dunkeln. Brennen bei Ihnen Lichter?«

Er seufzt. »Wenn ich in St. Aidan bin, zünde ich auf den Fensterbänken Kerzen an für Alex. Er mag nicht mehr unter uns weilen, aber der Kerzenschein ist wie das Versprechen, dass er für immer in dem Haus lebt, zusammen mit seinen verrückten Ideen.«

Ich komme da nicht ganz mit. »Alex ist der Freund, der mit der Renovierung des Hauses begonnen hat?« Sofort ärgere ich mich über mich selbst, denn als wir das letzte Mal über ihn sprachen, hatte ich keine Ahnung, dass Alex für immer weg ist.

Ollie nickt. »Der mit dem großartigen Geschmack bei Küchen. Den hatte er, bis er starb.« Er holt tief Luft, dann beantwortet er die Frage, die ich ihm stellen will. »Als er sich diese Mühe mit dem Haus machte, hatte er nicht vor, von einer Jacht zu fallen und auf dem Meer spurlos zu verschwinden.«

Wow, wie bitte? Zuerst bin ich perplex von dem, was er mir erzählt. Dann fühle ich mit ihm.

Durch Ned weiß ich, dass es besser ist, das Thema nicht zu meiden. »Und jetzt versuchen Sie fortzusetzen, was er begonnen hat?«

»Ich versuche mein Bestes und scheitere.« Ollie seufzt erneut. »Andernfalls wäre ich in einer teuren Gegend wie St. Aidan nicht an ein Haus gekommen.«

»Aber Sie sind es Alex schuldig, es fertig zu renovieren?«

»Und wenn ich dabei draufgehe.« Ollie seufzt. »Es ist nicht so schlimm, wie es sich anhört; Jago weiß, wie die groben Sachen zu meistern sind. Ich brauche nur noch jemanden, der am Ende alles zusammenbringt.«

Ich nicke. »Jemand, der Ihnen dabei hilft, es zu dem wunderbaren Haus zu machen, das Alex gewollt hätte.« Mit anderen Worten: strahlend schön.

»Genau.«

Das bin definitiv nicht ich. »Jetzt verstehe ich, warum Sie sich nicht einfach amüsieren und es mal locker angehen können.«

Das verändert meinen Blick auf ihn völlig. Ich habe ihn für griesgrämig und undankbar gehalten, dabei trauerte er die ganze Zeit um seinen Freund. Ausgerechnet mir hätte eine solche Fehleinschätzung nicht passieren dürfen. Ich muss das irgendwie wiedergutmachen, und Aufrichtigkeit wäre ein Anfang.

»Ich bedauere Ihren Verlust sehr, Ollie. Aber ich verfüge nicht über die Fähigkeiten, Stargazey House in dem Glanz erstrahlen zu lassen, den es verdient.« Das klingt eher nach Ella, aber es kommt der Wahrheit am nächsten, ohne dass ich gleich gestehen muss, dass ich überhaupt keine Ahnung habe. Ich befolge Ellas Rat und versuche das Positive zu sehen. »Na ja, ich kann Ihnen vielleicht nicht helfen, aber ich kann Ihre Idee aufgreifen und ebenfalls eine Kerze ins Fenster stellen.«

Ollie sieht mich an. »Für Ihre Mum. Das ist cool.«

Ich kann gar nicht glauben, dass ich sie vergessen habe. »Ja, ich werde zwei Kerzen anzünden.« Dann sage ich schnell, bevor er weitere Fragen stellen kann: »Wollen wir nach Hause gehen, ehe es zu kalt wird?«

Alles, was ich gerade gehört habe, sagt mir, dass ich auf Distanz gehen sollte, und zwar schleunigst. Und es gibt dafür mehr Gründe als meine Unfähigkeit, seine Inneneinrichtung zu übernehmen. Meistens gelingt es mir, meine fröhliche Fassade aufrechtzuerhalten und mir nichts anmerken zu lassen. Aber es ist kaum auszudenken, was geschieht, wenn Ollie meine Trauer spüren würde. Das wäre für ihn nur eine zusätzliche Last.

Ella und ich können uns gegenseitig stützen, weil unsere Probleme so unterschiedlich sind. Wenn aber zwei Fälle hoffnungsloser Traurigkeit wie Ollie und ich aufeinandertreffen, ertrinken wir beide in Verzweiflung. Und das können wir wirklich nicht gebrauchen.

NOVEMBER

20. Kapitel

Bonfire Night am Strand und im Seaspray Cottage
Große Knallerei und Echos in der Bucht
Samstag, eine Woche später

»Sie haben zwei gesagt.«

Es ist Bonfire Night, und ich stehe in der Dunkelheit ein Stück vom knisternden Feuer entfernt am Strand und beobachte die Silhouetten der Umstehenden im hell orangefarbenen Schein der Flammen. Die hereinkommende Flut ist den Sand heraufgekrochen, und während der hohe Haufen aus Brettern und Ästen sich in Glut verwandelt, bin ich herumgegangen und habe den Gruppen vom Singles Club die Leckereien aus Clemmies Küche angeboten. Meine letzte Runde habe ich gerade mit einem Tablett voller Karamelläpfel gemacht, und als der Wind einen Funkenregen über meinem Kopf entstehen lässt, ziehe ich das Zellophan zurück und beiße in den letzten Apfel.

Ich bin so dick eingepackt in meine Daunenjackenkapuze, die ich über den Schal und die Pudelmütze gezogen habe, dass ich nicht damit gerechnet habe, von irgendwem erkannt zu werden. Auf keinen Fall wollte ich wieder von Ollie überrascht werden, zumal ich ihm die ganze letzte Woche aus dem Weg gegangen bin. Aber als ich die Stimme höre, muss ich mich nicht erst umdrehen, um zu wissen, dass er es ist.

»Zwei was?« Ich denke kaum über die Frage nach, während meine Zähne den süßen Karamellüberzug durchbrechen und zum zarten Apfel darunter vordringen. »Wenn Sie Karamelläpfel wollen, dann lohnt es sich, auf sie zu warten. Ich bringe bei meiner nächsten Runde noch mehr.«

Viele Leute aus St. Aidan sind zu einem Barbecue mit Feuerwerk zur Klippe an der Schule gegangen. Ella und ich haben den heißen Tipp bekommen, dass man das Feuerwerk auch sehr gut von dem etwas abgelegeneren Treffen des Singles Clubs sehen kann, und entschlossen uns hinzugehen. Und selbst von hier aus ist der Lärm der über der Bucht aufsteigenden Feuerwerksraketen noch enorm.

Ollie steht jetzt neben mir. »Ich spreche von Kerzen, nicht von Karamelläpfeln, Gwen. Als wir neulich darüber sprachen, wollten Sie zwei anzünden – eine davon für Ihre Mutter. Allerdings erwähnten Sie nicht, für wen die andere Kerze sein soll.«

Zwischen den Wolken ist der Himmel dunkel und voller Sterne, doch der Mond ist heute nur eine schmale Sichel. Als ich Ollies Gesicht über dem dunklen Rollkragenpullover ansehe, bleibt mir zumindest der Anblick von Stoppeln im Mondschein erspart. Ich gebe einen langen Seufzer von mir, als ich begreife, dass er auf meine Antwort wartet.

Er wirft sich den Schal über die Schulter und versucht es erneut. »Als ich neulich von meiner Terrasse hinüberschaute und die Kerzen in Ihrem Dachbodenfenster sah, fragte ich mich, an wen ich denken soll. Das ist alles.«

Okay, damit hat er mich. In dieser vergangenen Woche fand ich die flackernden Kerzen in den Marmeladengläsern auf meiner Fensterbank tröstlich in der Dunkelheit. Da er derjenige war, der mich dazu ermuntert hatte, sie anzuzünden, werde ich meine selbst auferlegte Regel brechen und es ihm erzählen. »Mein Bruder Ned wurde vor vier Jahren von einer Lawine begraben.« Es wird nie leichter, das auszusprechen; jedes Mal ist es, als riefe ich mir wieder ins Gedächtnis, dass es real ist. »Sobald ich das ausgesprochen habe, sind die Leute ratlos und wissen nicht, was sie sagen sollen. Meistens ist es einfacher, nicht darüber zu sprechen.«

Er legt den Arm um mich und drückt meinen Ellbogen. »Tut mir leid, Gwen. Danke, dass Sie mir das anvertraut haben.«

Für gewöhnlich muss ich den Leuten versichern, dass es mir gut geht, nachdem ich es erzählt habe, denn das ist alles, was sie hören wollen. Doch zum ersten Mal habe ich nicht das Gefühl, dass jemand mehr erwartet als das, was ich erzählt habe.

Er seufzt. »Ich weiß genau, was Sie damit meinen, dass es besser ist, nicht darüber zu sprechen. Nicht viele junge Leute haben jemanden in ihrem Alter verloren. Nichts bereitet einen auf die Empfindungen nach dem Verlust des besten Freundes oder eines Bruders oder einer Schwester vor. Und niemand kann einem helfen.«

Er klingt so verzweifelt, dass ich prompt darauf etwas erwidere, bevor ich richtig darüber nachdenke. »Man kommt nie darüber hinweg. Während wir weiterleben, sind diejenigen, die wir verloren haben, bei uns und erinnern uns wieder und wieder daran, dass sie uns fehlen. Ich denke täglich an Ned und träume auch nachts von ihm. Meine Gedanken kreisen viel mehr um ihn, als sie es täten, wenn er noch am Leben wäre.«

Erneut drückt Ollie meinen Arm. »Sie und Ned, ich und Alex, da sind Parallelen. Es tut mir leid, dass Sie das Gleiche durchmachen, aber mir hilft es zu wissen, dass ich damit nicht allein bin.«

Ich ziehe ein Gesicht. »Parallelen begegnen sich nie. Trauer treibt auf eigenartige Weise alles auseinander.« Da muss ich mir über eine Sache weniger Gedanken machen, obwohl es mir natürlich leidtut, dass jemand den gleichen Schmerz empfindet wie ich. Das wünsche ich niemandem. Gerade noch rechtzeitig denke ich daran, eine positive Bemerkung zu machen. »Wir sind einsam in unserer Trauer, aber sie zu verbergen ist die einzige Möglichkeit. Wir müssen einen Weg finden, um damit klarzukommen und weiterzumachen, ohne groß darüber zu reden.«

»Ich bin froh, dass ich es Ihnen erzählt habe.« Er seufzt. »Eine Art der Trauerbewältigung ist für mich, das Haus an Alex' Stelle fertigzubekommen. Indem ich mich auf die Arbeit stürze, habe ich weniger Zeit zu leiden.« Er hält einen Moment inne. »Wie steht es mit Ihnen?«

Auch ich zögere, aber ich muss es ihm sagen. »Bei mir ist es das Kochen. Es gab einen Punkt, da dachte ich, ich könnte nie wieder für jemanden kochen. Aber dann bereitete ich Sandwiches mit Nells Schinken zu, und alle waren so freundlich. Dann gab es Frühstücke und die Renovierungsparty. Mittlerweile habe ich angefangen, wieder meine Lieblingskuchen zu backen.« Es ist wahr, was Clemmie am ersten Tag in ihrer Küche gesagt hat. Und in dieser Woche hat sie mich gefragt, ob ich nicht jeden Tag einen anderen Kuchen backen könnte, und sich geduldig die jeweilige Geschichte dazu angehört. »Bei allem, was ich koche, ist die schmerzliche Erinnerung sofort wieder da, aber wenn ich es überstanden habe, kommt es mir vor, als wäre ein weiterer kleiner Teil von mir geheilt.«

Er lächelt. »Jeder in St. Aidan liebt die Sachen, die Sie machen.«

Ich muss ehrlich sein. »Es verschafft mir große Befriedigung, mich um andere zu kümmern. Früher war ich richtig gut darin.«

»Das sind Sie immer noch, und das bleiben Sie auch.«

»Danke, dass Sie das glauben.« Ein Lächeln in der Dunkelheit beschließt dieses Thema. Ich spüre eine Wärme in mir, die mich fröhlicher stimmt. »Wenn Sie den Karamellapfel noch wollen, bringe ich Ihnen einen mit. Ich hole nämlich jetzt weitere.«

Er schiebt die Hände in die Taschen und sieht zum Himmel. »Ach, vorläufig komme ich klar. Aber danke für die Unterhaltung.«

Nur dass wir beide wissen, dass er vermutlich nie mehr klarkommen wird. Aber wir wissen auch, dass man da sehr wenig tun kann. Ich schon gar nicht, nachdem ich meine Kraft verloren habe. Ich stecke tief in meiner eigenen Tragödie, aber etwas veranlasst mich, im Weggehen noch etwas über die Schulter zu rufen.

»Machen Sie weiter, Ollie, und klammern Sie sich an die kleinen Siege.«

Dann laufe ich über den Dünenpfad zurück in den Garten des Seaspray Cottage. Ich bin froh, Clemmies herzlicher Art unten in der Küche zu begegnen, die mich umfängt.

Ich bahne mir meinen Weg zu Clemmie, die am Kühlschrank steht, und versuche an etwas anderes zu denken. »Die Kürbisse im Garten halten sich gut.«

Sie lächelt und hebt Bud auf die andere Hüfte. »Charlie meint, dass sie Weihnachten noch da sein werden.«

Bei dem Wort zieht sich mein Magen zusammen. Das ist ein weiterer Punkt, den ich zu meiden versuche und über den ich bisher mit niemandem geredet habe. Ich zwinge mich zu einem Lächeln. »Von mir aus kann Halloween bis Ostern dauern.« Irgendwie hatte ich nicht bedacht, dass ein das ganze Jahr über sonniger kleiner Ort am Meer von dieser Zeit Aufhebens macht.

Sie schaut auf Bud hinunter. »Letztes Jahr um diese Zeit trugen Charlie und ich die gleichen Kostüme, die George und Nell im Schloss anhatten. Meines biss sich schrecklich mit meinen Haaren.« Ihr Lächeln wird breiter. »Schon komisch, wenn ich mir überlege, dass Bud damals noch ein gewölbter Bauch war, versteckt unter einem Kürbiskostüm.«

Ich horche auf. »Hat Nell am vergangenen Wochenende auch etwas versteckt?«

Clemmie zieht ein Gesicht. »Ich fürchte nicht. Es ist kein Geheimnis, dass die beiden sich schon seit einer Weile ein Baby wünschen. Sie hat ihre Arbeitsstunden drastisch reduziert, aber es hat trotzdem noch nicht funktioniert.«

Babys habe ich nicht einmal annähernd auf dem Schirm, aber ich kann es nachvollziehen. »Das muss hart sein in dieser Situation.«

Clemmie schürzt die Lippen. »Und wie! Unser Kleines ist durch eine wundervolle Klinik in Schweden möglich geworden. Wir haben so viel durchgemacht, um sie zu bekommen, und sie ist unser Ein und Alles!« Sie strahlt wieder. »Deshalb ist es ja so schön, die richtige Person hier als Hilfe zu haben. Wir freuen uns, dich gefunden zu haben, Gwen.«

Ich erwidere ihr Lächeln. »Ich kann mich ebenfalls glücklich schätzen, dich gefunden zu haben. Nicht jedes Baby würde meinen Geschmack an YouTube-Videos so sehr zu schätzen wissen wie Bud.« Bevor ich weiter darüber nachdenken und womöglich in Schuldgefühlen versinken kann, komme ich auf den heutigen Abend zurück. »Ich glaube, ich habe zu viele Karamelläpfel gemacht. Soll ich noch welche mit nach draußen nehmen?«

In der freien Hand hält sie eine große Milchtüte. »Am Strand wird bald Schluss sein, aber es gibt immer Leute, die einen Karamellapfel mitnehmen, wenn wir sie auf den Tresen stellen. Die Besties haben gesagt, sie würden vor dem Heimweg zum Aufwärmen reinschauen, wenn du einen großen Topf mit deinem Kürbisdrink zubereitest. Ich habe die Sahneverzierung hier fertig.«

Kurz darauf geht die Tür auf, und Ella kommt herein, gefolgt von Nell, George und Charlie, dann Ollie, Plum und Jago. Alle ziehen ihre Mäntel aus und setzen sich auf die Barhocker am Tresen.

Clemmie ruft ihnen zu: »Haben alle Lust auf einen warmen Kürbisdrink und ein Stück von Gwens Ingwerkuchen?«

Ich bin in der Küche, und Ella ruft durch die offene Küchentür: »Du hast keine Ahnung, wie gut es tut, deine Backsachen wieder kosten zu können, Gweneira.«

Clemmie lacht. »Da sie mir einen Blick auf ihre Backliste gestattet hat, weiß ich, dass da noch ein paar Leckereien kommen. Die gehen weg wie nur was.«

Es ist Clemmies Herzlichkeit und Verständnis zu verdanken, dass ich es ertrage, wenn sie so fröhlich und unbeschwert davon spricht. »Die sind alle schon mal zubereitet und probiert worden. Darin liegt ihr Geheimnis«, rufe ich zurück. Dennoch gibt es einige, die ich noch nicht wieder backen konnte. Aber es wird allmählich besser.

»Wir bieten ihre Brioches jetzt auch bei unseren Nachmittagstees an«, fügt Clemmie hinzu.

Die waren ein weiterer Versuch, von dem Clemmie begeistert war. Ich setze die Milch zum Erhitzen auf und gebe Zucker sowie Kürbisgewürz in den Topf. Dann wende ich mich an Clemmie: »Soll ich draußen aufräumen, während du das hier umrührst?« Ich verdanke ihr so viel, dass ich gerne aufräume, damit sie später weniger zu tun hat.

Sie erklärt sich einverstanden, gibt mir Bud und übernimmt den Herd. Als wir durch die Tür treten, reibt Bud sich die Augen. »Na, wer ist denn ein schläfriges Baby?

Willst du zu deinem Daddy?« Ich setze sie auf Charlies Knie und fange an, die Stühle im Raum an die Tische zu schieben, Kissen aufzuschütteln und die Blumenvasen wieder in die Mitte der Tische zu stellen.

Die Gruppe am Tresen wärmt sich bereits die Hände an den Bechern und wischt sich die Sahneschnurrbärte ab. Ich lausche aus der Ferne dem Lachen und Scherzen, und es klingt ganz unbeschwert. Wenn man sie so sieht, würde man nie auf den Gedanken kommen, dass sie Probleme haben: Ellas gescheiterte Ehe und Nell und George mit ihren verzweifelten Versuchen, eine Familie zu gründen. Und es ist auf gewisse Weise gut, Ollies angespannte Miene als Ausdruck von Trauer deuten zu können statt als Arroganz. Beim Anblick der dunklen Ringe unter seinen schönen Augen und seines verlorenen Gesichtsausdrucks möchte ich ihn in den Arm nehmen und nie mehr loslassen. Mein Mitgefühl gilt ihm als Menschen, und in diesem Moment würde ich alles darum geben, ihn trösten zu können.

Am Ende des Tresens gestikuliert Ella lebhaft, während sie Charlie etwas über Ökofarben erklärt. Sie ist die einzige Person, die ich kenne, die riesige Hot Dogs, drei Karamelläpfel mit Schlagsahne vertilgen kann, ohne dass ihr Lippenstift leidet. Und als sie sich an Jago auf dem anderen Hocker neben ihr wendet, ist ihr Lächeln betörend.

»Lagebericht für interessierte Handwerker – ich habe die langweilige Farbe für das Cottage noch nicht bestellt. Ich mein' bloß.«

Jago leckt sich Sahne von der Fingerspitze und sieht Ella lächelnd an. »Dann ist bei Ihnen also noch alles möglich?«

Sie lehnt sich nach vorn und wedelt mit ihrem Kuchenstück vor Ollie herum. »Wir dachten alle, Gwen würde nie wieder backen, und hier sitzen wir und essen ihren klebrigen Ingwerkuchen.« Der Seitenblick, den sie ihm zuwirft, ist bedeutungsvoller, als alle Worte es sein könnten. »Fragen Sie im Lauf der Woche noch mal nach dem Handwerkertausch. Mal sehen, ob Sie Gwens Meinung ändern können.«

Meine Antwort darauf besteht in einem Kopfschütteln, als ich mich mit einem leeren Tablett zu ihnen geselle. »Keine Chance.« Ich nehme einen kandierten Apfel vom Stapel und gebe ihn Ollie. »Das Leben ist allerdings zu kurz, um die hier nicht zu kosten.«

Er nimmt den Karamellapfel und auch das Tablett. »Ella hat angeboten, die Becher einzusammeln.«

Jago grinst. »Großartige Idee, Ollie. Leute, die Schaumschlachten anfangen und den Gegner vernichten, müssen begreifen, dass es irgendwann eine Strafe gibt.«

Ich muss über Ellas geschockte Miene lachen. »Komm schon, Ells, ich zeige dir, wo der Geschirrspüler steht.«

Am Ende stellen alle ihre Becher auf Ellas Tablett. Ich öffne gerade die Spülmaschinentür und ziehe das obere Fach heraus, als sie in die Küche kommt. »Bitte sehr. Räumst du auch alles ein?«

Sie starrt in die Maschine vor ihr. »Tut mir leid, aber ich habe keine Ahnung, wie das geht.«

Ich stutze. »Im Ernst, Ella, du musst doch schon mal eine Geschirrspülmaschine eingeräumt haben, oder?«

Sie zuckt mit den Schultern. »Nein, ehrlich nicht. Abwaschen war nie mein Ding.« Sie hört sich meinen ungläubigen Aufschrei an. »Warum auch? Zu Hause hat Merry das immer übernommen, an der Uni machten es die anderen, und dann war Taylor dafür zuständig.«

»Aber Taylor hat schon gekocht. Hast du beim Aufräumen nie geholfen?«

Sie winkt ab. »Die Küche habe ich ihm überlassen.« Ein Anflug von Zweifeln huschen über ihr Gesicht. »Ich nahm an, er wollte es so.«

Seit wir hier sind, lässt sie bei uns auch alles in der Küche stehen, aber ich dachte, der Grund sei der anstrengende neue Job und unser Arrangement mit den Rechnungen. Ich wusste nicht, dass es sich um eine lebenslängliche Rollenverteilung handelt. »Wer hat es gemacht, als Taylor nicht mehr da war?«

Sie zieht ein Gesicht. »Ich habe das Geschirr auf der Arbeitsfläche stehen lassen, und die Putzfrau hat sich zweimal die Woche darum gekümmert.«

Ich hatte keine Ahnung, doch jetzt, wo ich es weiß, kann ich das Thema nicht einfach ruhen lassen. »Tja, mit fast fünfunddreißig ist es beinah zu spät, damit anzufangen. Aber machen wir einfach einen Schnellkurs. Ich bringe dir die Grundkenntnisse bei. Dies ist die Spülmaschine, die Teller kommen hier hinein, die Gitterbox ist für das Besteck, und die Becher werden umgedreht in das obere Fach gestellt. Bei der nächsten Veranstaltung des Singles Clubs hast du Küchendienst, aber bis dahin kannst du zu Hause den Abwasch übernehmen.«

Clemmie kommt herein, gefolgt von der grinsenden Nell. »Wir müssen deine Fähigkeiten aufpolieren, Ella. Wir dürfen liebenswerte Typen wie Jago nicht in dem Glauben lassen, du seist eine verwöhnte Prinzessin.«

Ella lacht. »Bisher hat mich das Prinzessinnending nicht behindert. Aber ich verstehe schon, was ihr meint – wir Frauen müssen facettenreich sein. Keine Sorge, bin ich.«

Clemmie lacht. »Das gibt's auch nur in St. Aidan.«

Wir sollten nicht über die Beziehungen anderer Leute urteilen, aber Taylor muss entweder ein Heiliger oder ein Kontrollfreak gewesen sein. Wie auch immer, für eine gesunde Beziehung hat es nicht gereicht.

Was mich betrifft, bin ich mir nicht sicher, ob mir diese gigantische Erziehungslücke meiner Freundin peinlich sein oder ob ich mich freuen soll, dass sie jetzt öfter abwaschen wird. Doch nach einem Abend voller Überraschungen bleibt mir vor allem diese Sache mit Ollie im Gedächtnis.

Ich werde das Gefühl nicht los, dass er von jemandem gerettet werden muss. Er musste mir schon so oft helfen, und jetzt ist vielleicht die Gelegenheit da, mich zu revanchieren. Um etwas weniger in seiner Schuld zu stehen. Doch habe ich das Zeug dazu?

Als ich in St. Aidan ankam, glaubte ich nicht, dass sich an meinem deprimierten Zustand etwas ändern würde. Die Fortschritte in den vergangenen Wochen mögen winzig gewesen sein, aber sie summieren sich. Ich erwarte nicht, je wieder ganz in Ordnung zu sein, aber vielleicht besteht die Hoffnung auf Besserung, die ich gar nicht für möglich gehalten hätte. Dass es für Ollie genauso sein könnte, weckt in mir den Wunsch, etwas für ihn zu tun.

Nicht mal auf Zucker reagiert er besonders. Und es macht mich traurig, dass ich nicht über die Kompetenz verfüge, die er für Stargazey House braucht. Andererseits hatte ich auch keinen Schimmer, dass meine beste Freundin nie in einer Küche gewesen ist. Wenn ich gründlicher nachdenke, finde ich vielleicht auch einen Weg für Ollie.

21. Kapitel

Stargazey Cottage
Süße Träume und klebrige Finger
Dienstag

»Ollie, kannst du kurz heraufkommen?«

Ich hätte nicht gedacht, dass ich diese Worte einmal an einem kalten und windigen Dienstagnachmittag vom Felsen vor unserer Hintertür dem Mann auf der darunterliegenden Terrasse zurufen würde. Aber seit dem Samstagabend, an dem Ollie mein Herz berührte, habe ich mir den Kopf darüber zerbrochen, wie ich ihm am besten helfen könnte. Und heute Morgen fiel mir die Antwort ein. Tatsächlich ist die Idee so verdammt bahnbrechend, dass ich die ganze Zeit nicht mehr aufhören konnte zu grinsen. Und ihn jetzt vor lauter Überschwang sogar geduzt habe.

»Zwei Minuten.« Es folgt ein kratzendes Geräusch, dann ein Poltern, und kurz darauf steigt er anmutig über eine Leiter auf den rissigen Betonplatz, wo ich stehe. Er klopft auf die oberste Sprosse. »Wenn wir uns öfter sehen, ist diese Methode bedeutend einfacher, als jedes Mal die Eiger-Nordwand zu besteigen.«

Ich ignoriere, dass es schon wieder ein bisschen mit ihm durchgeht, und verdränge das alarmierende Gefühl, ausgelöst durch diese komfortable Abkürzung des vorher äußerst beschwerlichen Zugangs zu unserem Grundstück.

Ich suche nach einer positiven Bemerkung. »Ella liebt Leitern.«

»Sie kann meine gerne jederzeit abwischen.« Er verdreht die Augen. »Ich hoffe, sie hält ihr Wort, den Abwasch zu Hause betreffend?«

Das hatte ich als Einleitung nicht geplant, aber nun verteidige ich sie. »Um das in den richtigen Kontext zu stellen – ihre Mum hat ihr tatsächlich Küchenunterricht gegeben, aber ich war diejenige, die davon profitierte.« Merry, die beste Ersatzmutter nebenan, fing an mit Toast und Rührei, damit ich Dad helfen konnte, und von da an ging es weiter. »Und nachdem wir angefangen hatten, gemeinsam zu kochen, blieb es dabei.«

Ollie schüttelt den Kopf. »Wie konnte die ehrgeizige Ella das schwänzen?«

Wehmütig erinnere ich mich. »Merry war brillant. Sie ging mit mir jedes Gericht durch, als ich meine Chalet-Host-Liste lernte, aber Ned und Ella interessierten sich für andere Dinge.«

Ollie blickt skeptisch. »Wir müssen alle essen. Und es ist nicht immer ein McDonald's in der Nähe.«

Widerwillig grinse ich. »Schon gar nicht auf halbem Weg das Matterhorn hinauf.« Mein Seufzen ist verzweifelt wie immer, wenn ich an Ned und das Kochen denke. »Ned ließ alles anbrennen. Der typische Geschmack seines Essens war reinste Kohle.« Ich zögere für einen Moment, denn da ist noch etwas, an das ich mich erinnere. »Kann ich dir einen Minipudding aus der Mikrowelle anbieten? Die sind schnell gemacht.« Wenn ich Ollie von meinem bevorstehenden Angebot überzeugen will, kann ein leckerer Pudding nicht schaden.

Er scheint interessiert zu sein. »Ich habe gehört, du hast in Ski-Resorts gearbeitet. Hast du denn deine Puddings nicht anbrennen lassen?«

Ich werde ihm welche machen, die nicht Neds Lieblingsspeisen entsprechen. »Biskuitkuchen mit Sirup, entweder mit Vanillecreme oder köstlich und schneller zubereitet mit Eiscreme ...«

Bevor ich weiterreden kann, meint Ollie: »Perfekt. Ich nehme die schnelle Version.«

»Ich wusste nicht, dass du auf einen Zuckerrausch stehst.«

Er zuckt schuldbewusst mit den Schultern. »Wenn es der richtige ist, schon.«

Ich nehme Mehl und Zucker aus den Regalen, die wir aus den Kisten gebaut haben, in denen ich meine Sachen transportiert habe. Dann hole ich zwei von Nells kleineren Eiern aus dem hohen roten Kühlschrank, der Ellas drittbester in Islington war. Anschließend gebe ich Butter in die Schüssel und beginne mit dem Minischaumbesen zu rühren. Als die Mischung fertig ist, schaue ich zu Ollie und halte einen Löffel hoch. »Wenn du probieren möchtest, wäre jetzt der richtige Zeitpunkt.«

Er nimmt mir den Löffel aus der Hand, der mit der nächsten Bewegung in seinem Mund verschwindet. Er gibt einen langen zufriedenen Seufzer von sich. »Ich bin sicher, das wird gut, wenn es gebacken ist. Aber Kuchenteig hat doch etwas Besonderes.«

Ich gebe mir große Mühe, nicht seine Lippen zu betrachten, und das Gewicht der Sirupflasche entführt mich wieder in die Vergangenheit. »Ned hat Süßes praktisch inhaliert, besonders Haferriegel.« Ich bin in Gedanken weit weg, während ich den goldenen Sirup in die Förmchen träufele und den Teig obendrauf gebe. »Wenn er als Skilehrer im selben Dorf arbeitete wie ich, kam er auf dem Rückweg von den Skiliften immer vorbei, um Kuchenreste zu schnorren.«

Ollie nickt. »Skifahren ist wie Segeln, bei beidem verbrennt man ordentlich Kalorien.« Er beobachtet, wie ich die Puddings in die Mikrowelle schiebe. »Handwerkliche Arbeit aber auch, daher brauchen wir die da definitiv.«

Ich ziehe mir einen Stuhl vom improvisierten Tisch heran und schiebe ihn Ollie hin. »Setz dich. Ich will dir einen Vorschlag machen.« Endlich bin ich so weit, ihm zu sagen, was ich zu sagen habe. »Ich habe mich gefragt, ob ich nebenan nicht helfen kann, indem ich am Ende der Handwerkerarbeiten aufräume.« Ich bin sehr zufrieden, etwas gefunden zu haben, womit ich ihm unter die Arme greifen kann und was meinen Fähigkeiten entspricht. »Ski-Hosts sind fantastische Reinigungskräfte. Wenn ich nebenan geputzt habe, glänzte es dort wie das Meer in der Sonne.«

Statt der begeisterten Miene, die ich eigentlich erwartet habe, zieht er ein Gesicht. »Das ist sehr freundlich, aber die Cousine von Jagos Schwager leitet Dainty Dusters. Ich fürchte, die Reinigung ist bereits geklärt und zum Teil erledigt.« Nach einer kurzen Pause fügt er hinzu: »Auch zu Preisen für die Einheimischen.«

Verdammt. Mir war gar nicht klar gewesen, wie sehr ich darauf gehofft hatte, doch jetzt fühle ich mich komplett entmutigt. Und plötzlich ist auch Ollies Verletzlichkeit, die er Samstag noch gezeigt hat, verschwunden. Natürlich ist er noch derselbe Mann mit derselben tragischen Vergangenheit, doch sein Verzicht auf meine Hilfe und das Gerede vom Tarif für die Einheimischen macht ihn irgendwie erneut zu Mr. Unbesiegbar. Ein Grund mehr, mich nicht in die Schusslinie zu bringen, indem ich sein Angebot für eine Arbeit annehme, die ich gar nicht durchführen kann.

Ich werde mich überwinden und die Wahrheit gestehen müssen, aber das Klingeln der Mikrowelle bedeutet, dass dieses Geständnis versüßt wird durch den Sirup-Biskuit und das Eis, das ich jetzt aus dem Kühlschrank hole.

Ich schiebe die Minilaternen herum, die ich gekauft habe und die seit der Renovierungsparty auf dem Tisch stehen, ordne die Blumen im Marmeladenglas neu und die Rosmarinpflanze. Dann stelle ich die Puddings auf den Holzplankentisch und gebe Ollie eine Papierserviette. Ich lasse mir den ersten Löffel Biskuitpudding zusammen mit dem kalten Vanilleeis auf der Zunge zergehen. Nachdem ich die Leckerei heruntergeschluckt habe, lege ich los.

»Die Sache mit den Star Sisters ist, dass Ella eigentlich die Könnerin ist. Was wir den Leuten über meine Renovierungsfähigkeiten weisgemacht haben, ist totaler Blödsinn.« Ich hole Luft, denn ich überrumple uns beide gerade. »Was bedeutet, dass wir das Haus unter Vorspiegelung falscher Tatsachen bekommen haben.«

Er sieht viel ruhiger und weniger entsetzt aus, als er sollte. »Es mag vielleicht noch andere Gründe gegeben haben, weshalb man sich für euch entschieden hat.«

Sofort fahre ich ihn an: »Und welche? Ich bin eine Schwindlerin, aber nicht mit böser Absicht. Wir wollten nur unbedingt das Cottage, damit Ella ihren Neuanfang machen kann. Das Resultat ist leider, dass ich dir keine superduper Inneneinrichtung für dein Haus zaubern kann, weil ich nichts von Design verstehe und null Erfahrung habe.«

Er holt tief Luft. »Gwen, ich bin nicht hergekommen, um ein Nein als Antwort zu akzeptieren.«

Er hört einfach nicht auf. Und er ist hier, weil ich ihn selbst hergerufen habe.

Er zieht einen Katalog aus der Jackentasche. »Ich bin nicht auf der Suche nach spektakulärem Design. Was, wenn ich nur jemanden brauche, der mir bei der Auswahl der Möbel hilft?« Er hebt erwartungsvoll die Brauen. »Das hast du doch bestimmt schon mal gemacht.«

Ich schüttele den Kopf. »Es ist noch viel schlimmer, als du denkst. Ich hatte bisher nicht mal ein eigenes Zuhause.« Ich blicke zu den fleckigen Küchenwänden. Wenn ich in seiner Achtung gesunken bin, wer weiß, was er von mir hält, wenn er die nächsten Fakten erfährt. »Das hier ist mein allererster Mietvertrag.«

»Wow«, sagt er leise, fängt sich aber gleich wieder. »Nun, dann bekomme ich wenigstens aufrichtige, instinktive Reaktionen.« Er schiebt mir den aufgeschlagenen Katalog hin. »Was hältst du von dem Sofa?«

Ich starre ihn an. »Das ist alles, was ich tun soll?« Er nickt, und ich begutachte das Foto vom Sofa. »Ich kenne diesen Stil aus den Chalets. Die sind deutlich weniger bequem, als sie aussehen.«

Er blättert um und zeigt auf ein anderes Foto. »Und das da?«

Wieder weiß ich sofort Bescheid. »Finger weg von diesem Wildlederimitat. Man sieht sämtliche Flecke und Staubsaugerspuren.«

»Gwen Starkey, du bist engagiert.«

Mir klappt die Kinnlade herunter. »Wie bitte?«

Er zuckt mit den Schultern. »Du bist genau das, was ich suche.« Er reibt sich die Hände. »Wenn du morgen Nachmittag vorbeikommen könntest, klären wir, wann Jago bei euch anfangen kann.«

Da habe ich Einwände. »Das ist aber für dich kein guter Tausch.«

»Halt meine Hand, bis ich das Haus eingerichtet habe, dann bin ich mehr als glücklich.«

Ich bin so geschockt von diesem Bild, dass ich beinah anfange zu stammeln. »Das ... das ist alles? Gehst du jetzt?«

Er wirft mir einen Blick zu. »Ich dachte, wir essen zuerst unseren Pudding auf.«

Er will, dass ich sage, wie es ist, also tue ich das. »Ich bin zu aufgewühlt, um zu essen.« Bei diesem Sägespänegefühl in meinem Mund momentan esse ich vielleicht nie wieder etwas.

Er schaut auf meinen Teller. »Der ist viel zu köstlich, um ihn umkommen zu lassen. Ich will nicht klingen wie ein Aasgeier, aber wenn du deinen wirklich nicht isst, könnte ich ihm ein gutes Zuhause bieten.«

Damit bleibt mir nur noch, durch die Seiten mit Couchtischen in dem Katalog zu blättern und ungläubig den Kopf zu schütteln. Dann komme ich zu den Betten und schlage ihn unvermittelt zu. Wie viele Episoden von *Kirsty and Phil* könnte ich wohl bis morgen früh anschauen? Das Traurigste ist, dass ich mir tausend ansehen könnte und mich nebenan bei der Inneneinrichtung trotzdem zum Narren machen würde. Als Ollie endlich den Löffel hinlegt und aufsteht, habe ich praktisch meinen Überlebenswillen eingebüßt, und das Eis schmilzt schon.

Er klopft auf den Katalog. »Den lasse ich dir hier, ja?«

Ich habe noch genug Atem für ein Wort in mir. »Fabelhaft.« Ich hoffe, das ist designerhaft genug für ihn, denn mehr fällt mir aus Ellas Arbeitsvokabular nicht ein. Ich hoffe, er merkt, dass es ironisch gemeint ist.

Er stellt die Teller in die Spüle. »Nach allem, was wir über Ella gesagt haben – soll ich den Abwasch mit nach nebenan nehmen?«

Irgendwie gelingt es mir, ihn hinauszuscheuchen, ohne ihm eine Antwort auf diese Frage zu geben. Welcher Mensch kommt denn in deine Küche gepoltert, nimmt sich exakt das, was er will, und poltert wieder hinaus? Wieso hat mir jemand, der so entschlossen und eigennützig handelt, je leidgetan? Wie zum Geier soll ich damit umgehen, was da auf mich zukommt?

Ich will mich gerade auf einen Sitzsack fallen lassen, als die Tür schon wieder aufgeht.

»Was denn jetzt?«

»Schsch ...« Ollie legt den Finger an die Lippen und winkt mich zu sich.

Ich folge ihm durch die Küche hinaus auf den rissigen Beton. Dann schaue ich in die Richtung, in die er zeigt. Zwei Sprossen tiefer auf der Leiter sitzt ein weißer Vogel.

Ollies Augen glänzen. »Minty kommt hoch, um dich zu sehen. Wie gut, dass wir die Leiter hingestellt haben.«

Ich wage kaum zu atmen. »Neulich bin ich auf deiner Terrasse gewesen, weil ich sie sah und dachte, sie ist verletzt. Als ich unten ankam, war sie weg.«

Er flüstert leise: »Sie ist eine Taube, die sich ihre Flugfedern beschädigt hat. Ich kümmere mich um sie, bis sie wieder fliegen kann.« Seine Arroganz ist wieder wie weggeblasen und ersetzt worden durch eine Sanftheit, die auch ich empfinde.

Die Taube ist so klein und zerbrechlich, und doch unabhängig genug, um auf die oberste Leitersprosse zu flattern. »Sie ist wunderschön. Deshalb hast du wegen der Katze gefragt?«

»Sie hat eine Box hinten im Schuppen, aber ich will nicht, dass ihr etwas passiert.«

Ich seufze, und als der Vogel zu uns aufschaut, schmelze ich dahin. »Woher weißt du, dass sie ein Mädchen ist?«

»Ihre Schwanzfedern stehen hoch, und das bedeutet, dass es ein Weibchen ist.« Er spricht immer noch mit sehr leiser Stimme und krault behutsam den Kopf der Taube. »Sie ist nicht beringt, allerdings muss sie gezähmt worden sein, als sie jünger war. Sie ist seit fast einem Monat hier und vertraut mir inzwischen.«

»Was ist wohl mit ihr passiert?«

Er neigt den Kopf und schiebt den Finger unter sie, um sie sacht anzuheben. »Der Tierarzt glaubt, dass sie von einer Möwe angegriffen wurde. Die Federn sollten aber nachwachsen. In einigen Wochen wird sie nach Hause fliegen können.« Sein Blick ist sanft, und er hält sie, als hätte sie kein Gewicht. »Sie gehört zu den guten Dingen, von denen du gesprochen hast. Ich nehme sie jetzt wieder mit nach unten und passe auf sie auf.«

Er steigt auf die Leiter, und einen Moment später ist er fort. Ich muss schlucken vor Rührung.

Mit seiner Arroganz konnte ich viel besser umgehen.

Jetzt bin ich ziemlich fertig.

22. Kapitel

Stargazey Cottage
Herzen und Blumen
Später am Dienstag

Obwohl Ella häufig mault, weil sie auf Handwerker wartet, hätte ich noch gut sechs Monate länger brauchen können, um mich an die Zusammenarbeit mit meinem Nachbarn zu gewöhnen. Doch keine Stunde später stieg Jago hinten über die Leiter, mit Zollstock und Notizbuch bewaffnet. Es dauerte nicht lange, bis wir uns gemeinsam von oben bis unten durch das Cottage gearbeitet und alle geplanten Veränderungen ausgemessen und die nötigen Bestellungen für seine Arbeiten geklärt hatten. Wenn er so effizient arbeitet, wie er redet, werden wir im Nu fertig sein!

Was unseren Teil der Abmachung betrifft, hat Jago mehrere Grundrisse von Stargazey House mitgebracht. Ella und ich haben sie uns heute Abend am Tisch angesehen, nachdem wir unsere Spaghetti Bolognese gegessen hatten. Beim Abwaschen ist Ella bis zu den Ellbogen im Seifenschaum und versucht meine Nerven zu beruhigen.

»Du kannst gar nichts vermasseln, Gwen. Das Haus nebenan ist schon tadellos.«

Ich stöhne. »Genau das bereitet mir ja Sorge.« Ella hat mir bei der Planung der Räume geholfen, wo welche Möbel hin sollen, aber es ist dennoch beängstigend.

Sie grinst. »Das ist das Gute an Möbeln und am Anstreichen – macht man etwas falsch, kann man es korrigieren.«

Sie schrubbt den letzten Teller so heftig mit der Spülbürste, dass die Streifen womöglich abgehen. »Du musst bloß noch deinen Feenstaub verteilen und das Haus mit deiner Wärme und Liebe füllen. Das ist alles.«

Prompt kreische ich: »Liebe? Noch mehr solches Gerede, und ich lasse dich auch noch abtrocknen.«

Sie wischt meinen Protest beiseite. »Du liebst es, für das Wohlbefinden der Menschen zu sorgen. Sicher, du hattest nie ein eigenes Zuhause, aber Haushaltsführung ist definitiv dein Ding. Es ist großartig, dass du endlich die Chance erhältst, uns allen zu zeigen, wie gut du bist.«

Das ist nur wieder Ellas Blödsinn, und trotzdem klammere ich mich an das, was sie mir während des Gabelabtrocknens aufgezählt hat. »Ein herausragendes Möbelstück, die anderen danach ausrichten, Kunst, Geschmack statt Trends.«

Ella stellt den Teller endlich ins Abtropfgitter. »Falls du Probleme hast, bin ich ja da. Aber es wird keine geben.«

Ich fange den Teller ein paar Zentimeter über dem Boden gerade noch rechtzeitig auf. »Stell das Haus mit tollen Sachen voll und füge ein paar Pflanzen hinzu.«

Lächelnd streift sie ihre Gummihandschuhe ab. »Du wirst dich selbst überraschen.« Dann wird ihr Lächeln zu einem breiten Grinsen. »Design mit Herz – bei einem Mann wie Ollie kannst du da nichts falsch machen.«

Dafür schlage ich nun wirklich mit dem Handtuch nach ihr. Aber mir ist sehr wohl bewusst: So schlecht Ella auch in der Küche ist, wenn ich sie brauche, ist sie für mich da. Und das genügt mir bei einer besten Freundin.

Punkt zwei Uhr nachmittags am nächsten Tag stehe ich vor der Tür von Stargazey House und erschauere beim Anblick der glasigen Augen des Tonfisches auf der obersten Eingangsstufe. Würde man mich fragen, wie beängstigend ich den Fisch auf einer Skala von eins bis zehn finde, würde ich antworten: fünfzehn. Was meinen Appetit betrifft, hatte ich damit gerechnet, viel zu nervös zum Essen zu sein. Aber es ist genau andersherum. Müsste ich die vor Nervosität verschlungenen Muffins heute Morgen zählen, käme ich wohl auch auf fünfzehn.

Ich war früh bei Clemmie, um ihr bei den Vorbereitungen für das Treffen der Mütter- und Schwangerengruppe zu helfen. Dann bin ich nach Hause geeilt, um mich schnell frisch zu machen und umzuziehen. Der kalte Wind weht durch mein frisch gewaschenes pinkfarbenes Sweatshirt, als ich anklopfe, und mir wird klar, dass ich ein unübersehbares Nippel-Problem habe. Bevor ich erneut anklopfe, schiebe ich die Papiere, die ich bei mir habe, höher. Aber ehe ich damit auch nur annähernd meine Brüste verbergen kann, geht die Tür auf.

»Gwen, toll, dass du pünktlich hier bist. Ich habe schon auf dich gewartet.«

»Ollie!« Ich bin überrascht, dass er offenbar schon die Hand auf dem Türknopf hatte, aber ich lasse mir nichts anmerken. Die einzige Möglichkeit, wie ich das hier einigermaßen hinbekomme, besteht darin, mich so selbstbewusst wie er zu geben. Also mache ich einen großen Schritt hinein ins Haus. Leider bleiben meine Doc Martens an seinen Deckschuhen Größe 45 hängen. Ich stürze nach vorn und fange mich zwar, doch sämtliche Papiere fliegen mir aus den Händen. Sie segeln durch die Luft und landen überall verteilt auf dem Holzfußboden.

»Alles okay?« Ollie umfasst meinen Ellbogen.

»Fantastisch«, lüge ich, denn ich gebe nicht auf. Ich deute auf den Boden. »Wie du sehen kannst, habe ich alle Kataloge mitgebracht.«

Er bückt sich und sammelt einige der Papiere ein. »Und offenbar lauter Pläne. Du warst fleißig.«

Den Rest halte ich mir wieder vor die Brust, damit dieser Aspekt der Peinlichkeit schon mal beseitigt ist. Am besten ist aber, dass ich nicht gestürzt bin. »Tja, wo möchtest du anfangen?«

Er rümpft die Nase. »Wollen wir oben anfangen und uns nach unten vorarbeiten?«

Erschrocken erwidere ich: »Im Schlafzimmer? Nein … Also, äh, noch nicht gleich.«

Seine Mundwinkel zucken. »Dann also unten?« Er geht voran durch den Teil des Hauses, in dem wir bei der Renovierungsparty gegessen haben, und deutet zur Glasbalustrade. »Vom Hauptwohnzimmer dort unten gelangt man auf die Terrasse. Fangen wir damit an.«

Während ich nach unten folge, ist mir klar, dass ich die Führung übernehmen muss, wenn ich überleben will. Immerhin gelange ich die Stufen hinunter, ohne zu stürzen, und das ist ja schon mal ein Sieg.

Ich schaue mich in dem großen hallenden Raum um, der bis auf einen Liegestuhl fast leer ist, und überlege, was Ella wohl sagen würde. »Wenn es je einen Raum gab, der nach einem Herzstück schrie, dann ist es dieser!« Ich ignoriere Ollies verdutzten, skeptischen Blick und rede weiter. »Der Plan besteht darin, ein Grundgerüst aus charakteristischen Stücken für jeden Raum zu bilden und dann darauf aufzubauen, um alles mit Pflanzen abzurunden.«

»Großartig.« Er wirkt eher verwirrt als glücklich, aber was soll's.

Ich traue mich, meine Unterlagen auf den Boden zu legen und den Katalog herauszusuchen, um darin zu blättern. »Nach welchem Stil suchen wir? Hast du an Sofas gedacht?«

Ich registriere mit einem Seitenblick, dass Ollies Kiefer mahlen und seine Wangen blass sind. »Während der Umbauarbeiten habe ich versucht, mich an Alex' Vision vom Haus zu orientieren – die hohen Fenster mit Blick auf die Bucht, der Stahl, die weißen Wandflächen.«

Ich nicke. »Perfekt ausgeführte Detailarbeit in wunderbarer Fülle.« Das ist der reinste Ellatalk. Dem Himmel sei Dank, dass sie mich eine ganze Liste mit Phrasen hat auswendig lernen lassen, damit ich mich anhöre, als hätte ich Ahnung. »Ihr habt wirklich schon einen tollen Job gemacht.« Selbst ich kann das sehen.

Ollie seufzt. »Dafür sind Jago und sein Team mehr verantwortlich als ich.«

Ich bin neugierig zu erfahren, was als Nächstes kommt, halte mich jedoch fest an meinen Spickzettel. »Jedes Sofa braucht Raum drumherum – und davon haben wir ja genug. Irgendwelche Vorstellungen, die Farbe, Stil oder den Stoff betreffend?«

Er nickt und zieht sein Handy aus der Tasche. »Alex hat die Sofas, die er wollte, zuerst im Singapore Yacht Club gesehen. Ich schicke dir mal den Link. Möglicherweise müssen die importiert werden.«

Aus meinem Unterlagenstapel dringt ein Klingeln, und ich nehme mein Handy. »Ventura Tropic, davon hat Ella bestimmt schon gehört.« Auf dem Display erscheint ein minimalistisches Sofa, lang wie eine Landepiste, mit niedriger Rückenlehne, das einladend aussieht wie ein Betonklotz. »Ein fabelhaftes großes Sofa zu einem entsprechenden Preis.«

Ollie atmet geräuschvoll aus. »Er hatte drei für hier unten geplant und drei weitere oben.«

Die Transportkosten werden so hoch sein, wie ein Chalet Host in zehn Jahren verdient. »Hätte Alex etwas weniger Kostspieliges in Betracht gezogen, in einem ähnlichen Stil, aber aus der Gegend?«

Ollie wirkt entsetzt. »Alex machte keine Kompromisse.«

Ich denke schon verzweifelt an mein Layering und die Farbtupfer, auf die Ella schwört. »Also hätte er wohl keine Kissen als Ergänzung gewollt?«

»Was?«

Die Antwort liegt schon in seinem ungläubigen Ton. »Ich wollte nur sichergehen.« Mir fällt noch etwas anderes ein. »Solange du sie magst, ist doch alles bestens.«

»Die mögen? Weißes Leder wäre nicht meine erste Wahl. Aber es ist nicht mein Haus, oder?«

Ich nehme an, dass Ollie auf den Sofas sitzen wird, aber wegen der Kummerfalten in seinem Gesicht erwähne ich das lieber nicht.

Er gibt ein Schnauben von sich und erklärt: »Weißt du, was? Ich kann das jetzt nicht.«

Das ist mir nur recht. Mir gehen auch langsam die Designerphrasen für heute aus. »Soll ich mir morgen Nachmittag freihalten? Dann können wir da weitermachen, wo wir heute aufgehört haben.«

»Ich hatte keine Ahnung, dass es so schwierig sein würde. Verschieben wir es auf unbestimmte Zeit.« Er schaut auf sein Handy. »Sorry, dass ich so eilig aufbreche, aber ich muss weg.«

Ausgerechnet jetzt, wo ich das Gefühl habe, mich ganz gut zu behaupten. Ich bin enttäuscht und habe gleichzeitig ein schlechtes Gewissen.

Welchen Teil hätte ich besser nicht sagen sollen? Wo ist das so schrecklich schiefgegangen? Mir fehlen die Worte. Ich habe es nicht nur für mich vermurkst, sondern auch für Ella und das Cottage. »Ich nehme an, die Renovierung nebenan ist dann auch passé?«

Wenn er den einzigen Tausch, den ich anbieten kann, ablehnt, ist das nur logisch.

Mit aufgewühlter Miene eilt er zur Treppe. »Nein, das läuft natürlich. Da hat diese Angelegenheit wenigstens etwas Gutes.« Er rennt die Stufen hinauf und lehnt sich über das Geländer. »Danke, dass du gekommen bist, Gwen. Es liegt an mir, nicht an dir.« Er verschwindet außer Sicht, ruft aber noch: »Jago wird dir einen Schlüssel geben, damit ihr hier duschen könnt, wenn er bei euch das Wasser abstellt.«

Ich sammle murmelnd meine Unterlagen ein, und dabei fällt mein Blick auf seinen Kapuzenpullover über der Stuhllehne. »Wohin auch immer du so eilig aufgebrochen bist, Ollie, du bist ohne dein Kapuzenshirt weg.«

Als Phrase zum Ende einer Beziehung ist »es liegt an mir, nicht an dir« ziemlich endgültig, und es gibt keinerlei Hinweis darauf, dass es in diesem Fall anders ist. Ich muss mich den Tatsachen stellen – ich hatte meine Chance und habe es vermasselt, aus welchen Gründen auch immer.

Die Haustür fällt zu, und er ist fort.

23. Kapitel

Stargazey Cottage
Nullrunden und saubere Handtücher
Freitagnachmittag

Es ist, als wäre Ollie buchstäblich und metaphorisch vom Erdboden verschwunden. Mit anderen Worten, es ist hier in St. Aidan nirgends etwas von ihm zu sehen, was in gewisser Hinsicht zeigt, wie abgeschieden mein Leben in dieser kleinen cornischen Welt in den vergangenen Wochen geworden ist. Ella ist viel unterwegs, aber ich entferne mich selten weiter, als ich zu Fuß gehen kann.

Die gute Neuigkeit ist, dass Ella von George das Okay erhalten hat – alle erforderlichen Schritte wurden unternommen, also kann Jago im Cottage loslegen. Er fängt auf dem Dachboden an, wo er das Gaubenfenster abreißt und durch eine Tür mit französischem Balkon ersetzt. Jago meinte sehr lässig, es handele sich um eine kleinere Arbeit, die im Nu erledigt ist. Aber Ella hat mich schon vorgewarnt, dass Handwerker dazu neigen, den Aufwand herunterzuspielen. Wir werden sehen.

Bis dahin quetschen Ella und ich uns in ihr Zimmer im Erdgeschoss. Sobald der Dachboden fertig ist, ziehen wir zusammen nach oben.

Freitagnachmittag steht Jago in der Küche und will sich ins Wochenende verabschieden, die große Werkzeugkiste in der Hand, als Ella untypisch früh nach Hause kommt.

Als sie hereinrauscht, stellt er seine Kiste ab und lehnt sich mit der Schulter gegen die Wand.

Er hebt eine Braue, um unsere Aufmerksamkeit zu bekommen. »Ein Wort über Ollie, wo ihr beide gerade hier seid.« Er legt die Handflächen zusammen und verzieht das Gesicht. »Unser Ollie macht gerade eine schwere Zeit durch, also übt Nachsicht und nehmt es nicht persönlich. Was immer neulich schiefgelaufen ist, lag an ihm, nicht an euch.«

Das klingt vertraut, aber da Jago das Thema zur Sprache gebracht hat, kann ich wohl nachhaken. »Es ist also wirklich nichts Persönliches?«

Jago fährt sich mit beiden Händen durch sein sandfarbenes Haar und bläst die Wangen auf. »Gebt ihm Zeit. Er muss einiges mit sich klären. Der arme Kerl hat sich in ein schreckliches Durcheinander verstrickt. Mit seinen breiten Schultern passt er kaum durch die Tür, aber sie tragen auch eine sehr schwere Last.«

Es ist gut, die Versicherung von Jago zu haben. »Wenn du dir da sicher bist.«

Seine ernste Miene weicht einem Lächeln, als er etwas von den Fingern baumeln lässt. »Er hätte euch sonst kaum seinen Schlüssel überlassen, oder?« Er wirft ihn auf den Tisch. »Nehmt es als Friedensangebot. Ihr müsst auch nicht warten, bis bei euch das Wasser abgestellt wird, um sein Badezimmer zu benutzen. Das könnt ihr auch jetzt schon.«

»Danke dafür.« Der Schlüssel befindet sich schon in Ellas Hand, auf ihrem Gesicht ein breites Lächeln.

»Gern geschehen.« Jago erwidert ihr Lächeln ebenso strahlend und greift wieder nach seiner Werkzeugkiste. »Wenn ich euch zeigen soll, wie die Dusche funktioniert – ich bin in der nächsten Stunde noch drüben.«

Als er zur Haustür hinaus ist, wackelt Ella mit den Brauen. »Seit wann sind Handwerker so hilfsbereit?«

Und seit wann klingen Innenarchitektinnen so begeistert? »Ich habe so viele Duschen gereinigt, dass ich mit der Dusche wohl auch noch klarkomme.« Ich werfe ihr einen Blick zu. »Und du testest doch ständig Duschen in deinem Job.« Sie müsste mindestens so gut zurechtkommen wie ich.

Aber sie macht ein gequältes Gesicht. »Stimmt schon, aber vielleicht nehme ich sein Angebot an, einfach nur so. Ich habe schon lange nicht mehr richtig geduscht, deshalb gehe ich wohl am besten gleich mal rüber.«

Sie läuft die Treppe hinauf, doch es dauert ganze zehn Minuten, bevor sie mit Handtuch und Kulturbeutel wieder auftaucht.

Als sie an mir vorbeigeht, sehe ich ihr Gesicht. »Ells, du hast dich geschminkt!« Nicht nur den Lippenstift nachgezogen, sondern Foundation und Contouring aufgetragen. Ich verdrehe die Augen. »Du gehst duschen, da ist es ohnehin gleich wieder abgewaschen.«

Sie wirft den Kopf zurück, sodass ihr Zopf über die Schulter fliegt, als sie zur Tür geht. »Zuerst muss ich hinausgehen, und man weiß nie, wem man auf der Straße begegnet.«

»Viel Spaß!«, rufe ich ihr hinterher und schließe die Tür.

Hätte ich gewusst, wie sehr die Aussicht auf eine Dusche ihre Laune hebt, hätten wir ja längst die Duschen unten am Hafen benutzen können.

24. Kapitel

Auf der Daisy Hill Farm
Kuchenstände und errötende Bräute
Mittwochnachmittag in der folgenden Woche

»Ollies Verlust ist unser Gewinn! Wer will schon Kleiderschränke aussuchen und sich mit Farbtabellen herumärgern, wenn man Nachmittagstee bei einer Hochzeit servieren kann?«

So gesehen muss ich Clemmie zustimmen.

Ich kann nicht widerstehen, sie und Nell, die zum Helfen mitgekommen ist, aufzuziehen. »Ich glaube, die Kleiderschränke sind begehbar und bereits eingebaut.«

Wir sind nahe dem Ort Rose Hill, der in der hügeligen grünen Landschaft etwa zwanzig Minuten von St. Aidan entfernt liegt, und servieren auf der beliebten Hochzeitslocation Daisy Hill Farm einen von Clemmies speziellen Nachmittagstees für vierzig Hochzeitsgäste. Die Kulisse ist ein georgianisches Haus auf einem echten Bauernhof, mit kleinen Fenstern, gefliesten Böden und einem Wintergarten, in dem der Tee serviert wird und von dem man in einen ummauerten Garten gelangt. Wir haben unterschiedliche Teller mitgebracht, Kuchenemporen, Tassen und Unterteller; allerdings trinken die meisten Gäste gerade Champagner statt Tee und machen sich über die Würstchen im Schlafrock her, über Sandwiches, Scones und die köstliche Kuchenauswahl.

Wir befinden uns in der Küche und warten, während die

Gäste das Essen genießen, das wir vorbereitet und mitgebracht haben.

Nell zieht sich einen Stuhl heran und lässt sich hineinplumpsen. »Während wir eine zweiminütige Atempause haben, verrate uns doch mal, wie der Handwerker bei euch vorankommt, Gwen.«

Bei dem Gedanken daran lächle ich. »Er arbeitet sich praktisch im Galopp durchs Cottage. Den Dachboden können wir schon wieder benutzen. Und jeden Morgen, wenn ich aufstehe, kann ich vor meinem kleinen Balkon stehen und direkt auf die Bucht schauen.« Die Aussicht aus dieser Höhe ist herrlich, obwohl um diese Jahreszeit der Tag erst heraufdämmert, wenn ich hinaussehe, weil ich wochentags schon früh auf dem Weg zu Clemmie bin.

Clemmie verschränkt die Arme und lehnt sich an die Küchenwand. »Und wie steht's mit dem legendären Handwerkerstaub?«

Ich lache. »Das kannst du dir gar nicht vorstellen, weil sie momentan die Wanddurchbrüche im Erdgeschoss machen. Tagsüber ist es viel zu laut, um da zu Hause zu bleiben, deshalb wollte ich ja unbedingt mit zu dieser Hochzeit.«

Nell lacht. »Ach, und wir dachten, du willst dich von der Braut inspirieren lassen.«

Ich lächle. »Ich habe nicht die Absicht, so bald zu heiraten, falls du das glaubst.«

Clemmie lacht. »Das sagen immer alle.«

Nell stupst sie an. »Da kannst du gar nicht mitreden, schließlich bist du mit Charlie durchgebrannt!«

Clemmie rümpft die Nase. »Das waren besondere Umstände. Charlie hat seine erste Verlobte nur Wochen vor der großen cornischen Hochzeit verloren, deshalb wollten wir alles im kleinen Rahmen halten. Und wir wollten rechtzeitig vor Buds Geburt heiraten, aber noch mal: Wir wagten während der gesamten neun Monate kaum zu atmen. Wir waren nur in Falmouth.«

»Ella hat vor Jahren eine große Hochzeit gefeiert, und jetzt ist sie wieder allein.« Ich bin mir sicher, sie hat nichts dagegen, dass ich das erzähle. Wenn ich mir überlege, wie oft Ella inzwischen nebenan zum Duschen war, fallen mir wieder unsere Handwerkerarbeiten ein.

»Wir schlafen beide oben auf dem Dachboden, während Jago im ersten Stock arbeitet. Das Erdgeschoss kommt zum Schluss an die Reihe. Und sobald sich der Staub gelegt hat, streichen wir alles von oben bis unten.«

Clemmie lacht. »Du wirst noch darum betteln, zu jeder unserer Veranstaltungen mitkommen zu dürfen.«

Ich nicke. »Ich kann euch gar nicht sagen, wie aufregend es ist, dass sich das Cottage endlich verändert. Allerdings wird es erst einmal viel schlimmer, ehe es dann besser wird.«

Nell seufzt. »Wir dachten alle, du wirst bei Ollie in Arbeit ertrinken.«

Ich muss ehrlich sein. »Für kurze Zeit, einen Tag, war das tatsächlich der Fall.«

Clemmie reinigt ihre leeren Kuchentransportbehälter. »Ist er wieder aufgetaucht?«

Ich zucke mit den Schultern. »Ich habe ihn noch nicht zu Gesicht bekommen.«

Nell schüttelt die Kuchendosen auf der Suche nach Resten. »Wenn er zurück ist, wirst du ihn mit deinen guten Ideen umhauen. Du hast es mit dem Cottage geschafft, du schaffst das Gleiche mit dem Haus!« Sie sieht mich an, als hätte sie gerade einen Geistesblitz gehabt. »Würde es dir helfen, wenn wir eine weitere Facebook-Umfrage starten? Alle haben da begeistert mitgemacht.«

Ich ziehe eine Grimasse. »Da Ollie vor Angst geflüchtet ist, sollten wir das lieber vorerst lassen.« Ich will alles nicht noch schlimmer machen. »Es kommt mir nur unfair vor, dass Ella und ich von Jago unterstützt werden und ich meinen Teil der Abmachung nebenan nicht einhalte.«

Clemmie verschränkt die Arme. »Es ist seine Entscheidung. Hoffen wir einfach, dass eine Pause von St. Aidan ihm dabei hilft, einen klaren Kopf zu bekommen.«

Nell ist ebenso unnachgiebig wie Clemmie. »Sei bestens vorbereitet, wenn er wieder auftaucht.«

Ich weiß die Ermutigung zu schätzen. »Ich werde es versuchen.« Ich habe keine Ahnung, wie ich das anstellen soll, aber ich werde mich von keinem Mann unterkriegen lassen, schon gar nicht von Ollie.

Nell schüttelt eine weitere Dose, und als ein dumpfes Poltern zu hören ist, gibt sie einen Begeisterungsschrei von sich. »Hab was! Was ist da drin?«

Ich kann es am Geräusch erkennen. »Das sind Haferriegel.« Ich wage kaum, die Worte auszusprechen. »Die habe ich heute Morgen gemacht, als Clemmie zu tun hatte.«

Nell staunt nicht schlecht. »Du hast Haferriegel gebacken? Aber das stand auf deiner Liste der Dinge, die du nicht mehr machen kannst!« Im Nu ist sie aufgesprungen und umarmt mich. »Das ist wundervoll.«

Ich grinse verlegen. »Das war eher Zufall. Die Braut schickte auf den letzten Drücker noch die Anfrage, und Clemmie hatte alle Hände voll mit der Cupcake-Glasur zu tun. Bevor mir ganz klar wurde, was ich tat, stand der Topf schon auf dem Herd.«

Jetzt umarmt mich auch Clemmie. »Das ist so toll.«

Ich seufze. »Mir war gar nicht klar, wie sehr ich diesen intensiven Sirupduft vermisst habe.« Lächelnd füge ich hinzu: »Es gibt nichts Vergleichbares wie den Geschmack von Haferriegelteig. Ella und ich machten ihn, als wir Kinder waren, und aßen ihn direkt aus dem Topf, statt ihn in den Ofen zu schieben.«

Nell sieht mich streng an. »Wirklich? Ella hat gekocht?«

Ich lache. »Nein, du hast recht! Ich habe den Haferriegelteig gemacht, und wir beide haben ihn aufgegessen. Aber es wäre ein guter Einstieg für sie, sobald wir einen Herd haben.«

Clemmie macht große Augen. »Du willst ihr kochen beibringen?«

Amüsiert nehme ich ihre Verblüffung zur Kenntnis. »Den Abwasch zu machen ist nur der Anfang. Es ist nie zu spät, um zu lernen, auch für sie nicht. Sie wird eine andere Frau sein, wenn St. Aidan mit ihr fertig ist. Die öffentliche Meinung hat ihr geholfen, sich ihrer Defizite bewusst zu werden – ohne die Hilfe der anderen wäre mir das nicht gelungen.«

Nell hat inzwischen den Deckel der Box abbekommen. »Du hast doch nichts dagegen, wenn ich mir einen nehme?« Kaum hat sie mein Kopfnicken gesehen, versenkt sie auch schon die Zähne tief in das klebrige Stück. »Ich weiß nicht, was mit mir los ist, aber in letzter Zeit bin ich so hungrig.«

Clemmie lacht. »Ich auch. Das muss am bevorstehenden Winter liegen.«

Nell hält uns die Box hin, und wir nehmen uns jede ein Stück. Nell wedelt mit ihrem herum. »Mach welche für Ollie, und ich garantiere dir, er wird alles tun, was du ihm sagst.«

Ich lache. »Danke für den Vorschlag, vielleicht funktioniert es ja.« Falls er je wieder auftaucht, heißt das. Ich halte meinen Haferriegel hoch. »Ich bin so froh, dass ich die gemacht habe. Es erinnert mich auf schöne Weise an Ned.

Er hätte nicht gewollt, dass ich ein Leben ohne Haferriegel führe, oder?«

Clemmie sieht mich lächelnd an. »Ganz bestimmt nicht, Süße.«

Sie hat Tränen in den Augen, als sie auf mich zukommt und mich erneut umarmt, während Nell sich in eine Serviette schnäuzt. Dann ruft sie: »Hört mich nur an! Ich klinge ja beim Schnäuzen wie eines der Mastschweine meines Dads!«

Und dann steckt jemand seinen Kopf durch die Küchentür, und wir alle laufen los, um die Tische abzuräumen.

25. Kapitel

In der Hütte beim Stargazey Cottage
Neue Besen und eine Naschkatze
Freitagnachmittag

Freitagnachmittag, zwei Tage später, ist es eine Woche her, seit Jago und seine Leute mit der Arbeit im Cottage begonnen haben. Sie tun ihr Bestes, um ordentlich und sauber zu sein, aber man kann nun einmal ein Cottage nicht in Millionen winzige Stücke zerhauen, ohne dass man Staub in die Augen, die Nase, in Taschen und Crossbody-Bags bekommt. Ehrlich, wenn die mit einer Abrissbirne und einer Schreddermaschine hier gearbeitet hätten, sähe es nicht schlimmer aus.

Ich will ganz bestimmt nicht meckern. Aber ich tue alles, um den Prozess zu beschleunigen, damit es schnellstmöglich vorbei ist. Wände kamen raus, ebenso die Eckbadewanne und das Waschbecken – hurra! –, Holzböden wurden hochgenommen, um Rohrleitungen zu verlegen. Vorerst bleibt das alte Klo, bis das neue angeschlossen ist. Wir arbeiten auf ein ganz neues Badezimmer hin, auf der zur Straße liegenden Seite des Cottages. Oben soll ein offener Treppenabsatz entstehen, außerdem ein großes neues Schlafzimmer über der Küche, wo vorher das Badezimmer war.

Trotz des Bauschutts sieht alles sehr vielversprechend aus. Mein Energy-Booster und Stimmungsaufheller für die Handwerker, um die Arbeiten zu beschleunigen, ist – Karamellkonfekt. In den vergangenen vier Jahren war Karamellkonfekt, wie alle anderen von Neds Lieblingsnaschereien mit viel Kalorien, auf meiner Liste der Dinge, an die ich nicht einmal denken konnte. Aber seit ich mich durch die Zubereitung von Haferriegeln besser statt schlechter fühle, bin ich bereit, alles wieder zu probieren. Und bis jetzt scheint es zu funktionieren. Eine große Selbstbedienungsbox auf der Küchenfensterbank, und schon hatten wir gut gelaunte Handwerker, die sich auf die Arbeit freuten. Was, wie Ella mir versichert, nicht immer der Fall ist.

Bei den vielen Handwerkern, die überall in dem kleinen Cottage herumwuseln, bleibe ich lieber fern. Wenn ich zu Hause bin, während die Handwerker arbeiten, halte ich mich oben im Schuppen auf. Über das Wochenende fand ich zwei rote, mit Leintuch bespannte Regiestühle im Cats Protection Shop, außerdem blau und orange geblümte Kissen. Bisher hat Ella sich in meinem hoch gelegenen Zufluchtsort noch nicht blicken lassen, aber jetzt ist er wenigstens sauber, und ich habe einen bequemen Platz zum Sitzen und Lesen. Ich habe sogar versucht, den kleinen Ofen anzufeuern, und es wurde ab einem gewissen Punkt derartig warm, dass ich meine North-Face-Steppjacke ausziehen musste und im T-Shirt dasitzen konnte.

Die andere Sache, die in dieser Woche – von mir völlig unbemerkt – geschehen ist, war das Verschwinden der Leiter, die von der Nachbarterrasse zu unserem Grundstück führte. Sie wurde ersetzt durch Holzstufen. Jago meinte augenzwinkernd, das sei sicherer für mich als eine wacklige Leiter. Ich wollte nichts sagen, aber bis Ollie von dem zurückkehrt, was inzwischen Geschäftsreise genannt wird, und er seine Meinung nicht komplett geändert hat, wird Jago den Aufwand wohl umsonst betrieben haben.

Was das Karamellkonfekt betrifft, ist es ideal, denn ich kann es abends in einem großen Topf auf dem Campingkocher in der Küche herstellen, und es wird im Kühlschrank schnell fest. Bis jetzt habe ich salziges Karamellkonfekt gemacht, Schokokaramell, Vanillekaramell und welches mit Bailey's.

An diesem Nachmittag, als ich von Clemmie nach Hause komme, sitze ich in meinem Sessel an der Tür des Schuppens, einen Becher Tee in der Hand und im Mund ein Stück langsam schmelzendes salziges Karamellkonfekt. In der Ferne glitzert das Meer türkisfarben in der Bucht, und die steife Brise lässt die Wellen an den Strand branden. Dann bemerke ich etwas Weißes auf der obersten Stufe der neuen Holztreppe.

»Minty!« Ich stehe auf und rufe sie. Der Vogel flattert auf den rissigen Betonplatz. »Bist du gekommen, um nachzusehen, wie die Handwerker vorankommen? Ich hoffe, die haben dir ein paar Sandwichkrümel unten übrig gelassen.«

Einen Moment später taucht Ollie hinter der Taube auf. »Merkst du, dass sie die ganze Woche geübt hat?« Er krault den Kopf des Vogels. »Du glaubst, die Treppe wurde nur für dich gebaut, nicht wahr, Mints?«

Ich lehne mich sitzend nach vorn und rufe: »Stimmt das etwa nicht?« Ich verdränge das vage Gefühl, dass es schön ist, ihn wiederzusehen, und weiche auf praktische Themen aus. »Ich habe Karamellkonfekt hier oben. Nimm dir einen Becher Tee aus der Küche, wenn du probieren möchtest.«

Ich komme mir ein bisschen vor wie die Hexe in *Rapunzel*, die den Prinzen in den Turm hinauflockt, denn Ollie könnte sich leicht aus der Box auf der Fensterbank bedienen. Aber da er schon mal hier ist, kann ich auch gleich herausfinden, wie es um unsere Abmachung steht.

Ein paar Minuten später kommt er zurück, einen Becher in der Hand und Minty in seiner Armbeuge sitzend. Ich empfange ihn lächelnd. »Hallo, Fremder, es ist dein Glückstag, denn es gibt sogar einen Stuhl für dich.«

Er nickt. »Coole neue Sitzgelegenheiten.«

Ich verziehe das Gesicht. »Nicht ganz Ventura Tropic, aber sie sind aus zweiter Hand und antiquarisch aus dem letzten Jahrhundert.« Ich muss grinsen, das ist nämlich Ellas Spruch über abgenutzten Trödel.

Er setzt sich an den Rand der Türschwelle und lässt den Vogel los. »Von hier aus habe ich Minty besser im Blick.«

Ich verspreche mir selbst, *meinen* Blick nicht schweifen zu lassen, egal, wie eng seine Jeans seine Oberschenkel umspannt, als er die Beine übereinanderlegt. Ich reiche ihm die Box mit den Süßigkeiten. »Es gibt salziges Karamellkonfekt oder mit Schokolade.«

Er nimmt von jedem eines und sieht zu mir hoch. »Ich schulde dir eine Erklärung. Tut mir leid, dass ich letzte Woche so eilig verschwunden bin.«

»Kein Problem.« Abgesehen davon, dass er unsere Abmachung gefährdet hat, kann er schließlich tun und lassen, was er will.

Er isst das Karamellkonfekt noch nicht, sondern atmet geräuschvoll aus. »Ich wollte das Haus exakt so gestalten, wie Alex es sich vorgestellt hatte. Aber als es darum ging, die Sofas zu bestellen, auf denen er nie sitzen würde, konnte ich es einfach nicht.«

Ich weiß genau, wovon er spricht. »Einer dieser Momente, die wie aus dem Nichts kommen und einen überrollen wie ein Güterzug?«

Er nickt. »Wochenlang hat man das Gefühl, dass man es beinah geschafft hat. Dann holt es einen plötzlich ein, und man ist wieder genau da, wo man angefangen hat.« Er seufzt. »Das Haus ist fertig für die Inneneinrichtung, aber ich bin es offensichtlich nicht.« Er zuckt mit den Schultern. »Vielleicht werde ich das nie sein. Ich wollte unbedingt Alex' Plänen gerecht werden.«

Ich erkenne, wie sehr er sich bemüht. »Du richtest das Haus exakt so ein, wie er es getan hätte?«

»Er war besessen davon, seit er es gekauft hatte, und jedes Detail wurde geplant.« Ollie legt die Hände aneinander und betrachtet seine Finger. »Dass ich es jetzt einrichte, ist, als würde ich sein Vermächtnis erfüllen.«

Ich hole Luft. »Du hast dir viel aufgeladen.« Diesmal brauche ich nicht Ellas Expertise, um das zu sehen.

Er schaut hinaus auf die Bucht. »Wir haben vor Jahren diese verrückten Testamente aufgesetzt, in denen wir dem jeweils anderen im Falle unseres Todes alles hinterlassen. Natürlich sind wir nicht davon ausgegangen, dass wir die jemals brauchen würden.« Er verschränkt die Finger. »Alex war nicht arm, trotzdem war nicht genug Geld da, um alle Arbeiten zu bezahlen. Daher habe ich jetzt mein eigenes Haus verkauft, um die Renovierung hier fertigstellen zu können. Das zumindest hatte ich bis letzte Woche vor. Ich hätte nicht gedacht, dass ich so kurz vor dem Ende noch zögern würde.«

So viele Komplikationen. Bei Ned musste ich mich wenigstens nur um seinen Van kümmern. Ich fühle mit Ollie in seiner Situation. »Eine festgefahrene Situation ist ein Zeichen dafür, dass man innehalten und sich einen Überblick verschaffen sollte, um herauszufinden, in welche Richtung man eigentlich will.« Ich betrachte sein Gesicht. »Möglicherweise ist es der falsche Weg, Alex ein Denkmal zu errichten.«

Er legt fragend den Kopf schief. »Nur weiter, Schneewittchen.«

Ich schaue auf die Box. »Ich dachte, ich würde nie wieder Karamellkonfekt machen, aber Ned würde sich freuen, dass ich es getan habe.« Lächelnd sehe ich Ollie an. »Wenn du euer Haus in eines verwandelst, in dem *du* dich zu Hause fühlst, würde Alex das sicher auch glücklich machen. Das ist immer noch besser, als die Renovierung nicht abzuschließen, oder?«

»Wollen wir es uns noch einmal ansehen?« Er klingt zögernd, aber er scheint sich entschlossen zu haben.

Ich grinse, denn wir haben beide nichts zu verlieren. »Ich kann ja nicht zulassen, dass du aufgibst, wo du schon so weit gekommen bist.«

Er tippt mit der Faust an mein Knie. »Danke, Gwen.«

Ich muss nur einen Weg finden, das richtig hinzukriegen. Also gibt's gar keinen Druck.

26. Kapitel

Stargazey House
Skihütten und wilde Ideen
Später am Freitagnachmittag

»Es ist ein großes Haus für eine Person.«

Nachdem wir vom Schuppen hinuntergestiegen waren, wagte ich mich zu den Handwerkern nebenan, um Ellas Kataloge zu holen. Während ich mich in Ollies Haus umschaue und erkenne, wie viel noch zu tun ist, um es in ein wohnliches Zuhause zu verwandeln, möchte ich am liebsten weglaufen.

Ich klopfe mit dem Stift gegen meine Zähne. »Ich würde es gemütlicher einrichten, als Alex es vorhatte, als eine Art Rückzugsort.«

Ollie reibt mit dem Daumen über die Stoppeln an seinem Kinn. »Wenn du in Ski-Resorts gearbeitet hast, wirst du große Häuser gewohnt sein.«

Das ist die Rettungsleine, auf die ich gewartet habe. Wäre dies ein alpines Chalet, wüsste ich genau, was sich in jedem Raum befindet, bis zum letzten Kleiderbügel. »In einer Skihütte mit fünf Zimmern schlafen zehn oder zwölf Leute. Wollen wir uns bei der Größe des Esszimmertisches an dieser Zahl orientieren?«

Ollie ist einverstanden. »Alex wollte einen gehämmerten Stahltisch.«

Ich denke an mein absolutes Lieblingschalet, um das ich mich in dem Winter vor Neds Tod kümmerte. »Wie wäre es denn mit schlichtem skandinavischem Holz, dazu Bänke und Stühle für die Kopfseiten?«

Ollie lächelt. »Das ist definitiv anders – aber auf positive Art.«

Das Budget ist ein weiteres Thema. »Du kannst gutes Design bekommen, ohne dich mit jedem Kauf finanziell zu überfordern.«

Er nickt. »Dagegen lässt sich nichts sagen. Irgendwelche Ideen, was die Sofas betrifft?«

Ich erinnere mich, wie ich mich damals ins Zeug legte beim Putzen, damit ich anschließend noch Zeit hatte, um es mir mit einem Buch auf meinem Lieblingssofa im Chalet gemütlich zu machen. Ich tat nie so, als wohnte ich dort, denn selbst eine Nacht dort zu verbringen, lag außerhalb meines Budgets. Dennoch liebte ich es, dort zu sein. »Die Sofas müssen so groß und weich sein, dass man darin versinken kann.« Ich sehe es genau vor mir, wie diese Möbel das Haus gleich viel wohnlicher machen. »Tintenblauer Samt, mit Kissen in dunkelblau und aquamarin.«

Ollies Brauen schießen in die Höhe. »Das ist ein ziemlicher Kontrast zu Alex' Vorliebe fürs Monochrome, aber in der Fantasie lasse ich mich tatsächlich auf eines der Sofas fallen.«

Ich ignoriere, dass ich mich in meinem Kopf schon neben ihn habe fallen lassen. »Ich bin froh, dass du langsam überzeugt bist.« Ich denke an die mitternachtsdunkle Farbe hinter dem Sofa im Chalet, die Schaffelle auf den Sesseln und wie ich das Kaminfeuer anzünde und den Holzkorb befülle. »Ein paar farbliche Akzente an den Wänden würden sich gut machen.«

»Noch mehr Farbe?«

Ich muss über seine Verblüffung lachen. »Hier drin wird es weniger wild sein als im Cottage, glaub mir.«

Seine Augen weiten sich. »Nun verrate schon, was du dort vorhast!«

»Es ist klein, aber es könnte ganz lustig werden.«

»Nur zu.«

Plötzlich bin ich etwas unsicher wegen der Bilder von meinem Pinterest-Board. »Grüne Regale, blaue und pinkfarbene Stühle. Roter Kühlschrank. Ich habe so viel Zeit in der kleinen Teeküche verbracht, das musste ja abfärben.« Ich bin überrascht, wie sehr ich mich darauf freue.

Seine Lippen zucken. »Ich werde meine Sonnenbrille mitnehmen, wenn ich zu Besuch komme.«

Damit überrascht er mich. »Du wirst also weiterhin herkommen, wenn wir hier fertig sind?«

»Selbstverständlich.« Dann scheint er seine übereilte Antwort zu bereuen. »Wir sind Nachbarn. Warum also nicht?«

Im Moment weiß ich nicht, was mir lieber wäre – dass er zu Besuch kommt oder dass er nicht kommt. Aber da keiner von uns mit Sicherheit sagen kann, dass er länger hier sein wird, gehe ich schnell weiter zum nächsten Punkt. »Wir brauchen Couchtische, Beistelltische, Lichtakzente und Teppiche. Irgendwelche Ideen für ein Thema, die Kunstwerke betreffend?«

Er verzieht das Gesicht. »Hauptsache keine Jachten.«

Ich schüttele den Kopf. »Du mit deinen Booten, ich mit meinen Bergen. Was sagt das über uns?«

Er seufzt. »Alex und ich lernten mit elf segeln, doch als wir Einhandsegler waren und gegeneinander antraten, hassten wir uns. Eines Tages steckte man uns zusammen in ein Boot, und niemand kam an uns heran. Danach waren wir unzertrennlich.«

Die Geschichte bringt mich zum Lächeln. »Was machte euch so erfolgreich?«

Er zuckt mit den Schultern. »Wir waren körperlich stark, hatten einen eisernen Willen und ein sehr gutes Gefühl für den Wind. Vor allem aber lernten wir voneinander.« Wehmütig blickt er in die Ferne. »Alex war von Natur aus wilder und riskierte mehr. Als Skipper wusste ich, wann ich ihn gewähren lassen und wann ich ihn bremsen musste.«

Ich nicke anerkennend. »Klingt nach einer unschlagbaren Kombination.«

»Wir waren die Weltbesten. Irgendwann hörten wir mit den Wettkämpfen auf, weil sich die Gelegenheit ergab, eine Beraterfirma aufzubauen, und danach verbrachten wir unser Leben damit, millionenteure Rennjachten zu bauen und überall auf der Welt zu segeln. Dann kam der schreckliche Unfall, und das war das Ende.«

Ich spüre, dass sich für ihn danach das Leben genauso gravierend geändert hat wie für mich.

Er seufzt. »Es ist schwer weiterzumachen, wenn es einem den Boden unter den Füßen weggezogen hat. Jetzt nehme ich nur noch Aufträge an, die ich an andere Firmen delegieren kann.« Er hatte viel mehr als seinen besten Freund verloren. Ein Grund mehr, um dieses Haus für ihn einzurichten. »Es tut gut, jemanden zu finden, der das versteht«, fügt er leise hinzu.

»Geht mir genauso.«

Er wirkt schuldbewusst. »Aber sollte ich kein schlechtes Gewissen haben, weil ich von Alex' Plänen abweiche?«

Ich werde ihm aus diesem Dilemma heraushelfen. »Nichts von alldem ist leicht. Du musst deinen eigenen Weg finden, um mit der Situation klarzukommen, so gut du es eben kannst.«

Er zieht die Mundwinkel nach unten. »Das muss ich wohl, oder?«

Ich gebe einen langen Seufzer von mir. »Das schließt allerdings Plums Meerespanoramen als Wandschmuck aus.« Ich denke an die anderen Bilder in ihrer Galerie. »Sie hat schöne alte Eisenbahnposter aus Cornwall. Die würden gut zu den blauen Sofas passen.«

»Und wenn es ein Ferienhaus wird, sind die auch perfekt. Schon eine Idee für die Schlafzimmer?«

Mein Herz sollte nicht schneller schlagen, wenn er das Wort »Schlafzimmer« ausspricht. »Es ist sehr angesagt, ein Bett ohne Kopfteil zu haben und stattdessen die Wand dahinter zu streichen. Das Schlafzimmer sollte schlicht gehalten werden, nur Nachtschränkchen und Lampen und zwei bequeme Sessel.«

Er lacht. »Na ja, ich muss ja irgendwo meine Sachen ablegen, wenn ich mich ausziehe.«

Ich versuche mir nicht vorzustellen, wie er den Reißverschluss seiner Jeans herunterzieht. Stattdessen denke ich an den ersten Tag zurück, als Ella sein Sweatshirt vom Kleiderstapel auf dem Fußboden genommen hat. »Das wird ja ein echter Luxus, wenn du deine Sachen nicht mehr auf dem Boden lagern musst«, sage ich lächelnd, ohne ihn anzusehen. »Praktisch wäre die gleiche Bettwäsche für alle Schlafzimmer, dazu variierst du verschiedene Tagesdecken und Teppiche.«

Er stöhnt. »Bettbezüge aussuchen! Dafür brauche ich ganz sicher eine Expertin.«

Ich habe Ella so oft bei der Arbeit beobachtet, dass ich noch eine letzte Sache erklären muss. »Wir werden eine Farbpalette für das Haus erstellen, die wichtigsten Möbel auswählen, und von da sehen wir weiter. Auf diese Weise wird es am Ende fantastisch aussehen.«

Er wirkt skeptisch. »Ich nehme dich beim Wort.« Dann grinst er. »Ich scherze nur, denn ich bin sicher, das wird es.«

Ich will ihn nicht drängen, aber er muss früher oder später eine Entscheidung treffen. Es hat keinen Sinn, die Kataloge durchzusehen, ehe er nicht weiß, was er will. »Dann entscheidest du dich also für den gemütlichen Stil?«

Er hat die Daumen in seine Gürtelschlaufen gehakt. »Auch wenn ich selbst nicht darin wohnen kann, bekomme ich auf diese Weise ein eingerichtetes Haus und habe am Ende noch Geld übrig.« Ein grimmiges Lächeln erscheint auf seinem Gesicht. »Andernfalls bekäme ich eines, das mir überhaupt nicht gefällt und auch noch mein ganzes Geld verschlingt.«

»Dann haben wir also einen Plan!« Ich nehme meine Notfallbox, um mich zu verabschieden. »Wollen wir uns zur Feier noch ein Karamellkonfekt gönnen, bevor ich gehe?«

Ich beobachte ganz bestimmt nicht, wie seine Pupillen sich weiten, wenn er sich das Stück in den Mund schiebt.

»Hast du die schon mal gemacht, um sie zu verkaufen?« fragt er.

»Vorerst sind die nur dazu gedacht, die Handwerker bei Laune zu halten.« Von dort, wo ich stehe, habe ich einen Blick auf die Tür. Nur noch ein paar Sekunden, und ich kann fliehen. »Wenn das alles ist, wünsche ich dir noch einen schönen Freitagabend.«

»Aber ich habe dich noch gar nicht durch das ganze Haus geführt.« Er sieht mich erwartungsvoll an. »Deshalb hast du doch dein Klemmbrett mitgebracht, oder? Um dir in jedem Zimmer Notizen zu machen, stimmt's?«

Verdammt. Irgendwann werde ich das tun müssen, also kann es ebenso gut jetzt sein. »Natürlich, was denn sonst?«, lüge ich. »Wollen wir oben anfangen und uns bis hier unten vorarbeiten?«

27. Kapitel

Stargazey House
Kleingedrucktes und Klarschiff machen
Noch später am Freitag

Habt ihr je versucht, eine Treppe hinaufzugehen und dabei nach unten zu sehen statt nach oben? Andererseits ist es weniger heikel, den Blick zu senken und ein Stolpern zu riskieren, statt auf Ollies Po vor mir zu starren. Am Fuß der Treppe habe ich meine Schuhe ausgezogen für den Fall, dass es Teppiche gibt, deshalb fühle ich mich auf Socken ein bisschen nackt.

Ein Familienbadezimmer, fünf Schlafzimmer plus Bad und Treppenabsätze auf zwei Stockwerken erfordern viele Notizen, selbst wenn man nur vorgibt, sich welche zu machen, weil man mit den Gedanken woanders ist.

Als wir im letzten Zimmer am Ende eines kleinen Flurs im ersten Stock ankommen, komme ich langsam in Fahrt. »Wenn du das Budget schonen und den Räumen Charakter verleihen willst, könnten wir Secondhand-Kommoden kaufen und sie selbst streichen.«

Ollie nickt. »Wie alle guten Profis hilfst du mir, mehr zu sparen, als du mich kostest.« Ganz kurz genieße ich das Kompliment, doch dann kommt der Haken: »Wir könnten sie gemeinsam aussuchen.«

Die einzige Antwort darauf ist ein Themenwechsel. »Jago ist mit den Badezimmern so gut vorangekommen, dass du oben praktisch fertig bist.«

Ollie stutzt, schluckt aber den Köder. »In der Küche ist auch nicht mehr viel zu tun«, erklärt er. »Ich werde sie dir zeigen, wenn wir nach unten gehen. Bis zu deiner nächsten Renovierungsparty müsste sie fertig sein.«

Ich winke ab. »Ich bezweifle ernsthaft, dass es noch welche geben wird.« Die letzte war ein Desaster, und jede Person, auf die es ankommt, hat sie ohnehin schon vergessen.

Er blickt skeptisch. »Sind die nicht in eurem Mietvertrag erwähnt?«

Offenbar war ich zu nervös oder aufgeregt, um zu lesen, was ich unterschrieben habe an dem Nachmittag unserer Ankunft. Allerdings will ich mir auch keine Blöße geben. »Tja, dann machen wir eben eine.«

Seine Miene entspannt sich. »Wenn alles fertig ist, könntet ihr vielleicht eine Reinigungsparty veranstalten. Ich werde es Nell vorschlagen.«

Es ist ein seltsames Gefühl, dass er meine Worte benutzt und ich seine, aber ehe ich das formulieren kann, ist das entfernte Geräusch von Schritten auf der Treppe zu hören. Dann fällt eine Tür zu, und ich frage Ollie: »Was zur Hölle war das?«

Er schaut auf seine Uhr. »Das könnte Ella sein, die zum Duschen herüberkommt.«

»Ach ja.«

»Oder Jago.«

Ich nicke. »Natürlich.«

Ein weiteres Poltern ist zu hören. »Oder beide.«

»*Beide?*« Ich forme das Wort stumm mit den Lippen und trete in den Flur. Wieder ist ein dumpfes Geräusch zu hören, aber Ollie bleibt völlig gelassen.

Er zwängt sich an mir vorbei und geht zum Treppenabsatz, von wo er ruft: »Ich bin's nur, Ollie. Nur damit ihr

Bescheid wisst, Gwen und ich sind hier oben und *machen Notizen!*«

Ich zische ihm zu: »Warum hast du das gesagt?«

»Was denn?« Er dreht sich um und lacht.

»Du hast das so gesagt, als wolltest du verschleiern, dass wir hier in einem der Zimmer herummachen!«

Seine Augen weiten sich. »Gwen Starkey, Innenarchitektinnen dürfen ihre Kunden nicht ausnutzen! Oder die Handwerker«, fügt er belustigt hinzu.

Als wir den nächsten Treppenabsatz erreichen, geht eine Schlafzimmertür auf, und Jago kommt heraus. Dann geht die Tür ein weiteres Mal auf.

Olli schaut erneut auf seine Uhr. »Ella, wusste ich doch, dass es deine Duschzeit ist.«

Jago grinst. »Ich habe Ella gerade die Fliesen mit dem Fischgrätmuster in Badezimmer drei gezeigt.«

Ella lächelt. »Er hat einen tollen Job gemacht.«

Ollie nickt mir zu. »Die haben wir uns vorhin angesehen, weißt du noch, Gwen? In dem ersten Bad, das wir besichtigt haben.«

Ella lächelt nachsichtig. »Seht euch beide nur an, noch immer mit Notizen beschäftigt, und das am Freitagnachmittag, lange nach Feierabend. Und erinnert euch an gar nichts.«

Jago lacht. »Keine Sorge, euer Geheimnis ist bei uns sicher.«

»Es gibt kein Geheimnis!«, protestiere ich und erröte gleichzeitig. Ich drücke das Klemmbrett an meine Brust, um zu verbergen, dass ich keinen einzigen vernünftigen Satz notiert habe.

Ollie hat mir den Arm um die Schultern gelegt und führt mich zur Treppe. »Wir lassen die zwei mal weitermachen und besprechen uns unten.«

Was unsere Wortwahl angeht, übertrifft sich heute niemand selbst. Mir zieht sich immer noch alles zusammen, als wir nach unten gehen, doch was ich auf der dritten Stufe entdecke, lässt mich innehalten. Der String-Slip mit Pailletten bedeckt im Zweifelsfall höchstens die Fläche eines Fingernagels.

Stirnrunzelnd betrachte ich den roten Seidenfetzen, den ich von meinen Fingern baumeln lasse. Dann sehe ich Ella an. »Ich dachte, du trägst immer nur schwarze Sloggi-Maxipants.«

Ella sieht mich warnend an. »Wäre schön, wenn nicht ganz St. Aidan erfährt, welche Unterwäsche ich bevorzuge. Aber du hast vollkommen recht. Demnach gehört das Teil da in deiner Hand ganz offensichtlich nicht mir!«

Ich bin verwirrt. »Vorhin wäre es mir doch sicher aufgefallen.«

Jago grinst, aber Ollie beugt sich vor, schnappt mir den Tanga weg und schließt die Faust um die Seide. »Da gibt es kein Geheimnis. Der gehört mir. Ich muss ihn auf dem Weg nach oben verloren haben. Sorry, dass du darüber gestolpert bist.«

Ella lacht. »Denk an die Arbeitsschutzvorschriften, Ollie. Vermeide es in Zukunft, Slips herumliegen zu lassen.« Sie sieht mich strahlend an. »Wir werden uns jetzt wieder mit den Fliesen befassen, und ihr könnt euch um eure Unterwäsche kümmern.«

Ich taumele die restlichen Treppenstufen hinunter.

Unten dreht sich Ollie zu mir um und drückt meine Schulter. »Keine Sorge, Gwen, das ist typisch St. Aidan. Solche Dinge passieren ständig, und es gibt nicht immer eine Erklärung dafür.«

Ich vermag nicht zu entscheiden, ob er jemanden schützt oder, noch schlimmer, ob es tatsächlich seiner ist.

Nur, warum kümmert mich das überhaupt? Es ist sein gutes Recht, wem auch immer Tangas aus- oder wieder anzuziehen. Das flaue Gefühl im Magen stammt jedenfalls nur daher, dass ich zu viel Karamellkonfekt gegessen habe. Mit Bildern von Ollie und der halb nackten Madison in meinem Kopf hat es nichts zu tun.

Er verdreht die Augen. »Wir sind zumindest davongekommen, das ist doch schon was.«

»Wir haben nicht ...« Ich starre ihn mit offenem Mund an. Für einen schrecklichen Moment habe ich den Eindruck, dass er mich küssen will. Statt dass es mir zuwider ist, flattern meine Lider, während ich seine Lippen betrachte, die millimeterweise näher kommen.

Aber dann wendet er sich plötzlich ab und lehnt sich mit der Schulter gegen den Türrahmen. »Danke für diesen Nachmittag, Gwen. Das hat mich gerettet. Ohne dich hätte ich das nicht hinbekommen.«

»Gern geschehen.« In Anbetracht der Tatsache, dass ich bloß ein Lieblingssofa aus einem anderen Leben erwähnt habe, übertreibt er ziemlich. Aber was soll's.

Er hüstelt leise. »Was ich von diesem Tag mitnehme, ist erstens, dass du wirklich in Erwägung ziehen solltest, dieses Karamellkonfekt zu verkaufen.«

»Was hat das mit dem Einrichten des Hauses zu tun?« Ich verdrehe die Augen. »Ich werde mit Clemmie und den anderen Frauen reden, denn ich will niemandem auf die Füße treten. Außerdem habe ich vielleicht gar keine Zeit oder die Leute sind nicht interessiert.«

Er sieht mich an. »Wenn du Bestellungen entgegennimmst, hätte ich gern eine Schachtel mit salzigem Karamellkonfekt. Zwei, falls du es schaffst.«

Ich höre die Dusche oben und Lachen. »Du sagtest ›erstens‹. Gibt es noch mehr?«

Er lächelt. »Zweitens – wir werden eine ganze Menge zusammen einkaufen müssen.« Er zögert. »Du begleitest mich doch, oder?«

Ich hätte den Typen fast geküsst. Oder anders formuliert: Wenn er mich geküsst hätte, hätte ich den Kuss definitiv erwidert. Dabei sollte er aus allen möglichen Gründen absolut tabu für mich sein. Hinzu kommt, dass ich es nicht ertragen könnte, mich jemals wieder zu verlieben – nicht mal für eine Sekunde. Wie sollte es da infrage kommen, dass ich in irgendwelchen Läden Zeit mit ihm verbringe? Von meiner jetzigen Situation aus gesehen ist das die denkbar schlechteste Idee.

Die Tatsache, dass ich es überhaupt in Erwägung ziehe, zeigt nur, wie dringend ich das Cottage fertigbekommen will. Es ist wirklich lange her, dass mir etwas so viel bedeutet hat.

28. Kapitel

Am Strand
Pistazien und riesige Taschen
Sonntag zur Mittagszeit

»Okay, welche Geschmacksrichtung hatte ich noch nicht?«

Ella schaut in die Crossbody-Bag voller Karamellkonfekt, die ich für ihre Joggingrunde mit an den Strand genommen habe.

Während mir der Wind ins Gesicht bläst, binde ich meinen Pferdeschwanz neu. »Du hast Himbeere und weiße Schokolade noch nicht probiert.«

Sie leckt sich die Lippen. »Ich nehme auch noch ein Stück mit Pistazie.«

»Wie viele Stücke sind das?« Nicht, dass ich mitzähle, aber sie muss mehr Kalorien durchs Naschen aufgenommen haben, als sie durchs Joggen verbrannt hat.

Sie verdreht die Augen. »Wenn du so viel trainierst wie ich, sind Zahlen nicht wichtig.«

»Sind sie schon, wenn es mein Lunch ist, den du verputzt.«

Aber noch ehe ich das richtig ausgesprochen habe, läuft sie schon wieder los.

Ihre Sprints zwischen den Stopps werden allerdings immer kürzer. Wenn sie zurückkommt, ist es jedes Mal, als versuchte sie etwas zu sagen, aber dann bittet sie doch nur um weiteres Karamellkonfekt. Wir betrachten den nass glänzenden Sand, zeigen auf die weißen Wellenkämme in der eisengrauen See, und die ganze Sache beginnt von vorn.

Es ist zehn Tage her seit dem Tanga-Freitag. Später an jenem Abend tat Ella den Vorfall mit verständnislosem Kopfschütteln ab, als wollte sie sagen: »Männer«, um anschließend über die exakte Position der frei stehenden Badewanne zu reden. Derartig aufregende Themen vertrieben natürlich jeden Gedanken an winzige Unterwäschestücke. Für die Badewanne kommt genau genommen gar kein anderer Platz infrage, höchstens ein Millimeter mehr nach rechts oder links. Tatsächlich ist die Episode um das mit Pailletten besetzte Kleidungsstück aus meinem Kopf verschwunden, nachdem wir uns das ganze Wochenende mit der Badewannenfrage gequält haben.

Ollie verschwand am nächsten Tag erneut im Zusammenhang mit seiner Arbeit, was mir ganz recht war. Es bedeutet, dass ich mich zum Duschen nach nebenan schleichen kann, ohne fürchten zu müssen, dass ich ihm begegne. Und da er mir Körner und schriftliche Instruktionen für Minty hinterlassen hat, muss ich ohnehin ständig hinüber. Mittlerweile frisst Minty mir aus der Hand, hüpft durch die offene Tür herein und flattert hoch, um gegen die Küchentür zu klopfen. Ist es gemein von mir, dass ich mir wünsche, ihre Flugfedern mögen nicht so schnell nachwachsen? Wenn sie so herumläuft und gurrend Krümel aufpickt, kann ich mir gar nicht vorstellen, dass sie einmal nicht mehr hier sein wird.

Wenn ich nicht bei Clemmie aushalf, verbrachte ich die meisten Nachmittage in einem gemütlichen Sessel oder nutzte das WLAN in der kleinen Teeküche, besuchte Ellas Website zum Thema *Sparen mit Stil* und schickte die Suchergebnisse per E-Mail an Ollie. Inzwischen zeigt mein Bestellstatus, dass demnächst alles verschickt wird. Grundlegende Dinge wie Bettwäsche sind auch dabei.

Ich bin mir nicht sicher, ob es an den Süßigkeiten liegt oder an der Vorstellung, dass Ella *keine* Pailletten trägt, oder ob er einfach nur in Rekordzeit fertig werden will, aber Jago arbeitet fast rund um die Uhr bei uns, sieben Tage lang. Am Donnerstag kam ich um die Mittagszeit nach Hause, und der Durchbruch von der Küche nach draußen war fertig und ist leider mit einer Plane abgedeckt, sodass wir noch keine Aussicht genießen können. Gestern schafften sie den Durchbruch zwischen dem vorderen Zimmer und der Küche.

»Gibt's noch Karamellkonfekt mit Cappuccino-Geschmack? Ich brauche wohl auch noch welche mit Rosinen und Rum, solange ich hier bin. Und mit Vanille.«

Selbst für Ellas Verhältnisse ist das viel. »Ist alles in Ordnung?«

Sie reißt die Augen auf. »Warum sollte denn nicht alles in Ordnung sein?«

»Nur so ein Gefühl.« Ich wedele mit der Tasche. »Du futterst die ganze Zeit Karamellkonfekt, obwohl du heute Nachmittag zu einer Karamellkonfektverkostung gehst, wo du wahrscheinlich noch mehr futtern wirst.«

Sie atmet geräuschvoll aus und tippt auf ihre Uhr. »Bin ich wirklich so leicht zu durchschauen?« Dann kreischt sie. »Dreitausendzweihundert Kalorien! Was zum Geier!«

Ich fühle mit ihr. »Es sind große Stücke, aber die läufst du dir schnell wieder ab.«

Ihre Augen glänzen. »Das sind sechs Stunden Training. Und alles nur wegen eines verdammten Mannes, der es eh nicht wert ist.«

Da haben wir es also. »Ein Mann? Du triffst dich doch gar nicht mit Männern!«

Sie schnaubt. »Es geht nicht um den Versuch, welche kennenzulernen. Es ist Jago. *Jago!* Ich würde ihm am liebsten die Rübe zerquetschen.«

Du meine Güte. »Was hat er getan?«

Sie schließt die Augen und wedelt mit ihren Fingern vor ihrem Gesicht. »Er weigert sich, mit mir zu schlafen, bevor ich kochen kann.«

»Er macht *was?*« Ich beiße mir auf die Lippe und versuche nicht zu grinsen. Wenn ich an Ellas frisch erworbene Fähigkeiten beim Abwasch denke, haben die beiden möglicherweise noch eine längere Wartezeit vor sich. »Ist das überhaupt legal?«

Sie schleudert mir die Worte entgegen. »Natürlich nicht! Es ist im höchsten Maße diskriminierend und frauenfeindlich. Unsere Großmütter haben ihre BHs verbrannt, um aus der Küche herauszukommen, und nun stehen wir wieder am Anfang.«

Da wir von Legalität reden, fällt mir etwas anderes ein. »Was ist mit Beziehungen am Arbeitsplatz?«

Ella scharrt mit den Füßen und zieht die Nase hoch. »Das ist kein Problem. Jago ist dein Handwerker, nicht meiner.«

Ich muss grinsen. »Da bin ich aber froh, dass wir das geklärt haben.« Es bleibt noch eine Frage, die mir unter den Nägeln brennt. »Willst du denn eigentlich mit ihm schlafen?«

Ella sieht mich an, wie sie mich immer ansieht, wenn sie mich für etwas beschränkt hält. »Du hast die Muskeln dieses Mannes gesehen, Gwen! Wenn der nicht die Gelegenheit zu heißestem Komm-drüber-weg-Sex ist! Den schickt mir der Himmel.«

»Im Verfugen ist er auch klasse«, erinnere ich sie. »Aber ist er den Aufwand wirklich wert? Kochen zu lernen ist nicht leicht.«

Sie schüttelt den Kopf. »Ich weiß! Deshalb ist es ja komplett unvernünftig.«

»Und nun?«

Sie schnaubt. »Keiner von uns wird so schnell nachgeben.«

»Und bis dahin?«

Sie nimmt sich ein weiteres Stück Karamellkonfekt und steckt es sich in den Mund. »Jedes Mal, wenn ich zum Duschen nach nebenan gehe, wedelt er mir buchstäblich mit dem vor der Nase herum, was ich nicht haben kann. Der Kerl ist so sexy, und es knistert zwischen uns. Aber noch bleibe ich stark.«

»Hat dich eigentlich schon jemals ein Typ abgewiesen?«, frage ich.

Ihre Brauen schießen in die Höhe. »Natürlich nicht! Dass ich wieder Lust auf Sex habe, ist ein echter Schock für mich. Damit komme ich überhaupt nicht klar.«

Ich muss es aussprechen. »Es wäre vielleicht gut, einen Partner zu haben, der es mit dir aufnehmen kann.«

Sie sieht mich entsetzt an. »Was soll denn daran gut sein? Taylor hat in fünfzehn Jahren nie Nein gesagt, und das hat gut funktioniert.«

Ich spüre, dass sie mittlerweile stark genug ist, das zu hören. »Er hat dich für eine andere verlassen, Ella. Sie ist vielleicht nicht so hübsch wie du oder ein solches Energiebündel, aber es könnte ja durchaus sein, *möglicherweise*, dass sie ihn ab und zu tun lässt, was *er* will, statt ständig die Entscheidungen für ihn zu treffen.«

Sie starrt in den Sand und tritt gegen einen mit Seetang bedeckten Stein. »Gwen, das ist mies, so etwas zu sagen.«

Es geschieht zu ihrem eigenen Besten, dass ich nicht nachgebe. »Es mag nicht das sein, was du hören willst, aber ich vermute, es ist die Wahrheit. Ich glaube nämlich nicht, dass es gesund ist, wenn immer nur einer der Partner seinen Willen bekommt.«

Sie macht ihr Entsetzt-von-St.-Aidan-Gesicht und wird wieder laut. »Du willst mir also raten, die Seiten zu wechseln und eine verdammte Küchengöttin zu werden?«

»Ganz und gar nicht. Ich will damit nur sagen, dass eine Beziehung besser funktioniert, wenn es ein Geben und Nehmen gibt. Und dass es vielleicht für dich an der Zeit ist, das einzusehen.«

Sie stutzt. »Aha. Danke für deine Ehrlichkeit. Ich werde mal drüber nachdenken.« Als sie ein weiteres Stück Karamellkonfekt aus der Tasche nimmt, zucken ihre Lippen. »Und hast du denn in Betracht gezogen, mit Ollie zu schlafen? Denn wenn wir schon vom Geben und Nehmen reden – es ist ziemlich offensichtlich, dass er es will.«

Ich klopfe auf die Tasche, und als ich merke, dass sie leer ist, jaule ich auf. »Ella, du hast das ganze Karamellkonfekt aufgegessen! Genau das meine ich! Du musst auch mal an andere denken! Du kannst nicht immer erwarten, dass du sämtliche guten Sachen für dich ganz allein bekommst. Das ist egoistisch.«

Sie durchschaut mich sofort. »Nicht das Thema wechseln, Gwen.«

Ich grinse. »Ich arbeite für ihn, Ella-Bella. Sobald ich nicht mehr Ollies Innendekorateurin bin, werden wir uns mit der möglichen Sex-Situation befassen.« Werden wir absolut nicht, aber was soll's.

»Ausgezeichnet, da bin ich froh.« Sie bleibt stehen und sieht mich an. »Ich bin diejenige mit der glänzenden Karriere und den langen Beinen, aber du bist diejenige, die jeder mag. Das weißt du, oder?«

Ich atme geräuschvoll aus. »Jetzt wirst du albern.«

»Es stimmt, und es war schon immer so. Mir ist durchaus klar, dass ich mich ändern muss. Früher wusste ich es nicht, jetzt schon. Danke, dass du die Freundin bist, die ehrlich genug war, es mir zu sagen.«

»So was von gern geschehen.« Ich lache.

»Du magst klein sein, Gwen, aber du bist so eigenständig und unabhängig und großzügig. Es ist beruhigend, in deiner Nähe zu sein.« Auf ihrem Gesicht erscheint ein Lächeln. »Egal, wie abgehoben ich manchmal bin, du bringst mich immer wieder auf Spur. Du bist von uns beiden mit Abstand die Stärkere. Und witzig bist du auch noch.«

Jetzt übertreibt sie. »Das ist nicht wahr. Ich vergesse zum Beispiel ständig Pointen.«

Sie grinst. »Von Natur aus lustig zu sein, hat nichts mit Witzen zu tun. Wenn du mir nicht glaubst, sieh dir nur dein Outfit an.«

Ich schaue auf mein T-Shirt hinunter. »Was ist daran komisch?«

Sie verdreht die Augen. »Die meisten Leute würden ihr Beach-Run-T-Shirt unter der Daunenjacke tragen, nicht darüber.«

Nun bin ich an der Reihe, die Augen zu verdrehen. »Die meisten Leute haben auch keine beste Freundin, die einem ständig im Nacken sitzt und öffentliche Solidaritätsbekundungen einfordert.«

Ella umarmt mich. »Es ist schön, dass du endlich dein inneres Gleichgewicht wiederfindest.«

Ich atme schwer aus. »Wer hätte gedacht, dass ich jemals wieder Karamellkonfekt mache?« Plötzlich hat sie ein weiteres meiner Kaubonbons in der Hand. »Wo kommt das denn noch her?«

Sie windet sich. »Deshalb gebe ich ein Vermögen für Sweaty-Betty-Jogginghosen aus – die Taschen sind riesig.«

Sie drückt mich. »Du steckst deine ganze Güte in das, was du zubereitest. Dir ist klar, dass Ollie dich wegen deiner Ausstrahlung will, oder?«

Ich gebe einen verächtlichen Laut von mir. »Wenn dieser Typ nicht aufpasst, kriegt er am Ende mehr, als er gehofft hat. Es gibt schließlich nicht nur dunkelblaue Sofakissen.«

Sie wirft mir einen tadelnden Blick zu. »Gwen, das würdest du nicht tun, oder?«

Je mehr ich darüber nachdenke, desto besser gefällt mir die Idee. »Leuchtend orange und pink ist vielleicht genau das, was Ollie noch braucht, damit er sich in das Haus verliebt.« Ich habe eine Antwort auf ihren mahnend erhobenen Zeigefinger. »Dann würde ich wenigstens mit meinem Herzen einrichten, genau wie du es mir geraten hast.«

Erneut schaut sie auf ihre Armbanduhr. »Es mag dir entgangen sein, aber in weniger als einer Stunde kommen viele unserer Freunde zu Clemmie, um dein Karamellkonfekt zu kosten. Für dich ist das vielleicht keine große Sache, aber für mich ist das tatsächlich wichtig.« Sie vollführt ein paar Streckübungen und fängt an, rückwärts zu rennen.

Ich weiß, was sie nun vorhat, und sie muss viel mehr abtrainieren als ich. »Sehen wir uns dort?«

Ella ist vielleicht anstrengend, aber ich könnte sie kaum mehr lieben. Ich hoffe nur, Jago weiß, wie sehr sie die Mühe wert ist.

29. Kapitel

In der kleinen Teeküche
Authentizität und ein Rückzieher
Sonntagnachmittag

»Kekse und Sahne, weiße Schokolade, Cappuccino oder Haselnuss? Wie kann ich einen Lieblingsgeschmack wählen, wenn ich doch alle vier liebe?« Plum stöhnt, aber dann hellt sich ihre Miene auf. »Ich werde sie alle noch einmal probieren und mich dann entscheiden.«

Meine große Karamellkonfektverkostung läuft, und bislang ist alles okay. Wir haben die Polstersessel auf die Terrasse geschoben, von der aus man einen wunderschönen Blick auf den Strand hat, und Sophies Kinder verteilen Kostproben auf Platten. Bud beobachtet alles von ihrem niedrigen Wippstuhl aus, während der Hund Diesel schwanzwedelnd neben ihr steht. Wir sind unten im Erdgeschoss statt oben, weil es, wie Nell sagt, allgemein beliebter ist, und Clemmie meint, die wenigsten würden daheimbleiben, sobald sie wissen, was wir hier machen.

Clemmie wedelt mit ihrem Stück Karamellkonfekt herum. »Für mich geht nichts über Salzkaramell.«

Nell ruft: »Gilt auch für mich. Ich habe mir vorgenommen, im Januar wieder zu Schinken zurückzukehren, aber ich bin mir nicht mehr sicher, ob ich das tun werde.« So viel zu Nell und ihrer legendären Schinkensandwichgewohnheit. Seit Karamellkonfekt im Angebot ist, haben sie und Clemmie kaum etwas anderes gegessen.

Sophie beißt mit geschlossenen Augen in ein Stück. »Dunkle Schokolade und Pistazie – einfach göttlich.«

Nell hat ihre eigene Schachtel auf den Knien. »Wäre das nicht toll für einen Singles-Abend?« Sie schaut in die Runde, und alle nicken. »Wir nehmen das in den Kalender auf, wenn das okay für dich ist, Gwen?«

Georges kariertes Hemd passt zu Nells, aber abgesehen davon sieht er ganz genauso aus wie an dem Tag, als wir ihn in seinem Büro aufgesucht haben, um den Mietvertrag für das Cottage zu unterschreiben. Er hält einen Teller mit seinen Konfektproben hoch und winkt, um sich zu Wort zu melden. »Eine Bitte für die Büroarbeiter – könnten wir nicht beim Breakfast Club Karamellkonfekt in Schachteln auf den Tresen stellen und als Take-away anbieten? Und wenn du ein Klemmbrett für Bestellungen hättest – das Karamellkonfekt wäre ein besonderes festliches Präsent für Klienten.«

Es wäre wohl verwegen gewesen, darauf zu hoffen, dass von November bis Januar in St. Aidan keine Feiern stattfinden. Mein Magen zieht sich wieder ein wenig zusammen. Seit Oktober habe ich mich innerlich schon auf Weihnachtsmänner und Schneemänner eingestellt, aber bis jetzt sind im Dorf keine aufgetaucht. Weihnachten mit all seinen Erinnerungen ist etwas, dem ich gern ausweichen würde. Hätte ich das Haus nicht voller Handwerker und müsste arbeiten, würde ich unter der Bettdecke bleiben und erst wieder herauskommen, wenn Neujahr vorbei ist.

Sophies Mann Nate erklärt: »Und für diejenigen, die beim Frühstück nicht dabei sein können, könnte man Karamellkonfektschachteln auf der Facebook-Seite der kleinen Traumküche anbieten, die man dort bestellen und dann hier abholen kann.«

Jago und Ollie haben irgendwie eine Einladung ergattert und sitzen auch in der Runde. Jago sieht mich skeptisch an.

»Bei derartig großer Nachfrage kann ich nur hoffen, dass du deinen privaten Vorrat auf der Fensterbank weiterhin auffüllst, Gwen.«

Lächelnd erwidere ich: »Die Box für die Handwerker hat absolute Priorität.« Dann wende ich mich an Clemmie. »Möglicherweise muss ich hier welche machen, während mein Campingkocher im Cottage außer Betrieb ist.«

Clemmie lächelt. »Selbstverständlich.«

Auch Sophie lächelt. »Das hat hervorragendes ganzjähriges Geschäftspotenzial, Gwen. Der Markt für Karamellkonfekt in St. Aidan ist noch gänzlich unerschlossen.«

George pflichtet ihr bei. »So gut, wie die schmecken, ist der Erfolg vorprogrammiert!«

Ollie sieht mich an. »Du kannst jederzeit meine Küche benutzen.«

Ella zwinkert ihm zu. »Dann könnt ihr euch über Sofakissen unterhalten, wenn sie bei dir ist, Ollie.« Sie wendet sich wieder mir zu. »Hast du auch ein Rezept für eine Mandarinen-Version?«

»Warum?«, frage ich zurück. »Soll ich dir beibringen, Karamellkonfekt zu machen? Jago könnte unser Chefverkoster sein.«

Ollie richtet sich in seinem pinkfarbenen Samtsessel auf, unberührt von unserer Plänkelei. »Wenn du eine Küchenhilfe brauchst, kannst du auf mich zählen!«

Ella schaut zu Jago und wirft den Kopf zurück. »Auf mich definitiv *nicht!*« Dann legt sie mir den Arm um die Schulter und drückt mich. »Du hast das toll gemacht, Gwen! Die kleine Traumküche ist wirklich ein Glücksfall für dich.«

Sophie wedelt mit einem Stück Himbeerkaramellkonfekt vor ihrem Gesicht herum. »Ich würde eher sagen, Gwen ist ein Glücksfall für die kleine Traumküche!«

Clemmie lächelt. »Das Frühstück boomt. Bud und ich könnten kaum glücklicher sein.«

Von Nell kommt gleich Unterstützung. »Der Außer-Haus-Verkauf ist rekordverdächtig.« Sie lehnt sich zurück und klopft auf ihren Bauch. »Der steigt fast so schnell an, wie unser Taillenumfang zunimmt!«

Plum verkündet mit glänzenden Augen: »Wir gratulieren dir alle sehr – wenn du noch mehr Asse im Ärmel sind, immer her damit!«

Während ich mich verlegen murmelnd bedanke, sind meine Wangen so heiß, dass sie rosa sein müssen wie der Samtsessel, in dem ich sitze. Ich fächere mir mit den Fingern Luft zu, aber ich platze fast vor Stolz.

George räuspert sich und sagt zu Nell: »Denk dran, du hast Du-weißt-schon-was noch nicht erwähnt.«

Nate lehnt sich nach vorn. »Was denn?«

Nell schnalzt mit der Zunge, aber George registriert es nicht, sondern redet weiter; seine Stimme ist belegt, weil er gerade ein White-Chocolate-Chip-Konfektstück heruntergeschluckt. »Bei Gwens wachsender Auftragslage müsst ihr sie euch schnell schnappen! Bevor sie ein besseres Angebot bekommt.« Er wendet sich an Nate. »Ich weiß nicht, warum sie so lange gewartet haben. Ich wollte das schon im September klären.«

Plum erklärt mir: »Wovon George redet und worauf wir alle hinauswollen, ist …«

Sophie kommt ihr zu Hilfe. »Wir möchten gerne, dass du die Dekorationen für die Weihnachtsevents des Singles Clubs hier im Seaspray Cottage übernimmst.«

»*Weihnachten?*« Ich schlucke so heftig, als hätte ich einen Ballon im Hals.

Plum fährt fort: »Wie du es für Halloween gemacht hast, nur eben weihnachtlich.«

Sophie nickt heftig. »Aber da Weihnachten deine große Spezialität ist, muss es nicht bei der Dekoration bleiben. Wir hätten gern, dass du dir auch ein paar tolle themenbezogene Veranstaltungen überlegst.«

Clemmie tätschelt mein Knie. »Du bist blass geworden. Ist alles in Ordnung mit dir?«

George murmelt: »Ich wusste, wir hätten es Gwen gleich sagen sollen.«

»Aber ... Aber ich verstehe nicht«, stammle ich. »Hier ist von Weihnachten überhaupt nichts zu sehen.«

Clemmie grinst. »Das ist eines von St. Aidans unausgesprochenen Gesetzen – wir versuchen Weihnachten allein für den Dezember aufzusparen.«

Nell nickt. »In einigen Tagen wird Weihnachten explodieren. Du wirst über Lichterketten stolpern, und es wird überall Weihnachtselfen geben und Mistelzweige bei jeder Roaring-Waves-Bier-Lieferung.« Sie zieht ein Gesicht. »Wir haben sogar einen echten Weihnachtsmann und seinen Hauptelf mit einem Pony und einer Kutsche. Aber sei gewarnt, die gehen voll in ihren Rollen auf, und ihre Bemerkungen können ganz schön barsch sein.«

Ich sacke immer tiefer in meinen Sessel. »Wie kommt ihr denn bloß darauf, Weihnachten sei meine Spezialität?«

Plum strahlt. »Das Dossier, das Ella zusammen mit eurer Bewerbung geschickt hat – ein Blick auf all diese Weihnachtsfotos genügte, und eure Akte landete ganz oben auf dem Stapel.«

George hebt den Zeigefinger. »Genau genommen bildete die Akte einen eigenen Stapel, da die Weihnachtsmarktorganisatoren gerade ausgestiegen waren und wir verzweifelt jemand suchten, der für eine richtig festliche Stimmung sorgen kann.«

Nell gluckst. »Zehn Jahre Chalet Host in den Alpen machen dich praktisch zur Mrs. Christmas für uns! Wenn jemand uns einen ganz besonderen Weihnachtszauber bescheren könnte, dann du!«

Ella war bis jetzt sehr still, aber nun meint sie nachdenklich: »Ihr habt uns also wegen unserer weihnachtlichen Talente ausgesucht und nicht wegen unserer Fähigkeiten als Innenarchitektinnen?«

Clemmie runzelt die Stirn. »Wir waren definitiv begeistert von der Idee, zwei Innenarchitektinnen könnten das Cottage verschönern und Workshops veranstalten. Außerdem brauchte ich hier Hilfe und hoffte, Gwen würde Zeit finden, ein paar Stunden auszuhelfen.« Ein Lächeln breitet sich auf ihrem Gesicht aus. »Wenn Gwen also für literweise Glühwein und authentischen Après-Ski sorgen kann, erfüllt ihr so ziemlich alle unsere Hoffnungen.«

Ella strahlt. »Fabelhaft. Könnte nicht besser sein.«

Ich sterbe innerlich. Gleich wird Ella mich ansehen, genau wie sie es Halloween getan hat, und ich werde versprechen, dass ich die Aufgabe übernehme. Der Unterschied besteht diesmal nur darin, dass ich bei den anderen Malen zwar auch keine Ahnung hatte, was ich da machen muss, aber immerhin so tun konnte als ob. Das bewahrte uns davor aufzufliegen, und ich überraschte mich selbst mit dem, was ich tat. Aber jetzt ist das, was Ella über mich erzählt hat, keine Lüge, sondern wahr – nur kann ich es einfach nicht.

Ich schlucke. Wenn sie mich ansieht und drängt, werde ich die Wahrheit sagen müssen. Sie macht den Mund auf, und ich wappne mich. Doch Ellas Strahlen ist verschwunden, und auf einmal wirkt sie nicht mehr so selbstbewusst.

Sie schnieft und nimmt meine Hand. »Nein, nichts von alldem ist fabelhaft, oder?«

Ich schüttele zaghaft den Kopf.

Sie schnieft noch einmal und wendet sich an den Kreis der Gesichter um uns herum. »Ich muss etwas gestehen. Es ist nichts, worauf ich stolz bin, und ich hoffe, ihr versteht, dass ich es nur getan habe, um das Cottage zu bekommen. Einige der Fotos und Informationen in der Bewerbungsmappe habe ich ohne Gwens Wissen oder Erlaubnis geschickt. Ich hoffte, es könnte etwas Besonderes und Einzigartiges für St. Aidan sein. Und ich wollte unsere Chancen erhöhen. Aber welchen Eindruck ich auch über Gwen und ihre Affinität zu Weihnachten geweckt haben mag, sie wird ihm nicht gerecht werden können.«

Gemurmel erhebt sich in der Runde. Clemmie beißt sich auf die Lippen und sieht mich erschrocken an. Ich sitze vollkommen still da, warte und bringe kein Wort heraus. Das ist so untypisch für Ella. Sie erklärt nie etwas, sie entschuldigt sich nie, und sie gibt niemals zu, dass sie sich geirrt hat. Vielleicht liege ich falsch, aber wenn sie jetzt nicht aufhört, macht sie womöglich gleich genau das.

Ella redet tatsächlich weiter: »Was ich getan habe, geschah nicht nur aus egoistischen Gründen. Zu meiner Verteidigung möchte ich anführen, dass ich fest davon überzeugt war, dass Gwen Abwechslung braucht. Ich hatte das Gefühl, ein Aufenthalt hier in St. Aidan würde sie aus ihrem schrecklichen Tief herausholen. Dass es ihr helfen würde, am Meer zu wohnen, in einem entzückenden Cottage und in einem kleinen Ort, in dem jeder jeden kennt. Ich hatte gehofft, sie würde wieder zu sich selbst zurückfinden und die Gwen werden, die sie mal war. Dass es irgendwie gut für sie sein würde, wenn sie die Einheimischen besser kennenlernt. Seit vier Jahren sehe ich meine Freundin am Boden zerstört, und ich war bereit, alles zu tun, damit es ihr besser geht.«

Sie schluckt, reibt sich die Nase und wischt sich die Tränen unter den Augen weg. Um den Tisch herum machen alle anderen dasselbe.

Ella schluckt. »Die Fotos sind alle echt. Aber wie die meisten von euch wissen, hat Gwen ihren Bruder Ned verloren. Er kam bei einem Lawinenunglück in den Alpen ums Leben, und seither meidet sie alles, was sie an diesen Ort und die Traditionen dort erinnert. Als ich die Fotos schickte, dachte ich, was immer St. Aidan von uns erwartet, wir bekommen es gemeinsam hin, wie wir ja auch bisher jede Herausforderung hier gemeistert haben.«

Nell seufzt. »Es liegt auch an uns. Wir hätten es besser wissen müssen. Das mit den Kürbissen lief so gut, und nach den Fotos dachten wir, dies müsste genau das Richtige für euch sein.«

Ella schüttelt den Kopf. »Es ist nicht eure Schuld, Nell, sondern meine. Es tut mir leid, Gwen. Ich übernehme die ganze Verantwortung. Ich habe eine falsche Entscheidung getroffen und dich dadurch in eine schreckliche Situation gebracht. An deinem Gesicht kann ich ablesen, wie du dich deswegen fühlst.« Sie nimmt ein paar Taschentücher von Clemmie, reicht eines an mich weiter, schnäuzt sich und sieht wieder in die Runde. »Es tut mir aufrichtig leid, euch zu enttäuschen, Leute. Ich glaube, wir haben alle gesehen, wie Gwens Selbstvertrauen zurückkam, seit wir hier sind. Das ist allein eurer Zuneigung und Unterstützung zu verdanken. Aber wir können Gwen nicht bitten, Weihnachten mit Glühweinständen zu organisieren. Es wäre einfach nicht fair.«

Mein Gesicht ist tränennass, aber diesmal weine ich nicht um Ned. Ich weine, weil Ella sich so bemüht hat und mich nie aufgab, obwohl ich bestimmt manchmal wie ein völlig hoffnungsloser Fall gewirkt habe. Und ich weine, weil ich mich glücklich schätzen kann, eine Freundin wie sie zu haben. Und ich weine wegen all der besorgten Gesichter um mich herum. Wegen all der Hilfe, die sie mir haben zukommen lassen, obwohl sie mich gar nicht kannten. Wegen all der Dinge, die ich mittlerweile wieder kann und bei unserer Ankunft in St. Aidan nicht konnte – von Schinkensandwiches bis hin zu Haferriegeln.

Bei all diesen Dingen, von denen ich glaubte, ich könne sie nicht – als sie mir dann doch gelangen, fühlte ich mich besser. Vielleicht sollte ich nicht so schnell ablehnen. All die Leute, die mir bisher geholfen haben, werden auch bei dieser Sache da sein. Wenn ich das mit ihrer Unterstützung schaffe, kommt vielleicht am Ende etwas heraus, das uns allen gefällt. Die Gwen, die im September hierherkam, wäre nicht in der Lage gewesen, das zu tun. Aber die Gwen, die ich jetzt bin, sollte es probieren.

Ich lehne mich zurück und sehe Ella an. »Danke, dass du mich gedrängt und alles versucht hast, das Cottage zu bekommen und mich hierherzubringen.« Ich schaue in die Runde. »Es tut mir leid, dass wir euch in die Irre geführt haben, aber ich bin so glücklich, dass ihr uns ausgewählt habt, denn mittlerweile fühle ich mich wie ein neuer Mensch. Ich bin noch nicht komplett wieder in Ordnung, und vielleicht werde ich das auch nie wieder sein. Aber es geht mir schon viel besser, sodass ich beinah wieder die Gwen bin, die ich früher war.« Ich zwinge mich, sie alle anzulächeln. »Da ihr mir so viel gegeben habt, fühlt es sich richtig an, wenn ich mich ins Zeug lege und euch helfe. Mag sein, dass es keinen Glühwein gibt, aber es gibt andere Wege, um euch den Weihnachtszauber zu bescheren. Überlasst es getrost mir.«

Erneut erhebt sich Gemurmel, dann kommt Clemmie zu mir und umarmt mich, und die anderen folgen ihrem

Beispiel. Wir hängen auf unseren Stühlen wie ausgewrungene Spüllappen, und Sophie räuspert sich.

»Ähem, dieses ganze Gerede von Weihnachten, dabei liegen vorher noch ein paar andere Veranstaltungen an!« Sie wackelt mit den Brauen. »Ein Vögelchen namens Jago hat mir gezwitschert, dass er fast fertig ist im Cottage und die Reinigungsparty steigen kann …«

Nell sieht mich an. »Ist Samstag okay? Mit anschließendem Abendessen? Sollen wir es auf der Singles-Facebook-Seite posten?«

Clemmie hebt den Zeigefinger. »Es ist fast Zeit für die Inneneinrichtung des Cottages, und ich habe noch alle möglichen Farbreste von hier. Die darfst du gern zum Testen benutzen.«

Während Sophie und Nate ihre Kinder zusammentreiben und Ella sich zu Ollie und Jago gesellt, schaue ich in die Ferne. Das Meer in der Bucht ist tiefgrün, und Möwen fliegen um ein Fischerboot, das in den Hafen einfährt. Ich habe keine Ahnung, wie ich das mit der Weihnachtsdeko schaffen soll und was genau ich machen werde, aber die Freunde um mich herum haben etwas Wundervolles verdient. Ich hoffe nur, dass ich das für sie hinbekomme.

DEZEMBER

30. Kapitel

Stargazey Cottage
Nur ironisch gemeint
Freitagnachmittag, fünf Tage später

Als Nell meinte, St. Aidan würde weihnachtlich erblühen, hatte sie recht. Kaum war der Dezember da, leuchteten überall im Ort funkelnde Lichter in den Fenstern. Wenn ich jetzt in den kleinen Laden über Plums Galerie gehe, um Zucker zu kaufen, klingelt die Kasse zu einem weihnachtlichen Soundtrack, und der Hungry Shark macht Umsatz mit heißem Cider. Die Mitarbeiter tragen alle möglichen Kostüme, von Rotkehlchenohrringen bis zu kompletten Kostümen aus dem Film *Die Eisprinzessin.* Sogar Hardware Haven hat seine Leitern und Besen mit Leuchteiszapfen geschmückt. Ich tue mein Bestes, um die festliche Stimmung zu würdigen, aber es ist immer noch hart, da jede Lichterkette mich traurig macht.

Aber heute ist Freitagnachmittag, und ich bin zurück nach einem Vormittag bei Clemmie. Das Cottage ist erfrischend frei von jeglicher Dekoration, kommt mir aber auch plötzlich sehr leer vor. Nach drei vollen Wochen, in denen hier Handwerker hausten und lärmten, hat Jago sich mit seinem Team vorübergehend zurückgezogen. Es sind nur noch ein paar Arbeiten übrig, aber während die Handwerker auf Einbaugeräte und die Terrassentüren warten, können wir aufräumen und das Cottage reinigen, um es anschließend einzurichten.

Momentan bin ich allein hier und sammle Holzreste ein und beseitige Haufen von Sägespänen, die seit heute Morgen entstanden sind. In den Ritzen der Böden sammelt sich noch Baustaub, aber ich streiche mit den Händen über neu eingepasste Türrahmen, betrachte die frisch verputzten pinkfarbenen Wände im Obergeschoss und atme den scharfen Duft von neuem Holz ein. Ich bewundere das Badezimmer mit der frei stehenden Wanne, genieße den Luxus einer funktionierenden Toilette und einer Badezimmertür, die schließt. Freue mich über die Größe von Ellas neuem Schlafzimmer über der Küche, mit Blick auf die Bucht.

Die ganze Woche, während die Handwerker ihren Job erledigten, widerstand ich der Versuchung, in die Töpfe mit den Farbresten zu schauen, die wir von Clemmie mitgebracht haben. Aber da ich bei Janice im Hardware Haven eingekauft habe, bin ich bereit, die Farben auszuprobieren. Eigentlich hatte ich nur einen Pinsel kaufen wollen, aber da ich ganz geblendet war von den glänzend grünen Pailletten an Janice' Elfenkostüm, verließ ich den Laden außerdem noch mit einer großen Tüte voller Sachen, die ich ihrer Meinung nach brauchen würde. Allerdings habe ich noch keine Ahnung, was ich damit anfangen soll. Dazu gab es eine weitere Tüte mit weihnachtlichen St.-Aidan-Souvenirs, denn Janice versicherte mir, das seien perfekte Geschenke, die ich unbedingt auch haben müsste. Also kaufte ich eines von jeder Sorte.

Die Tropfenspuren an den Seiten von Clemmies Farbdosen betrachtend, erkenne ich, dass es sich um die wunderbaren leuchtend bunten Farben handelt, in denen die kleine Traumküche und die Wohnung im Seaspray Cottage gestrichen sind. Ich entscheide mich zunächst für diejenigen, die ich leicht mit dem Buttermesser aufbekomme.

Dann streiche ich ein kleines Stück an die Wand, wasche den Pinsel aus und mache den nächsten Klecks.

Eine Stunde später ist die Wand des Treppenabsatzes mit lauter Farbproben in Pink, Gelb, Grün und Blau bemalt. Ich stehe auf der obersten Treppenstufe und schaue auf eine fast noch volle Dose leuchtendes Mohnrot sowie eine fast leere Dose intensives Eisvogelblau. Nachdem ich auch noch eine Probe Blaugrün an die Wand gemalt habe, betrachte ich mein Werk, um herauszufinden, welche Farbe mir am besten gefällt. Aber der regenbogenbunte Mix an der Wand vor mir wirkt eher verwirrend statt hilfreich. Gerade als ich die letzte Dose mit roter Farbe ausprobieren will, klopft jemand an die Haustür.

»Herein, es ist offen«, rufe ich nach unten und warte, wessen Kopf erscheinen wird. »Ollie, nett von dir, mal vorbeizuschauen. Was kann ich für dich tun?« Er nimmt das Abendessen morgen bei ihm zu Hause sehr ernst und macht sich mehr Sorgen als nötig. Schließlich geht es nur um vegetarische Lasagne für zwanzig Leute, gefolgt von klebrigen Toffee-Puddings, Eiscreme sowie einer Käseplatte. Da er schon Tisch und Stühle aufgebaut hat und Plum die Windlichter gestern vorbeigebracht hat, weiß ich nicht, was er will.

Er schaut die Treppe herauf zu mir. »Ich war nebenan und erinnerte mich daran, wie viel hier noch zu tun ist vor der Arbeitsparty und wie klein und hilflos du bist. Also dachte ich, ich komme mal vorbei und biete dir eine aufmunternde Umarmung an.«

Ich stoße ein Kreischen aus. »Wie bitte? Wie oft muss ich es dir noch sagen? Ich muss nicht gerettet werden!«

Er beißt sich auf die Lippe. »Kein Grund zur Panik, das war doch nur ironisch gemeint.«

Er wedelt mir scherzhaft mit etwas vor der Nase herum, das ich niemals annehmen kann, weder von ihm noch von sonst jemandem. Und dabei muss ich bleiben. Dass ich den Kerl anfahre, wo er doch nur Blödsinn redet, ist auch nicht gut. Ich sollte doch froh sein, dass er nur scherzt und es nicht ernst meint.

»In dem Fall: gut gespielt.«

Sein Grinsen verschwindet. »Deine entsetzte Miene verrät, dass es funktioniert hat. Es wäre weniger stachlig, einen Igel zu umarmen!«

Es ist ziemlich unverschämt, so etwas zu sagen. Ich versuche den Kopf theatralisch wie Ella zurückzuwerfen, um ihm zu zeigen, dass es mich nicht kümmert. Nur leider übertreibe ich ein wenig, stampfe versehentlich mit dem Fuß auf und stoße mit dem Zeh gegen etwas Hartes. Als mir klar wird, dass es die Farbe war, ist die Dose schon gekippt und fliegt durch die Luft.

Ich höre Ollie noch rufen: »Pass auf, die Farbe!«, aber da ist es längst zu spät.

Ich kann nur noch zusehen, wie die Dose sich überschlagend auf die Stufen fällt, sich dreht und gegen die Wand prallt, zurück auf die Treppe. Und während des ganzen Abwärtsfluges spritzt die wunderbare rote Farbe in einem endlosen hohen Bogen heraus. Es dauert fast zehn Sekunden, bis die Farbdose am Fuß der Treppe ankommt, wo sich der restliche Inhalt auf Ollies Timberland-Boots ergießt.

Ollie bückt sich und stellt die Farbdose aufrecht. »Wir sorgen besser dafür, dass nicht noch mehr ausläuft.« Er grinst. »Little Greene ist offenbar gut als Abdeckfarbe, die ist ja überall!«

Auf gar keinen Fall kann ich das als Vorsehung abtun. Ich stehe da und starre die Bescherung mit offenem Mund an. »Was zum Geier machen wir jetzt?«

Er lacht. »Wenigstens hat die Decke nichts abbekommen. Vielleicht brauchst du doch die Umarmung?«

»Absolut nicht.« Ich springe zurück. »Was ich brauche, sind heiße Tipps von Dekorateuren, wie das hier wieder sauber zu machen ist.«

Ollies Grinsen wird breiter. »Du und Ella, kennt ihr keine heißen Dekorateurinnen?«

Ich tue das mit einem Augenverdrehen ab. »Bevor du es ausprichst – Anfängertipp Nummer eins: Stell Farbdosen nicht auf die oberste Treppenstufe, ohne dass der Deckel geschlossen ist. Habe ich jetzt begriffen, vielen Dank.«

Er grinst immer noch. »Da du mit Farbe nach mir wirfst, gebe ich dir lieber keine Tipps.«

»Warum hast du so gute Laune?«

»Das wollte ich dir ja erzählen. Minty ist gerade vom Tisch auf den Boden geflogen.« Er hält für ein stolzes Elternlächeln inne. »Ich dachte, sie würde ewig nur noch hüpfen, aber es sieht so aus, als würde sie es schließlich doch noch in die Lüfte schaffen.«

»Das sind tolle Neuigkeiten.« Sie verbringt so viel Zeit bei ihm im Haus, dass ich mir nicht sicher bin, wie die beiden damit klarkommen werden, wenn sie wieder in der Wildnis lebt.

Er stutzt. »Bevor du fragst, es war tatsächlich der Esstisch, von dem sie geflogen ist. Natürlich werde ich ihn vor morgen gründlich reinigen.« Er schaut auf die Farbe. »Wenn du ein paar Eimer mit warmem Wasser füllst, hole ich Spachtel, Lappen und alte Zeitungen. Es sieht schlimmer aus, als es ist hier, das haben wir schnell wieder sauber gemacht.«

Ich ziehe die Mundwinkel nach unten. »Ich nehme an, das ist ein weiterer Scherz. Ich will endlich ganz ehrlich zu dir sein.« Ich nehme meinen Mut zusammen. »Eine weitere kleine Abweichung von der Wahrheit in unserer Bewerbung. Ich bin nämlich gar keine Dekorateurin, wie wir geschrieben haben. Ich mache weder Weihnachtsdekoration noch sonst eine.«

Wieder erscheint ein Lächeln auf seinem Gesicht. »Was Weihnachten angeht, mag sein. Den Rest wusste ich schon. Durch das Tapetenabreißen und die YouTube-Videos hast du dich verraten.«

Und ich dachte, ich hätte bei der Arbeitsparty einen guten Job gemacht. »War das wirklich so offensichtlich?«

Er zuckt mit den Schultern. »Das muss ja niemand erfahren. Ich werde dir beim Streichen und der Vorbereitung helfen. Ein wenig Unterricht, und du wirst wie ein Profi streichen. Halt dich an Weihnachten und überlass die Dekoration allen anderen.«

»Soll ich jetzt das Wasser holen?« Das scheint mir die beste Antwort zu sein und der ideale Zeitpunkt, weiteren peinlichen Fragen auszuweichen. Gleich wird er wissen wollen, wie viele weihnachtliche Ideen ich schon habe. Dummerweise ist mir auch nach einer Woche Grübeln noch nichts eingefallen.

Ollies Scherze mögen fragwürdig sein, doch als er mit seinem Werkzeug zurückkommt, ist seine Technik zum Beseitigen von Farbe ausgezeichnet.

Nach einer halben Stunde, in der wir gut vorankommen, muss ich fragen: »Wie kommt es, dass du darin so gut bist?«

Er lacht leise. »Es ist nicht das erste Mal. Sei froh, dass es kein größerer Behälter war.« Er zieht eine Grimasse. »Abdecktücher schützen vor Farbklecksen und Staub, aber die sind immer gerade in der Wäsche.«

Ohne Ollie hätte ich die Farbe gar nicht verschüttet, allerdings hat er die Reinigung sehr erleichtert. Da wir schon beim Thema sind, kann ich ihn ebenso gut fragen: »Du magst Weihnachten also auch nicht?«

Er atmet geräuschvoll aus. »Es fühlt sich nicht richtig an zu feiern. Für gewöhnlich verkrieche ich mich und komme erst wieder heraus, wenn es vorbei ist.«

Das klingt schmerzlich vertraut. »Ich bezweifle, dass diese Strategie in St. Aidan funktioniert.« Mir fällt etwas anderes ein. Seine schöne neue Einrichtung ist noch nicht ausgepackt, aber täglich kommen neue Pakete an. »Da das Stargazey House inzwischen voller Sachen ist, wäre es doch eine Schande, die vielen neuen Kissen nicht in Gebrauch zu nehmen und zu zeigen.«

Er schüttelt den Kopf. »Das Problem ist, dass ich mich seit Alex' Tod unbehaglich fühle, wenn ich etwas genieße.«

Ich werfe ihm einen skeptischen Blick zu, während ich die Treppenstufe vor mir schrubbe. »Du kannst ja nicht ewig trauern. Das hätte Alex sicher nicht gewollt.«

Er hält mit dem Spachtelkratzen inne und überlegt. »Alex hätte auf keinen Fall gewollt, dass ich mich schlecht fühle. Er feierte gern, und es würde ihm nicht gefallen, wenn ich einen Drink auslasse. Seit drei Jahren bin ich nicht mehr ausgegangen ... Er wäre entsetzt. Gar nicht auszudenken, wie er es fände, wenn er wüsste, dass ich nicht mehr segeln kann.« Er seufzt. »Es tut gut, jemanden zu kennen, dem es ähnlich geht. Wenn ich dich sehe, ist es, als würde ich in einen Spiegel schauen.«

Ich ringe mit mir. »Ned würde genauso reagieren. Er kostete das Leben in vollen Zügen aus, und es wäre ihm unerträglich, dass ich das nicht tue.« Ich zucke mit den Schultern. »Das ist solch ein Widerspruch – aber ohne ihn zu sein, hat mich gebrochen. Wenn er wüsste, wie sehr ich mich abgeschottet habe, würde ihn das aufregen.«

Ollie spricht langsam. »Wie würde Ned dich haben wollen?«

Ich denke darüber nach. »Er würde wollen, dass ich jede Gelegenheit ergreife und ein Leben für uns beide führe.«

Ollie macht ein Gesicht, als hätte er etwas zum ersten Mal entdeckt. »Du hast recht. Sie würden wollen, dass wir auf Berge klettern und Jachtrennen rund um die Welt gewinnen. Sie würden wollen, dass wir das Leben feiern.«

Ich sitze auf der Stufe, stütze das Kinn in die Hände und fühle mich plötzlich verträumt, weil das eine ganz andere Lebenseinstellung ist, als ich sie in letzter Zeit gehabt habe. »Sie würden wollen, dass wir ein glückliches Leben führen, oder? Sich elend zu fühlen, ist Vergeudung.« Ich seufze. »Aber das ist leichter gesagt als getan.«

Ollie kneift die Augen zusammen. »Es ist eine andere Art zu denken, das ist alles. Wir sind es ihnen schuldig, dass wir wieder anfangen zu leben.« Seine Stimme wird sanfter. »Du hast schon damit begonnen, indem du die Sachen backst, von denen du geglaubt hast, sie nie wieder zubereiten zu können. Es müssen nicht immer die großen heldenhaften Dinge sein, die kleinen können ebenso effektiv sein.«

Nachdenklich kaue ich auf meinen Lippen. »Um gleich damit anzufangen, muss ich Seaspray Cottage auf eine Weise schmücken und Veranstaltungen organisieren, die glückliche neue Erinnerungen schaffen, statt schmerzliche alte zu wecken.«

»Exakt.« Wenn Ollie auf diese Weise lächelt, hellt es sein ganzes Gesicht auf.

Ich überlege, was allen das Herz erwärmen würde. »Heiße Schokolade! Die konnte ich immer sehr gut. Ich bereite sie mit geschmolzener dunkler Schokolade und Schlagsahne zu.«

Ollie ist sofort dabei. »Halt, mir läuft schon das Wasser im Mund zusammen. Aber ein Abend mit heißer Schokolade wäre grandios.«

Ich denke an die Kinder. »Wir könnten essbare Dekoration machen. Lebkuchenlichter, Plätzchenengel, Sterne.«

Ollie seufzt. »Sterne sind viel besser und bedeutungsvoller als einfach nur Weihnachten. Die Menschen haben Sterne immer schon benutzt, um den richtigen Weg zu finden.«

Ich sehe es genau vor mir. »Sterne sollten das Motto sein. So wie wir es mit den Kürbissen gemacht haben.«

Ollie lacht. »Warum sollte eine Star Sister vom Stargazey Cottage etwas anderes wählen?«

Ich stelle mir den Garten vom Seaspray Cottage vor. »Ich sehe kleine Sternenlichter an Kupferdrähten, Sterne in den Apfelbäumen, Metallsterne, Sterne aus Treibholz, in der Dunkelheit leuchtende Sterne für drinnen.«

Ollie schrubbt den letzten roten Klecks. »Gwen Starkey, du hast womöglich den Wegweiser zu unseren Happy Endings gefunden.«

Es freut mich, dass er anerkennt, dass es zwei getrennte sind und jeder von uns sein eigenes Happy End erleben wird. »Die Ideen für die Dekorationen sind jedenfalls schon weit gediehen.«

Ollie wringt den Lappen aus. »Immerhin hast du mich dazu inspiriert, Pläne für Weihnachten zu machen.«

Ich lache. »Jede verschüttete Farbdose hat auch ihr Gutes.« Es ist komplett lächerlich, dass ich enttäuscht bin, dass er nicht hier sein wird.

Er hüstelt. »Dann ist das ein Date. Für jeden, der kommen möchte, findet der Christmas Lunch im Stargazey House statt! Ich koche.«

Ich stutze und glaube, mich verhört zu haben. »Du lädst *mich* ein?«

Er sieht mich an. »Als Innendekorateurin stehst du ganz oben auf der Liste. Du, Ella, Jago, Plum, Clemmie, Nell, George, Sophie – jeder, der keine bessere Einladung hat.«

Mein Grinsen ist breiter, als es nötig gewesen wäre. »Ich bestelle lieber noch mehr Kissen.«

Er lacht. »Und könntest du für mein Haus auch noch Weihnachtsdekoration auf die Liste setzen? Das Stern-Motto wäre dort hübsch.«

Dann fällt mir etwas anderes ein. »Du kochst! Das ist normalerweise mein Job. Soll ich dir helfen?«

Er zuckt mit den Schultern. »Du hast dir eine Pause verdient, also werde ich mich um die Vorspeisen und das Hauptmenü kümmern. Aber beim Nachtisch könnte ich Hilfe gebrauchen.«

»Dann haben wir ja einen Plan.« Wie ich sehe, sind von der Farbkleckerei nur noch ein paar hellrote Flecken zu sehen.

Ollie schaut ebenfalls hin. »Besser werden wir es nicht hinbekommen. Wenn die Böden und die Wände erst einmal gestrichen sind, wird von deinen Paintballklecksen nichts mehr zu sehen sein.«

Ich stopfe die letzten Reste Zeitungspapier in einen Müllbeutel und nehme meinen Eimer. Den Müllbeutel stelle ich neben die Haustür und blicke aus dem Fenster in die Dämmerung. Vor sämtlichen Häusern in der Straße leuchten Weihnachtsbäume, bei deren Anblick ich einen erschrockenen Laut von mir gebe.

»Ist alles in Ordnung?«, fragt Ollie.

Ich stöhne leise. »Es sind die Bäume. An dem Abend, als Ned nicht ins Dorf zurückkam, waren überall leuchtende Weihnachtsbäume, während ich umherlief und ihn zu finden versuchte.« Ich fühle mich, als wäre in mir alles zu Stein geworden. »Es gab sogar einen Tannenbaum im Büro im Rathaus, als wir den Papierkram dort erledigten.« Ich verschränke meine Finger vor mir, um das Erschauern zu unterdrücken.

Ollie stellt seinen Eimer ab und legt die Arme um mich. Zuerst zögere ich, aber dann gebe ich nach und lehne mich an ihn. Ich schmiege das Gesicht an sein weiches Hemd, und während meine Atmung sich seiner anpasst, durchdringt seine Wärme allmählich meinen Körper. Irgendwie lässt der Schmerz mit jedem Atemzug, den wir gemeinsam tun, mehr nach. Anscheinend erwidere ich die Umarmung, denn seine Muskeln spannen sich unter meinen Fingern an. Aber es macht mir nichts aus. Für mich zählt nur, dass ich mich zum ersten Mal seit Ewigkeiten innerlich ruhig, sicher und wundervoll geborgen fühle, während ich seinen Duft einatme. Und während ich das rhythmische Pochen seines Herzens an meiner Wange spüre, will ich nicht, dass es je wieder aufhört.

Ich bin da so lange, dass, als ich die Augen endlich wieder aufmache, es draußen fast dunkel geworden ist. Lange genug offenbar, um jedes Gefühl für Raum und Zeit zu verlieren. Zurück im Hier und Jetzt, ist mein linker Fuß eingeschlafen. Ich habe diese Umarmung länger dauern lassen, als ich sollte. Widerstrebend und sehr langsam löse ich meine Finger. Weiche zurück. Schon während der Abstand zwischen uns sich vergrößert, bedaure ich, dass es vorbei ist.

Und gerade als ich mich ganz von ihm löse, zieht er mich erneut an sich, und sein harter, fester Körper presst sich an meinen. Ich drücke mich an ihn, und ich spüre, wie Erregung in mir zu pulsieren beginnt.

Dann gibt er mich frei, und ich stolpere rückwärts. Ich muss da etwas klarstellen. »Ich kann wirklich nicht …«

»Absolut nicht, geht mir genauso.« Er stößt einen leisen Pfiff aus. »Sorry. Das war definitiv eine Trostumarmung, von Mensch zu Mensch, mehr nicht.«

Wie kann ich erleichtert und niedergeschlagen zugleich

sein? Ich lächle. »Oder von Igel zu Igel? Du bist auch als stachlig bekannt.«

Er steht noch immer nah genug bei mir, dass ich die kleinen Fältchen um seine Augen erkennen kann, als er mein Lächeln erwidert. »Gedanken wie dieser sind der Grund dafür, weshalb es niemanden interessiert, dass du nicht dekorieren kannst, Schneewittchen.«

Ich verziehe das Gesicht. »Danke für die Hilfe vorhin. Ich bin froh, gerettet worden zu sein.«

Er lacht. »Ich gebe den Dank zurück für deine Lebensweisheit. Wer hätte gedacht, dass ich auf einmal Truthahn in Aussicht habe und alles märchenhaft zu enden scheint?« Sein Lächeln verblasst. »Wie schwer es in den nächsten Wochen auch werden mag, wir stehen es gemeinsam durch.«

Ich strecke die Hand zu einem Fistbump aus. »Immer schön lächeln, wir kriegen das hin!«

So wie mein Herz pocht, wenn ich ihn ansehe, aufgewühlt wie das stürmische Meer, bin ich mir nicht sicher, was schwerer wird – das oder Weihnachten.

31. Kapitel

Stargazey House
Engelsflügel und eine Überreaktion
Samstagabend

»Weihnachten *ohne* Weihnachtsbäume? Was für eine originelle Idee!«, ruft Plum begeistert.

Am heutigen Reinigungstag war so viel los, dass sie erst am Ende des Essens bei Ollie die Gelegenheit bekommt, über die festlichen Details mit mir zu sprechen, und sich erkundigt, ob sie irgendwie helfen kann.

Ich begreife nach wie vor nicht ganz, warum alle vorbeikommen wollen, um mit uns Fußböden zu schrubben und Sockelleisten zu reinigen. Aber seit sie hier sind und die Arbeit, die Jago und seine Leute gemacht haben, loben, kann ich gut nachvollziehen, dass es die Leute motiviert, auch in ihrem Haus Umbauarbeiten durchzuführen. Wie Madison sagt, Tapetenkleister bis zum Ellbogen und ein Wischmop in der Hand fühlen sich echter an, als über Fotos auf Instagram zu brüten. Anscheinend ist es auch ein ebenso gutes Training wie der Ballettkurs, von dem sie direkt hergekommen ist, denn sie trägt noch ihr Trikot.

Aber abgesehen von flippigen Tanz-Outfits und Stulpen ist es schön, dass der ganze Ort Teil unserer Reise ist. Und zurück zu Plum – jedes Mal, wenn ich über unser geplantes Motto spreche, bin ich umso begeisterter.

»Es dreht sich alles um Sterne, Plum. Und dank der Weiden und Haselnussbüsche von Nells Dad werden wir

Zweigbündel mit Sternen haben.« Wenn jemand in St. Aidan eine Idee verkündet, springen sofort alle auf und steuern etwas bei. Wie Nell zum Beispiel. Das ist gut, denn wir müssen uns mit der Dekoration beeilen, sonst sind wir Neujahr noch nicht fertig.

Plum sieht aus, als würde es gleich aus ihr heraussprudeln. »Ich kann mir Sterne sehr gut im Garten von Seaspray vorstellen! Große dünne aus Keramik, weiß und unglasiert. In der Galerie habe ich einen Brennofen; ich werde so viele machen, wie du brauchst. Die werden tagsüber wunderbar aussehen und im Mondschein leuchten.« Sie beugt sich aufgeregt nach vorn. »Und aus den Haselnusszweigen basteln wir auch Sterne. Sobald wir die haben, überlegen wir uns, wie die aussehen sollen, und veranstalten einen Bastelabend in der Galerie.«

Ich lache. »Wenn das so weitergeht, werden wir bald mehr Veranstaltungen haben, als der Dezember Tage hat.«

Sophie kommt mit einem Tablett voller leerer, klebriger Karamellpuddingförmchen herein. »Wir werden kombinieren müssen! Heiße Schokolade beim Adventskranzbasteln, heiße Schokolade beim Plätzchenbacken …«

Plum verdreht die Augen. »Wir wären gar nicht draufgekommen, dass Sophie süchtig nach Schokolade ist.« Sie grinst. »Wir setzen Nell darauf an, sobald sie wieder auf den Beinen ist.«

Ich bin heute Abend tatsächlich ohne meine wichtigsten Helferinnen. Nell war am Vormittag hier, musste aber noch vor dem Lunch gehen, und Clemmie blieb bis sechs, ehe sie sich mit einer Schachtel Lebkuchenkaramellkonfekt verabschiedete, die ich für sie gemacht hatte.

Sophie zieht die Nase kraus. »Nell hat eine eiserne Konstitution – was immer sie gestern Abend im Yellow Canary gegessen hat, ich bin froh, dass ich nicht dasselbe hatte.«

Plum lacht. »Es klang aber eher wie ein enormer Kater und nicht, als hätte es am Essen gelegen.« Sie runzelt die Stirn. »Hat Clemmie denn das Gleiche wie Nell?«

Clemmie hat mir in der Küche wirklich gefehlt, obwohl viele andere Leute hier sind. »Bud bekommt neue Zähne, deshalb hat Clemmie kaum geschlafen.« Normalerweise ist sie voller Energie, aber heute war sie so blass und erschöpft, dass ich froh war, als sie aufhörte, Fenster zu putzen, und nach Hause ging, um ein heißes Bad zu nehmen und früh schlafen zu gehen.

Plum kaut auf ihrem Daumen. »Fehlen zwei Meerjungfrauen – ich kann mich nicht erinnern, wann das zuletzt passiert ist.«

Sophie lädt ihr Geschirr ab. »Was es auch sein mag, hoffen wir mal, dass es nicht ansteckend ist.«

Plum lacht. »Sagt die Mutter von vier Kids mitfühlend.«

Als das Wasser im Kessel kocht, fülle ich die French-Press-Kannen und lade die Schachteln mit Minzschokolade sowie eine Flasche Baileys auf das Tablett mit Bechern und Gläsern. In der Ferne höre ich Ella, die Klatsch von der Cadenza Oak Luxury Lodge zum Besten gibt, wo sie momentan arbeitet. Dabei vernachlässigt sie allerdings nicht ihre sonstigen Pflichten. Sie hat die Ärmel aufgekrempelt, das Klemmbrett auf die Fensterbank gelegt und mit uns allen zusammen die Böden gewischt *und* dabei ununterbrochen Einrichtungstipps für kleine Cottages gegeben.

Als Ollie mit einem Tablett voller Teller und Gläser hereinkommt, stößt Sophie ihn scherzhaft an. »Ein neuer Esstisch mit Bänken *und* eine zahme Taube! Kein Wunder, dass Sie glücklich aussehen, Mr. Lancaster.«

Ollie genießt die Bewunderung. »Minty ist in ihrem Element, sie ist sehr kontaktfreudig.«

Sophie zieht die Brauen zusammen. »Du und Minty, ihr könntet euch für Kinderpartys engagieren lassen; wir suchen dringend etwas Neues.«

Plum lacht. »Oder du verschaffst ihr ein paar Freunde und lässt sie fliegen, wenn Gwen Clemmie bei Hochzeiten hilft.«

Obwohl ich jahrelange Erfahrung mit Events habe, verblüffen sie mich mit ihren ständigen neuen Ideen. »Wir preschen da ein bisschen zu schnell vor; Minty kann immer noch nicht fliegen.« Anfangs war es verwirrend und löste sogar eine gewisse Panik in mir aus, über jeden Vorschlag nachdenken zu müssen. Aber inzwischen weiß ich, dass die alle nicht verpflichtend sind, sondern es vollkommen in Ordnung ist, sich etwas herauszusuchen.

Ollie hebt die Brauen. »Es wird aber nicht mehr lange dauern.«

Die Vorstellung, dass Minty nicht mehr da ist, macht mich traurig. Andererseits gab es eine Zeit, da wollte ich bei jeder Erwähnung der Zukunft weg von hier. Mittlerweile ist dieser mitunter verzweifelte Drang verschwunden. Die Verlängerung des sechsmonatigen Mietvertrags hat seinen Schrecken verloren, ja, ich freue mich sogar darauf.

»Ich bringe die mal hinaus.« Ich reibe meine Hände und mache mich daran, mein Tablett zu nehmen.

Ollie eilt mir zu Hilfe und greift nach den Kaffeekannen. »Komm, ich übernehm das.«

Wieder überrasche ich mich selbst, denn zum ersten Mal habe ich nicht das Gefühl, bevormundet zu werden. Und als er die Tassen verteilt und Kaffee ausschenkt, stört mich das auch nicht.

Ella unterbricht eine Anekdote über Fliesenkleber. »Ihr zwei seht aus, als würdet ihr schon ewig zusammenarbeiten.«

Ollie grinst. »Langsam bekomme ich Übung. Wird auch Zeit, es sind nur noch zweiundzwanzig Tage.«

Wenn ich daran denke, wie viel bis Weihnachten noch zu tun ist, bezweifle ich, dass Zeit zum Schlafen bleibt.

Jago stößt Ollie an. »Dieses Jahr bei dir, nächstes Jahr bei mir.«

Ollie lacht. »Niemals. Dein Haus ist noch ein Rohbau.«

Jago wirkt gekränkt. »Hast du nicht gesehen, wie schnell ich arbeite?«

Ella lacht. »Handwerker müssen ständig für ihre Auftraggeber arbeiten, deshalb werden ihre eigenen Häuser fast nie ganz fertig.«

Ich sehe Ollie an, der prompt meine Frage beantwortet. »Es handelt sich um ein Bootshaus, draußen Richtung Comet Cove. Da würde Stargazey House fünfmal reinpassen.«

Jago grinst. »Riesig und leer. Genau, wie ich es mag.«

Ich beobachte Ella, weil ich wissen will, ob sie da aufhorcht, aber komischerweise scheint sie das gar nicht mitbekommen zu haben. Bedenklicher ist allerdings, dass sie das Tablett, das ich gerade hinausgebracht habe, wieder belädt, und zwar so flink, wie ich es früher gekonnt hätte.

Sie sieht mich an. »Ihr zwei solltet das Vollzeit machen.«

»Wie bitte?«

Ella hebt die Brauen. »Luxusurlaub für exklusive Gruppen im Stargazey House.«

Sophie kommt aus der Küche und meint dazu: »Boutique Hotel trifft auf B & B. Das ist sehr originell und hat gewaltiges Geschäftspotenzial.«

Das ist so unwahrscheinlich, dass sich nicht mal ein Kopfschütteln lohnt. »Ich arbeite bei Clemmie und kann nicht an zwei Orten gleichzeitig Frühstück zubereiten.« Zumal sie den Hauptgrund außer Acht lässt, weshalb das nicht machbar ist – schließlich wohnt Ollie hier. Bei dem Gedanken daran, dass das vielleicht nicht immer der Fall sein wird, überkommt mich eine seltsame Nervosität. Wenn es ihm auch trotz der schönen neuen Sofas nicht gefällt, verschwindet er wahrscheinlich über alle Berge. Und ich male mir lieber nicht aus, wie öde St. Aidan dann für mich sein wird, ohne Ollie, der mich auf die Palme bringt.

Madison taucht neben ihm auf, schlingt ihm den Arm um den Nacken und nimmt ihn in den Schwitzkasten. »Es gibt durchaus noch andere Köchinnen im Ort.« Während sie ihm mit der Handfläche über die Wange fährt, leckt sie ihm praktisch das Ohr. »Wenn du mein Talent zur Frühstückszubereitung ausprobieren möchtest, könnten wir mal eine Teamtaktik besprechen und eine Nacht daraus machen.«

Ich habe keine Ahnung, wieso, aber mein Nacken kribbelt, und ich verspüre den Wunsch, sie umzunieten. Wenn nur Nell und Clemmie hier wären, die hätten ihr schon Bescheid gegeben.

Dafür meldet Ella sich zu Wort und zeigt auf die Bierflaschen an Madisons Platz. »Zu viele Kick Flips, Maddie? Lass Ollie los.«

Aber Maddy hört nicht. Als sie ihr in Lycra gekleidetes Knie durch den Schlitz in ihrem Kleid schiebt und dann hinauf zu Ollies Taille, wirft er einen entsetzten Blick über die Schulter und zischt: »Hilft mir bitte jemand hier heraus?«

Da ich die einzige Person hinter ihm in Hörweite bin, muss er mit »jemand« wohl mich meinen. Und da ich ihm wegen gestern etwas schuldig bin, lasse ich mich nicht zweimal bitten, sondern lege meinen Arm von der anderen Seite um seinen Nacken. »Sorry, Maddy, der ist schon vergeben. Ollie und ich haben noch Pläne für später.«

Maddy stammelt: »Pläne? Was denn für Pläne?«

Ellas verdutzte Miene spornt mich nur noch mehr an. »Farbzusammenstellungen, Moodboards, wilder Sex ...«

Maddie lässt ihn schneller los als eine heiße Kartoffel, und als er meine Hand nimmt und an seine Schulter drückt, murmelt er: »Nicht schlecht. Wollen wir über die Details sprechen?«

Ich bin so damit beschäftigt herauszufinden was er meint, dass mir entgeht, was er vorhat. Als sein Gesicht sich meinem nähert, sind wir schon mitten bei der Sache. Seine Lippen treffen auf meine, und sein Kuss ist lang, aufregend und wundervoll. Ich bin ganz benommen. Als ich mich endlich wieder von ihm löse, tue ich es nur deshalb, weil die Gefahr besteht, dass wir ein öffentliches Spektakel werden, statt einfach nur etwas klarzustellen. Was genau, habe ich schon vergessen.

Ollie drückt meine Taille und lacht leise. »Vergiss nicht, dass wir noch aufräumen und uns mit der Einrichtung beschäftigen müssen.«

Plum lacht, weil sie weiß, dass alles nur gespielt ist. »Hört sich an, als würdet ihr die ganze Nacht aufbleiben.«

Ella steht mit einem Tablett in der Hand auf. »Absolut. Ich fange schon mal an.« Sie wendet sich bedrohlich an Madison. »Und halte dich ja von Jago fern, solange ich weg bin. Der ist jetzt nämlich auch tabu.«

Ella belädt das Tablett hoch mit Tellern und rauscht zwinkernd und grinsend ab. Ich laufe benommen herum, mit dem Gefühl, dass meine Füße nicht ganz den Boden berühren. Ich weiß, dass es ein Fehler war, was gerade passiert ist, wünsche mir aber insgeheim, dass es aus Versehen wieder geschieht. Am besten gleich. Nur wird das absolut nicht passieren.

Ollie hält beide Daumen hoch. »Gut gemacht, Schneewittchen! Die Prinzessin eilt zu meiner Rettung, mal wieder!«

Es gelingt mir, trotz meines heftig pochenden Herzens einigermaßen ruhig zu bleiben. »Gern geschehen. Jederzeit.« Dann taumele ich zurück in die Küche und schiebe Geschirr auf der Ablage hin und her. Es dauert eine Weile, bis ich wieder ganz bei Verstand bin und feststelle, dass ich die Bierkiste mit Backförmchen gefüllt habe statt mit Flaschen.

Ella schließt schwungvoll eine der Spülmaschinentüren. »Noch mehr Teller, bevor ich die hier einschalte?«

Ich richte mich auf, die Hände voll Geschirr. »Ein oder zwei kleine!« Sie macht die Tür wieder auf, und ich blicke in einen perfekt eingeräumten Geschirrspüler. Ich sehe sie skeptisch an. »Wer hat die eingeräumt?« Das letzte Mal, als ich Ella vor einer Spülmaschine bei Clemmie sah, wusste sie nicht einmal, was für ein Gerät das ist, geschweige denn, wie sie es beladen soll.

Sie winkt ab. »Es geht doch nur um ein paar Teller, nicht um Quantenphysik, Gwen.«

Aber sie sind akkurat eingeräumt. Und eigenartigerweise ist das Besteck exakt so eingeordnet, wie Ollie es macht und wie es seiner Ansicht nach sein sollte. Ich nicke ihr anerkennend zu. »Gut gemacht, Ells.«

Sie lacht und wackelt mit den Brauen, um mich zu necken. »Jederzeit, Prinzessin.«

Ich lasse ihr das durchgehen. Ich muss sie buchstäblich beim Einräumen des letzten Löffels überrascht haben, nachdem Ollie schon alles andere erledigt hatte, aber ich denke deswegen nicht schlechter von ihr, weil sie die ganze Zeit ernsthaft mitgeholfen hat. Im Grunde spielt es keine Rolle, wer was getan hat. Der heutige Tag hatte seine seltsamen Momente und Überraschungen und brachte einige Veränderungen mit sich. Und alle Anwesenden haben sich selbst übertroffen, Ella eingeschlossen.

Anscheinend ist sie glücklich, denn ihre Brauen stehen gar nicht mehr still. »Du hast nebenan Wunder vollbracht, und du hast die Star Sisters stolz gemacht.« Sie umarmt mich. »Ich bin sehr neugierig, wie es frisch gestrichen aussehen wird.«

»Ich auch!« Ich drücke sie. »Macht es dir wirklich nichts aus, dass ich die Abstimmung auf Facebook gewonnen habe und jetzt meine Vorstellungen umgesetzt werden?«

Sie lächelt. »Du hattest recht. Jeder konnte das erkennen. Ich bin stolz auf dich, dass du deiner Überzeugung gefolgt bist und für deine Träume gekämpft hast.«

»Wir werden hier glücklich sein, nicht wahr?«

Sie stutzt. »Absolut. Das sind wir.«

Nach diesem Tag sollte ich beschwingt sein. Aber ein leiser Zweifel bremst mich.

Viel später, als ich im Bett liege, schreibt sie mir eine Textnachricht: *WTF?! Taylor hat mir geschrieben!*

Ich schreibe zurück: *WTAF??? Was hat er geschrieben?*

Großartige Weihnachtsangebote bei Screwfix.

Eine Minute danach schreibt sie erneut: *Panik vorbei – das muss für jemand anderen bestimmt gewesen sein.*

32. KAPITEL

Bei Barnaby and Browne's, The Barns, Saltings Lane
Hart am Wind
Mittwoch

Da das Cottage bis auf Taubenkot hier und da tadellos sauber ist, konzentrierten wir uns auf Stargazey House. Jagos Leute sind weg und die Wände gestrichen, also packten wir Sonntag sämtliche Pakete aus, die inzwischen eingetroffen waren, stellten die Möbel an ihren Platz und betrachteten anschließend prüfend, wie hervorragend alles zusammenpasst.

»Keine Sorge, Gwen, Häuser sehen in diesem Stadium immer ein wenig kahl aus«, formulierte Ella die Tatsache, dass wir bisher einen guten Job gemacht hatten, aber noch viel Arbeit vor uns lag.

Der Wohnbereich funktioniert gut, die tintenblauen Wände haben exakt die richtige Farbe, um die wundervollen dunkelblauen Samtsofas hervorzuheben. Doch nachdem alle wichtigen Möbel aufgestellt sind, brauchen wir noch mehr Kleinkram.

Mittwochnachmittag machen Ollie und ich uns daher auf den Weg zu Barnaby and Browne's in der Saltings Lane, bewaffnet mit einer Liste, die Ella und ich erstellt hatten, um die Lücken im Stargazey House zu füllen. The Barn Yard ist nicht nur der Ort, an dem Schäferhütten gebaut werden, sondern es werden dort auch neben Dekosachen alte Möbel verkauft, die nur noch gestrichen werden müssen. Während wir durch die erste große Halle gehen, schlägt mein Herz beim Anblick der vielen stilvollen Sachen höher.

Ich muss gestehen, dass meine Aufregung nicht allein mit den von Kunsthandwerkern aus der Gegend hergestellten Kerzen und den süßen Hunden mit wedelndem Schwanz neben der Kasse zu tun hat. Dies ist das erste Mal, dass ich mit Ollie seit unserem Kuss allein bin. Und jedes Mal, wenn er in meine Nähe kommt, rast mein Puls. Zum Glück erweist er sich als äußerst zielstrebiger Shopper. Meistens läuft er voraus und bringt an allen möglichen Sachen Reserviert-Aufkleber an, als gäbe es kein Morgen.

Als wir durch die dritte Scheune sind und ich schwärmend vor Schlafsofas stehen bleibe, die perfekt fürs Cottage wären, ist meine Unbedingt-kaufen-Liste bald voll. Ich laufe weiter und stoße mit Ollie zusammen, der vor einer Vitrine stehen geblieben ist.

Ich lese das Schild laut vor: »›Glas und Metall, IKEA 2015‹. Sehr cool, aber es steht nicht auf unserer Liste.«

Ollie klebt einen Sticker an eine Ecke. »Die ist perfekt für meine Souvenirs aus dem Ort.« Er sieht meine verblüffte Miene und schüttelt den Kopf. »Jedes Mal, wenn ich im Hardware Haven Mintys Körner kaufe, dreht Janice mir irgendein Andenken aus St. Aidan an.«

»Dir nicht auch, oder?« Ich kann es nicht fassen, dass wir beide diese Sachen kaufen. »Ich habe zahllose Miniaturen. Darunter ist sogar eine winzige Fischerhütte, deren Dach man abnehmen kann, um Ohrringe darin aufzubewahren.«

»Janice kann sehr überzeugend sein.«

Da muss ich ihm ausnahmsweise zustimmen. »Inzwischen besitze ich sogar einen kleinen Eiswagen aus St. Aidan, der Weihnachtslieder spielt.«

Ollie grinst. »Derartiger Kitsch kann wirklich nicht im Laden bleiben.«

»Sagt der Mann, der in der letzten Scheune fünfzehn Ercol-Stühle gekauft hat.« Ich sehe ihn kritisch an, denn hier kann er keiner aufdringlichen Verkäuferin die Schuld geben. »Wenn Medaillen fürs Einkaufen vergeben würden, würdest du Gold gewinnen.«

Er protestiert: »Die sind nur kurz im Angebot, und sie würden im Haus toll aussehen.«

Natürlich hat er recht. Ich weiche zurück, damit sein Ellbogen mich nicht trifft und ich wieder ein Kribbeln im Bauch verspüre. Einen Meter weiter stoppe ich vor etwas, das noch schlimmer ist.

Ollie streicht mit der Hand über das schwarze Bettgestell, vor dem ich stehe. »Das würde gut in euer Dachgeschoss passen. Ich habe mir immer vorgestellt, mich jede Nacht in ein solches Bett zu legen.«

Ich brauche einen Moment, um das Bild von uns beiden in diesem Bett loszuwerden und uns in getrennte Schlafzimmer zu verfrachten. »Gibt es noch irgendetwas, was nicht im Laden bleiben kann?«

Er rümpft die Nase. »Es würde tatsächlich besser in deinem Dachgeschoss aussehen als in meinem.«

»Wenn du meinst.« Sobald ich die Vorstellung von Ollie in seiner Boxershorts und in mein Bett kriechend verdrängt habe, gefällt mir das Bett gut. Ich klebe einen Sticker darauf und mache ein Foto. Im nächsten Gang entdecke ich ein identisches Bett.

Ich sehe Ollie an. »Schau nur, was ich gefunden habe! Du kannst doch noch das Bett deiner Träume haben.«

Er blickt skeptisch. »Warum fragst du nicht Ella, ob sie es haben will?«

»Wie du meinst.« Ich wähle die besten Fotos aus und

schicke sie Ella, dann folge ich Ollie in eine Scheune, an deren getünchten Wänden Wortkunstbilder hängen. Im Vorbeigehen lese ich die Bildunterschriften. »›Good morning sunshine‹! Das ist doch ein guter Start in den Tag. ›Winning‹ würde zu dir passen, Ollie. Und ›Fly free‹ zu Minty.«

Ollie betrachtet die Bilder. »Was ist mit dir?«

Ich zögere. »›Footloose‹ oder vielleicht ›Wild like the wind‹.« Und als ich das nächste sehe, möchte ich es am liebsten an meine Brust drücken. »›Give me the sea, and a little cottage just to be‹. Das passt heute am besten zu mir.« Es ist auch für mich eine Überraschung, aber es ist dasjenige, welches genau ausdrückt, was ich momentan fühle. Wahrscheinlich nur bis ich die Arbeit im Cottage beendet habe, weil ich dann schnell wieder aufbrechen will. Oder etwa nicht? Sobald mein kleines Eisenbettgestell oben unterm Dach steht, will ich möglicherweise für immer bleiben.

Ollie stupst mich an. »Dort drüben hängt eines, auf dem steht: ›Let's make plans‹. Hast du neulich nicht Pläne für uns gemacht?«

»Was?« Verdammt. »Das war doch nur, um dich vor Madison zu retten. Ende der Geschichte.«

Sein Lächeln ist unergründlich. »Wir haben noch nicht darüber gesprochen, was da passiert ist.«

Erschrocken erwidere ich: »Weil es da nichts weiter zu sagen gibt!«

»Aber es war ganz schön aufregend.« Er wirft mir einen Blick von der Seite zu. »Heiß sogar, oder?«

Meine Wangen glühen. Ich mache einen Schritt nach vorn und stoße prompt gegen einen Hutständer, der mit Windspielen behängt ist.

Ollie ruft über das Bimmeln hinweg: »Halte Ausschau nach Moodboards!«

Wenn ich nicht reagiere, gibt er vielleicht auf. Schließlich handelt es sich nur um einige Sekunden an einem arbeitsreichen Tag. Da diese Geschichte zum ersten Mal zwischen uns zur Sprache kommt, nehme ich an, dass sie für ihn ebenso bedeutungslos war wie für mich. Ich habe sie seither ganz bestimmt nicht jede Stunde durchlebt. Tatsächlich eher alle fünf Minuten. Aber das hat nichts mit Ollie zu tun. Es war der süßeste, weltbewegendste Kuss meines Lebens, wahrscheinlich weil ich so lange keinen mehr hatte. Wenn ich mich nicht erinnern kann, je solches Herzklopfen gehabt oder solches Erschauern verspürt zu haben, dann nicht, weil es noch nie passiert war. Ich habe es nur einfach vergessen.

Nur, würde man etwas vergessen, was einen vollkommen schwindelig gemacht hat und einem noch fünf Tage später den Atem raubt? Ich bin reichlich verwirrt. Ollie hat etwas an sich, das mir Herzrasen verursacht. Es fing am ersten Tag an, als wir im falschen Haus gelandet sind, und es ist seither unverändert geblieben. Wenn er mich wie jetzt neckt, wird es noch hundertmal schlimmer.

»Sieh nur, was ich gefunden habe, Ollie!« Ich hoffe, die über mir hängenden Stoffdreiecke und mein professioneller Ton bringen mich wieder runter. »Ein oder zwei davon würden gut auf deine Terrasse passen.«

Das Label dreht sich in der Luft über mir. *Echt und ökologisch, für drinnen und draußen. Man kann die Symbole noch sehen, und jede Nummer auf diesen recycelten Segeln ist einzigartig.*

Mist. Während ich vorlese, wird mir ganz komisch. »Sind die etwa ... von echten Segelbooten?«

Ollie verdreht die Augen. »Was denn sonst?« Er winkt ab. »Die hänge ich mir ganz bestimmt nicht in meinem Haus auf.«

Ich betrachte sein Gesicht, das weiß wie das Segeltuch geworden ist. »Tut mir schrecklich leid. Was für ein Fauxpas. Fahren wir zurück in den Ort. Du bekommst einen klebrigen Haferriegel und einen Cappuccino. Eine extra große Portion Fish and Chips und einen doppelten Schoko-Muffin. Dann noch einen Strandspaziergang. Und heißen Cider im Hungry Shark gegen den Schock.«

Er fährt sich durch die Haare. »Ist schon okay, Gwen.«

»Nein, ist es nicht«, platzt es aus mir heraus. »Du bist wirklich aufgewühlt, und das ist alles meine Schuld.« Hätte ich das gewusst, hätte ich ihn in die nächste Scheune gelotst. Oder sogar in die nächste Grafschaft. Seine traurige Miene rührt mich zutiefst.

Er atmet geräuschvoll aus. »Das Segel dort oben stammt von einem Fireball. Es war das erste Boot, auf dem Alex und ich als Team gesegelt sind.« Er zögert, dann fährt er fort: »Du kannst es ebenso gut erfahren. Er starb meinetwegen – ich war für seinen Tod verantwortlich.«

Mein ganzer Körper erstarrt, denn es ist viel schlimmer, als ich dachte. »Du gibst dir die Schuld? Was ist passiert? Warst du dabei?« Die Fragen strömen aus mir heraus, ehe ich mich bremsen kann. »Ich würde es allerdings verstehen, wenn du nicht darüber reden möchtest.«

Er verzieht das Gesicht. »Es ist besser, wenn du es weißt – ich war nicht dabei, aber ich hätte es sein sollen.« Er reibt sich die Schläfe. »Es war eine prestigeträchtige Regatta, bei der wir ein Team auf einer Jacht leiten sollten, die einem großen Unternehmen gehörte. Die Wetterbedingungen waren sehr schlecht, und für die Crew bestand ein zu großes Risiko. Als Kapitän traf ich die heftig umstrittene Entscheidung, im Hafen zu bleiben. Doch Alex überzeugte die anderen davon, dass er dem Sturm entkommen und die Konkurrenz schlagen könne. Also liefen sie ohne mich aus.«

Er schüttelt den Kopf. »Das Rennen war eine Katastrophe; viele Boote sanken. Wenn ich bloß mitgesegelt wäre, ich hätte vielleicht kühlen Kopf bewahrt und das Schlimmste verhindern können. Zumindest hätte ich mich vergewissert, dass er festgebunden war. Aber Alex ging über Bord, und sie konnten ihn nicht retten. Das Boot wurde schwer beschädigt, und sie hatten Glück, zurückzukehren und in den Hafen einzulaufen, ohne noch jemanden verloren zu haben.« Er macht ein gequältes Gesicht. »Ich werde es ewig bereuen, nicht für ihn da gewesen zu sein. Ich hätte ihn besser kennen müssen. Als ich einen Rückzieher machte, dachte ich, er würde auf meiner Seite sein. Nie hätte ich gedacht, dass er allein auslaufen würde. Aber genau das tat er, und ich war nicht da, um ihn zu retten.«

»Wie schrecklich, damit zu leben.« Ich betrachte ihn, während er sich die Tränen von den Wangen wischt und die Nase reibt.

Dann schiebt er die Hände tief in die Jackentaschen. »Ich fühle mich so schuldig, weil ich versagt habe. Daran wird sich auch nie etwas ändern.«

Ich stehe vor ihm und wünschte, ich könnte irgendetwas tun, damit er sich besser fühlt. Ihm etwas von seinem Schmerz nehmen. Ich lege ihm die Hand auf die Schulter und schmiege meine Wange an seine Brust. Als er näher kommt, lege ich meine Arme um ihn und halte ihn. Seine Bartstoppeln verfangen sich in meinen Haaren. Ich atme seinen Duft ein und spüre das Pochen seines Herzens, und ich hoffe, er empfindet diese Umarmung als so tröstlich, wie ich seine letzte Woche im Cottage empfunden habe. Ich fühle, wie sein Brustkorb sich hebt, als er seufzt.

»Von Igel zu Igel, aber kein Stachel ist zu spüren. Danke für dein Mitgefühl, Gwen Snow. Wenn ich diese Dinge ausspreche, ist es jedes Mal, als würde mir eine Last von den Schultern genommen.« Er lächelt reumütig. »Wie wir schon ganz richtig festgestellt haben – wir müssen nach vorne schauen, nicht zurück. Manchmal ist das schwer. Aber es hat mir sehr geholfen, dass du da warst.«

Ich löse mich von ihm. Reibe mir die Wange, die an seinem weichen Kaschmirpullover ruhte. Dann hebe ich den Blick und entdecke etwas neben dem Segel dort oben. »Da, Sterne! Lange Reihen von Papiersternen!« Die sind wundervoll – schlicht und weiß, aber sehr dekorativ. Weil ich ausgerechnet jetzt darauf stoße, kommen sie mir vor wie Sterne der Hoffnung, die uns helfen, unseren Weg zu finden.

Ollies Miene hellt sich auf. »Wenn sie noch mehr haben, könnten wir hundert Ketten mitnehmen.«

»Selbst für einen olympiareifen Shopper ist das eine Menge.«

Er runzelt die Stirn. »Ich sehe sie über jedem Bett, über dem Esstisch, im Wohnzimmer. Und auch in der kleinen Traumküche.«

Ich denke einen Moment nach. »Vielleicht könnten wir unsere eigenen machen.« Als wir klein waren, hat Ellas Mum Merry uns beigebracht, wie man das Papier faltet und Puppenketten ausschneidet. Mir machte das Spaß.

Zwischen Ollies Brauen bildet sich eine Falte. »Ich will dir nicht zu viel aufbürden, denn es gibt noch jede Menge zu tun bis Weihnachten. Nächstes Jahr vielleicht?«

»Definitiv. Vielleicht.« Es ist ewig her, seit ich so weit voraus geplant habe. Ich versuche zu verdrängen, wie sehr mir der Gedanke gefällt, nächstes Jahr um diese Zeit noch hier zu sein. Ich wage jedoch nicht zu hoffen, dass Ollie dann auch noch da ein wird. Dass ich mein eigenes Bett für mein eigenes Zimmer kaufe, ist so aufregend, dass ich an gar nichts anderes denken kann. Allein bei der Vorstellung breitet sich ein warmes Gefühl in mir aus.

Ollie lächelt, und kleine Fältchen bilden sich um seine Augen. »Also hundert Sternenketten. Noch was, bevor wir gehen?«

»Unterhalten wir uns erst mal mit dem Angestellten über die Sachen, die wir bis jetzt ausgesucht haben.« Ich wünschte, mein Inneres würde sich nicht jedes Mal in Sirup verwandeln, sobald Ollie lächelt. Dann gibt mein Handy einen Signalton von sich, und ich bleibe stehen, um nachzusehen. »Es ist eine Textnachricht von Ella.« Mein Mut sinkt. »Wie schade. Sie meint, wir sollen das Bett nicht kaufen.«

Es ist eine Kleinigkeit. Es gibt tausend Gründe, warum sie sich ihr Bett selbst aussuchen will, daher verstehe ich nicht, wieso mir das den Nachmittag verdirbt. Aber wenn man gerade dabei ist zu lernen, wieder glücklich zu sein, ist das ein sehr fragiles Gefühl, das von einem Moment zum anderen wieder verschwinden kann.

Wenn Ollie traurig und niedergeschlagen ist, sind die Emotionen in mir wie eine Flutwelle. In solchen Momenten ist die Zärtlichkeit in mir überwältigend. Ich möchte ihn dann in den Arm nehmen, seinen Schmerz vertreiben und ihn nie wieder loslassen. Doch das muss ich sorgsam trennen von dem Verlangen, ihm die Kleider vom Leib zu reißen, das seit unserer ersten Begegnung da ist. Es ist nicht dasselbe, wie Mitgefühl zu haben.

Ollie räuspert sich. »Hey, Kopf hoch! Wir können uns immer noch auf das Streichen bei dir freuen. Ich werde Jagos Mitarbeiter bei den Vorbereitungen helfen.«

Ich versuche mein Lächeln so fröhlich aussehen zu lassen, wie es sein sollte. Wir können uns glücklich schätzen, so viel Hilfe von allen Seiten zu bekommen, ohne die wir nicht da wären, wo wir jetzt sind. Ich wünschte nur, meine plötzlich auftauchenden nagenden Zweifel würden verschwinden. Schließlich geht es nur um ein Bettgestell. Allerdings kenne ich Ella zu gut – es steckt mit ziemlicher Sicherheit mehr dahinter. Gleichzeitig habe ich auch ein schlechtes Gewissen. In jüngster Zeit drehte sich zwischen uns ständig alles immer nur um meine Dekorationsprobleme. Früher habe ich mich viel öfter danach erkundigt, wie es ihr geht, und nun kann ich mich gar nicht mehr an unser letztes richtiges Frauengespräch erinnern. Ich will nicht selbstsüchtig sein, aber ich will auch nicht, dass irgendetwas die Renovierung des Cottages verzögert, wo wir so kurz vor der Fertigstellung stehen.

33. Kapitel

Stargazey Cottage
Unbequeme Wahrheiten und Panikräume
Freitagnachmittag

»Es ist komisch, wie man anfangs Dinge fürchtet. Ich dachte, Weihnachten würde mir den Rest geben, aber jetzt, wo wir fertig sind, gefällt mir der Sternengarten vom Seaspray Cottage richtig gut.«

Ich spreche mit Ollie. Es ist Freitag, zehn Tage nach unserer Einkaufstour bei Barnaby and Browne's, und er hat seitdem Wort gehalten. An jedem Wochentag war er mit Spachtelmasse und Abdeckplane erschienen, hatte die frisch verputzten Wände vorgestrichen, die Decken gestrichen und alle Holzteile für unseren bevorstehenden Anstreichmarathon vorbereitet.

Der Großteil der Dekoration im Seaspray Cottage und draußen ist vor einer Woche fertig geworden, bei einer Mitmachaktion, die sich über das ganze Wochenende hinzog. Ich freu mich jeden Tag auf dem Weg zur Arbeit über unseren geschmückten Garten und erzähle allen, wie wundervoll das Ergebnis ist.

Wir befinden uns in Ellas neu gestaltetem Schlafzimmer. Ollie hält oben auf der Leiter beim Schmirgeln inne und schaut zu mir herunter. »Die Lichter in den Bäumen bringen die Sterne zum Leuchten, wenn es dunkel ist.«

Madison hat für uns tolle Arbeit geleistet. Sie war vor den anderen da und ist Leitern hinauf- und hinuntergestiegen, um Lichter an genau den richtigen Stellen aufzuhängen. Anschließend kümmerte sich Jagos Elektriker gegen Bezahlung mit Karamellkonfekt um den Strom. Und drinnen bilden die weißen Sterngirlanden unter den Decken einen schönen Kontrast zur kunterbunten Einrichtung, und auch die zwei Meter hohen Zweigbündel mit winzigen Sternen darin sehen toll aus.

In den letzten zehn Tagen haben wir fast pausenlos gearbeitet. Ich habe Clemmie geholfen, einen Nachmittagstee für eine Hochzeit in einem Ferienhaus an der Küstenstraße zu organisieren. Dann haben wir mit der Mütter- und Schwangerengruppe und den Besuchern aus der Seniorenresidenz in der kleinen Teeküche Pfefferkuchenmännchen verziert, und die Stammgäste wollten es alle auch probieren. Wir veranstalteten außerdem in Plums Galerie sehr beliebte Bastelabende mit heißer Schokolade und sternförmigen Keksen.

Abends verschwand Ollie in seinem Haus, aber wenn wir in der Galerie waren, kam er gegen Ende immer vorbei, angeblich um beim Transport der Sachen zu helfen. Aber wir wussten natürlich alle, dass er die Reste essen wollte. Mit Ella verhielt es sich ähnlich; sie arbeitete bis spät in ihrem Job, erschien in der letzten halben Stunde, um Origami oder Sterne aus Zweigen zu basteln oder letzte Hand an Pfefferkuchensterne und -männchen zu legen. Eigentlich wollte ich mich mit ihr über Taylor unterhalten, aber Ollie begleitete uns jedes Mal nach Hause, sodass ich keine Chance bekam. Bei anderen Gelegenheiten ergreift Ella regelrecht die Flucht, sobald ich mich behutsam zu erkundigen versuche. Sie hat nie Geheimnisse vor mir gehabt, aber wenn ich es nicht besser wüsste, würde ich glatt darauf tippen, dass sie diesem Gespräch ganz bewusst aus dem Weg geht.

Manchmal sind Tiere einfacher als Menschen! Minty hat Ollie bei der Arbeit im Cottage besucht, und er hat ihr beigebracht, die Trittleiter hinauf- und hinunterzuhüpfen. Wenn ich unterwegs war, hat er mit Jagos Malern zusammen mit einer speziellen, schnell trocknenden Farbe gestrichen.

Da ich seit fast vier Monaten hier lebe, fiel mir die Farbauswahl leicht. Wir sind also alle bereit für die morgige Anstreichparty mit Ollie, Jago und Ella als permanente Ansprechpartner. Ich habe Spaghetti Bolognese und Schokoladenpudding für abends schon vorgekocht, und mein selbst gemachtes Vanilleeis ist auch fast fertig. Jetzt fehlen nur noch die eifrigen Helferinnen und Helfer.

Während ich zu Ollie hinaufschaue, wie er die letzte verputzte Fläche schmirgelt, in der letzten Ecke des letzten Zimmers, kann ich gar nicht in Worte fassen, wie dankbar ich ihm bin. »Danke für deine Hilfe, Ollie. Du hast viel mehr geleistet bei dieser Jobtauschvereinbarung.«

Er zieht seine Jeans hoch und schaut wieder zu mir herunter. »Möglicherweise habe ich Hintergedanken.«

Sein sanftes Lächeln und die Risse vorn in seiner Hose veranlassen mich, mir auf die Lippen zu beißen. Okay, ich gestehe, dass mein Herz drei Purzelbäume geschlagen hat, als er das sagte. Falls er – und sei es nur ein kleines bisschen – damit zum Ausdruck bringen wollte, dass er hofft, ich bleibe über den Februar hinaus, weil ich hier so glücklich bin. Aber bestimmt will er etwas ganz anderes sagen, also verbanne ich das gleich wieder aus meinen Gedanken.

Er sieht lachend zu mir herunter. »Du darfst getrost fragen, um welche Hintergedanken es sich handelt.«

Er lässt es also nicht auf sich beruhen. Das kann ich jetzt auch nicht mehr, da mein Herz pocht, weil ich dachte, es geht um mich.

»Hattet ihr Partnerinnen, du und Alex?« Auch als schnelle Themenwechslerin bin ich ebenso geschockt wie er, dass mir das eingefallen ist.

Er stutzt. »Das war nicht ganz das, worauf ich hinauswollte. Aber es ist kein Geheimnis, dass von uns beiden Alex der Gutaussehende war.«

Ich brauche einen Moment, um das zu verarbeiten. »Das ist definitiv nicht möglich.« Dann wechsle ich zu einer passenderen Reaktion. »Ich nehme an, seine Anziehungskraft bestand auch in seinem Erfolg, oder?«

Ollie schmirgelt die Wand. »Alex ließ nichts anbrennen, ohne Rücksicht auf Verluste. Auf jedem Anleger wartete ein Supermodel, aber eine Beziehung wurde nie daraus.«

»Und was ist mit dir?«

Ella wäre stolz auf mich, wie direkt ich hier frage.

Er antwortet nicht gleich, sondern streicht mit den Fingern über die Wand und fängt dann wieder an zu schmirgeln. »Die sind Alex hinterhergelaufen. Ich habe mich zurückgehalten und darauf gewartet, dass die Staubwolken sich lichten.«

»Das kaufe ich dir nicht ab.«

Er zuckt mit den Schultern. »Das viele Reisen und die harte Arbeit, das war nicht das beste Szenario, um eine Partnerin fürs Leben zu finden. Es gab auch nie jemanden, für den ich Opfer hätte bringen wollen.«

Ich schaue zu Minty, die auf der untersten Leitersprosse sitzt. »Tauben bleiben ein Leben lang zusammen. In dem Dorf, in dem wir wohnten, als ich ein Kind war, hatte jemand einen Taubenschlag. Das ist auch schon alles, was ich über Tauben weiß.« Ich lächle den Vogel an. »Irgendwo dort draußen wartet ein Mann auf dich.«

Ollie betrachtet die Taube skeptisch. »Wenn du im Frühling noch hier sein solltest, besorgen wir dir einen, Minty.«

Ich streichle ihren Kopf. »Oder du fliegst los und suchst dir einen.«

Ollie winkt ab. »Beim derzeitigen Tempo, in dem sie Fortschritte macht, wird sie für immer auf unserer Terrasse wohnen.«

Das ist in gewisser Hinsicht traurig, aber zugleich auch wunderbar.

»Wie steht's mit dir?« Ollie sieht mich an.

»Ich dachte immer, ich will auch wegfliegen, aber ich habe mich selbst überrascht – jetzt freue ich mich wirklich darauf, in meinem neuen Bett aufzuwachen und jeden Morgen vor dem Balkon den Tag heraufdämmern zu sehen.«

Er verdreht die Augen. »Ich sprach von Partnern, nicht über Flugrouten. Sind Chalet-Mitarbeiter nicht für ihre Feierfreude bekannt?«

»Oh, ach so.« Ich spüre, wie meine Wangen wegen dieses Missverständnisses warm werden. »Ich habe mich wegen der wilden Natur für die Berge entschieden, nicht wegen des Nachtlebens. Wir zogen in jeder Saison weiter, und da war niemand, bei dem ich bleiben wollte.«

»Dann gab es nie jemanden, der deine Welt zum Leuchten gebracht hat? Wegen dem du Schmetterlinge im Bauch hattest, sobald er den Raum betrat?«

Mir wird flau im Magen. Er kann unmöglich von den Purzelbäumen wissen, die mein Herz schlägt – oder? Verzweifelt kämpfe ich gegen das flaue Gefühl an. »Gibt's das wirklich?«

»Hab ich mir sagen lassen.« Er lacht. »Man muss an den Zauber glauben, sonst begegnet man ihm nie.«

Mein Herz hat stets schneller geschlagen in Ollies Nähe. Würde ich das bestreiten, wäre es eine Lüge. Wenn Ella hier wäre, würde sie mir das ins Gesicht sagen. Es ist nicht so, als hätte ich das nicht jedes Mal gemerkt, denn das habe ich absolut. Nur habe ich es nie so hübsch und nett formuliert, wie er das gerade getan hat.

Die Sache ist, dass ich genau das von der ersten Sekunde an erlebt habe, als ich für ihn schwärmte, es aber nicht ertragen konnte, in seiner Nähe zu sein. Seit er so nett zu mir ist und ich immer noch weiche Knie bekomme, wird es schlimmer. Und wenn ich mit seinem Schmerz mitfühle, wird es fast unerträglich. Doch je mehr ich ihn mag, desto mehr Gründe finde ich, gegen diese Gefühle anzukämpfen. Aber wenn wir so eng zusammenarbeiten, ist es schwer, die Distanz zu wahren, die ich brauche.

Ich drehe den Spieß um. »Du bist also ein harter Typ mit einem weichen Kern?«

Er sieht zu mir herunter, als durchschaute er mich komplett und könnte direkt in meine Seele schauen. »Jeder hofft doch, dass er sich eines Tages verlieben kann, oder?«

Ich räuspere mich. »Ich könnte es nicht ertragen, noch einmal jemanden zu verlieren, der mir viel bedeutet. Für mich ist es besser, das nicht noch einmal durchzumachen.«

»Sag das nicht!« Er steigt die Leiter herunter und behutsam über Minty hinweg, und dann durchquert er mit zwei großen Schritten den Raum. Er legt den Finger unter mein Kinn, damit ich ihm ins Gesicht sehe. »Du kannst nicht immer allein bleiben. Das ist solch eine Vergeudung.«

Ich schlucke, denn ich habe einen Kloß im Hals. »Eine andere Option gibt es nicht.«

»Komm her.« Ich schmiege mein Gesicht an seine Brust, und er legt die Arme um mich. »Meine Schneegans, wir müssen dafür sorgen, dass es dir besser geht. Von allen Leuten, die ich kenne, verdienst gerade du es, glücklich zu sein.«

Ich bin hin- und hergerissen. Einerseits will ich diese sinnliche Wärme und seinen starken Körper an meinen gepresst spüren. Und nie mehr loslassen. Doch gleichzeitig ringe ich mit mir und will es auf keinen Fall so sehr mögen, dass ich es irgendwann nicht mehr ohne aushalten könnte.

»Gib nicht auf, Gwen. Sieh mich an – achtzehn Monate lang konnte ich nicht einmal herkommen oder mir auch nur vorstellen, hierbleiben zu wollen. Und jetzt liebe ich Windlichter und blaue Kissen.«

Ich seufze. »Ich habe dir immer gesagt, dass die richtige Einrichtung alles besser macht.«

Er seufzt auch. »Es könnte auch an der Innendekorateurin liegen.«

Das habe ich nicht gehört. Lächelnd schaue ich zu Minty hinunter, die an meinen Converse pickt. »Für meinen Geschmack ist die weiße Taube die große Attraktion.«

Ollie kneift ein Auge zusammen. »Da wir gerade über die wild lebenden Tiere des Ortes sprechen – was für eine Umarmung haben wir hier? Igel? Mensch?«

Ich ziehe eine Grimasse. »Alkoholfrei? Zuckerfrei?« Es *muss* eine rein tröstliche Umarmung sein.

»Es gibt noch andere Optionen.« Er sieht mir in die Augen. »Wir müssen nicht die ganze Zeit freudlos sein. Ich meine nur so.«

»Ich bin froh, dass wir das geklärt haben. Auch wenn Igel das vielleicht nicht so sehen.«

Als ich seinen Adamsapfel hüpfen sehe, während er schluckt, möchte ich ihn am liebsten wieder küssen. Aber das geht nicht.

Er verzieht das Gesicht. »Ich habe dir meine Hintergedanken noch gar nicht verraten.«

Ich lege ihm den Zeigefinger auf die Lippen. »Spar dir das auf, bis das Cottage fertig ist.«

Lange müssen wir nicht mehr warten. In sechzehn Stunden wird die Malcrew eintreffen. Jetzt muss ich mir nur noch überlegen, wie ich Ollie loslasse.

Er räuspert sich. »Da wäre übrigens noch das Leuchten ...«

Ich bin gleich wieder bei der Sache. »Nachttischlampe, Stehlampe oder Unterbauleuchte?«

Die Lachfältchen um seine Augen erscheinen. »Ich meinte das, worüber ich vorhin gesprochen habe – dass jemand für einen die Welt zum Leuchten bringt – so ist das für mich, sobald du einen Raum betrittst.«

»*Was?*« Das meint er doch nicht ernst, oder? Er ist mir so nah, dass ich die Stoppeln auf seinem Kinn genau sehen kann.

Er zieht die Mundwinkel herab. »Seit ich dich zum ersten Mal gesehen habe.«

»An dem Tag, als ich mich versehentlich fast ausgezogen habe?«

Er grinst wieder. »Lange bevor ich deinen BH sah. Ich war wie vom Blitz getroffen und wusste es.«

»Shit.« Du liebe Zeit! Ich kann auf keinen Fall gestehen, dass es mir ebenso erging.

»Wenn du es nicht fühlst, ist das in Ordnung.« Er sieht mich an, und ich bewundere seine langen Wimpern. »Falls aber doch, wäre es eine Schande, das zu ignorieren.«

»Klar.« Mit dieser Situation bin ich hoffnungslos überfordert.

»Dann lass es mich wissen.«

»Bestimmt, ich werde darauf zurückkommen.« Werde ich ganz sicher nicht. »Aber jetzt muss ich wirklich los.« Zum allerletzten Mal schmiege ich mich an ihn und fahre ihm mit der Hand durch die Haare. Wickle eine Strähne um meinen Finger. Streichle sein Gesicht, in dem Wunsch, nie zu vergessen, wie sich seine Haut über den Wangenknochen anfühlt. »Bei dir gibt's noch massenhaft selbst gemachtes Eis, das gegessen werden muss.«

Ich lasse die Hand sinken und löse mich von ihm. Einen Moment später bin ich draußen auf dem Treppenabsatz und poltere die Treppe hinunter.

34. Kapitel

Stargazey Cottage
Cliffhanger und klare Worte
Später Samstagabend

»Unser letzter Abend auf den Sitzsäcken.«

Während Ella durch die Küche geht, kicke ich meine Converse weg, setze mich in unser wundervolles neues Wohnzimmer, betrachte die pastellrosa Wände und lasse alles auf mich wirken.

Zwanzig Leute in einem winzigen Cottage, die auch noch alle mit Farbrollen herumlaufen, hätten Schreckliches anrichten können. Aber die heutige Anstreichparty bestand aus Leuten, die schon häufiger dabei waren, und irgendwie ging alles gut. Nach dem Abendessen nebenan und einem letzten »Dankeschön« aus Gingerbread-Martinis winkten Ella und ich allen zum Abschied, weil die ganze Truppe noch zum Karaoke in den Hungry Shark wollte. Jetzt sind wir wieder in unserem Zuhause und genießen es. Es fühlt sich bereits so gemütlich an, dass ich für immer hierbleiben möchte und gar nicht ins Bett gehen will.

Alle hatten gespannt darauf gewartet, wie es mit Ollie nach dem gestrigen Tag gelaufen ist – ich habe ihn die ganze Zeit kaum zu Gesicht bekommen. Dann ließ er mir von Jago ausrichten, er habe weggemusst, was typisch für Ollie ist, wenn er eine peinliche Situation vermeiden will. Das war also das Ende dieser Episode. Jedenfalls werde ich nicht zugeben, dass es mir völlig den Wind aus den Segeln genommen und mich schwer enttäuscht hat.

Als ich die Kühlschranktür zufallen höre, rufe ich: »Brauchst du Hilfe dahinten?«

»Nein, alles klar.« Sie kommt mit zwei Flaschen zurück, die sie an die Brust gedrückt hat, außerdem zwei Gläsern und einer Schale Himbeeren.

»Was hat das zu bedeuten?«, erkundige ich mich erstaunt.

Sie wirft ihren Zopf zurück. »Fever Tree Tonic. Und Cockle Shell Castle Star Shower Gin mit einer Fruchtnote.«

Ich stutze. »Die Sterne in Pink und Silber auf dem Etikett passen perfekt zu den Wänden!«

Sie zwinkert mir zu. »Ich habe eine entsprechende Farbzusammenstellung gewählt, weil ich nach all der Mühe, die du dir gegeben hast, nicht riskieren wollte, dass sich etwas beißt. Ich weiß wirklich zu schätzen, was du hier geschafft hast, Gwen. Es ist toll.« Mit einem breiten Lächeln schraubt sie eine der Flaschen auf. »Als wir mit dem Cottage anfingen, war mir klar, dass wir beschäftigt sein würden. Aber ich hätte nicht gedacht, dass ich länger bei der Arbeit sein würde als zu Hause. Dies ist ein kleines Dankeschön dafür, dass du alles hinbekommen hast.«

»Ach, das ist aber nett.«

Sie stellt die Gläser auf die umgedrehte Weinkiste, die wir immer noch als Tisch benutzen, wirft eine Handvoll Himbeeren in die Gläser und betrachtet die Flasche. »Wie viel brauchen wir davon?«

Ich glaube, ich werde gleich Zeuge, wie Ella ihren ersten Drink mixt. »Kipp zwei Fingerbreit hinein und stülpe den Mixbecher darüber.«

»Das ist alles?« Sie blickt skeptisch. »Was fehlt noch?«

Ich springe auf. »Das Eis natürlich! Da du den Gin gekauft hast, kümmere ich mich darum.« Ich gebe ein paar

Eiswürfel aus der Plastiktüte, die im Tiefkühlfach war, in eine Schale und stelle sie vor Ella. »Zwei oder drei davon in jedes Glas dürften reichen.«

Während sie die Eiswürfel in die Gläser gibt, macht sie ein trauriges Gesicht. »Taylor und ich hatten immer eine Eismaschine. Kommt mir inzwischen vor, als wäre es eine Ewigkeit her.«

»Ist es ja auch.« Ich rutsche auf meinem Sitzsack nach vorn, nehme meinen Gin Tonic und stoße mein Glas gegen ihres.

Ella grinst. »Auf ein fast fertiges Cottage!«

Ich wollte gerade dasselbe sagen, nur dass ich wohl das Wort »Zuhause« statt »Cottage« gewählt hätte. Aber so bin ich eben.

Ich lehne mich zurück, trinke und lausche dem leisen Sprudeln, aber Ella sitzt aufrecht da und sieht mich an. »Ich weiß, warum du still bist. Ollie hat es dir gesagt, nicht wahr? Dass er dich mag?«

Ich zucke so heftig zusammen, dass ich einen Eiswürfel und eine Himbeere verliere.

Ella schaut mir zu, wie ich beides von meinem Knie einsammle. »Ich weiß es von Jago. Deshalb hat Ollie das Abendessen ausfallen lassen.« Ihre Stimme ist sanft. »Wir wussten es alle längst. Vergiss nicht, wir haben alle den Kuss gesehen.«

»Das war doch nur gespielt.«

Sie lächelt, das Glas an den Lippen. »Es mag vielleicht nicht abgesprochen gewesen sein, trotzdem war es ein Tausend-Volt-Knutscher.« Ihre Brauen heben sich. »Wie fühlst du dich also – ehrlich?«

Das ist Ells. Es hat keinen Sinn, etwas verbergen zu wollen. »Als wäre mein Magen eine Waschmaschine. Als müsste ich mich übergeben.« Ich verziehe das Gesicht.

»Jedes Mal, wenn ich ihn gesehen habe, seit wir hier sind, sogar als ich ihn *hasste*. Was zur Hölle hat das zu bedeuten?«

Ihr Lächeln wird sanfter, und sie drückt mein Handgelenk. »So fühlt sich das an, wenn man verliebt ist, Gwen.«

Ach, du Schande. Ich sinke in meinen Sitzsack zurück. »Du machst Witze, oder?«

Sie schüttelt den Kopf, doch ihre Augen glänzen, als sie mich in die Arme schließt. »Wenn es passiert, kann man nicht dagegen ankämpfen.«

»Sieh mich an! Ich kann keine Beziehung führen! Weder jetzt noch jemals!«

Sie lehnt sich wieder zurück. »Nicht jede Liebe hält ein Leben lang. Manche brennen so intensiv, dass es schnell wieder vorbei ist.«

»Was willst du mir damit sagen?«

Sie schürzt die Lippen und schwenkt die Eiswürfel in ihrem Glas. »Freu dich, dass die Liebe dich endlich gefunden hat. Gib ihr eine Chance!«

»Rede weiter. Ich weiß nichts darüber, denk dran.«

»Beim Cottage hat dich das auch nicht aufgehalten.« Sie stupst mich an. »Denk nicht zu viel darüber nach, Gwen. Es ist bloß wie der Komm-drüber-weg-Sex, den du mir empfohlen hast. Wenn sich die Chance ergibt, nutze sie und genieße es. Über den Rest kannst du dir später Gedanken machen.«

Das hört sich nicht wie etwas an, das ich jemals tun könnte, aber was soll's. Ich speichere das erst mal im Kopf ab und lächle. »Danke, dass du das für mich geklärt hast.«

Sie zieht die Brauen zusammen. »Du weißt, wie ein Kondom benutzt wird?«

Ich halte mir die Ohren zu. »Ja!«

Sie wackelt mit den Brauen und grinst. »Ich habe noch

welche mit Geschmack von einem Junggesellinnenabschied, die lege ich in deine Handtasche. Du willst im entscheidenden Moment nicht ohne dastehen.«

Ich schnaube. »Solltest du die nicht lieber für Jago aufbewahren, wenn er endlich kapituliert und dich in sein Bett lässt?«

Sie hält mit dem Glas auf halbem Weg zum Mund inne und reißt die Augen weit auf.

»Was? Sag nicht, er hat bereits nachgegeben? Ich wusste es! Wie hast du das geschafft?«

Sie schließt für einen Moment die Augen und holt tief Luft. »Es ist nichts dergleichen. Da gab es eine Überraschung. Eine dieser Geschichten aus heiterem Himmel, die einen aus der Bahn werfen. Ein echter Schock. Heute Morgen.«

Ich habe keine Ahnung, wovon sie spricht. »Du musst dich schon klarer ausdrücken.«

Sie zieht die Nase kraus. »Ich wollte, dass du es als Erste erfährst.« Sie atmet geräuschvoll aus. »Taylor rief an und bat mich, es noch einmal mit ihm zu versuchen.«

Es dauert einige Sekunden, bis ich die Worte herausbekomme. »Was ist aus der Sportlehrerin geworden?«

Ella hebt den Blick zur Decke. »Es kann nicht leicht gewesen sein, als Taylor bei ihr und den drei Kindern einzog. Er war nie besonders gut darin, die Aufmerksamkeit mit anderen zu teilen.« Sie zieht ein Gesicht. »Wie dem auch sei, es ist jetzt vorbei, und er meint, das sei alles ein schrecklicher Fehler gewesen.«

»Es kam also ganz überraschend?«

Sie verdreht die Augen. »Vor zwei Wochen hat er mir diese Textnachricht geschickt, erinnerst du dich? Ich habe ihn darüber informiert, dass er die Nachricht an die falsche Person geschickt hat, und er schrieb zurück, um sich nach Merry zu erkundigen. Aber dass das jetzt kommt, habe ich nicht geahnt.«

»Und wie denkst du darüber?«

Sie bläst die Wangen auf. »Lange wollte ich ihn unbedingt zurückhaben, um das Leben mit ihm zu führen, das wir geplant hatten. Hätte er das vor vier Monaten getan, hätte ich nicht gezögert.«

»Und jetzt?«

»Mit dir hier zu sein, hat mir gezeigt, dass ich nicht immer fair zu Taylor war. Diesmal würden wir eine bessere Basis haben. Aber vielleicht habe ich mich zu sehr verändert. Ich bin nicht mehr die Person, die er verlassen hat.«

»Ihr seid immer noch dieselben. Du wirst es nie herausfinden, wenn du es nicht probierst.« Ausgerechnet jetzt, wo das Cottage fast fertig ist. »Deshalb hast du mich das Bett nicht kaufen lassen?«

Sie sieht mich reumütig an. »Ich habe gezögert, weil Jago seines extra lang mag.« Sie liest meine Gedanken. »Ich habe es noch nicht gesehen. Er hat es mir gesagt.« Sie seufzt. »Es ist alles sehr kompliziert.«

Mir schwirrt der Kopf. »Wo würdet ihr leben, du und Taylor?«

Ella winkt ab. »So weit bin ich noch nicht.« Sie legt den Kopf schief. »Definitiv nicht in London, also wird es wohl Cornwall sein müssen. Zur Miete, bis wir etwas zum Kauf gefunden haben. St. Aidan war stets ein Favorit für uns. George könnte bei Hanson and Hanson ein gutes Wort für uns einlegen.«

So viel dazu, dass sie angeblich noch nicht darüber nachgedacht hat; tatsächlich ist längst alles bis hin zur Bestechung des Maklers geplant.

Sie und Taylor verbindet eine lange gemeinsame Geschichte, aber es ist mehr als das. Wenn sie dort weitermacht, wo sie aufgehört hat, werden sie zwei Einkommen haben; im Nu wird Ella wieder Luxus gewohnt sein. Und sie steht drauf.

Ich schaue mich im Raum um und erkenne, was ich vermutlich die ganze Zeit gewusst habe: Ellas Zukunft liegt woanders, so oder so. Trotz der niedrigen Miete werde ich mir das Cottage allein nicht leisten können. Mit der Geborgenheit in meinem schönen Zuhause ist es nach nur drei Minuten vorbei. Ich kann allerdings nicht behaupten, dass es überraschend kam; mein Instinkt sagte mir die ganze Zeit, dass Ella weiterziehen würde. Dass Taylor sie zurückerobern will, macht es zur Gewissheit. Sie gibt vielleicht vor, noch unschlüssig zu sein, aber wir wissen beide, dass sie die Sicherheit liebt, die ein Leben mit Taylor gewährleistet. Sie wird Handtücher mit Monogramm bekommen. Die beiden könnten erneut heiraten. Sie könnten sofort eine Familie gründen, es würde nur neun Monate dauern. Mit jemand anderem würde das nicht passieren.

Ella leert ihren Drink. »Ich muss mir noch vieles durch den Kopf gehen lassen. Keine Sorge, zuerst genießen wir Weihnachten und klären die Details später.«

»Weihnachten genießen – ist das nicht ein Widerspruch in sich?«

Ella starrt mich an. »Verdammt, Gwen, seit wann redest du denn wie Ollie?«

Da hat sie mich erwischt, und es hilft kein Leugnen, also schnappe ich mir die Ginflasche. »Soll ich dir noch einen Gin Tonic einschenken?«

Sie nickt. »Nach dem Tag, den ich hinter mir habe, mach einen doppelten draus.«

Und aus all den falschen Gründen kann ich das sehr gut nachvollziehen.

35. Kapitel

Die kleine Traumküche Breakfast Club
Anpacken
Dienstagnachmittag

Am Sonntagmorgen, als ich aufwache, weil ich Ollie beim Auftragen der letzten Farbschicht auf den Sockelleisten und Türen höre, ist es so früh, dass die Sterne noch am Himmel funkeln. Da die Lieferung von Barnaby and Browne's erst im Lauf des Tages kommt, erwäge ich für einen kurzen Moment, im Bett zu bleiben, bis er weg ist. Aber dann stehe ich doch auf. Ich muss jedes Mal über ihn hinwegsteigen, wenn ich ins Badezimmer will, aber irgendwie vergessen wir die peinliche Situation von Freitag und tauschen uns stattdessen murmelnd über die Trocknungszeit der Farbe aus. Als Ollie, Ella und ich Kaffee trinken und Schinkensandwiches essen, die ich drüben bei ihm zubereitet habe, sind wir ganz bei der Aufgabe und schieben unsere privaten Angelegenheiten beiseite.

Dank Ollies frühem Arbeitsbeginn ist die Farbe am Nachmittag trocken genug, dass wir die Möbel abladen und ins Cottage bringen können. Wir bauen die Betten zusammen, und mein Metallbettgestell sieht toll aus. Wir rollen Teppiche aus und verteilen die neue Bettwäsche. Meine ist kornblumenblau mit kleinen grünen Sternen und einer dazugehörigen grünen Wolldecke. Angesichts der kuscheligen Sofas, der zu arrangierenden Polster, der in die Vasen zu steckenden frischen Blumen und des Nachttischs, auf den ich mein Handy legen kann, schwebe ich wie auf Wolken. Und diese Stimmung werde ich mir nicht verderben lassen. Statt daran zu denken, dass Ella St. Aidan verlassen wird, verdränge ich das heute einfach. Insgeheim ist mir natürlich klar, dass sie es kaum erwarten kann, Taylor zu verzeihen und wieder mit ihm zusammen zu sein. Rückblickend betrachtet hat sie im Grunde hier nur ihre Zeit abgesessen, bis er so weit war, es auch wieder zu wollen.

Doch zurück zu den positiven Ereignissen. Zusammen mit der Lieferung von The Barn Yard sind auch die Überraschungskissen gekommen, die ich für nebenan bestellt hatte und die farblich zu den Postern von St. Aidan passen – meine Entschuldigung für die Farbexplosion, und dazu stehe ich. Sobald das Cottage eingerichtet ist, was wegen der geringen Größe schnell geht, mache ich mich auf den Weg, um Blumen zu kaufen – violette, orange, gelbe und pinkfarbene, passend zu den bunten Kissen. Dann gehe ich zu Ollies Haus und arrangiere ein paar farbenfrohe Kissen zwischen die dunkelblauen auf seinen Sofas, danach sind die Sessel dran. Auf die Couchtische im Erdgeschoss und auf den Esstisch oben stelle ich Blumenvasen. Im Nu verwandelt sich sein Haus von erwachsen und seriös zu bunt und flippig. Wenn Ollie hier nicht glücklich wird, dann wird er es nirgendwo.

Und weiter zum Dienstag ...

Heute Morgen habe ich mich um den Breakfast Club gekümmert, während Clemmie eine Hochzeit mit Tanztee am Nachmittag vorbereitete. Oben passte Charlie auf Bud auf, weil die ein bisschen kränkelte. Nell hat eine Prüfung, Sophie eine Vorstandssitzung und Plum ist bei einer Weihnachtsfeier der Künstlervereinigung in St. Ives. Aber da es eine Veranstaltung mit nur dreißig Personen ist, haben Clemmie und ich beschlossen, es alleine zu schaffen.

Clemmie bereitet die letzten Käse-Schinken-Sandwiches zu, die Boxen mit Geschirr und Essen sind schon bereit zum Verladen, und wir haben unsere geblümten Service-Kleider angezogen; die flachen Schuhe sind in unseren Taschen verstaut. Wir wollen gerade aufbrechen, als Charlie von oben anruft. Während Clemmie ihm zuhört, erstarrt ihre Miene.

Als sie das Gespräch beendet und mich ansieht, ist sie ganz blass. »Charlie hat gerade mit dem Arzt telefoniert, der ihm geraten hat, Bud in die Notaufnahme zu bringen.« Sie sieht verzweifelt aus. »Ich weiß, wir haben ihr ziemlich viele Schmerzmittel gegeben, aber jetzt hat sie auch noch einen Hautausschlag bekommen.«

Ich werfe einen Blick auf die Boxen. »Geh nur und überlass die Veranstaltung mir.«

»Aber es ist eine Hochzeit …«

Clemmie muss bei Bud sein, also gibt es wohl keine andere Wahl. »Ich habe schon Hochzeiten gemacht, und Poppy vom Veranstaltungsort wird mich einweisen.«

Clemmie stößt ein Wimmern aus. »Ich kann nicht glauben, dass alle Frauen am selben Tag unterwegs sind. Wer wird dir helfen?«

Es gibt eine naheliegende Person, die ich bitten könnte. Auch wenn ich ihn lieber nicht sehen möchte, aber Ollie würde alles stehen und liegen lassen. »Ollie wird es nichts ausmachen.« Ich drücke ihre Hand und schiebe sie zur Tür. »Umarme Bud von mir.«

Ollie meldet sich nach dem zweiten Klingelton. Fünf Minuten später ist er mit dem Schlüssel für seinen Volvo und reichlich Muskelkraft im Schlepptau da. Jago arbeitet zwei Häuser neben Hardware Haven, sodass wir alle Sachen auf einmal vom Seaspray Cottage zum Hafenparkplatz transportieren können. Und kurz darauf fahren

Ollie und ich über die Küstenstraße Richtung Rose Hill, zurückgelehnt in die luxuriösen Ledersitze.

Ollie trommelt mit den Fingern aufs Lenkrad. »Wir könnten später schlechtes Wetter bekommen, aber Jago wird nach Minty schauen, falls wir nicht rechtzeitig zurück sind.«

Manchmal dramatisiert er. »Wir servieren Nachmittagstee und jagen keinen Sturm.«

Er wirft mir einen Blick von der Seite zu. »Reine Gewohnheit. Ich achte immer genau auf das Wetter. Diesmal könnte es Schnee geben, da bin ich mir ziemlich sicher. Immerhin haben wir Sitzheizung.«

Ich stutze, dann entspanne ich mich gleich wieder. »Ha, fast hättest du mich reingelegt! Cornwall ist schneefreie Zone wegen des Golfstroms.«

Ollie ruft erstaunt: »Wer hat dir das gesagt?«

»Ella. Ich glaube zumindest, dass sie das gesagt hat.«

Ollies Stimme ist zögernd, aber das Trommeln auf dem Lenkrad wird schneller. »Schnee wäre also ein Problem?«

»Verdammt, ja! Schnee ist ...« Ich versuche die implodierende Wirkung in meinem Kopf zu beschreiben, wenn ich mir einen Schneesturm vorstelle. »Für mich wäre Schnee wie das Ende der Welt.« Es ist mir wichtig, ihm die Bedeutung verständlich zu machen. »Wie Weihnachten, nur unendlich viel schlimmer.«

Ollies Brauen schießen in die Höhe. »In dem Fall hoffen wir mal auf warme Luft, statt auf eisige Winde.« Er klingt schon optimistischer. »Die Wettervorhersage liegt nicht immer richtig. Und sowohl Pirate Radio als auch Hardware Haven sind bekannt für ihre Übertreibungen. Vergiss, dass ich es erwähnt habe.«

Ich habe keine Ahnung mehr, wie wir überhaupt darauf gekommen sind. »Wer will schon im Dezember heiraten, wenn alles in einem Schneesturm enden kann?«

Wir sind inzwischen mehr im Landesinnern, und er lenkt den Wagen über die kurvenreiche schmale Straße, zwischen hohen Hecken hindurch. »Freunde sagen, um diese Jahreszeit kommt es nicht mehr häufig vor. Und wenn man keinen sonnigen Tag erwartet, wird man auch nicht enttäuscht.«

Er fängt schon wieder an. Dieser Mann ist ein Experte auf so vielen unerwarteten Gebieten. Sein weißes Hemd zum dunklen Anzug ist eine perfekte Wahl, obwohl ich wieder Schmetterlinge im Bauch habe, sobald ich einen Blick auf ihn riskiere. Es ist wie mit dem Erschauern beim Anblick des Fisches auf den Treppenstufen vor dem Stargazey House – je weniger ich es ertragen kann, desto öfter muss ich hinsehen.

Jetzt, wo wir unterwegs sind, empfinde ich Dankbarkeit. »Danke, dass du mitgekommen bist, Ollie.«

»Ich hätte nichts anderes tun können.« Er sieht mich grinsend an. »Alle Handwerkerprinzen wären dir zu Hilfe geeilt, wenn sie gehört hätten, dass eine Star Sister in Schwierigkeiten steckt.«

Ich nehme es trotzdem nicht als selbstverständlich. »Es ist schön zu wissen, dass es Leute gibt, die einen unterstützen.« Ich habe es absichtlich allgemein formuliert; in Wirklichkeit ist es ein enormer Trost, dass ich ihm genug bedeute, um für mich da zu sein.

Er grinst. »In St. Aidan bist du nie allein. Früher habe ich das gehasst, aber inzwischen habe ich mich daran gewöhnt. Das gilt auch für deine orangefarbenen und pinkfarbenen Kissen – sie wachsen mir langsam ans Herz.«

Ich lächle zurück. »Sie sollen Sonnenschein in dein Leben bringen und dich jeden Tag glücklich machen.« Ich muss das sagen. »Das ist auch nicht ironisch gemeint, sondern ernst.«

Sein Lächeln wird breiter. »Ich würde sagen, das hast du ganz gut hingekriegt. Über andere kleinere Enttäuschungen komme ich hinweg.«

Ich habe den Eindruck, dass er das noch näher ausführen möchte, aber glücklicherweise tut er das nicht, da ich mich nach vorn beuge, um ihn zu lotsen. »Durch den Ort hindurch, dann rechts und nach einer halben Meile auf der linken Seite.«

Er sieht skeptisch aus, als wir uns der Einfahrt nähern. »Mit einem Schild, auf dem steht: Daisy Hill Farm Hochzeit? Könnte ein Hinweis sein.«

Als wir in den kopfsteingepflasterten Hof einbiegen und vor einem eleganten Farmhaus aus Stein halten, erkenne ich einen großen Eukalyptuskranz an der grauen Eingangstür und Lorbeerbäume mit kleinen Lichterketten. Ich atme erleichtert auf. »Die erste Aufgabe ist gemeistert. Wir sind da!« Ich bin so aufgeregt, dass es aus mir heraussprudelt. »Ich könnte kaum nervöser sein, wenn ich selbst zum Heiraten hier wäre.« Was ich natürlich nie tun werde, also rede ich wohl noch mehr Unsinn als Ella, was ein weiteres Anzeichen meiner wachsenden Panik ist.

Ollie lacht. »Ich habe selbst schon einige zukünftige nervöse Bräutigame erlebt.« Er beugt sich zu mir herüber und drückt meine Hand. »Keine Sorge, Gwen, wir kriegen das schon hin.«

Als ich aus dem Wagen steige, weht ein kalter Wind in meine Daunenjacke, und der Himmel ist schwarz. »Bei solchen Wolken werden sie dramatische Hochzeitsfotos bekommen.« Nell und Clemmie plaudern zu hören, hat offenbar auf mich abgefärbt; ich rede schon wie eine richtige Hochzeitsveteranin.

Ollie öffnet den Kofferraum. »Bringen wir die Sachen ins Haus, bevor der Schauer herunterkommt.«

Die Haustür geht auf, und Poppy eilt über den Plattenweg auf uns zu. Ihr rotes Kleid weht im Wind, und sie hat ein strahlendes Lächeln im Gesicht. »Hallo, Gwen. Clemmie hat angerufen und erklärt, dass du allein bist. Komm mit, ich zeige dir, wo du alles aufbauen kannst.«

Nachdem wir die Sachen ausgeladen und den Wagen weiter in den Hof gefahren haben, damit Platz für die Hochzeitsgesellschaft ist, vergehen die nächsten Stunden in einem Durcheinander aus hübschen Porzellantellern und Leinenservietten, selbst gemachten Würstchen im Teigmantel und Kuchenstücken. Die Trauung findet in einer Orangerie statt, aber für den Nachmittagstee und Tanz wechseln die Gäste in einen Raum mit einem Flügel und einem riesigen Kamin, in dem ein Holzfeuer brennt. Die Kronleuchter verbreiten ein weiches Licht, und die leichten Musselinvorhänge vor den Terrassentüren verbergen die Dämmerung im ummauerten Garten.

Zwischen dem Eindecken der Tische und dem Servieren des Essens schaue ich auf mein Handy, ob es Neuigkeiten von Bud gibt, aber Fehlanzeige. Zum Glück habe ich auf den anderen Hochzeiten Fotos von den Kuchenständen gemacht, anhand derer ich mich jetzt orientiere. Ollie und ich finden Zeit, die Hochzeitstorte, die Poppy gemacht hat, ausgiebig zu bestaunen. Auf jeder Etage gibt es eine Miniaturgirlande, die zu den Gartenblumen in den Vasen passen.

Sobald die Gäste an den Tischen sitzen und angefangen haben zu essen, bin ich so sehr mit dem Ausschenken von Champagner beschäftigt und darauf konzentriert, nichts danebenzuschütten, dass ich kaum auf das Kleid der Braut achten kann. Es ist aus Seide mit ausgestelltem Rock und langen Chiffon-Ärmeln; ihre Haare sind sehr hübsch mit perlenbesetzten Haarnadeln hochgesteckt.

Und dann wechseln wir zwischen der Küche und dem Nachfüllen der Champagnergläser hin und her, bis alle Reden gehalten sind. Während wir abräumen, meldet sich Clemmie und teilt mir mit, dass sie zu Hause sind und es Bud besser geht. Ich bin so erleichtert, dass ich, als ich Ollie im Flur mit Poppy reden sehe, lediglich die Worte »Winterreifen, Made in Sweden« aufschnappe und daher annehme, dass sie sich nach seinem Wagen mit Allradantrieb erkundigt. Ich konzentriere mich so sehr darauf, die Teller in die richtigen Boxen einzusortieren und keinen Behälter zu vergessen, dass ich den Ruf eines Gastes kaum registriere. Als zwanzig Leute durch den Flur trampeln, schaue ich zu Ollie, um ihm zu sagen, dass wir einladen können. Er betritt gerade die Küche, da höre ich die Rufe von draußen.

»Schnee! Es schneit!«

Ich starre ihn an. Dann fallen mir Clemmies und Nells Hochzeitsgeschichten ein, und ich entspanne mich. Weiße Tauben sind nur der Anfang. Jede Hochzeit muss heutzutage mit irgendeiner Überraschung aufwarten, um sie einzigartig zu machen. Und es gibt doch nichts Passenderes als eine Hochzeit in Weiß im Winter. »Die reden von einer Schneemaschine, oder?« Aber selbst die in den Bergen sind nicht so gut. Wenn man sie nicht massenhaft und tagelang laufen lässt, bekommt man höchstens ein paar umherwirbelnde Flocken. Damit komme ich klar.

Dann sehe ich Ollie wieder an. »Es ist keine Schneekanone, oder?«

Ollie schaut bedauernd drein. »Ich fürchte nicht.«

In mir zieht sich alles zusammen, und ich flüstere: »Wie schlimm ist es?«

Er nimmt meine Hand in seine. »Zunächst einmal bist du nicht allein damit. Ich werde dafür sorgen, dass du klarkommst. Kannst du mir in dieser Sache vertrauen?«

»Mmm.« Aus irgendeinem Grund nicke ich.

Seine Stimme ist sehr unaufgeregt. »Ich hatte gehofft, wir würden es noch bis nach Hause schaffen, aber die Straßen zur Küste sind bereits unpassierbar. Die Hochzeitsgäste übernachten alle in den Farm-Cottages, und Poppy hat noch ein kleines für uns, in dem wir heute bleiben können. Die Schneepflüge werden in der Nacht unterwegs sein, sodass die Straßen morgen wieder frei sein müssten.«

»Aha.«

Er fährt sich durch die weichen Haare. »Es ist ein vollausgestattetes Cottage, es gibt Netflix, WLAN und einen Holzofen. Wir schauen uns *Friends* an, eine Folge nach der anderen, so wird die Zeit rasend schnell vergehen.« Er hält meine Hand jetzt wirklich fest. »Wenn du die Augen schließt, führe ich dich zum Cottage, damit du nicht sehen musst, was auf dem Boden ist.«

»Wie viel liegt denn schon?« Es wird helfen, wenn ich das weiß.

Er zögert. »Ziemlich hoch. Es hat in der kurzen Zeit stark geschneit.«

»Danke, Ollie.«

Er blickt zur Decke. »Tut mir leid, dass ich nicht mehr tun kann. Die schwedische Traktionskontrolle im Auto hat auch ihre Grenzen.« Er drückt meine Hand. »Wir laden die Sachen morgen ein. Während du hier aufräumst, zünde ich schon mal ein Feuer in der Hütte an.«

Ich schließe die Augen, lasse seine Hand los und spüre die Erleichterung. Meine Benommenheit weicht, und ich verspüre den starken Wunsch, die Arme um Ollie zu schlingen. Doch da ist er schon auf dem Weg in den Flur.

36. Kapitel

Cuckoo Cottage, Daisy Hill Farm
Die größten Blizzards beginnen mit einer einzigen Schneeflocke
Dienstagabend

Toast mit Käse und Tomaten vor einem knisternden Feuer im Kaminofen, dazu eine Flasche Shiraz. Getünchte Wände, gewachste Bodendielen, grau karierte Sofas, weiche Wolldecken. Es duftet nach Vanille und Zimt, und das sind nur einige Beispiele für die heimelige Atmosphäre.

Als wir durch den Hof gingen, hatte es aufgehört zu schneien, und die Farmarbeiter hatten einen Weg vom Haus zu den Ferienunterkünften freigeschaufelt. Wir schafften es also zur grauen Holztür des Cottages, ohne auch nur mit einem Schneekristall an unseren Stiefeln in Berührung zu kommen. Und Poppys einstöckiges Cottage neben den umgebauten Stallungen hätte kaum hübscher und einladender sein können.

Wir aßen und schauten uns vier Folgen von *Episodes* an, weil wir fanden, es sei weniger wahrscheinlich, dass dadurch schmerzliche Erinnerungen geweckt würden als bei *Friends*. Wenn Menschen sich nur langsam erholen, wie das bei uns offenbar der Fall ist, wollen sie lieber nichts riskieren. Während ich nach dem Essen auf dem Teppich sitze und die brennenden Holzscheite im Ofen betrachte, löst sich meine innere Anspannung allmählich.

Ich betrachte den kleinen Tannenbaum auf dem Tisch, dessen goldene und silberne Weihnachtskugeln im Schein des Feuers leuchten. »All die Mühe, die ich mir gemacht habe, um Weihnachtsbäume zu meiden, und dann werde ich von einem Schneetreiben überrascht.«

Ollie streckt die Beine aus. »Die sind selten in Cornwall.«

Ich atme tief ein und weiß, dass ich es ihm sagen muss. »Der Schnee macht mir nur wegen des Unglücks, das Mum und Ned passiert ist, etwas aus.« Ich lasse eine Pause folgen, um meinen Mut zusammenzunehmen. »Sie wurden im Abstand von dreißig Jahren in den Alpen von einer Lawine verschüttet. In beiden Fällen versuchten sie anderen Bergsteigern zu helfen, als es passierte. Sie selbst waren äußerst vorsichtige Kletterer, aber wenn das Leben anderer auf dem Spiel stand, war ihnen das Risiko egal, und sie verstießen gegen die Regel, sich selbst nie in Gefahr zu bringen.«

Ollie stößt einen leisen Pfiff aus. »Das tut mir sehr leid, Gwen. Ich hatte keine Ahnung, dass es so schrecklich war.«

Ich seufze. »Jeder wusste, dass Ned auf Felsen und auf Eis genauso hervorragend kletterte wie meine Mum. Nie hätten wir gedacht, ihn auf dieselbe Weise zu verlieren wie sie.«

Ollie sieht mich mitfühlend an. »Es muss ziemlich schwer sein, damit zu leben.«

»Ist es auch. Und manchmal macht es mich wirklich wütend. Nicht auf meine Mum, denn ich war noch sehr jung, als sie starb, sodass ich nur vage Erinnerungen an sie habe. Aber manchmal bin ich wütend auf Ned, dass er nicht vorsichtiger gewesen ist. Dass er mich verlassen hat, als ich ihn so dringend brauchte. Dass er Dad das Gleiche hat zweimal durchmachen lassen. Diese ersten Minuten, in denen er vermisst wurde. Das Warten. Zuerst der Glaube, er müsse doch zurückkommen. Dann, als die Stunden und der erste Tag vergingen, die Weigerung, ihn aufzugeben. Und als sie dann kamen, um uns mitzuteilen, dass seine Leiche gefunden worden sei, diese Information verarbeiten zu müssen. Es hat lange gedauert, bis ich glaubte, dass er tatsächlich tot war.«

Ollie streckt die Hände aus und betrachtet seine Finger. »Die Wut ist ein Teil davon, wie wir tragische Ereignisse verarbeiten.«

Ich habe die Fäuste geballt. »Aber ich fühle mich dadurch so selbstsüchtig. Dann werde ich auch auf mich wütend.« Ich seufze. »Ned war der Mensch, der mir auf dieser Welt am nächsten stand. Auch wenn er ständig unterwegs war und auf Bergen herumkletterte, verstand er mich und passte auf mich auf, auch aus der Ferne. Ohne es zu bemerken, hatte ich es in unserer Kindheit zu meinem Lebensinhalt gemacht, auf ihn achtzugeben. Ich war fast ein bisschen besessen. Ich dachte, wenn ich in seiner Nähe bin, wäre er beschützt, und es ginge ihm nur gut, wenn ich da bin. Ich wagte nicht, irgendwohin zu gehen. Je furchtloser Ned wurde, desto stressiger wurde das Warten. All diese Jahre, in denen ich mir Sorgen gemacht habe, und am Ende passierte doch, wovor ich mich am meisten gefürchtet hatte.«

Ollie schluckt. »Du musst ihn sehr vermissen.«

»Nachdem sich mein Leben so lange um ihn gedreht hat, fühle ich mich sehr allein.« Es ist verrückt, aber es ist die Wahrheit. »Es ist, als hätte ich einen Teil von mir verloren und sei dadurch schwach und nutzlos. Ich hasse dieses Gefühl.« Ich öffne die Luke des Kaminofens und lege einen Holzscheit nach. »Nach der langen Zeit hatte ich mehr oder weniger akzeptiert, dass es für immer so bleiben würde. Deshalb war ich gern in St. Aidan und kümmerte mich um das Cottage. Ich werde nie mehr die Person sein, die ich einst war, aber etwas Neues zu schaffen, umgeben von helfenden Freunden, hat mich wieder stärker gemacht.« Ich beobachte die züngelnden Flammen. »Es ist erstaunlich, wie sehr es schon hilft, das laut auszusprechen.«

Ollie betrachtet sein Weinglas. »Reden ist wie Haferriegel zubereiten. Man weiß nicht genau, wieso, aber hinterher fühlt man sich besser.« Er sieht mich an und reibt sich dabei mit dem Daumen das Kinn. Dann trinkt er einen Schluck Wein, und sein Adamsapfel hüpft über dem Hemdkragen. »Du kennst ja das Sprichwort: ›Du kannst wegrennen, aber du kannst dich nicht verstecken.‹«

Ich ignoriere das Kribbeln im Bauch, während ich seinen Hals betrachte, nehme einen weiteren Scheit und werfe ihn in die Flammen. »So sehr man auch vor seiner Furcht weglaufen möchte, am Ende muss man sich ihr doch stellen.«

Ollie nickt. »Lange Zeit habe ich versucht, Abstand zum Stargazey House zu gewinnen.« Seine Mundwinkel zucken. »Seit du mir eine neue Einstellung dazu vermittelt hast, zieht es mich nicht mehr herunter.«

»Das war doch nichts; trotzdem gern geschehen.«

Mit einer fließenden Bewegung ist er auf den Füßen, durchquert den Raum mit drei Schritten und schaut zwischen den Vorhängen an den Terrassentüren hindurch nach draußen. »Vielleicht willst du das lieber nicht wissen, aber es ist sehr schön da draußen.«

Ich schlucke. »Erzähl mir, was du sehen kannst.«

»Da ist eine Schneedecke über allen Hügeln. Es ist fast Vollmond, und er taucht die Felder in taghelles Licht.« Er hält inne und dreht sich zu mir um.

»Weiter.«

»Die Mauern und Hecken sind schwarz, mit Schneeklumpen darin. Ich kann die Wölbung jeden Steins erkennen und die Form jeder Weide, außerdem die Umrisse einer alten Scheune am Horizont. Und alles sieht still und friedlich aus.« Er macht drei Schritte auf mich zu und streckt die Hände aus. »Es wäre eine Schande, sich das entgehen zu lassen.«

Ich lege meine Hände in seine, und er zieht mich hoch. Dann zieht er mich zur Terrassentür, stellt sich hinter mich und legt die Arme um mich, während wir beide hinaus in die Nacht schauen.

Seine Stimme ist tief. »Dort sind auch Sterne. Wie oft siehst du Sterne über dem Schnee funkeln?«

Mein Gesicht ist tränennass, trotzdem schaue ich hin. »Es ist ganz anders als in den Bergen. Aber du hast recht, es ist etwas Besonderes.« Ich seufze. »Hättest du mich nicht überredet, hätte ich das nie gesehen.«

Seine Arme halten mich fester. »Niemand wird je Neds Platz einnehmen können, Gwen, aber wir sind alle hier und kümmern uns um dich.«

Mein Hals ist wie zugeschnürt, als ich mich an alles erinnere; von Ellas Worten beim Karamellkonfekt-Nachmittag bis zu Ollie, der alles stehen und liegen lässt, um mit mir hier zu sein. »Ich weiß.«

Ich stehe da und betrachte die weiße Fläche, die sich die Hügel aufwärts erstreckt bis zum Horizont. Diese Angst vor Schnee, die mich vier Jahre lang verfolgt und mein Leben eingeschränkt hat. Doch jetzt ist es eine andere Zeit, ein anderer Ort, sodass der Schnee nicht dieselbe Wirkung hat. Nichts wird Ned zurückbringen, aber vielleicht kann ich das in Zukunft leichter akzeptieren. Dies ist mein Leben, und ich lerne wieder, es zu leben. Und in

Ollies Armen ist es ein warmer Ort, kein kalter. In diesem flüchtigen, zerbrechlichen Moment könnte ich mich nicht behüteter fühlen.

Ich drehe mich zu Ollie um. »Ich habe Ella versprochen, jeden Augenblick zu nutzen.« Das stimmt nicht ganz, aber so empfinde ich es jetzt. Ich lege meine Hände an seine Wangen und spüre die Wärme durch die rauen Stoppeln hindurch. Die Falten seiner Jeans und sein Gürtel reiben durch den dünnen Stoff meines geblümten Kleides, und mein Herz hüpft. »Möglicherweise muss ich den Moment mit *dir* nutzen. Nur um sicherzugehen, dass es beim letzten Mal nicht bloß ein Versehen war.« *Und um dieses Verlangen in mir zu stillen.*

Ollie hebt eine Braue. »Von mir aus gern.«

Ich umfasse seinen Hinterkopf, fahre ihm durch die Haare, schlucke und mache ihm die Grundregeln klar. »Vielleicht nur für ein einziges Mal.«

Sein Lächeln wird breiter. »Ich komme damit klar, solange du dich wohlfühlst. Darf ich dich jetzt küssen?«

»Ja.« Ich hole tief Luft und tue, wonach ich mich seit dem Kuss auf der Arbeitsparty sehne.

Als mein Mund auf seinen trifft, schmeckt er nach dunkler Schokolade und salzigem Karamellkonfekt, nach Himbeere und heißem Kaffee, einer sinnlichen Explosion gleich. Es ist, als hätten sämtliche Nerven in meinem Körper hundert Jahre geschlummert und seien nun sirrend erwacht. Alles dreht sich, und wenn ich die Augen schließe, sehe ich immer noch Sterne. Ich löse meine Lippen von seinen und ringe nach Atem.

Ollie sieht mich an und streicht mir langsam die Haare aus dem Gesicht. »Und? War es wieder wie ein Feuerwerk?«

Ich muss ehrlich sein. »Es war besser als Raketen, die über St. Aidan explodieren.«

»Für mich auch.« Er verkneift sich ein Lächeln. »Es fängt wieder an zu schneien. Ich nehme nicht an, dass du das noch einmal draußen probieren möchtest? Und hinterher küsse ich dir die Schneeflocken von der Nase und mache dich wieder glücklich.«

Ich muss lachen. »Glaubst du, das wird helfen?«

Er nickt. »Ich glaube schon.«

Und so steigen wir rasch in unsere Stiefel, ziehen die Mäntel über und treten durch die Terrassentür hinaus in den verschneiten Garten, einander eng haltend und zu den sanft fallenden Schneeflocken aufschauend, die wie aus dem tintenblauen Himmel schwebende Sterne aussehen.

Als Ollie die Kapuze meiner Daunenjacke um mein Gesicht festzieht, hebt das Mondlicht seine markanten Wangenknochen hervor. »Wie wäre es, wenn ich dir verspreche, jede Schneeflocke wegzuküssen, die jemals auf dich fällt?«

Als er mich küsst, erwidere ich den Kuss lachend. »Aber zuerst gehen wir wieder hinein und nutzen auf ganz bestimmte Weise den Augenblick.« Im Stillen danke ich Ella. »Kann sein, dass ich Erdbeer-Kondome dabeihabe.«

Mit sinnlicher Stimme erwidert er: »Willst du damit andeuten …«

Ich lache erneut. »Es könnte zu heißem Sex kommen.«

»Das wird ja immer besser.« Auch er lacht. »Eine Prinzessin, die weiß, was sie will, und vorbereitet ist, muss man einfach lieben. Bist du dir auch sicher?«

Ich atme tief ein. »Wir müssen anfangen, wieder zu leben.«

Er hält mich noch ein wenig fester. »Eine sehr mutige Entscheidung, und ich stimme dir zu.«

Als ich seine Hände nehme und drücke, zittere ich in sinnlicher Erwartung. »Es muss nicht beängstigend sein.

Wir gehen es langsam an. Minute für Minute, Stunde für Stunde, Nacht für Nacht.«

Sein Gesicht ist tief in meine Haare geschmiegt, entsprechend gedämpft sind seine Worte. »Versuchen wir es einfach und schauen, wie es läuft.«

Als wir wieder in die Hütte gehen, kann ich mich nicht erinnern, wann ich mir einer Sache jemals so sicher war.

37. Kapitel

Stargazey Cottage, oben beim Gartenschuppen
Der große Tag und Schäfchenwolken
Mittwoch

Als wir am nächsten Morgen aufwachen, haben wir höchstens zwanzig Minuten geschlafen. Ollie bereitet Schinkensandwiches und Kaffee zu, bevor wir nach St. Aidan zurückfahren.

In der Vergangenheit war mir nie klar, was Leute meinten, wenn sie von spektakulärem Sex sprachen – jetzt weiß ich es. Seltsamerweise kann ich es kaum erwarten, mehr davon zu bekommen, obwohl viermal in einer Nacht eigentlich für die nächsten zehn Jahre reichen sollte.

Der Schnee ist so schnell verschwunden, wie er gekommen ist, und als wir auf dem Heimweg sind, ist von den Schneeverwehungen, die die Straße blockiert haben, nur noch neben den Hecken ein Rest zu sehen. Und wenn wir davon reden, wie wichtig es ist, Gelegenheiten zu ergreifen – wäre das Wetter bei der Hochzeit so wie heute gewesen, wären wir schon am Spätnachmittag nach St. Aidan zurückgekehrt, und die vergangene Nacht hätte nie stattgefunden. Umso glücklicher bin ich jetzt. Ein großes Dankeschön noch an Ella, die mich wachgerüttelt und ermutigt hat.

Während wir auf den Hafenparkplatz fahren, will ich, dass Ollie sich so viel Zeit lässt wie möglich, damit diese Fahrt nie endet. Aber als wir aus dem Wagen steigen und der Wind vom dunkelblauen Meer herüberweht, ist es beinah, als wäre die gemeinsame Nacht nie passiert. Die einzigen noch sichtbaren Spuren sind die Ringe unter unseren Augen. Wir laden die Boxen aus und tragen sie über den Strand zur kleinen Traumküche. Bud ist oben und hat es sich mit Charlie gemütlich gemacht, während Clemmie einen Breakfast Club bewirtet, der nach dem Schneesturm letzte Nacht leicht dezimiert ist.

Nach der vielen körperlichen Betätigung habe ich offenbar ein Kaloriendefizit, um das Ella mich beneiden würde, also verschlinge ich vier Pfefferkuchenmänner, außerdem ein paar übrig gebliebene Würstchen im Schlafrock, drei glasierte Cupcakes und eine Schachtel Karamellkonfekt. Erst danach geht es mir besser.

Wir haben den Nachmittag reserviert, um Ollies Haus zu dekorieren. Jago schreibt mittags eine Textnachricht, dass er und die Jungs uns helfen können. Sie sind fast fertig mit dem Einsetzen des großen Küchenfensters im Cottage und wollen uns das Ergebnis präsentieren. Einen so wichtigen Schritt können wir unmöglich ohne Ella absolvieren, also jongliert sie mit ihren Baustellenterminen und will später auch dazustoßen.

Da wir von so vielen Leuten umgeben sind, kommen Zuneigungsbekundungen für Ollie und mich vorläufig nicht infrage. Während wir in Ollies Haus kilometerlange Sternengirlanden im Eingangsflur und dem Essbereich aufhängen sowie zwei Meter hohe Zweige in Floristeneimern aus Zink mit Lichterketten umwickeln, bewundere ich ihn wie früher aus der Distanz.

Aber der Anblick seiner Oberschenkel, deren Muskeln sich unter der Jeans anspannen, erinnert mich daran, wie wir nackt ineinander verschlungen waren. Das ist selbst für mich zu viel, deshalb flüchte ich nach oben, um dort

Lichterketten und Leuchtsterne über das Bett und ins Bad zu hängen. Als ich wieder nach unten komme, warten die anderen im Essbereich, nachdem sie zuvor Lichterketten auf der Terrasse verteilt haben. Ollie schaut nach oben zu den Papiersternen über uns, was mich unwillkürlich an die Sterne erinnert, die wir in der Nacht zusammen gesehen haben.

Er reibt sich die Hände. »Ein weiterer großartiger Job, Leute. Danke fürs schnelle Aufhängen der Weihnachtsdekoration. Ich freue mich schon darauf, einige von euch am ersten Weihnachtstag zum Lunch zu sehen.«

Jago schleicht sich heran. »Großartiger Job auch bei Mr. Lancaster, Gwen.«

Mir klappt die Kinnlade herunter, und mein Mund ist plötzlich so trocken, dass ich nur »Was?« krächzen kann.

Jago wackelt mit den Brauen. »Du hast ihn wieder auf Spur gebracht.«

Ollie sieht mich an. »Nur für den Fall, dass du gerade einen Herzanfall bekommst, Gwen – die Neuigkeiten sind vom letzten Wochenende, also längst veraltet. Erkläre ich dir später.«

Ich taumele rückwärts gegen die Wand. »Wie reizend, das zu hören, Jago.« Ich schaue auf mein Smartphone und habe es eilig. »Sind wir so weit, nach nebenan zu gehen für die Präsentation? Ella müsste bald kommen, und sie kann nicht lange bleiben.«

Wie aufs Stichwort ist ein Klopfen an der Haustür zu hören, und Ella kommt hereinmarschiert. »Danke, dass ihr gewartet habt. Um nichts auf der Welt wollte ich mir das entgehen lassen.« Sie hält die Finger hoch. »Ich habe zehn Minuten, bis ich nach Falmouth aufbrechen muss.«

Wenn keine Zeit ist, um ihr die vergangene Nacht zu erzählen, bedeutet das ein Dilemma weniger für mich; ich bin ohnehin noch nicht so weit, das jemandem anzuvertrauen, nicht einmal Ella.

Jago gibt Ollie ein Tuch und hält Ella auch eins hin. »Na, dann los. Bereit für deine Augenbinde, Ella Bella?«

Ich warte geduldig, während Ollie mir die Augen verbindet. »Alles in Ordnung, Schneewittchen?«

»Bestens.« Mal abgesehen davon, dass mein Magen so viele Purzelbäume schlägt, dass ich mich nach den vielen Cupcakes möglicherweise übergeben werde.

Ella nimmt meine Hand, und Jago ruft seinen Männern zu: »Okay, geht voran.«

Es ist nicht weit. Jago führt uns durch die beiden Haustüren, dann drückt mir irgendwer ein Kissen in die Hände. »Haltet die vor eure Augen, wenn wir euch die Augenbinden abnehmen. Wir geben euch Bescheid, wenn ihr hinschauen dürft.«

Nach einer gefühlten Ewigkeit, in denen die Aussicht von der Küche mit Planen und einer provisorischen Holztür versperrt war, wäre alles eine Verbesserung.

»Eins, zwei, drei ... Jetzt!«

Ich lasse mein Kissen sinken und bin völlig unvorbereitet auf das, was ich zu sehen bekomme. Ich stehe bei den Sofas und sehe den Durchbruch zwischen Küche und Wohnzimmer. Alles ist lichtdurchflutet, was die frisch gestrichenen Wände hervorhebt. Und die hohen Glastüren, die von der Küche hinaus auf die Terrasse führen, haben genau die gleiche Wirkung, wie ich sie schon in Clemmies kleiner Wohnung erlebt habe.

Ich schnappe nach Luft. »Seht euch nur diese Aussicht an! Das Cottage kommt einem jetzt so groß vor wie die Bucht von St. Aidan.« Ich wische mir die Tränen ab, nehme ein Taschentuch und schnäuze mich. »Wer weint denn, weil sein Haus so wunderschön ist?«

Ella legt mir den Arm um den Nacken. »Es könnte gar nicht schöner sein, Gwen.«

Jago lacht. »Selbst wir abgehärteten Handwerker sind ziemlich zufrieden damit, wie es geworden ist, Ladys.« Er ergreift unsere Hände. »Willkommen in eurem eigenen kleinen Cottage am Meer.«

Ich könnte platzen vor Begeisterung. »Es kommt einem viel größer vor als vorher. Und viel heller.«

Ella umarmt mich. »Wie gut, dass du nicht aufgegeben hast und deinem Herzen gefolgt bist. Stell dir nur vor, ich kann aufs Meer schauen, wenn ich den Abwasch mache!«

Ich drücke sie an mich. »Sieh nur, da kommt gerade ein Fischerboot herein, verfolgt von Möwen!« Ich lasse Ella los und umarme Jago. »Danke für all die Arbeit.« Dann lege ich die Arme um Ollies Nacken und versuche unbeschwert zu klingen. »Ihr habt uns das beste Cottage der Welt geschenkt.«

Und als mir plötzlich erneut einfällt, dass ich wohl gar nicht hierbleiben kann, weine ich wieder.

Irgendwer hat eine Flasche dabei, und ein Korken knallt und fliegt gegen die Wand. »Wer hat die Gläser?«

Einer der anderen Männer taucht mit einem Tablett voller Plastikgläser auf und fängt den sprudelnden Schaumwein auf.

Ella lacht. »Passt bei der nächsten Flasche mit der Decke auf, wir wollen schließlich keine Dellen.«

Jago reicht uns Gläser und schwenkt seines. »Auf viele glückliche Jahre in eurem neuen tollen Zuhause, Gwen und Ella.« Er hat keine Ahnung, wie ergreifend das ist.

Auch ich schwenke mein Glas und ignoriere, wie schwer es mir ums Herz wird bei dem Gedanken an den Abschied. »Unser eigenes Zuhause! Ich könnte für immer hier leben.« Ich umarme tränenreich einen nach dem anderen, gebe jedem einen Kuss auf die Wange, und Ella tut es mir gleich. »Vielen Dank euch allen!«

Jago hebt eine Braue. »Die Star Sisters werden ganz schön gefragt sein, wenn die Leute aus dem Dorf das hier gesehen haben.«

Ella zwinkert mir zu. »Es ist kein Geheimnis, wer von uns beiden hier das meiste geleistet hat! Du hast ein ausgezeichnetes Auge, Gwen. Mit Jago und Ollie an Bord haben wir womöglich ein Dreamteam.«

Es ist besser, wenn ich darauf nichts erwidere. Als Anfängerin, die Glück gehabt hat, höre ich lieber auf, solange ich im Vorteil bin. Ich fächele mir Luft zu und versuche, die Tränen zu trocknen, die nicht aufhören wollen.

Ella flüstert mir ins Ohr: »Wie war deine ungeplante Übernachtung bei der Hochzeit?«

Ich verzichte vorerst auf Details. »Voller Sterne.«

»*So gut?*« Sie mustert mich. »Ruf mich an, wenn du eine Lagebesprechung brauchst.«

»Unbedingt.«

Dann rauscht sie auch schon wieder ab. Wir anderen bewundern, wie toll die dunkelgrünen Küchenschränke im Sonnenlicht aussehen und wie gut die grünen und pinkfarbenen Stühle zum roten Kühlschrank passen.

Jago stößt Ollie an und zeigt nach oben in den Garten. »Hey, Minty ist unterwegs. Sie war gestern auch schon da.«

Ollie lacht. »Sie hat es auf Gwens Kuchenkrümel abgesehen.«

Ich schlucke hart und bringe es fertig zu lachen, damit niemand merkt, wie ich innerlich zusammenbreche. »Double Chocolate Muffins mag sie am liebsten.«

Jago grinst. »Auf diese Weise wird sie nie wegfliegen. Ihre Flügel werden nicht stark genug sein, um sie zu tragen.«

Ollie lacht wieder. »Na, ich sage dir doch, dass Minty

sich hier viel zu wohl fühlt, um wegzufliegen.« Er sieht mich an. »Wollen wir nachschauen, was sie will?«

»Warum nicht?« Das Blut rauscht mir in den Ohren, als wir hinaus auf den rissigen Betonplatz treten.

Ollie nimmt zwei Stufen auf einmal, deshalb renne ich fast die Gartentreppe hinauf, um mitzuhalten. Als wir Minty vor dem Schuppen treffen, brennen meine Lungen, und mir ist bewusst, dass man uns vom Cottage aus sehen kann, deshalb bleibe ich auf Abstand zu Ollie.

Er geht in die Hocke und streichelt Mintys Kopf. »Wie geht es dir, Araminta?«

Ich öffne die Schuppentür, und sie hüpft hinein. »Kein Kuchen heute, aber ihr könntet mir beide Vorschläge machen, welche Farben ihr für diese kleine Zufluchtsstätte unter dem Himmel wählen würdet.«

Jetzt, wo das Cottage fertig ist, will ich hier oben weitermachen, um mich von den Sorgen wegen Ella abzulenken. Mir ist klar, dass es nicht die Frage ist, *ob* sie mit Taylor zusammen sein wird, sondern nur, *wann*. Es bricht mir das Herz, dass ich lediglich auf ein paar weitere Wochen im Cottage hoffen kann. Als wir den ersten Mietvertrag unterschrieben, mit der Ausstiegsklausel nach sechs Monaten, hatte ich keine Ahnung, dass Ella davon Gebrauch machen würde. Aber ich kann mich glücklich schätzen, überhaupt hier zu sein. Nicht jeder hat die Möglichkeit, zumindest vorübergehend an einem Ort zu leben, den er so liebt, wie ich diesen Ort hier liebe.

Ollie schaut herein. »Und, was denkst du?« Er blättert durch die von mir bemalten Farbproben, die ich auf dem Fußboden ausgebreitet habe. »Ich mag dieses Blau. Und das dunkle Grün.«

»Mein Projekt für das nächste Jahr – ich will unbedingt Streichen lernen.« Dafür müsste ich Zeit finden, egal, was sonst noch alles anliegt. Darf ich darauf hoffen, dass Ollie es mir beibringt?

Aber er geht einfach darüber hinweg. »Du hast dich sicher gefragt, wovon Jago vorhin gesprochen hat, oder?«

Erneut werde ich rot. »Von welchem großartigen Job sprechen Sie, Mr. Lancaster?«

Ollie grinst. »Du bist nicht die Einzige, die ihre Dämonen besiegt hat, Schneewittchen. Ich habe wieder angefangen zu segeln.«

Ich stutze. »Wie bitte?«

»Drei Jahre war ich nicht mehr auf dem Wasser, und dank dir bin ich wieder in ein Boot gestiegen.«

»Wirklich?«

»Ich bin am Sonntag allein mit einem kleineren Boot gesegelt. Zuerst gab es ein paar Unsicherheiten, aber am Montag habe ich aus einer Zwölf-Meter-Jacht alles herausgeholt.« Er reckt triumphierend die Faust. »Mit diesem Kapitel meines Lebens hatte ich schon abgeschlossen, und nun bin ich wieder am Ball. Ist das nicht fantastisch? Wenn das die heilenden Kräfte St. Aidans sind, dann immer her damit!«

Ich ignoriere das flaue Gefühl in meinem Magen und finde eine gute Erwiderung: »Fabelhaft! Wie toll ist das denn?«

Ich muss mich für ihn freuen, aber mir ist nicht entgangen, dass der Ollie, dem mein Herz gehörte, der gebrochene Mann war. Es ist hervorragend für ihn, wieder ins Leben zurückgefunden zu haben, aber nun wird er eine wie mich nicht mehr brauchen, nachdem sein altes Selbstbewusstsein zurückgekehrt ist.

Ich muss mir selbst gegenüber ehrlich sein. Wir hatten eine gemeinsame Nacht, und so schön die auch war, werde ich nicht damit klarkommen, zu Hause auf Ollie zu warten, während er rund um die Welt Regatten fährt und dabei sein Leben riskiert. Meine Ängste sollen ihn andererseits nicht abhalten; es wäre nicht fair, ihn in diesem Punkt einzuengen.

Noch während mir all das durch den Kopf geht, begreife ich, dass diese kaum begonnene Beziehung vorbei ist. Dass Ollie als Segellegende wiederaufersteht, hätte ich nicht erwartet. *Ich segle wieder ...* Für mich bedeutet dieser kurze Satz das Ende dessen, was immer wir miteinander hatten. Sosehr ich ihn auch liebe, für mich war's das.

Liebe. Ella hat vielleicht doch recht gehabt, so niedergeschlagen, wie ich mich bei der Aussicht fühle, nie wieder mein Gesicht an seine Brust zu schmiegen.

Ich nehme meinen ganzen Mut zusammen. »Das sind ja fabelhafte Neuigkeiten, Ollie. Gut gemacht. Ich muss dir auch etwas sagen.«

Er lächelt nach wie vor. »Ja?«

Ich beiße mir auf die Lippe. »Danke, dass du dich gestern um mich gekümmert hast. Ich hatte eine wunderbare Nacht ... Aber ich muss es dabei belassen.«

Sein Lächeln erstirbt. »Bitte sag das nicht.«

Ich ziehe meinen Mantel fest um mich und kämpfe gegen die Tränen an, während ich hinausgehe. »Es tut mir leid, aber ich kann das einfach nicht ...«

Und dann, als ich auf den Felsvorsprung vor dem Schuppen hinaustrete, stolpere ich beinah über Minty. Sie springt flatternd zurück, aber sie ist der Kante zu nah und hat plötzlich keinen Boden mehr unter den Füßen. Sie flattert, und ich warte darauf, dass sie ein Stück weiter den Hang hinunter wieder auf dem Boden landet. Für einen Moment schwebt sie fast bewegungslos in der Luft. Dann breitet sie ihre Flügel weiter aus und flattert schneller.

Ich rufe: »Ollie, sieh nur! Minty fliegt!«

Er taucht gerade rechtzeitig auf, um ihre erste Flugrunde zu sehen. Und dann absolviert sie gleich noch eine zweite. Dann nimmt sie Tempo auf, und wir schauen ihr staunend nach, wie sie am blauen Horizont verschwindet.

Ich lehne mich mit dem Rücken gegen die Schuppenwand. »Wow, sie ist weggeflogen!« Ich sehe Ollie an. »Es tut mir so leid. Es ist meine Schuld, weil ich sie erschreckt habe.«

Er sieht mich an, und sein Gesicht ist weiß wie Mintys Gefieder. »Sie hat nur getan, wozu sie bestimmt ist.«

Ich fühle Schmerz und Wehmut, während wir der Taube erneut hinterhersehen. »Glaubst du, sie wird zurückkommen?«

Ollie hält mit der Hand über den Augen Ausschau. »Ich kann sie nirgends mehr am Himmel erkennen. Wahrscheinlich ist sie schon meilenweit weg.«

Ich starre hinauf in die Wolken und murmele: »Guten Flug, Minty, ich hoffe, du findest deinen Weg nach Hause.«

Ollie räuspert sich. »Ich bleibe noch ein paar Minuten hier oben, wenn das okay für dich ist.«

Ich bin noch immer ein bisschen geschockt, verstehe jedoch den Hinweis, denn es hat keinen Sinn, etwas anderes zu tun. »Absolut. Ich wollte ohnehin gehen.«

Ich bin schon halb die ersten Stufen hinunter, als er mich noch einmal ruft.

»Wenn du dich von dem Bereich vor der Küche fernhalten könntest? Nur bis Jago die Platten verlegt hat.«

»Klar.« Es ist gut, ein paar Tage Zeit zu haben, um sich daran zu gewöhnen, dass Minty fort ist.

Außerdem weiß ich, dass sich zu Weihnachten Paare über ihre Gefühle klar werden. Wenn Ella und Taylor sich von der romantischen Weihnachtsstimmung anstecken lassen, wird mein Leben eine ganz neue Richtung genommen haben, ehe ich den Schuppen wiedersehe. Ich kann gar nicht in Worte fassen, wie schmerzlich der Gedanke daran ist.

38. Kapitel

Stargazey Cottage
Daunendecken und ein offenes Gespräch
Mittwochabend

»Erzähl mir, was los ist.«

Ella sollte eigentlich im Esplanade in Falmouth sein, das fünf Sterne hat und womöglich bald einen Michelin-Stern, deshalb verstehe ich nicht, warum sie mich anruft, statt ihr Essen zu genießen.

»Mit den Lichtern in der Bucht ist der Ausblick von den Terrassentüren heute Abend genauso toll wie heute Nachmittag. Jago macht sich direkt ans Plattenverlegen. Und die Rollschuhdisco heute Abend im Hafen war der Hammer.« Was fällt mir noch ein?

Sie schnaubt am anderen Ende der Verbindung. »Was los ist mit Ollie, wollte ich wissen.«

»Oh, ach das.« Ich stöhne.

»Wenn ich nach Hause komme, wirst du schon schlafen, und ich habe gerade eine Pause zwischen den Gängen, also erzähl es mir in einem Satz – und lass trotzdem nichts aus.«

Ich kuschele mich tiefer unter die Decke. »Als Ollie und ich wegen des Schnees auf der Farm festsaßen, habe ich die Gelegenheit genutzt … Und es war verdammt fantastisch. Heute hat er mir dann erzählt, dass er wieder segelt, daher musste ich es beenden.«

»Gwen!«

Ich protestiere gegen ihren empörten Ausruf. »Jemand, der in einem Extremsport ehrgeizig und erfolgreich ist? Das ist genau wie bei Ned. Wie soll ich das aushalten?« Ich lasse sie nicht zu Wort kommen. »Dann ist auch noch Minty weggeflogen. Und was die Liebe angeht, hattest du definitiv recht. Wie um alles in der Welt ist das nun wieder passiert? Das war's im Wesentlichen.«

»Minty ist weg?« Sie klingt bestürzt.

Ich ziehe mir die Decke unters Kinn und reibe mir die geprellten Knie. »Das war vielleicht ein Tag. Schlau von dir, aufs Rollschuhfahren zu verzichten. Nächstes Jahr werde ich das ganz bestimmt nicht mehr vorschlagen. Es war brutal.«

Sie seufzt. »Mach dir keine Sorgen, Gwen, ich werde mich darum kümmern.«

»Was wirst du tun?« Nach allem, was wir durchgemacht haben, kann ich nicht glauben, dass Ella immer noch denkt, man könne alle Probleme mit Geld lösen. »Selbst wenn du eine neue Taube kaufst, wird sie nicht dieselben Tricks beherrschen. Sie wird bestimmt nicht auf Ollies Schulter sitzen und ihm ein Küsschen auf die Nase geben.«

Ein erneutes Seufzen ist zu hören. »Schlaf gut, kleine Gwen. Wir sehen uns morgen, und ich verspreche dir, ich bringe das wieder in Ordnung.« Und dann beendet sie das Gespräch.

Ich liege im Bett und trete die Decke und ärgere mich über mich selbst.

Nächstes Jahr? Was habe ich mir denn dabei gedacht? Nächstes Jahr werde ich nicht mehr hier sein.

Ja, ich bin seelischen Kummer gewohnt. Aber bei der Vorstellung, Ollie nie wieder in den Armen zu halten oder ihn nicht mehr nebenan zu wissen, erzeugt eine ganz neue Art von Schmerz.

39. Kapitel

Stargazey House
Kutschen und eine fehlende Gastgeberin
Sonntagmorgen, erster Weihnachtstag

Es hat keinen Sinn, Trübsal zu blasen. Also verfolge ich meine alte Taktik, indem ich breit lächle und allen zeige, wie glücklich ich bin. Aus Erfahrung weiß ich, dass ich diese Krise nur überwinden kann, indem ich mich ins Weihnachtsgeschehen stürze, daher tue ich genau das.

Die nächsten Tage vergehen mit Weihnachtsliedern und heißer Schokolade für die über Sechzigjährigen sowie einer Christmas Cocktailparty vom Singles Club in der kleinen Traumküche. Dann gibt's noch eine Kostümparty und eine Disco in Plums Galerie, und als Sophie anbietet, mir ein Schneewittchenkostüm zu leihen, sage ich Ja. Ich helfe Clemmie dabei, Desserts für den ersten Weihnachtstag zuzubereiten. Ich fahre sogar einmal mit dem Weihnachtsmann und seinem Elf in der Ponykutsche, an der so viele Lichterketten leuchten, dass ich mir vorstelle, wie Janice vom Hardware Haven sie den Leuten in besonderer Verkaufslaune aufgeschwatzt hat. Der Weihnachtself trägt mehr Eyeliner als ein Zombie und ist so barsch, wie man mir prophezeit hat. Er hält mit seiner Meinung über mich und Ollie nicht hinterm Berg; ich bin dermaßen perplex, dass mir keine Erwiderung einfällt. Wer hat ihm das überhaupt erzählt? Schließlich war es ja schon wieder vorbei, ehe es richtig begonnen hatte.

Was besagten Mann betrifft, scheint er wieder einmal von der Bildfläche verschwunden zu sein, daher hatte ich nicht einmal die Chance zu testen, wie ich mich fühle, wenn ich ihn sehe.

Wie immer in St. Aidan entwickeln sich ständig neue Pläne. Sobald ein Arrangement vereinbart ist, scheint es für jemand anderen eine Herausforderung darzustellen, ein besseres zu präsentieren. Aber da jetzt der Weihnachtsmorgen ist, nehme ich an, dass der Ablauf feststeht. Der Plan sieht vor, mit Champagner und Häppchen im Stargazey Cottage zu beginnen und mit dem Lunch im Stargazey House fortzufahren, den Käse bei Plum einzunehmen und das Dessert im Seaspray Cottage, um anschließend den Abend in Sophies Schloss ausklingen zu lassen. Für jemanden, der überhaupt nicht feiern wollte, wird das ein ziemlich volles Programm.

Ella habe ich die ganze Woche kaum zu Gesicht bekommen. Als sie von Falmouth anrief, muss sie schon beschwipst gewesen sein, denn wenn wir uns mal hektisch im Cottage begegneten, erwähnte sie nichts von dem, worüber wir gesprochen hatten. Und so oft ich auch zum Himmel schaute, es hat Minty nicht zurückgebracht.

An diesem Morgen halte ich wieder einmal Ausschau, während ich ein leichtes Frühstück zu mir nehme. Und um zu zeigen, wie viel Mühe ich mir gebe, in die richtige Weihnachtsstimmung zu kommen, läuft im Hintergrund meine Playlist unbekannter Christmas-Songs. Gerade läuft zum Beispiel Amy Winehouse mit »I saw Mommy Kissing Santa Claus«. Während ich Donuts in meinen Kaffee tunke, schaue ich über die Sandsäcke auf der von Jago frisch restaurierten Terrasse hinaus aufs türkisfarbene Meer.

Ella kommt mit klappernden Absätzen die Treppe herunter und durch den neuen Durchbruch zwischen Wohnzimmer und Küche. »Möchtest du Tee und einen Donut?«, frage ich sie.

Sie wirft eine elegante Papiertragetasche auf den Tisch. »Mach schnell auf. Es ist ein vorgezogenes Geschenk, und ich will, dass du es anziehst.«

»Aber dann gibt es später keine Überraschungen mehr.«

Sie sieht mich tadelnd an. »Da wartet heute noch viel mehr auf dich, glaub mir!«

»Was soll das heißen?« Wenn sie schon wieder mit Taylor zusammen ist, möchte ich es lieber gleich erfahren.

»Nichts.« Sie rudert ganz offensichtlich zurück. »Das ist Weihnachten eben so.«

Ich belasse es dabei, denn das Sweatshirt, das ich aus der Tüte nehme und auseinander schüttele, ist ganz weich und genauso pink wie meine Lieblingssofakissen aus Samt. Ich schiebe meine Arme hinein, gebe Ella einen Kuss auf die Wange und lese das Logo vorne drauf. *Love will save the day!*

Sie hebt eine Braue. »Hoffen wir mal.« Sie streicht ihre Sweaty Betty Leggings glatt und zieht ihre zweitbesten Laufschuhe an. »Ist noch Karamellkonfekt übrig? Ich will eine Runde joggen.«

Ich gebe ihr eine Schachtel salziges Karamellkonfekt und ärgere mich, dass ich über meiner To-do-Liste glatt unseren Sonntagmorgenlauf vergessen habe. »Soll ich mitkommen?«

»Auf keinen Fall!«, ruft sie und fügt lächelnd hinzu: »Besser, du bleibst hier und stellst den Champagner kalt.« Sie winkt mir noch einmal zu. »Viel Spaß mit deinem Sweatshirt. Bin bald wieder da!«

Wann hat Ella je daran gedacht, irgendetwas in den Kühlschrank zu stellen? Aber was soll's. Hätte sie es nicht so eilig gehabt, hätte ich mich erkundigt, ob sie Ollie gesehen hat. Er wohnt zwar nur ein paar Schritte weiter hügelabwärts, aber irgendwie ist es leichter, Neuigkeiten über ihn zu hören, als ihn selbst aufzusuchen. Er sorgt heute für den Hauptgang, daher nehme ich an, dass er in seiner Küche zu tun hat. Ich habe ihm ein kleines Geschenk aus Janice' Vitrine besorgt. So, wie wir Mittwoch auseinandergegangen sind, würde ich es ihm lieber hier geben statt beim allgemeinen Geschenkeauspacken später bei Clemmie. Aber gleichzeitig habe ich auch Angst davor, deshalb widme ich mich lieber erst mal meinen Vorbereitungen für die Feier.

Zunächst hänge ich die letzten Sternenketten in der Küche und im Wohnzimmer auf, dann bereite ich die Kanapees zu. Ich bin gerade mit winzigen Veggie-Pastetchen fertig und lege die Mini-Räucherlachs-Törtchen auf das Abkühlbrett, als Ella hereinstürmt und die Kühlschranktür aufreißt.

»Kann ich dir irgendwie helfen?«

Sie starrt mit wildem Blick auf den Inhalt. »Ich war auf dem Weg unter die Dusche, aber Ollie braucht noch mehr Eier.«

Ich gebe ihr einen Eierkarton. »Nimm ein Dutzend, für alle Fälle.« Dann stutze ich. »Wir haben jetzt unser eigenes Badezimmer. Hast du das vergessen?«

Eigentlich bin ich diejenige, die schnell errötet, doch Ellas blasse Wangen bekommen tatsächlich eine rosa Tönung. »Die Düsen im Bad Nummer drei sind einfach zu fantastisch, um darauf zu verzichten.«

Sie ist schon fast wieder zur Tür hinaus, als ich ihr hinterherrufe: »Kulturbeutel! Handtuch!«

Sie läuft weiter. »Ich borge mir Ollies. Bis später.«

Dann fällt die Haustür zu, und ich bin wieder allein.

Mir bleibt nur noch, ein paar Tomaten- und Fetaspieße zuzubereiten, außerdem mit Ahornsirup glasierte Würstchen-Blinis. Außerdem muss ich Gläser hinstellen und Knabbersachen. Das macht kaum Arbeit, und ich habe auch gar keine Hilfe von Ella erwartet. Trotzdem habe ich irgendwie auf ihre Gesellschaft gehofft, mit ihren ständigen Anekdoten und dem Klatsch von ihren Baustellen. Stattdessen pflegt sie ihre Haare jetzt wahrscheinlich bis zur Perfektion und nutzt Ollies überlegenes WLAN für FaceTime mit Merry in Spanien und Liebesgesäusel mit Taylor. Sehen wir den Tatsachen ins Auge – mein Sweatshirt hat zweifellos mit der bevorstehenden Versöhnung von Ella und Taylor zu tun. Wenn ich Ellas nicht allzu verschlüsselte Botschaften richtig deute, kann es nichts anderes heißen!

Als meine Handyuhr halb elf zeigt, ist sie immer noch nicht zurück. Doch dann fliegt die Tür auf, und Nell, George, Plum, Sophie, Nate und alle Kinder strömen ins Wohnzimmer. Jeder bekundet laut, wie wunderschön das Cottage jetzt ist. Zwei Minuten später folgen Jago, Charlie, Clemmie, Bud und Diesel. Damit sind alle Gäste da, bis auf Ella und Ollie.

Früher wäre ich darauf angewiesen gewesen, dass Ella die Gäste willkommen heißt, aber inzwischen waren alle so oft hier, dass sie sich praktisch wie zu Hause fühlen. George öffnet den Champagner, Nell kümmert sich um die Krüge mit frisch gepresstem Orangensaft, und während ich Gläser verteile, Leute umarme und Luftküsse werfe, erklärt Clemmie jedem, was er auf dem Teller hat.

Wir stehen alle plaudernd zusammen, als Ella erneut hereinrauscht. Ihre Haare sind noch wilder, ihre Wangen definitiv gerötet, und die gleichen Klamotten trägt sie auch noch.

»Frohe Weihnachten euch allen!«, ruft sie. »Ich bin sehr spät dran und überlasse euch Gwen.« Sie schnappt sich ein Erbsen- und Mandel-Bruschetta und ist schon wieder verschwunden.

Wenn Jago für sie im Bad nebenan das Wasser angewärmt hätte, wüsste ich genau, was los ist. Aber der steht bei unseren Lichterkettenzweigen, wo er mit George über Terrassenpflasterungen und Gartenbüros fachsimpelt.

Clemmie schiebt sich ein Mini-Pilz-Würstchen im Teigmantel in den Mund und drückt meinen Arm. »Absolut köstlich! Ich bin mir sicher, dass Ella bald zurück ist.«

Ich verdrehe die Augen. »Ich weiß, wie lange sie braucht, um sich fertig zu machen! Also bin ich mir ziemlich sicher, dass das nicht der Fall sein wird.«

Und ich behalte recht! Was allerdings auch keine große Rolle spielt, weil so viele Freunde zum Plaudern da sind, dass wir sie nicht vermissen.

Als Ollie eine Textnachricht an Jago schickt, er sei jetzt nebenan bereit für uns, ist sie immer noch nicht wieder da. Und als wir dort eintreffen, ist sie nirgends zu sehen. Ollie trägt eine schicke schwarze Hose, die seinen knackigen Po betont, dazu ein gebügeltes weißes Hemd, das seinen Dreitagebart und die markanten Wangenknochen hervorhebt. Er verteilt Getränke, zeigt uns den Esstisch, und wir setzen uns alle.

Es wäre besser gewesen, wenn ich mir vorher im Klaren darüber gewesen wäre, wie ich zu Ollie stehe. Nun muss ich feststellen, wie elend und traurig ich mich fühle. Ich muss mich zusammennehmen und darf mir nichts anmerken lassen.

Charlie hakt Buds Hochstuhl am Tisch fest und setzt sie hinein. Clemmie nimmt neben mir Platz.

Plum, die bereit ist, beim Servieren zu helfen, bindet sich eine Schürze vor die Latzhose und ruft durch die Tür zur zweitbesten Küche, wo sich offenbar alles abspielt: »Was gibt es denn, Ollie?«

Ollie erscheint und verteilt an jeden eine kleine Karte. »Es steht alles da drauf, falls jemand wählen möchte.«

Die Windlichter in der Tischmitte flackern, während ich lese. »Nussbraten für die Vegetarier, Truthahn, Schwein, Würstchenfleischfüllung, Aprikosenfüllung, Rosenkohl und Kastanien, Fleischbällchen, Yorkshire Pudding, Erbsen, Blumenkohl, Rotkohl, Karotten, Stilton-Würstchen, Chipolatas, selbst gemachte Cranberry-Soße, Bratkartoffeln, Kartoffelgratin, vegetarische Bratensoße, echte Bratensoße ...«

Als Plum und Ollie das Essen servieren, rufen alle »Wow!«, weil es so köstlich aussieht. Plötzlich begreife ich.

Ich stupse Clemmie an. »Diese kleine saubere Handschrift ist Ellas! Da ist sie also gewesen – sie hat die Menükarten geschrieben!«

Ollie, der gerade wieder aus der Küche kommt, lacht. »Gut geraten, aber das hat sie tatsächlich schon letzte Woche erledigt.«

Wir sehen uns alle an, denn Ella ist nach wie vor nicht hier. »Wo ist sie dann?«

Ollie lacht wieder. »Schaut mal dorthin, dann findet ihr es vielleicht heraus.«

Wir blicken in die Richtung, in die er zeigt, und die erste riesige Fleischplatte kommt in Sicht, getragen von Plum. Gleich dahinter folgt, mit einem noch größeren Tablett voller Fleisch, Ella.

Ihr Pferdeschwanz ist windschief, sie hat einen Soßenfleck an der Stirn, trägt noch ihre Leggings und die zweitbesten Turnschuhe, und ihr T-Shirt ist verschwitzt. Sie sinkt erschöpft auf ihren üblichen Platz neben mir am Kopf des Tisches und reibt sich die Nase mit der Faust. »Vor einigen Wochen hat mich jemand herausgefordert, kochen zu lernen.« Sie wirft Jago auf der anderen Seite einen Blick zu und wendet sich dann wieder an alle: »Tja, und hier habt ihr es nun! Ein Weihnachtsessen! Ich habe keine Ahnung, wie es schmecken wird, und ohne Ollie, seine vier Herde und seinen Dampfgarer hätte ich es nie geschafft. Also haut rein, ich hoffe, ihr genießt es!«

Alle Gäste applaudieren und rufen: »Gut gemacht, Ella!«

Als sich der Lärm legt, wendet sie sich an Jago: »Ich hoffe ernsthaft, du bist die Mühe wert!«

Jago sieht schwer beeindruckt über den Tisch hinweg, der unter dem Gewicht des Essens ächzt. »Du setzt mich ganz schön unter Erfolgsdruck, Ella Bella!«

Ich drücke sie an mich und flüstere ihr ins Ohr: »Soll ich dir Lippenstift leihen?«

Sie lacht. »Vergiss es, ich esse erst mal. Jago wollte, dass ich kochen lerne. Er kann nicht knusprige Bratkartoffeln *und* perfektes Make-up erwarten.«

Ich häufe mir Essen auf den Teller und frage: »Wie um alles in der Welt hast du das gemacht, Ells? Wenn wir Laufvergleiche anstellen, entspricht das in etwa einem Marathon um die Welt!«

Ella zuckt mit den Schultern. »Ollie bot mir an, es mir beizubringen, und du weißt ja, wie sehr ich meine Tabellen liebe. Als er mir erklärte, wie ich die beim Kochen einsetzen kann, gab es für mich kein Halten mehr.« Sie wackelt mit den Brauen. »Ich war hoch motiviert. Vom Sexobjekt mal abgesehen, ist Jago ein echter Schatz.«

Ich muss einfach fragen. »Und wo passt Taylor da hinein?«

Ellas Brauen schießen in die Höhe, während sie kaut, und dann trinkt sie einen Schluck Wein. »Ich habe dir gesagt, du sollst es wagen, und das hast du getan, deshalb beschloss ich, es auch mal mit der schwierigeren Route zu probieren, statt immer nur die leichte zu nehmen – indem ich auf die Zukunft vertraue und nicht der Vergangenheit nachtrauere.«

Ich schüttele den Kopf. »Gut gemacht.«

Sie senkt den Blick. »Taylor ist ein netter Kerl. Er wird bestimmt sehr glücklich, wenn er die richtige Person trifft.«

Und das nach all meinen Sorgen. Wenn Ella diese Überraschungen meinte, hatte sie recht. Aber ich habe den Tag nie vor dem Abend gelobt, deshalb ziehe ich lieber keine voreiligen Schlüsse, sondern hake lieber mal in vertraulichem Ton nach. »Habt ihr beide, Jago und du, irgendwelche Pläne gemacht oder müsst ihr erst herausfinden, ob das Weihnachtsessen euren Ansprüchen genügt?« Ganz sicher, tausend Prozent.

Ella lacht. »Du kennst mich.«

»Ja, tue ich«, erwidere ich. »Deshalb frage ich ja.«

Sie grinst. »Ich habe bereits hundert Arbeitsblätter für den Umbau seines Bootshauses angefertigt.« Ihre Miene wird ernster. »In meinem Alter läuft einem schnell die Zeit davon. Wir wollen nichts überstürzen, aber es könnte sinnvoll sein, bald in das Haus zu ziehen, das er gemietet hat, bis das Bootshaus fertig ist.«

»Klasse.« Tja, damit wäre ich wieder dort, wo ich mich schon wähnte. Aber noch ist nichts verloren.

Sie drückt meine Hand. »Ja, nicht wahr?«

Tatsächlich freue ich mich für sie, denn ich weiß, wie hart Ella dafür gearbeitet hat. Ich würde es ihr nie und nimmer übel nehmen. Alles auf dem Tisch ist köstlich. Ich weiß, wie viel Aufwand es für eine erfahrene Köchin ist, ein solches Essen zuzubereiten, daher ist es für Ella umso bemerkenswerter. Es ist so lecker, dass wir alle Nachschlag nehmen und dann gleich noch mal.

Und hinterher sitzen wir alle da und reiben uns die vollen Bäuche, als George sich erhebt und an sein Glas klopft.

Er räuspert sich, und wir richten unsere Blicke auf ihn. »Als die Star Sisters ins Stargazey Cottage zogen, versprachen sie, St. Aidan um viele Dinge zu bereichern. Ein Weihnachtsessen stand allerdings nicht auf der Liste. Trotzdem vielen Dank, dass du uns mit diesem fantastischen Essen überrascht hast, Ella. Und Gratulation dir und Jago. Ihr seid beide sehr talentiert und verdient nur das Beste.«

Die Gäste jubeln, und alle erheben ihre Gläser. Jago drückt Ella so eng an sich, wie es die nebeneinanderstehenden Stühle gestatten. Nachdem sich der Applaus gelegt hat, bleibt George stehen und fährt fort: »Niemand kann mit Ellas Überraschung konkurrieren, aber Nell und ich haben dennoch eine zu verkünden.«

Wir sehen uns alle an und lauschen erwartungsvoll. Ich kann mir schon denken, um was es sich handelt, und habe einen Kloß im Hals.

George sagt: »Es ist kein Geheimnis, dass Nell und ich uns schon sehr lange ein Baby wünschen.«

Clemmie und ich tauschen einen Blick und haben schon Tropfen an der Nase, weil uns die Tränen laufen.

George fährt fort: »Vor einer Weile hatte Nell heftige Krämpfe, die wir für eine Lebensmittelvergiftung hielten. Aber jetzt fanden wir heraus, dass nicht der Kuchen daran schuld ist, dass Nell nicht mehr in ihre Hosen passt …«

Nell sitzt neben ihm, und als sie auf ihren Bauch hinunterschaut, rollen den beiden ebenfalls Tränen übers Gesicht. »Es liegt einzig und allein daran, dass wir ein Baby erwarten! Wer hätte das gedacht? Ich bin im vierten Monat und hatte keine Ahnung!«

Es folgt erneuter Jubel, und dann werden die beiden von allen umringt.

Sophies Augen glänzen. »Wir wussten, dass Gwens Karamellkonfekt etwas Besonderes ist.« Sie lacht. »Ich bin glatt versucht, es selbst noch einmal zu tun, damit ich den ganzen Tag Karamellkonfekt essen kann, wie du es getan hast, Nell.«

Sophies Kinder rufen: »Vier sind genug, Mum. Wir haben keinen Platz mehr im Auto!«

Sophie klatscht in die Hände. »Na schön, ihr Blagen. Zeit für euch, beim Abräumen zu helfen. Stapelt die Teller, jetzt!«

Ich wende mich an Ella. »Du bist heute vom Abwasch befreit.« Dann fällt mir ein, wonach ich mich noch nicht erkundigt habe. »Wie hast du Zeit für deinen Kochunterricht gefunden?«

Ellas grinst. »Seit der Karamellkonfektverkostung habe ich jeden Tag nach Feierabend hier bei Ollie geübt. Ich kann sogar mehrere Gerichte. Ich koche Makkaroni mit Käse, Pasta und Chorizo, Bohnen auf Toast, Chili con Carne, Burger und Salat.«

Jago zwinkert Ella zu. »Klingt, als hätte Ollie meine Lieblingsspeisen rausgefunden und dir anschließend beigebracht, sie zu kochen. Wenn du so weitermachst, landest du direkt in meinem Penthouse.«

Ella grinst. »Ollie ist ein sehr kluger Mann. Auch er ist vom Abwasch befreit.« Sie schaut auf ihr T-Shirt und dann lächelnd zu Jago. »Wenn wir hier fertig sind, könnten wir ja Badezimmer Nummer drei aufsuchen, damit ich mich frisch machen kann.«

Ich beobachte die beiden, wie sie aufstehen. »Wir sehen uns dann bei Plum.«

Ellas Hand liegt fest auf Jagos Nacken. »Oder wir lassen Plum ausfallen und treffen euch erst bei Clemmie.«

Ich zwinkere Ella zu. »Nach einem solchen Essen wird Plum dir alles verzeihen.«

Da ich seit meiner Ankunft auf Distanz zu Ollie geblieben bin, ist es beinah ein Schock, als ich mich auf der Bank herumdrehe, um in die Küche zu gehen, und mich einem weißen Hemd und einer schwarzen Gürtelschnalle gegenübersehe. Ich löse den Blick von Ollies Reißverschluss und setze ein unbekümmertes Lächeln auf. »Danke für das tolle Essen, Ollie. Sophie hat das Aufräumen übernommen, aber ich werde ihr helfen.«

Ollie beißt sich auf die Lippe. »Du bist heute auch vom Abwasch befreit.«

Ich lache viel zu laut. »Ich kenne mich in der Küche aus. Es sei denn, es gibt etwas Besseres zu tun?«

Er legt den Kopf schief. »Es wird nicht lange dauern. Ich würde dir gern etwas oben im Garten zeigen.«

Ich erstarre, als er die Hand nach mir ausstreckt, denn ich erinnere mich an das letzte Mal, als wir dort oben waren. »Brauche ich eine Augenbinde?«

Nachdem, wie dieser Tag endete, verstehe ich, dass meine Füße wie angewurzelt sind.

Seine Lippen zucken. »Wahrscheinlich kommst du ohne klar.«

Vermutlich liegt es an seinem Lächeln, denn ich werde schwach. Ich gebe jeden Widerstand auf. Und ohne mir dessen bewusst zu sein, lege ich meine Hand in seine und lasse mich von ihm hinaus auf den Flur führen. Auf dem Weg zur Tür kommen wir an Ella und Jago vorbei. Ella hält mich auf, indem sie mir die Hand auf den Arm legt. »Du hast uns allen bewiesen, dass du mutig sein kannst, Gwen. Nun geh und beweise es dir selbst.«

Ich frage mich noch, wovon zur Hölle sie eigentlich spricht, während ich Ollie hinaus auf die Straße folge.

40. Kapitel

Oben im Schuppen
Verschönerungen und Happy Ends
Erster Weihnachtstag

Als Ollie und ich die Stufen zum oberen Teil des Gartens hinaufsteigen, muss ich unweigerlich daran denken, wie glücklich wir bei unserem letzten Besuch hier waren – bis von einer Sekunde auf die andere alles in sich zusammenfiel.

Diesmal stürmen wir nicht hinauf, sondern gehen zögerlich, und mir fällt etwas ein.

»Hat Jago nicht gesagt, wir sollen die Terrasse noch nicht betreten?«

Ollie wirft mir einen Blick über die Schulter zu. »Damit wollte ich dich doch nur aus dem Garten fernhalten.«

Als wir den Schuppen erreichen, setze ich mich auf die Stufe davor und ziehe die Knie an die Brust. »Warum sind wir jetzt hier?«

Sein Adamsapfel hüpft. »Es gibt da ein paar Dinge, die ich klären möchte. Es tut mir leid, wenn es dich aufgebracht hat, als ich dir erzählte, ich würde wieder segeln.«

Ich durchschaue ihn sofort. »Du hast mit Ella gesprochen, oder?«

Seine Lider flattern. »Wir haben Stunden zusammen am Herd verbracht, und natürlich haben wir da geredet.« Er holt tief Luft und sieht mich an. »Okay, es stimmt – nachdem du neulich von hier praktisch geflohen bist, habe ich sie angerufen und ihr alles erzählt.«

Ich schaue an ihm vorbei aufs Meer. »Was ich euch beiden am Mittwoch gesagt habe, gilt nach wie vor. Ich freue mich, dass es dir besser geht, aber mit der neuen Version von dir werde ich nicht klarkommen. Und ich sterbe lieber, als dich zu bremsen.«

In den vergangenen zwei Tagen habe ich ihn aus meinen Gedanken verbannt, um meine Gefühle zu dämpfen. Jetzt aber steht er vor mir, in den braunen Augen ein Ausdruck zwischen Schmerz und Besorgnis, und plötzlich bringe ich es nicht fertig, ihn ein weiteres Mal verletzt zu sehen. Mit Entsetzen begreife ich außerdem, dass ich ihn bald vermutlich überhaupt nicht mehr sehen werde.

Er atmet tief ein und langsam wieder aus. »Okay, das verstehe ich vollkommen. Aber betrachte es mal von der anderen Seite. Als du deine Dämonen besiegtest, indem du draußen im Schnee standst, warst du sehr froh, das geschafft zu haben. Aber willst du deswegen gleich wieder in einem Ski-Resort arbeiten? Willst du unbedingt weg und in den Bergen leben?«

Ich muss für die Antwort nicht überlegen. »Tatsächlich möchte ich lieber hierbleiben. Es gefällt mir am Meer. In den vergangenen Monaten habe ich Freunde gefunden. Ich habe mir ein Leben und ein Zuhause aufgebaut. Und wenn es nach mir geht, würde ich das alles behalten.«

Es ist schon bittere Ironie, dass mir ausgerechnet jetzt, wo ich mich zum Bleiben entschlossen habe, diese Möglichkeit genommen wurde.

Ollie reckt triumphierend die Faust. »Genau darum ging es mir! Als ich wieder ein Boot besteigen konnte, war das ein lebensverändernder Moment. Aber so will ich gar nicht mehr leben. Ich bin jetzt ein ganz anderer Mensch.« Er sieht mich eindringlich an. »Ich habe mich zum ersten Mal überhaupt verliebt. Wenn ich daran denke, jeden Tag mit dir zu verbringen, Gwen, freue ich mich auf die Zukunft. Für mich zählt momentan nur, diese Zukunft möglich zu machen.«

»Du hast recht. Es ändert wirklich alles.« Ich schlucke hart, denn es kommt alles zu spät. »Nur werde ich nicht mehr hier sein.«

Ollie legt die Stirn in Falten. »Aber warum denn nicht?«

Ich blicke an seinen Beinen vorbei und hinauf zu den bleigrauen Wolken. »Ella ist drauf und dran, bei Jago einzuziehen, und ich kann mir das Cottage alleine nicht leisten. Cornwall ist teuer, besonders St. Aidan, deshalb werde ich nicht bleiben können.«

Ollie setzt sich zu mir auf die Stufe, und sein Arm und seine Hüfte berühren mich. »Bevor wir weiterreden, muss ich dir etwas erklären.« Er blickt auf seine ausgestreckten Finger. »St. Aidan war auch mir immer zu teuer. Ich wäre nie hergekommen, wenn ich Alex' Haus nicht geerbt hätte. Zusätzlich zum Haupthaus habe ich auch das angrenzende Cottage geerbt. Als George mitbekam, dass ich Schwierigkeiten habe, schlug er vor, das Cottage für einen niedrigen Preis zu vermieten und die nötigen Renovierungen von den Mietern ausführen zu lassen.«

Ich starre ihn perplex an. »Dann gehört dir das Cottage ein Stück hügelabwärts also auch?«

Lachfältchen bilden sich um Ollies Augen. »Nein, Gwen, ich meine Stargazey Cottage. Stargazey Cottage und Stargazey House gehören beide mir.«

»Und du hast die ganze Zeit nichts gesagt?«

Er nimmt meine Hand. »Ich wollte es nicht verderben. Aber ich erkannte, dass deine Pläne das Cottage völlig verändern würden. Als mein Haus verkauft wurde, hatte ich Geld übrig, um Jago für die Arbeit nebenan zu bezahlen.«

Ich schüttele den Kopf. »Das ist unglaublich. Ich brauche eine Minute, um das zu verarbeiten.«

Ollie nickt. »George ist der Einzige, der es weiß. Das Beste daran ist jedoch, dass du weiterhin in dem Cottage wohnen kannst. Du *musst* sogar bleiben, Gwen! Du kannst mietfrei dort wohnen. Sag mir bitte nur, dass du nicht weggehst.«

Das ist ein solcher Schock. »Mietfrei hört sich falsch an. Wie sollte ich das je wiedergutmachen?«

Er seufzt. »Geld ist nicht wichtig, wenn man genug davon hat. Ich akzeptiere liebend gern Karamellkonfekt als Bezahlung.«

Nur ganz allmählich wird mir klar, dass ich nicht gehen muss. Ich bin so dankbar, mein kleines Haus für immer behalten zu dürfen, dass ich kaum weiß, was ich sagen soll. »Na, vielen Dank, Ollie. War das alles?«

Er atmet geräuschvoll aus. »Eine weitere Sache muss ich dir noch gestehen. Vielleicht auch zwei.«

Es ist nur fair, ihn alles erzählen zu lassen. »Ich bin mir nicht sicher, wie viele Überraschungen ich noch verkrafte.«

Er verschränkt seine Finger mit meinen. »Nell hat damals bei Facebook Anzeigen für das Cottage gepostet, und alle haben mitgeholfen, die Bewerbungen zu sichten. Ich hatte das letzte Wort. Ich will nicht wie ein Stalker klingen, aber ich sah die Fotos von dir in den Unterlagen, die Ella geschickt hat, und das gab den Ausschlag.«

Ich komme aus dem Staunen nicht mehr heraus. »Es hatte also gar nichts mit unseren Design-Ideen, den Workshops oder unserer Fähigkeit, St. Aidan weihnachtlich zu schmücken, zu tun?«

»Ich fürchte, nein.« Er verzieht das Gesicht. »Und als ich dich dann am Tag eurer Ankunft in meinem Schlafzimmer vorfand, bekam ich richtiges Herzklopfen. Seitdem bin ich in dich verliebt.«

»Du liebe Zeit.« Erneut schüttele ich den Kopf, während er weitererzählt.

»Früher bin ich nur widerwillig hergekommen. Ich mochte das Haus nicht, daher sah ich eurer Ankunft mit gemischten Gefühlen entgegen. Denn seit ihr hier wart, musste ich immer wieder herkommen. Jetzt will ich nur noch mit dir zusammen sein und dich glücklich machen. Aber ich weiß, dass es auch für dich das Richtige sein muss.« Er atmet schwer aus. »Okay, soll ich dir jetzt zeigen, weshalb ich dich hier heraufgebracht habe?«

»Einverstanden. Doch zuerst muss ich dir sagen, dass ich genauso empfunden habe. Vom ersten Tag an.«

Er lächelt. »Ich bin so froh, dass du mir das sagst.« Er steht auf und zieht mich mit hoch.

»Und was nun?«

Er lächelt wieder. »Wirf mal einen Blick in den Schuppen.«

Als ich die Tür öffne, schwingt sie leicht auf, als wäre sie frisch geölt worden. Drinnen empfängt mich der Geruch nach Farbe und Wärme vom Ofen.

Ollie steht neben mir. »Und, was meinst du?«

Ich betrachte die Holzwände, die in dem schönen Grün gestrichen sind, das wir gemeinsam ausgesucht haben. Die Decke ist dunkelblau mit kleinen weißen Sternen, und auf dem Boden liegt ein gestreifter Wollteppich. Über den bequemen neuen Lehnsesseln liegen Schaffelle. Es gibt auch einen Tisch und Stühle, in einem dunkleren Blau gestrichen, außerdem eine rote Kommode und ein Bücherregal.

»Wow!«, krächze ich. »Du hast den Schuppen in Schuss gebracht!«

Als ich die beiden kleinen Sterne aus Fahrradketten auf dem Bücherregal entdecke, muss ich gegen die Tränen ankämpfen.

»Ja, habe ich.« Er lacht jetzt. »Ich habe all deine Ideen umgesetzt. Ella hat mir geholfen.«

Ich schlage die Hände vor den Mund. »Die Metallvitrine!«

Er blickt schuldbewusst drein. »Ich hoffe, ich war nicht voreilig, indem ich meine Souvenirs schon hergebracht habe. Aber sie schienen gut hier hineinzupassen.«

»Dieser Schuppen ist wie gemacht für Janice' Kitsch.« Ich nehme eines der Bilder von Barnaby and Browne's vom Tisch. »*Mach jeden Tag bunter!* Das gefällt mir auch.«

Er zuckt mit den Schultern. »Das ist genau das, was du für mich getan hast und immer noch tust.« Dann wird seine Miene ernst. »Ich hoffe, ich trete dir damit nicht zu sehr auf die Füße. Kissen habe ich noch nicht gekauft.«

Ich lächle. »Da sind noch genug Lücken zu füllen.« Es wäre schön, das gemeinsam zu tun. Allerdings haben wir bis dahin noch einen langen Weg vor uns.

Er lehnt sich mit der Schulter gegen die Wand, sodass sich seine Silhouette im Türrahmen abzeichnet. »Ich verstehe, dass du Angst hast, wieder jemanden zu verlieren, der dir nahesteht, Gwen. Doch mehr als jeder andere weiß ich, wie sehr du jemanden verdienst, der dich liebt und für dich da ist. Und niemand könnte das besser als ich.«

Sosehr ich mir das auch wünsche, ich muss abwägen. »Nach einem Leben im Adrenalinrausch beim Segeln über die Ozeane bist du wirklich bereit, häuslich zu werden, mit gemütlichem Lehnsessel, Holzofen und Blick auf die Bucht?«

Das bringt ihn erneut zum Lächeln. »Wenn du dabei bist, absolut.« Sein Lächeln verschwindet. »Der Punkt ist, dass ich nicht mehr allein die Grenzen ausloten muss. Wenn wir etwas riskieren wollen, können wir es gemeinsam tun.«

Ich nehme das alles in mich auf, und es ist ein wenig überwältigend. »Du würdest also vor einer totalen Karriereveränderung stehen?«

Er nickt. »Wir könnten daran arbeiten. Meine Unternehmensberatung findet in letzter Zeit ohnehin eher an der Küste statt. Aber mit meinem Maltalent und deinem Blick für Farben könnten wir jederzeit Häuser einrichten.«

Das bringt mich zum Lachen. »Platz da, Star Sisters, hier kommt Stargazey Interiors.« Mir kommt eine Idee. »Oder du ziehst zu mir in das Cottage, und wir machen aus Stargazey House das Boutique Hotel, von dem wir mal gesprochen haben.« Mir wird klar, was ich da sage, deshalb rudere ich zurück. »Fiel mir nur gerade spontan ein. Vergiss es.«

»Fände ich gar nicht schlecht.« Ollie hebt eine Braue. »Ich habe mich ohnehin bei dir immer wohler gefühlt als bei mir.«

Ich habe schon einmal die Flucht ergriffen, deshalb muss ich mir sicher sein, andernfalls wäre es Ollie gegenüber nicht fair. »Ich muss das für mich erst einmal sortieren.«

Er zögert. »Wir wissen alle, dass du stark genug bist, um allein klarzukommen, Gwen, aber gemeinsam sind wir stärker. Und vergiss nicht, wie glücklich wir uns gegenseitig machen würden.« Er strahlt. »Ganz zu schweigen von der knisternden Anziehung.«

Ich ringe mit mir. »Es war leichter, als ich noch nicht in dich verliebt war. Jetzt wäge ich den Schmerz, den ich empfinden würde, wenn ich dich gehen ließe, gegen den Schmerz ab, den ich fühlen würde, wenn ich dich eines Tages verliere.«

Ollie lacht leise. »Ein seltsamer Wettstreit.«

Ich schüttele den Kopf, denn ich bin überrascht. »Ella hat schon angedeutet, dass ich meinen Mut brauchen werde. Aber weißt du was, Ollie Lancaster? Ich liebe dich so sehr, dass ich gar keine andere Wahl habe. Ich *muss* mit dir zusammen sein!«

Er steht immer noch neben der Tür. »Bist du dir sicher?«

»Absolut.« Ich nicke heftig. »Bekomme ich nun meinen Weihnachtskuss?« Ich werfe mich ihm in die Arme und schmiege mich an ihn. Prompt erwacht die Lust in mir.

Als ich meine Lippen schließlich von seinen löse, pocht mein Herz. Ich ziehe ihn zu einem Sessel und hole mir gleich mehr davon. Als wir wieder auf die Terrasse hinaustreten, ist es viel später, und die ersten Lichter funkeln in der Bucht.

Ollie flüstert mir ins Ohr: »Haben wir noch Zeit, zu dir zu gehen und das von eben zu wiederholen?«

Ich schaue auf das Display meines Smartphones. »Wir haben Plums Käseplatte schon verpasst. Wenn ich Clemmie beim Servieren der Puddings helfen will, mit deren Zubereitung ich den ganzen gestrigen Tag zugebracht habe, müssen wir das auf später verschieben.«

Sein Atem ist warm an meinem Hals. »Na gut, also auf zu Clemmie. Wohin schaust du?«

Ich kneife die Augen zusammen, als ein Sonnenstrahl durch die Wolken dringt, und beobachte einen Punkt am Himmel, wie ich es seit Mittwoch etwa eine Million Mal gemacht habe. »Da ist ein Vogel in der Ferne. Wahrscheinlich nur eine Möwe.«

Ollie wird sofort angespannt. »Aber er ist weiß.«

»Wir sind am Meer, Ollie, da sehen viele Vögel weiß aus.« Ich denke daran, wie oft meine Hoffnungen schon zerstört wurden.

»Na ja, was immer es ist, es kommt direkt auf uns zu!«

Einen Moment später flattern Federn um uns herum, und Ollie ruft: »Minty! Minty, du bist zurück!«

Ich kann meine Tränen nicht aufhalten. »Unser Schneevogel ist nach Hause gekommen. Ist das nicht das schönste Weihnachtsgeschenk?« Dann wird mir klar, was ich gesagt habe, denn eigentlich gebührt ja der erste Platz der Tatsache, dass Ollie und ich endlich zusammengefunden haben.

Ollie lacht. »Das war ein Tag voller wunderbarer Überraschungen.«

Ich schaue zu, wie er Mintys Kopf krault. Dann hüpft sie auf seine Schulter und pickt an seinem Ohr herum. »Ich denke, kein Geschenk der Welt könnte uns noch glücklicher machen, oder?«

Immerhin lieben Ollie und ich uns und sind nun offiziell ein Paar. Außerdem ist unser verschollener Vogel gerade zu uns zurückgekehrt. Mehr Glück geht wirklich kaum.

Aber während wir nach unten gehen, um Minty in ihre Box zu setzen und sie mit Körnern zu füttern, ist es noch nicht vorbei.

41. Kapitel

Auf einen Pudding im Seaspray Cottage
Da kommt noch was
Erster Weihnachtstag

»Wenn ich daran denke, wie du an deinem ersten Tag hier warst, Gwen, still und schüchtern. Und sieh dich jetzt an! Glücklich, selbstbewusst und bereit, es wieder mit der Welt aufzunehmen«, schwärmt Clemmie.

Wir sitzen alle an einem langen Tisch unten in der kleinen Traumküche, tragen Papierhüte und trinken Champagner. Hinter den Terrassentüren können wir noch die Umrisse der Wellen in der Dunkelheit erkennen und das sanfte Rauschen am Strand hören.

Die Reste des Puddings stehen hinter uns auf der Arbeitsfläche. In der letzten Stunde haben wir kleine Schokoladenwindbeutel gegessen, Baileys-Tiramisu, Eis mit Schokolinsen, Meringues, Weihnachtstorte, Schoko-Biskuitrolle, Ingwer-Käsekuchen, Amaretto-Torte und kleine Fruchttörtchen. Ich bekomme momentan absolut nichts mehr herunter.

Ich wechsle Bud von einem Knie auf das andere und antworte Clemmie: »Nicht nur ich habe mich verändert. Ollie lächelt jetzt andauernd, und Ella packt überall mit an. Und Jago strahlt plötzlich wie ein Handwerker, der nie wieder selbst Tee kochen muss.«

Ella hüstelt. »Entschuldige bitte, aber die Hälfte des Kochens wird Jago übernehmen.«

Plum lacht uns alle, die wir in einer Reihe sitzen, an. »So, wie ihr die Arme umeinander gelegt habt, als wärt ihr zusammengeklebt, könntet ihr großartige Werbung für den Singles Club machen.«

Nell lehnt sich zurück. »Es gibt doch keine bessere Herausforderung als Singles, die angeblich um jeden Preis solo bleiben wollen.«

Ella lacht. »Meine Mum Merry kommt im Januar. Deine Arbeit ist also noch nicht beendet!«

Sophie stützt ihr Kinn in die Hände. »Bei all diesen Paaren, die sich finden, schreit St. Aidan doch geradezu nach einem Babyladen.« Sie schaut über den Tisch zu George. »Das sollten wir beim nächsten Meeting der Handelskammer unbedingt zur Sprache bringen.«

Clemmie ist begeistert. »Ich habe keineswegs die Absicht, Nells und Georges Ankündigung in den Schatten zu stellen, aber Charlie und ich könnten den wohl auch gebrauchen.«

Plum kneift die Augen zusammen. »Warum das denn? Bud besitzt doch schon alles doppelt.«

Clemmie strahlt. »Na, für unser neues Baby.«

Verwirrte Blicke am Tisch, und dann spricht Sophie aus, was wir alle denken: »Aber ihr reist nach Schweden, um eure Babys zu machen, oder?«

Charlie grinst. »Das war bei Bud der Fall. Das nächste hat sich ganz von selbst ergeben. Das ist unsere ganz persönliche Weihnachtsüberraschung!«

Clemmie nickt. »Ich war in dieser Woche mit Bud zur Untersuchung bei der Hebamme, und als ich ihr berichtete, dass ich mich ein bisschen unwohl fühle, hat sie gleich einen Test gemacht. Und wir sind definitiv auch schwanger!«

Nell ruft: »Noch eine, die ihre Morgenübelkeit mit Gwens Karamellkonfekt bekämpft hat! Sind wir beide nicht toll?«

Sophie ist bereits aufgesprungen und umarmt sie. »Zwei Meerjungfrauen-Babys zur selben Zeit! Das wird ja ein spannender Sommer!«

Wir umarmen Clemmie alle, dann meldet Plum sich zu Wort: »Und zwei weitere Meerjungfrauen erhalten bald ihre Schwanzflossen. Die hängen schon bei Sophie bereit.«

Lächelnd betrachte ich Sophies jüngste Töchter. »Maisie und Tilly?«

Nell lacht. »Nein, aber da wir Meerjungfrauen euch hierhergeholt haben und da ihr so gut zu uns passt, hoffen wir doch, dass die Star Sisters vom Stargazey Cottage Ehren-Meerjungfrauen werden wollen, oder?«

Ich schlage die Hände vors Gesicht und blinzle gegen die Tränen an. »Ich weiß nicht, warum ich weine, aber ja, ich danke euch allen.«

Ella runzelt die Stirn. »Verrate mir noch mal, was wir als Meerjungfrauen machen müssen.«

Manchmal hat sie einfach keine Ahnung.

Clemmie wendet sich amüsiert an mich. »Ich nehme an, Gwen hat es längst verstanden. Lasst Bud täglich eure Prinzessinnenkrone essen, tragt die Schwanzflossen, wann immer Sophie eine Party im Schloss gibt, widmet euer Leben St. Aidan und der Crew. So was halt.«

Plum stupst Ella an. »Muschel-Bikini-Tops sind freiwillig. Meistens tragen wir die Schwanzflossen zu T-Shirts.«

Ella nickt. »In dem Fall fühle ich mich geehrt und bin entzückt.« Sie zieht ein Gesicht. »Ich verspreche, mein Make-up zu erneuern, bevor wir zum Schloss gehen. Wenn ich meinem Meerjungfrauenschwanz gerecht werden will, kann ich mir keinen verschmierten Lippenstift leisten.«

Ollie flüstert mir ins Ohr: »Wenn es nach mir ginge, hättest du ständig verschmierten Lippenstift.«

Ich wische ihm pinkfarbene Lippenstiftspuren von der Wange. »Falls du damit andeuten willst, wie oft du mich küssen wirst, plane ruhig die nächsten dreißig Jahre ein.«

Er lacht leise und drückt mich an sich. »Gerne.« Dann sagt er: »Ich frage mal vorweg – wie wäre es mit einem Weihnachtsessen im nächsten Jahr wieder bei mir? Und einer Sommerhochzeit?«

Lachend erwidere ich: »Mit weißen Tauben? Und unserem ganz eigenen Happy End?«

Und während Sophies Familie mit dem Abräumen der Teller beginnt und wir uns den Geschenken widmen, fühle ich mich wie die glücklichste Frau der Welt, weil ich mich in St. Aidan nicht nur verliebt, viele Freunde gewonnen und meinen Traumprinzen getroffen habe – hier habe ich auch endlich ein Zuhause gefunden.

PS

Nur für den Fall, dass ihr euch das fragt – mein Bett ist genauso bequem, wie ich es mir erhofft hatte. Vor allem mit Ollie darin. Morgens erwachen wir beim pinkfarbenen Licht des Sonnenaufgangs, das durch die Balkontür mit dem Blumenkasten davor hereinfällt. In der Ferne rauscht das Meer, und Minty sitzt auf dem Balkongeländer und klopft gegen die Scheibe. Wir kamen nie dazu, bei Ollie zu schlafen – Stargazey Cottage passte perfekt zu uns, deshalb sind wir immer hier.

Ella ist bei Jago genauso eingezogen wie Ollie in das Cottage. Es war keine bewusste Entscheidung; eines Tages wachten wir auf und stellten fest, dass es einfach passiert war. Ella erträgt auch keinen Stillstand. Sie hat schon die Küchengeräte für Jagos Bootshaus ausgesucht, und wir treffen sie häufig an den Wochenenden in der Abenddämmerung im Hafen, voller Staub von der Baustelle dort. Jago macht nach wie vor einen fantastischen Job in St. Aidan mit seiner doppelten Preisskala. Und Ella verschönert immer noch die edleren Ferienhäuser überall in Cornwall. Außerdem arbeitet sie auch bei Charlies Öko-Haus-Konzepten mit.

Als Ellas Mum Merry im Januar zu Besuch kam, wohnte sie zuerst bei uns in Ellas Zimmer im Cottage. Aber ihr gefiel das gesellschaftliche Leben in St. Aidan so gut, dass sie eine Wohnung in Jagos Haus im Hafen bezog, als dort eine frei wurde.

Ollie und ich sind im Lauf der Monate echte Bürger St. Aidans geworden. Wir machen mal dies, mal das, haben lauter verrückte Ideen und folgen spontan unseren Herzen. Er nimmt mich mit zum Segeln, und ich staune über den endlosen Himmel und das Gefühl der Freiheit, wenn wir mitten auf dem Meer sind. Wenn im Frühjahr der Schnee schmilzt, nehme ich ihn mit in die Berge, wo wir von Klippen springen und mit Gleitschirmen durch die Luft segeln, wie ich es früher mit Ned und Dad getan habe. Nur tue ich es diesmal, weil *ich* es will, und nicht, weil *sie* es wollen, und ich genieße das Kribbeln und die Aufregung mehr, als ich es je für möglich gehalten hätte. Wir planen sogar, Dad nächstes Jahr in Neuseeland zu besuchen.

Als der Frühling in den Sommer übergeht, wölben sich Nells und Clemmies Bäuche. Bud rutscht auf dem Po am Boden herum und sieht sich immer noch gern Videos über Inneneinrichtung an, wenn sie in ihrem Hochstuhl sitzt. Ich helfe öfter bei Clemmie aus, aber wir vermieten Stargazey House jetzt an Gruppen, und Ollie bereitet das Frühstück zu; das Abendessen machen wir gemeinsam. Wir haben gerade erst damit angefangen, aber es läuft gut. Wenn Ollie einkaufen fährt, fliegt Minty über dem Auto mit und folgt ihm auch wieder zurück. Die Cousine von Janice' Mann hat für Minty einen Partner gefunden, daher wächst unser Taubenschwarm, und der Körnerbedarf steigt.

Seit Ollie und ich in St. Aidan sind, haben wir beide unsere mutige Seite wiederentdeckt. Sicher, wir haben uns verliebt, aber vor allem haben wir wieder gelernt zu leben. Wir zünden nach wie vor jeden Abend unsere Kerzen im Fenster an. Aber jetzt geht es darum, gemeinsam nach vorne zu schauen.

Falls ihr je zufällig in St. Aidan seid und einen Schwarm weißer Tauben am Himmel entdeckt, könnte es sich um

Minty und ihre Familie auf ihrem Heimweg zu Stargazey Cottage handeln. Ollie und ich sitzen dann oben in unserem kleinen Schuppen, schmieden Pläne für unser nächstes Abenteuer und trinken Gin Tonic und schauen zu, wie die Sonne in der Bucht versinkt.

Gwens Rezepte

Für den Fall, dass euch nach der Lektüre des Buches das Wasser im Mund zusammengelaufen ist, hier ein paar von Gwens Rezepten, damit ihr eine Kostprobe von St. Aidan bekommt.

Biskuitpudding mit Sirup aus der Mikrowelle

Bei einem der ersten Male, als Gwen Ollie in die Küche von Stargazey Cottage einlädt, macht sie einen schnellen Tassenkuchen – in der Mikrowelle, weil sie nichts anderes zum Backen und Kochen hat. Der Kuchen wird so lecker, dass Ollie am Ende ihren auch noch isst! Diese Version benötigt nur wenige Minuten Zubereitungszeit und genauso wenig Zeit zum Backen. Der fluffige Biskuitteig und der goldene Sirup sind der Instanthimmel in der Tasse. Gwen hat ihren in Förmchen gebacken und mit Vanilleeis serviert.

Achtet nur darauf, dass Förmchen oder Tasse mikrowellentauglich sind.
Die Garzeit hängt von eurer Mikrowelle und der Größe der Form ab.

Ein großer Becher entspricht etwa einer Portion (oder ihr bereitet kleinere Versionen und verteilt den Teig und den Sirup auf zwei Backförmchen – dabei verkürzt sich die Backzeit).

3 EL selbst treibendes Mehl
1 EL Zucker
  1 mittelgroßes Ei
    ein wenig Zitronenschale (wenn ihr nicht die Gourmetversion backen wollt, könnt ihr das weglassen)
2 EL Milch
1 EL Pflanzenöl
1 EL Sirup

Gebt Mehl, Zucker, Ei, Milch, Öl und (optional) Zitronenschale in einen großen Becher und verrührt alles mit einer Gabel, bis der Teig weich ist.

Gebt dann einen großzügig bemessenen EL Sirup in die Mitte des Teiges.

Backt auf höchster Stufe drei bis vier Minuten, bis der Kuchen fest ist.

Lasst ihn eine Minute abkühlen, bevor ihr ihn esst, da der Sirup sehr heiß wird!

Serviert ihn mit Vanilleeis. Wenn ihr euch besonders verwöhnen wollt, tröpfelt ein wenig Sirup darauf. Köstlich!

Karamellkonfekt

Gwens Trick, um Jago und sein Team von Handwerkern bei der Renovierung von Stargazey Cottage zu motivieren, bestand darin, sie stets mit Karamellkonfekt zu versorgen. Dies ist ein sehr leichtes Rezept für englisches Fudge, das auf der Zunge zergeht, und es ist nach wie vor eines meiner Lieblingsrezepte.

>   1 Dose Kondensmilch, ca. 400 ml
> 450 g brauner Zucker
> 120 g Butter, gewürfelt
> 125 ml Milch
>   1 Prise Salz

Eine Flasche Wasser im Kühlschrank vorkühlen.
Eine 20 x 20 cm große Backform einfetten. (Falls ihr Backpapier habt, könnt ihr die Form stattdessen damit auslegen, dadurch bekommt ihr das Karamell zum Schneiden auf einem Brett besser heraus.)
Und los geht's! Gebt sämtliche Zutaten, bis auf das Salz, in einen großen Soßentopf. Rührt kontinuierlich bei niedriger Temperatur um, bis die Butter geschmolzen ist und sich der Zucker ganz aufgelöst hat. Stellt die Hitze nach und nach höher, um die Mischung langsam zum Kochen zu bringen, und lasst sie zehn Minuten köcheln. Gründlich umrühren und auf den Rand achten, damit nichts festklebt oder am Boden anbrennt. Aufpassen, dass es nicht kleckert, denn die Mischung ist sehr heiß.
Nach zehn Minuten Köcheln sollte die Mischung dunkler und dickflüssiger sein.
Nehmt den Topf von der Platte und füllt einen Krug mit dem Wasser aus dem Kühlschrank. Dann nehmt einen

Teelöffel voll von der Karamellmischung und lasst ein wenig vom Löffel ins Wasser fallen.
Sobald das Karamell auf das Wasser trifft, formt sich die Mischung zu einem weichen Ball. Nach einigen Minuten im kalten Wasser sollte der Ball fest genug sein, um nicht mehr an euren Fingern oder an der Innenseite des Kruges zu kleben. Wenn das der Fall ist, könnt ihr zum nächsten Schritt übergehen. Hat die Mischung noch nicht ihren Erstarrungspunkt erreicht, bleibt der Ball möglicherweise weich und klebrig oder die Masse nimmt Wasser auf. Wenn das passiert, müsst ihr sie erneut im Topf erhitzen. Bringt die Masse erneut zum Köcheln und rührt für ein paar Minuten um, dann probiert noch mal, einen Tropfen davon ins Wasser zu geben. Wiederholt den Vorgang und testet die Masse alle zwei oder drei Minuten. Wenn sich das Karamell zu einem festen Ball im Wasser formt, ist es fertig, und ihr könnt weitermachen.
Jetzt kommt die Prise Salz! Rührt alles mit einem Holzlöffel kräftig um.
Lasst die Mischung im Topf abkühlen und rührt erneut. Wartet weitere fünf Minuten und rührt wieder kräftig. (Für diese Vorgänge müsst ihr jedes Mal durch die feste Oberfläche stoßen, um zu rühren.)
Gießt die Masse in die Backform und streicht sie mit dem Löffel glatt.
Stellt die Form in den Kühlschrank, bis die Masse ganz fest ist und ihr sie mit einem Messer schneiden könnt, ohne dass etwas an der Klinge kleben bleibt. Teilt sie in sechsunddreißig gleich große Stücke. Dann verteilt sie!
Für den unwahrscheinlichen Fall, dass ihr nicht gleich alles aufesst, hält sich das Karamellkonfekt in einem luftdichten Behälter.
Wenn ihr verschiedene Geschmacksrichtungen kreieren

wollt, gebt Schokolade, Kaffee, Vanille, Nüsse etc. zusammen mit dem Salz dazu.

Wie George bei Gwens Karamellkonfektverkostung treffend bemerkte, ist Karamellkonfekt, hübsch verpackt, ein wunderbares Geschenk – solange Ella es nicht zuerst in die Finger bekommt!

Köstliche goldbraune Sirup-Haferriegel

Der Tag, an dem Gwen endlich wieder Haferriegel machte, war ein echter Meilenstein auf ihrem Weg zurück ins Glück. Als Kinder haben sie und Ella Haferriegelmasse zubereitet und direkt roh aus dem Topf gegessen – und ich muss gestehen, dass ich auch als Teenager noch den Topf ausgekratzt habe, weil ich das noch lieber mochte als die Haferriegel selbst. Glücklicherweise habe ich meine Meinung inzwischen geändert, aber das Rezept hier eröffnet euch beide Möglichkeiten. Mit nur vier Zutaten sind sie wunderbar einfach zu machen und in einer halben Stunde fertig. Manche Leute mögen ihre Haferriegel trocken, während andere eine klebrigere Version bevorzugen. Wenn ihr wie ich eure klebriger mögt, reduziert die Backzeit ein wenig, bis ihr eure bevorzugte Konsistenz gefunden habt. Auch mehr Sirup, als im Rezept vorgesehen, ergibt ein klebrigeres Resultat.

   250 g kernige Haferflocken (die kernigen ergebe eine etwas gröbere Konsistenz)
   125 g Butter (plus die Menge zum Fetten der Backform)
   125 g feiner brauner Zucker
   2–3 EL Sirup (je nachdem, wie klebrig ihr sie wollt)

Backofen auf 200 °C vorheizen oder auf 180 °C Umluft bzw. Gas Stufe 6.
Eine ca. 20×20 cm große Backform leicht einfetten.
Den Zucker, die Butter und den Sirup in einen Milchtopf (mit dickem Boden) geben.
Die Zutaten bei niedriger Hitze umrühren, bis sich der Zucker aufgelöst hat.
Dann die Haferflocken dazugeben und vermischen.

(Eine alternative Methode ist, sämtliche Zutaten in eine Küchenmaschine zu geben und darin verrühren zu lassen. Dafür braucht ihr die groben Haferflocken und müsst darauf achten, nicht zu lange zu rühren, sonst wird die Mischung zu weich.)

Gebt den Teig in die Backform und verteilt ihn gleichmäßig. Etwa fünfzehn Minuten backen, bis er goldbraun ist (siehe Backtemperatur oben). Ein wenig abkühlen lassen, dann in zwölf gleich große rechteckige Stücke schneiden, während der Teig noch warm ist.

Dann genießen.

Guten Appetit und alles Liebe, Jane xx

Danksagung

Ein Buch ist so viel mehr als nur Worte, und viele Leute haben zur Entstehung dieses Buches beigetragen. 2012 zog Charlotte Ledger mein erstes Manuskript aus ihrem Stapel eingereichter E-Books und vermittelte mich an Harper-Collins' neue digitale Romanreihe. Seitdem war es eine erstaunliche Reise für mich, vom Stapel unaufgefordert eingesandter Manuskripte zu weltweit über einer halben Million verkaufter Exemplare. Und die wunderbare Charlotte war die ganze Zeit für mich da, mit ihrer Herzlichkeit, Freundschaft und professionellen Brillanz, mit der sie all das ermöglichte. Ich kann dir gar nicht genug danken, ich finde keine Worte dafür, wie sehr ich dich liebe und bewundere, Charlotte. Du bist schlicht und einfach eine Legende! Und das Team, das du bei One More Chapter um dich versammelt hast, ist wirklich fantastisch. Eure Cover, die Produktion, die Werbung, eure Kreativität, die Zusammenarbeit mit euch und eure Unterstützung sind überwältigend.

Ein dickes Dankeschön geht auch an Amanda Preston, meine Agentin. Ohne dich könnte ich das alles nicht. Was immer ich brauche, du sorgst dafür, dass ich es bekomme. Außerdem haben wir viel Spaß neben dem ernsten Zeug. Ich wüsste niemanden, mit dem ich die aufregenden Momente lieber teilen würde.

Dank an Kimberly Young und das fabelhafte Team hinter den Kulissen bei Harper Collins. An meine wunderbare Freundin Emily Yolland. An das tolle Team für

Auslandsrechte und nicht zu vergessen das Team von Harper Collins Germany, das ebenfalls wunderbare Arbeit mit meinen Büchern leistet. An meine schreibenden Freunde, besonders Zara Stoneley und Debbie Johnson, die täglich dafür sorgten, dass ich bei Verstand blieb. An meine tollen Facebook-Freundinnen, die mich unermüdlich unterstützen, vor allem Wendy McClaren in Australien. An die tollen Buch-Blogger, die Werbung machen, vor allem Rachel Gilby von Blog Tours.

Jess Cushway fing im Lockdown an, großartige Brownies zu backen, und hatte am Ende eine eigene Bäckerei. Glückwunsch an Cushway Cakes, Jess, und danke für all die Backinspirationen und Ratschläge.

Zu guter Letzt eine große Umarmung für meine Familie, die mich ständig angefeuert hat. Und ganz viel Liebe für meinen Helden Phil.